精選訳注　文選

興膳　宏
川合康三

講談社学術文庫

序

『枕草子』に「書は文集・文選……」、また、『徒然草』に「文は文選のあはれなる巻々……」とうたわれた時代は、既にはるかに遠い昔となった。近世に入っても、『文選』の伝承はなお綿々として続き、いわゆる和刻本『文選』の刊行のような重要な事業ももちろんあったが、日本の精神文化に刺激を与える存在として『文選』が再び脚光を浴びる事態は、その後もはやなかったといってよい。『万葉代匠記』や『古今余材抄』で自在に『文選』のことばを引く契沖の博識ぶりが、ひときわ鮮烈な印象を与えるゆえんである。近世以後、『文選』の及ぼした影響は、『古文真宝』『文章軌範』『三体詩』『唐詩選』などのそれに恐らく遠く及ばないであろう。

以上のようなことは、今日既に一つの通念になっていよう。だが、通念に振りまわされては眼を曇らされると自戒したできごとが、近ごろあった。

大田南畝といえば、別号蜀山人や四方赤良でも知られる天明狂歌の大立て者だが、広く和漢雅俗の学を究めたこの人のもう一つの顔は、古文辞派の系統につながる漢詩人である。近時刊行されつつある彼の全集二十巻（岩波書店刊）のうち、四巻を漢詩文が占める。ある日、その一冊を開いて行間に目を遊ばせているうちに、はたと驚いた。「七観」と題されるかなり長い韻文は、一種の江戸繁昌記といった内容になっていて、田舎から出て来た「西土の客」に向かって、「逆旅の主人」が江戸各所の見どころを説いて聞かせる。いかにも滑稽の雄らしい才筆の冴えに微笑を誘われる佳編だが、実はこれが『文選』巻三十四に収められる漢の枚乗の「七発」の完全なパロディなのである。

「七発」は楚の太子と呉の客という二人の架空の人物の問答から構成されており、病中の太子を見舞った客が、あれこれと手を代え品を代えて気晴らしを試みる。一つの話題が完結するごとに、太子が「僕病みて能わざるなり」、病気でそんなことはとてもだめだねと謝絶し、それをきっかけに話題が転換して、すべて七種の話が物語られる。「七観」がその構想を模していることは、日本橋や新場の魚市、呉服屋の店、芝居見物と、一つ一つの話題が収束するたびに、「西土の客」が「僕や懦夫、敢えて辞す」という決まり文句で謝絶するところからも、おのずと明らかである。

南畝が『文選』の趣に倣おうとした作品は、単に「七観」だけにとどまらない。彼が晩年になって初めて上梓した漢詩集『杏園詩集』に、「斎中読書」と名づける五言古詩があるが、これは『文選』巻三十の雑詩の部に収める謝霊運の同題の詩に模したもの。閑居生活の中での読書の楽しみという主題は言わずもがな、語彙にも共通するものが少なくないし、句数まで符を合わせたように十六句から成っている。これも計算ずくの模擬といえる。

南畝の詩に、いかにも古文辞派の流れをくむ盛唐風の誇大な措辞や、ときには時代の宋詩への傾斜を反映した平淡な作風がうかがえるのは、特に異とするに足りない。しかし、唐以前の文学の集大成である『文選』をよほど読みこなしていなければ作れそうもない上記二編のような作品のあることは、私には不明にして予想もつかなかった。これも南畝のような江戸文人の端倪すべからざる一面だろう。明の「前後七子」を主唱者とする復古の詩学によって、漢魏六朝の詩が多少の復権を果たした事実と、どこかで関連していないではあるまい。

南畝のような事例は、探せばなおほかにも見つかるのかもしれない。だが、こんな瑣事を紹介したのも、『文選』が各時代の文化に占めた重みを、先入観抜きに考えてみたいからであり、また、いま我々の『文選』を新たに編むにあたって、その現在の文化における意味を多少とも考慮してみる必要を感じるからである。

我が国の研究者の間では、六朝文学への関心が詩を中心として近年とみに高まり、『文選』所収の作家・作品にスポットの当てられる機会もよほど多くなった。『文選』が対象としている漢から梁に及ぶ時期の詩は、一言でいえば唐詩に至るまでの発展途上期の文学形式であり、いわばその未完成の魅力が新鮮な印象をもって迎えられたといってよかろう。『文選』の中から気に入った詩や詩人を取り上げて論じている間は、つい見過ごしてしまうのだが、『文選』という書物を一つの統一体と見てそれに立ち向かおうとすると、実になんとも厄介な問題のあることを認識せざるをえない。『文選』には、大きく分けて、詩のほかに賦と駢文体の文章があって、この書の三つの構成要素をなしているのだが、問題はこれら三種の文学の発展状況が一様でないことである。賦という美文の様式は、前・後漢に最高潮に達した。六朝にも依然として作られてはいるが、既に全盛期を過ぎた感のあるのは否めない。一方、騈文の頂点となるのは、まさに『文選』の時代であり、唐代はむしろその延長ないしは持続の時期にすぎない。だから、大ざっぱにいうと、『文選』には当時から見て過去と現在と未来の文学が共存しているわけだ。そうした性質の異なる三種の文学を、同じ一つの観点から裁断しようとすると、たちまちねじれ現象を起こしてしまいかねない。

　本書に収めたのは、賦・詩・文章の三分野を合わせてほぼ五十編の作品、『文選』全体の一割にも満たぬ量である。『文選』の世界を過不足なく紹介するなどは初手から無理な相談だが、現代の読者の心にも訴えかけることのできる魅力をできるだけ引き出したいという心づもりであった。方針としては、詩を中心に据えて、約二分の一の紙数を充て、残り半分を賦と文章（無韻の文）で構成することにした。賦はこのジャンルの最盛期である漢代の作品を一編でも採りたかったが、なにせ名だたる大作ぞろいなので、けっきょく断念せざるをえなかった。作家についてみても、収録作品数の最も多い陸機などは、『文選』の批評基準を例証する意味でも、もう少し多くの作品を選びたかったのだが、やはり種々の制約によって果たせなかった。古典を現代に調和させる仕事の難しさを、改めて痛感した次第である。

　本文は『文選』の構成に準じて、賦・詩・文章の順序としたが、三部それぞれの中の作品配列は原『文選』の巻数順ではなく、各作家ごとにまとめたうえで、その没年順に並べた。『文選』の形体と読者の便宜を折衷させた処置のつもりである。底本には胡克家重彫宋淳熙刊李善注『文選』（胡刻本）を用いた。字句の解釈は、必ずしも旧注のみにとらわれず、近来の内外諸家の研究成果を生かすよう努めた。お世話になった諸書に深く謝意を表する。編集の基本方針と個々の作品選択は、著者二人の合議によって定め、賦と文章を興膳が、詩を川合が分担執筆した。川合の担当分については、興膳が全面的に検討して意見を述べ、多少の補正を求めた箇所がある。不十分なところはなお多いであろうが、本書が『文選』の理解のためにいくらかでも役立つならば幸いである。

一九八八年五月八日

興膳宏

目次

精選訳注　文選

文章　興膳　宏

総説

一　『文選』――その構成と成立

美文のアンソロジー

『文選(もんぜん)』の書名をあえて訳すとすれば、「美文の選集」ということであろう。「文」という文字は、元来、㈠「あや」「かざり」の意であるが、その意が延びて、㈡文字あるいはことばを表し、㈢更にことばを綴(つづ)り合わせて、ある完結した意味内容を表すひとまとまりの語群、㈣ひいては、それら語群の集積としてのひとまとまりの作品をさす。「文」にもう一つ別の文字を足してこの第三・第四の意を表す語を作れば、それは「文章」であろう。現在の日本語の中で用いられている「文章」の語は、詩歌に対する散文を意識させることが多いが、中国語のもとの意味は、韻文・散文をひっくるめたありとあらゆる種類の書きもの、ということである。そしてこの「章」という字の原義も、やはり「あや」とか「かざり」とかにほかならない。だから「文」ないしは「文章」の語には、「美しい」という概念が生まれついての

昭明太子（明・王圻撰『三才図会』）

もちまえとして備わっているといっても、決して言い過ぎではないのである。

『文選』の編まれた六世紀前半の時代にあって、「文」あるいは「文章」が存立するための第一の条件といえば、なんといってもまず美しくあることだった。『文選』より少し前に著された総合的な文学理論書『文心雕竜』は、そうした文学観を最も先鋭な形で論理化してみせている。同書の第一章原道編には、あらまし次のような論が展開されている。

日と月はあたかも二つの玉を連ねたように空に輝き、地上には山や川が美しい彩りで自然の模様を敷き詰めている。また、その中に生きる鳥や獣は巧まずしてあやに美しい衣装をまとい、草や木は人工の及びもつかぬ麗しい花々を開かせる。更に、林を吹き渡る風の音や、岩にむせぶ滝の音も、いわば自然の奏でる音楽といってよい。このように我々の住む天地の間のありとあらゆる存在に固有の美が備わっており、それらによってこの世界は多様で豊かな美観を呈しているのだ。意識をもたぬ自然にさえ、この盛んな文飾があるのだから、まして知性を備えた万物の霊長たる人間に文彩の備わらぬことがあろうか。人間における文彩の表現は、言語活動を通じて行われる。人間は天地の中心に位置する存在、いわば天地の心である。その「天地の心」の働きによって、天地自然の一切の美は知覚され、言語による形象を経て普遍的な「文」あるいは「文章」として開示される。とすれば、人間の言語活動の所産である「文」におのずからなる美が体されるのは、理の当然といってもよいほどである。『文心雕竜』によれば、「文」つまり現代の近似値でいうところの文学は、美的世界の美的表現ということになろう。この書の著者劉勰（四六六？—五三二？）は、『文選』の編者たる梁の昭明太子蕭統（五〇一—五三一）のもとで東宮通事舎人を勤めた経歴をもっており、『文選』の編纂にもいろいろな意味で影響を与えたことが想像されるが、この文学に対する基本的な考え方の面では、両者の見解は相似ている。『文選』における作品選択の基準を蕭統自身のことばでいえば、「事は沈思より出でて、義は翰藻に帰する」（「文選の序」七八ページ）作品であること、すなわち深い思索から生まれた内容を、修辞を凝らした表現によってまとめあげたものということになる。より簡単に言えば、深い内容を有する美文ということである。この「深い内容」と「美文」という二つの条件は、文字どおり車の両輪のようなもので、いずれが欠けても採録の対象とはならない。修辞性が重んぜられるのは、当時の一般的な文学観の反映としてよい。かく見てくると、『文選』という書名は、短いながらよくその本質を表しえているといえるし、またそれが南朝梁の時代の文学的気風を一つの側面からよく体現しているともいえるであろう。

三十七種のジャンル

『文選』は上記のような基準に基づいて、当時存した多様な種類の「文」の中から、すべて三十七のジャンルにわたって八百編になんなんとする作品をよりすぐっている。それら三十七の文体を、巻次によって記せば次のとおりである。

(1)賦 (2)詩 (3)騒（楚辞） (4)七 (5)詔 (6)冊 (7)令 (8)教 (9)策文 (10)表 (11)上書
(12)啓 (13)弾事 (14)牋 (15)奏記 (16)書 (17)檄 (18)対問 (19)設論 (20)辞 (21)序 (22)頌 (23)賛
(24)符命 (25)史論 (26)史述賛 (27)論 (28)連珠 (29)箴 (30)銘 (31)誄 (32)哀 (33)碑文 (34)墓誌
(35)行状 (36)弔文 (37)祭文

もっとも、民国の学者駱鴻凱の『文選学』などのように、「書」（書簡）の最後に収められる「移文」（まわしぶみ）を独立した一体とみなして、全三十八体とする考え方もある。これらのジャンルは、形式上から見て、有韻の文（当時の呼称では「文」という）と無韻の文（「筆」という）とに大きく区分される。有韻の文に属するものは、賦・詩・騒・七・対問・設論・辞・頌・賛・史述賛・連珠・箴・銘・誄・哀・碑文・墓誌・弔文・祭文の十九種であり、それ以外の詔・冊・令・教・策文・表・上書・啓・弾事・牋・奏記・書・檄・序・符命・史論・論・行状の十八種が無韻の文である。うち七・対問・設論の三種は有韻の部分と無韻の部分が混じり合って出てくるし、連珠も押韻の方法が必ずしも規則的ではないので、有韻と無韻の中間的なスタイルとみなすこともある（『文心雕竜』では、これらを「雑文」の名のもとにひとまとめにしている）。また、賛・銘・誄・哀・碑文・弔文・祭文などのように、作品によっては有韻の本文の前に長い無韻の序を伴うこともあるが、文体に関する当時の標準的な見解を示している『文心雕竜』の分類に従うことにする。

ちなみに『文心雕竜』では、第六章明詩編から第二十五章書記編におけるジャンル論において、「文」を三十三類に分かつが、そのうち前半の詩・楽府(がふ)・賦・頌・讃(さん)・祝・盟・銘・箴・誄・碑・哀・弔・雑文(設論・七・連珠)・諧(かい)・讔(いん)の十六種が有韻の文、後半の史伝・諸子・論・説・詔・策・檄・移・封禅(ほうぜん)(符命)・章・表・奏・啓・議・対・書・記の十七種が無韻の文である。そのほかにも零細な文体はなお数多いが、『文心雕竜』にせよ、『文選』にせよ、これら多様なジャンルを「文」もしくは「文章」の名のもとに統括していると考えてよい。その中には詩や賦のような人間の美的感覚に訴える狭義の文学から、詔や上書をはじめとする公的・実用的な性格の強い文体まで、実にさまざまな用途・目的の違いが認められる。「文」の世界は相当に広いというべきであろう。

詩・賦の分類

しかし、そうした広がりを有する「文」の世界において、すべてのジャンルが対等・平等の地位を保っているわけではない。三十七種のジャンルの中には、全六十巻から成る現行本『文選』(元来の形は三十巻)で、十数巻を占める強大な勢力のものもあれば、わずか一、二編の作品が収録されるにすぎないものもある。特に大きな二つのジャンルは賦と詩である。賦は巻一から巻十九の半ばまで、詩は巻十九の後半から巻三十一までを占めている。巻三十二・三十三の二巻を占める騒つまり『楚辞』も、詩の一種に違いないから、これを含めると、六十巻の大半が賦と詩から成り立っていることになる。この両分野に関しては、それぞれ内容による再分類が行われており、次のように、賦は十五類、詩は二十三類に分かたれる。

賦——⑴京都 ⑵郊祀 ⑶耕籍 ⑷畋猟 ⑸紀行 ⑹遊覧 ⑺宮殿 ⑻江海 ⑼物色 ⑽鳥獣 ⑾志 ⑿哀傷 ⒀論文 ⒁音楽 ⒂情

詩——⑴補亡 ⑵述徳 ⑶勧励 ⑷献詩 ⑸公讌 ⑹祖餞 ⑺詠史 ⑻百一 ⑼遊仙 ⑽招隠 ⑾反招隠 ⑿游覧 ⒀詠懐 ⒁哀傷 ⒂贈答 ⒃行旅 ⒄軍戎 ⒅郊廟 ⒆楽府 ⒇挽歌 ㉑雑歌 ㉒雑詩 ㉓雑擬

時間の広がり

ジャンルの面から見た『文選』のいわば空間的な広がりはあらまし上述のようなものだが、では作者・作品の時間的な広がりはどのようになっているだろうか。『文選』に収められる作品の中で、最も古いとされるのは、孔子の門弟卜商（子夏）の「毛詩序」（巻四十五・序）である。もっとも、范曄の『後漢書』儒林伝にこの序の作者を後漢の儒者衛宏とするのをはじめとして、「毛詩序」の作者については種々の異説があり、制作年代も漢代まで引き下げる説が今日では有力だが、編者の意識としてはあくまで春秋時代、王朝の名でいえば周の時代の作品として考えられていたことは疑いない。次いで古い作品は、屈原の「離騒経」「九歌」「九章」など『楚辞』の諸編であり（巻三十二・三十三―騒）、戦国末期、王朝でいえばやはり周代の制作にかかる。

次に下限だが、当時一般に行われていた選集の不文律として、生存者の作品は選ばないという原則があった。選集のほか、文学批評にもこの原則は適用されたから、劉勰の『文心雕竜』や鍾嶸の『詩品』など、この時期の重要な批評・理論の著作は生存者の作品を論述の対象としていない。ついでに言えば、この原則を恐らく初めて破ったアンソロジーは、蕭統の弟蕭綱（梁の簡文帝）の命を受けて徐陵が編んだ艶詩の選集『玉台新詠』十巻（五三四年ごろ成立）であった。同書には梁の武帝をはじめとして、当時なお活躍中の多数の詩人の作を収めている。『文選』に作品を載録される文人のうち、最もおそく世を去ったのは梁の陸倕（四七〇―五二六）であり、彼にやや先んじては徐悱（四九五？―五二四）である。編者の蕭統は五三一（中大通三）年四月に没しているから、『文選』の編纂時期が陸倕の死んだ五二六年から五三〇年ごろまでのほぼ五年間に絞られることは確実とせねばならない。こうしてみると、『文選』は周から梁まで約千年にわたる長い時間に制作された作品の中から、秀作をよりすぐった選集ということになる。

総集の歴史

こうした詩文のアンソロジー、より古い用語でいえば総集が編まれるようになったのは、

『文選』に先だつこと二百数十年以前からである。最初に編まれたアンソロジー、つまり総集の元祖として記録に残るのは、西晋の摯虞（?—三一一）の編になる『文章流別集』三十巻である。曹氏父子や建安七子が活躍した後漢末以後、創作を事とする人や作品の数が飛躍的に増加してきた結果、創作の模範となるような優れた作品をよりあつめた選集が読者の側から待望されるようになる。その要請に応えて編纂されたのが『文章流別集』で、「流別」とはジャンル別の意味だから、この書はその名の示すように、歴代の詩文の精華を各ジャンルごとに選んだ詞華集だったわけである。詞華集に附属して、各ジャンルの創作論が編者摯虞によってまとめられていて、本体の部分は早く亡びたが、この論の佚文がいろいろな書の中に断片的に残っているために、それらを資料として書の原形をおぼろげながら想像することができる。今、考証の具体的な手続きについては説明を省略し、結論だけを述べると、この選集に収録されていたとおぼしい文体は、現存の資料による限りでは、頌・賦・詩・七・箴・銘・誄・哀辞・哀策・設論・碑・図讖・述の十三種に及ぶ。もちろんこれら以外のジャンルも含まれていた可能性はあるのだが、注目すべきはこれら十三種がすべて有韻の文体であることである。つまり、摯虞は数ある文体の中から、有韻の文に限定してこの選集を編んだのではないかと推測されるわけだ。そこから彼の頭にあった「文章」の軌範意識がうかがわれる。

『文章流別集』のもう一つの編纂基準は、収録の対象となる作品は前・後漢のものを中心に、王粲・劉楨ら魏初の詩人の作をもって下限とする方針であったようだ。摯虞の同時代人である西晋の作家の作品は対象外とされていたと思われ、生存者への評価は避けるという総集編纂の原則が早くもここに観取できる。

総集の増加

六朝四百年間の書物の歴史を記した『隋書』経籍志によると、こののち『文章流別集』に倣った総集が相次いで編纂され、創作に多大の影響を与えたという。西晋以降の作家・作品の増加は、今伝存する資料だけから判断しても相当なものだから、新たなアンソロジーを求める声の強さも容易に想像がつく。『隋書』経籍志の集部総集類に記される『文選』以前の総合的なアンソロジーを逐一列挙すれば、次のとおりである。

『文章流別本』十二巻　晋・謝混撰
『続文章流別』三巻　宋・孔甯撰
『集苑』四十五巻　撰者未詳
『集林』百八十一巻　宋・臨川王劉義慶撰
『集林鈔』十一巻　撰者未詳
『集鈔』十巻　梁・沈約撰
『集略』二十巻　撰者未詳
『撰遺』六巻　撰者未詳

『翰林論』三巻　晋・李充撰
『文苑』百巻　南斉・孔逭撰
『文苑鈔』三十巻　撰者未詳

これらのうち、『翰林論』はもと『翰林』と称する総集に附された論の部分と思われ、全体はもと五十四巻という大部な書物であったことがわかっている。劉宋の臨川王劉義慶が編んだ『集林』百八十一巻はいかにも大部な選集だったため、更にその抄本を編む必要が生じたらしく、『集林鈔』十一巻のような書が現れている。これと同じ関係にあったと推定されるのが、孔逭撰『文苑』百巻と『文苑鈔』三十巻の両書である。幸いに、『文苑』に関しては、南宋末の学者王応麟（一二二三―一二九六）の『玉海』（巻五十四芸文・総集文章）に記録がみえていて、この書の往時の面影をうかがうことができる。それによると、『文苑』の唐写本残巻十九巻が宋代まで伝わっており、その内容は漢以後の文章を集めたもので、賦・頌・騒・銘・誄・弔・典・書・表・論の十類にわたっていた。このうち「典」（『尚書』の尭典・舜典に範を取った文か）を除けば、他はすべて『文選』にも収められるジャンルばかりである。南宋のころ既に失われていた部分には、当然ながら詩が大きな比重を占めていたと想像できる。

このように見てくると、『文選』が決して突然現れたものではないことがよくわかる。『文章流別集』によって総集の口火が切られて以後、時間を経て次々と堆積してゆく作品を追いかけるように、いくたびもアンソロジーの編纂が行われた。それらの書はすべて散佚してしまったが、総集編纂の知的経験は着実に蓄積され、継承されていったにちがいない。『文選』は、必ずやこれらの先輩たちの遺産をもとにして形をなしたはずである。中国における書物の伝存の在り方として特徴的な現象は、一つの領域で決定的な力をもつ書が出現すると、同類の他の書は次第に存在感が薄れてゆき、ついには地上から消失してしまうということである。総集の領域における『文選』の出現が『文章流別集』や『文苑』に対して及ぼした作用こそ、まさしくそれであった。『文選』があまた存した同類の書の中でひとり生き残った秘密は、恐らく作品選択の妥当さと、全三十巻という規模の適正さによるところが大であろう。しかし、忘れられてならないのは、それらが実は先人の知恵の結晶という側面をもっていた事実である。

二　『文選』の批評眼

「質」から「文」へ

『文選』は一つのアンソロジーであるが、既存の作品群から選択を行うためには、一定の文学観に基づいた価値判断がなされなければならない。その意味で、選集を編むのは一種の批評の営みとも言いうるだろう。

編者蕭統の文学観は、「文選の序」に集約的に述べられている。この荘重な駢文体の序では、まず人間の文明が不断の進歩の過程にあり、文学の誕生と発展も文明の進歩とともにあったことから説き起こす。彼の考える文学の歴史的発展とは、かいつまんで言えば、「質」つまり素朴から「文」つまり華麗への展開ということに尽きる。その論理を具体化するために、彼は二つのイメージを用いている。

若し夫れ椎輪は大略の始めたるも、大略に寧ぞ椎輪の質有らんや。増氷は積水の成す所たるも、積水に曾ち増氷の凛たきこと微し。何ぞや。蓋し其の事に踵ぎて華しきを増し、其の本を変じて厲しきを加う。物既に之れ有り、文も亦宜しく然るべし。時に随いて変改すれば、詳らかに悉くすべきこと難し。

「椎輪」すなわち輻（スポーク）のない車輪を用いた原始的な手押し車から、「大略」すなわち玉をちりばめた壮麗な乗用車への推移、そして液体の水から固体の氷への変化、この二つの変化のイメージが、時間の軸に沿った文学の「質」から「文」への移り変わりを示唆している。殊に「椎輪」から「大略」への移行は、変化が単なる時間の作用だけではなく、人間の知的営為によって推進されたものであることを意味していよう。そのとき、「質」から「文」への展開は、もちろんプラス価値の増大として肯定的に受け止められている。最初に述べたような、『文選』の「美文の選集」としての性格を思い出してもらえば、上述のような編者の認識がこの書の基調になっていることがよく理解できるだろう。

文の範疇

『文選』に採録されているジャンルについては既に述べたが、それらは「文」とか「文章」とかの意味するすべての範疇を尽くしたものではない。というよりも、蕭統はあらかじめ、選択の対象から除外される「文」の範疇を、序の中ではっきり規定しているのである。その第一は、「日月と倶に懸かり、鬼神と奥きを争い、孝敬の准式、人倫の師友」である儒教の経書。価値がないから採らないのではない。勝手に裁断するのがはばかられるから、避けたのである。その第二は、諸子の書で、思想を述べることを旨としていて、文の巧拙には重点が置かれていないから、やはり対象からはずす。第三には、弁論の記録で、文学作品とは性格を異にするから、除外する。第四には、史書で、史実の記録と批判をこそ生命とするものであるから、やはり対象としない。ただし、歴史評論（論・讃・序・述）だけは、文学作品としての条件を備えるものとして対象に加える。

こうして、蕭統は、「文」の世界から、経書・諸子・弁論および史書の四分野を、『文選』編纂の対象からはずすことを明言している。ところで、この四つの分野は、中国の伝統的な図書分類法である四部分類でいえば、ほぼ経・史・子の三部に相当する（弁論は史部と子部にまたがる）。すべての「文」の世界から、この三部に属するものを除いて、残る第四の集部の書物をもっぱら選択の対象とする、これが蕭統の定めた基本方針であった。四部分類の歴史には曲折があるが、梁の時代にあってはこの分類法がほぼ定着しかけていた。集部に属する書といえば、個人の文集、いわゆる別集が中心になる。『文章流別集』や『文苑』など過去に編まれたアンソロジーにしても、別集を主たる選択の対象としたにはちがいないが、それを論理化してみせたのは「文選の序」に始まるといってよい。このようにして限定された「文」が、蕭統自身のことばでいえば、「篇章」（あるいは「篇翰」「篇什」）であり、彼の規定しようとする文学の範疇を示している。『文選』以後に現れた歴代の詞華集は、基本的にすべてこの考えを踏襲している。そうした観点から見れば、「文選の序」が定めた文学の範疇は、事実上近代以前の総集の基準となったわけである。

既述のように、蕭統は文学の歴史を「質」から「文」への展開として認識しているが、それは個々のジャンルや作品の選択に際して、いかに具体的な形をとって現れてくるのか。そのおよその傾向を、有韻の文、無韻の文の双方について、歴史的な視野の中で考察してみたい。

賦の特質

有韻の文の中で、主要な形式は賦と詩である。いずれも脚韻を踏む点では同じだが、文学様式としての性格にはかなりの相違がある。まず賦だが、「賦」の字義は「敷」や「鋪」に通じ、ものごとを敷き連ねることで、その名のごとく種々の事物を羅列的に描写して、豊富・多彩な景観ないしは雰囲気を現出することを本来の役割とする。叙情よりはむしろ叙事を事とする文学形式であった。「離騒」「九歌」をはじめとする『楚辞』の諸編をもってその淵源とし、最もの盛期は前漢・後漢にあるとするのが、文学史家共通の認識になっている。韻文の諸形式の中で、平均していえば、最も長いのが賦である。

前漢の賦

賦はまた辞賦とも呼ばれ、殊に前漢の武帝の愛好を得たことにより、以後宮廷文人たちの中から多くの賦の名手が輩出した。初期の枚乗（?—前一四〇）、盛期の司馬相如（前一七九—前一一七）、中期の王褒（前一世紀半ばの人）、後期の揚雄（前五三—後一八）が特に名高い。彼ら宮廷文人は自分の仕える君主の愛顧に応えて、その心を慰め、一種の娯楽を提供するという目的で、賦の創作に励んだ。枚乗の子枚皋も武帝時代の賦家で、武帝の行く先々に必ず随従し、公式の行事であれ、狩猟や蹴鞠などの慰みであれ、その場その場に応じて、君主の命を受けるやたちどころに筆を執って一編の賦を仕上げたといわれる。当時の賦には、この枚皋の逸話に暗示されるように、娯楽性を旨とした即興の作という側面もあったわけで、その制作に携わる文人たちには、君主の機嫌を取り結ぶ幇間的な性格が根強くあった。だから枚皋や彼の同僚だった東方朔などは、生涯にずいぶん多くの賦を作ったはずなのだが、現在までに伝わるものは一編としてない。恐らく口から出任せ筆任せといった作品が大部分で、時間の淘汰に耐えきれる内容ではなかったのだろう。

最大の賦家、司馬相如

枚皐とは全く反対の在り方を示しているのが、やはり武帝時代の文人で、漢賦の最大の作家といわれる司馬相如である。彼の遅筆は有名で、『漢書』枚皐伝には、「司馬相如は善く文を為るも遅し、故に作る所は少なきも皐よりも善し」とある。武帝が彼をからかって、「わしの筆の速さを、そちの遅筆に代えてやれたら」と冗談口をたたいた話さえ伝わっている。それもそのはずで、現存する司馬相如の賦を見ただけでも、それらが熟慮に熟慮を重ねたあげくの鏤骨の所産であることがよくわかる。

司馬相如の最大の傑作は、『文選』巻七・八を占める畋猟の賦の部に収められる「子虚の賦」「上林の賦」である。実はこれらの賦は合わせて一編の作とすべきものであり、『史記』『漢書』の司馬相如伝では「天子游猟の賦」と名づけられている。この賦は三人の架空の人物の問答という枠組みを借りた自慢話として進行する。まず子虚なる人物が自国楚の王の狩猟がいかに規模壮大なものであるかを述べたてて自慢すると、斉の烏有先生が斉の立場に立って反駁する。そこに第三の人物亡是公が割って入って、二人をたしなめ、漢の天子が上林苑で行う狩猟のけたはずれの大きさ・みごとさを、細大漏らさず詳細に描いてみせる。斉・楚は諸侯の国であり、漢の天子はその上に君臨する。だから質量すべての点において、漢は斉・楚両国を圧倒していなければならない。斉・楚の言い分を記す「子虚の賦」が千二百九十三字から成るのに対して、漢のための叙述にもっぱら費やされる「上林の賦」が二千二百八十字と、ほとんど倍近くの長さになっているのはそのためである。

さて、焦点を「上林の賦」に当てることにすると、そこに展開するのは苑の中を流れる川のさま、水中の魚や岸辺の鳥、連なる山や谷とその上を覆う多彩な草や木、その中に棲息する珍しい獣たち、各所に配された豪華な離宮・別館、そしてクライマックスはかかる自然を舞台として行われる大がかりな天子の狩猟の場面である。要するに上林のありとあらゆるマクロ・ミクロの様相を、さまざまな角度から羅列的描写法によって描き尽くそうとするのである。事物の列叙を生命とする点では、『楚辞』の「天問」や「招魂」の趣を受け継ぐといえる。珍奇な動植物を次々に連ね、山の形状を描くには山偏の字を、水の流れを写すには「氵」（さんずい）の字を何十字も積み重ねるといった叙述のためには、日常的な文章では用いられない特殊な文字まで含めて、きわめて多くの文字を使いこなせなければならない。司馬相如が『凡将篇』という一種の字書を編んだのも、賦の創作に必要だったからであろう。以上の説明からも、司馬相如の賦が最高度に彫琢を凝らした美文であったことがわかってもらえようか。彼の遅筆もけだしやむをえぬことであった。

「上林の賦」の句法

「子虚の賦」「上林の賦」はもちろん対句を頻繁に用いるけれども、まだ必ずしもすべての句が対偶をなしているわけではなく、また各句の字数がふぞろいになることもさほど珍しくない。脚韻も規則的に踏まれていないことがままある。一例として「上林の賦」冒頭の川の描写を見てみよう（押韻字は羅常培・周祖謨『漢魏晋南北朝韻部演変研究』㈠による。以下、○は平声韻、●は仄声韻を示す）。

左蒼梧　　蒼梧を左にし
右西極・　　西極を右にす
丹水更其南　　丹水　其の南を更へ
紫淵径其北・」　　紫淵　其の北を径る
終始灞滻　　灞と滻を終始し
出入涇渭・　　涇と渭を出入す
酆鎬潦潏　　酆・鎬・潦・潏は
紆余委蛇　　紆余委蛇として
経営乎其内・」　　其の内に経営す
蕩蕩乎八川分流　　蕩蕩乎として八川分流し
相背而異態・　　相背きて態を異にす
東西南北　　東西南北に
馳鶩往来・」　　馳鶩往来す
出乎椒邱之闕　　椒邱の闕を出で
行乎洲淤之浦・　　洲淤の浦に行き
経乎桂林之中　　桂林の中を経り

過乎泱漭之野・　泱漭の野を過ぐ
汩乎混流　汩乎として混流し
順阿而下・　阿に順いて下る
赴隘陜之口・　隘陜の口に赴き
触穹石　穹石に触れ
激堆埼　堆埼に激し
沸乎暴怒・　沸乎として暴怒す

要所要所で不特定に押韻するという感じがあるのは、一時代前の枚乗の「七発」（『文選』巻三十四。以下『文選』については所収の巻数のみを記す）を思わせる。句型が長短さまざまに交錯する点でも「七発」に近似する。

後漢の賦

賦は前漢の文学を代表する形式であるが、時代が後漢に移っても、ほぼ同じ事態が持続する。後漢の二大賦家は班固（三二—九二）と張衡（七八—一三九）であり、前者の「両都の賦」（巻一）と後者の「二京の賦」（巻二・三）は、ともに前漢の都長安と後漢の都洛陽をさまざまな角度から比較しつつ、漢の文明の繁栄をたたえた長編の傑作である。「両都の賦」は四千六百字、「二京の賦」は七千字を超える巨編で、総じて後漢の賦は前漢のそれよりも

文選卷第一
梁昭明太子撰
文林郎守太子右内率府録事參軍事崇賢館直學士臣李善注上
賦甲 賦甲者舊題甲乙所以紀卷先後今卷既改故甲乙並除存其首題以明舊式
京都上
班孟堅兩都賦二首 自光武至和帝都洛陽西京父老有怨班固恐帝去洛陽故上此詞以諫和帝大悦也
兩都賦序
班孟堅 范曄後漢書曰班固字孟堅北地人也年九歳能屬文長遂博貫載籍顯宗時除蘭臺令史遷爲郎乃上兩都賦大將軍竇憲出征匈奴以固爲中護軍憲敗

『文選』巻一巻頭（宋・尤袤刊・李善注本）

長編化する傾向にあり、また細密で写実的な描写が増えたが、その半面、司馬相如らの前漢の賦が特色とする誇張された華麗な文辞のおもしろみは薄くなった。こうした傾向は、次の時代の左思の「三都の賦」（巻四・五・六）などにより更に推進されてゆく。また他方において、班固の「幽通の賦」（巻十四）、張衡の「思玄の賦」（巻十五）のように、自己の内部に深く眼を向ける新しい試みも現れている。

六朝の叙情小賦

三国時代になると、のちに述べるように五言詩が急速に興起して、文学の主流を占めるジャンルに成長してゆき、賦はもはやかつての独占的な地位を保ちえなくなってくる。しかし、それと時を同じくして、従来にはなかった新傾向の賦が三国初期の文人によって手がけられ、次第に一つの潮流を形成するに至る。新傾向の内容面における表れとしては、叙事とした従来の大部分の賦に代わる叙情の賦の出現であり、また形式面における表れとしては、賦の短編化および対偶表現を基調とした句型の斉整である。三国新文学の旗手であった王粲（一七七―二一七）の「登楼の賦」（巻十一）、曹植（一九二―二三二）の「洛神の賦」（巻十九）、いずれもその例外でない。更に一時代のちの潘岳（二四七―三〇〇）の「秋興の賦」（巻十三）・「閑居の賦」（巻十六）、陸機（二六一―三〇三）の「歎逝の賦」（巻十六）などがその波を揚げる。陸機の「文の賦」（巻十七）に至っては、賦の形式による文学理論という未曾有の構想を実現している。のちに見る無韻の文（筆）の定型化と平行して、賦の句型の斉整が行われたのは、興味ある現象である。今、曹植の「洛神の賦」（九五ページ）の一部を引いて、六朝叙情小賦の形式の一端をうかがってみよう。「洛神の賦」は、序を除いて全八百六十九字、「上林の賦」の三分の一あまりの長さである（一〇二ページを参照）。

其形也　　其の形や
翩若驚鴻。　　翩たること驚鴻の若く
婉若遊竜。　　婉たること遊竜の若し
栄曜秋菊　　秋菊よりも栄え曜き
華茂春松」　　春松よりも華やぎ茂る
髣髴兮若軽雲之蔽月・　　髣髴として軽雲の月を蔽うが若く
飄颻兮若流風之迴雪」　　飄颻として流風の雪を迴らすが若し
遠而望之　　遠くして之を望めば
皎若太陽升朝霞。　　皎として太陽の朝霞に升るが若く

迫而察之　迫りて之を察れば
灼若芙蕖出淥波」　灼として芙蕖の淥波より出ずるが若し
襛纖得衷　襛纖 衷を得
脩短合度・　脩短 度に合す
肩若削成　肩は削り成せるが若く
腰如約素・　腰は 素を約ねたるが如し
延頸秀項　延頸秀項
皓質呈露・　皓質呈露す
芳沢無加　芳沢加うる無く
鉛華弗御・　鉛華御せず

全体が隔句対を含む整然たる対句から成り、押韻の箇所にも一定の規律がある。六朝後期になると、駢文の発展とあいまって、対偶の徹底のほか、更に平仄を整えて音声の効果をよくする工夫もなされるようになった。六朝の賦でも、漢の辞賦の趣を継ぐ長大な作品は依然として存在していた。たとえば宋の謝霊運の「撰征の賦」「山居の賦」、南斉の張融の「海の賦」、梁の沈約の「郊居の賦」などは、いずれも正史の列伝中に全文を収録される文字どおりの巨編である。つまり一定の高い評価を得ていた作品である。『文選』の編纂された時代に置いてみれば、選ばれてもおかしくなかった作品かもしれない。だが、蕭統はその道を選ばず、南朝の賦としては、鮑照の「蕪城の賦」（巻十一）・「舞鶴の賦」（巻十四）、江淹の「恨みの賦」「別れの賦」（いずれも巻十六）のような小賦だけを採録している。『文選』の賦はあくまで漢代の作が中心であり、それに六朝の代表的な小賦を配する形で構成されている。それは編者が賦の歴史的な展望に明確な認識をもっていたことを示すものであろう。

前漢以前の詩

賦とともに有韻の文の領域を二分するジャンルは詩である。中国の詩史を飾る最初の記念碑はいうまでもなく『詩経』だが、これは経書の一つだから、選択の対象にはならない。『詩経』に約三百年遅れて現れた『楚辞』は、中国第二の詩編で、その主要な作品が巻三十二・三十三の両巻に収められている。この二つの大きな詩集を除くと、先秦の時代にはほとんど詩らしい詩が伝わっていない。前漢は賦の全盛期で、詩は漢の高祖劉邦の「大風の歌」（巻二十八）や、漢の武帝劉徹の「秋風の辞」（巻四十五）のような『楚辞』の調子（楚調）の詩が散発的に残っているほかは、宮廷の祭祀に用いられた郊祀歌が存する程度で、詩史の上ではまだほとんど空白といってよい状態だった。『詩経』の四言のリズムに代わる五言の新しいリズムによる詩歌が出現するには、後漢の時代を待たねばならなかった。

五言詩の誕生

○○＋○○○という五言のリズムは、四言詩の2＋2の単調な安定を破る活発さ・軽快さを備えていて、漢代の歌謡を源流として次第に浸透し、後漢末以後急速な勢いで新しい詩型を確立していった。五言詩の源となった漢の歌謡は「楽府（がふ）」と呼ばれ、元来は音楽のことをつかさどる役所を意味したが、のちに広く歌謡形式の詩をさすようになった。『文選』では巻二十七に作者不明の「飲馬長城窟行（いんばちょうじょうくつこう）」や、班婕妤（はんしょうよ）の「怨歌行（えんかこう）」など、漢の楽府四首を収める。しかし、楽府の詩が本領とした語り物的な発想で男女の情愛をうたう長詩は採られていない。代わりにこの書で大きな比重を占めるのは、「古詩」と称される一連の五言詩であり、歌われる詩から読まれる詩が独立してゆく過程での、知識階層の人々による作品と推定される。それらの詩はおおむね人生に対するさまざまな不安と懐疑を主題としており、沈鬱（ちんうつ）な悲哀の情緒に彩られている。そこに収録されなかった「陌上桑（はくじょうそう）」などの語り物的な楽府のおおらかな雰囲気とは、明らかに対照的な作風を示している。

建安の風骨

五言詩は、後漢末から三国初期にかけての曹氏父子や王粲・劉楨（りゅうてい）（？—二一七）をはじめとする建安七子の力によって、一段と高い文学的水準に到達した。この時代は、前後四百年間続いた漢王朝が崩壊して、次の新しい社会秩序がいまだ固定するに至らない混乱期であったが、それだけに辞賦中心の旧来の宮廷文学から文学が脱皮するためには、うってつけの条件が備わっていたともいいうる。この乱世の詩人たちは、自分たちの新たな創作様式として、前代に生まれたばかりの五言詩や楽府を積極的に取り上げた。「建安の風骨（ふうこつ）」と称される、ほとばしるような生気にあふれた詩が次々と生み出されてゆく。乱世の波浪が彼らの詩情を鍛え上げ、ドラスティックな文学の革命を成功させたのである。その頂点に立った詩人が曹植であり、たくましさと華麗さを併せ備えた天才と評され、唐以前における最大の詩人として名声をほしいままにした。建安の詩人から一世代後れて現れた阮籍（二一〇―二六三）は、一連の「詠懐詩」（巻二十三）によって、五言詩に深い思想性をもたらした。

修辞主義の潮流

三国初期に次ぐ五言詩の高揚期は、三世紀末の西晋時代にある。この時期の特色は修辞技術が一段と発展したことで、「晋世の群才、稍く軽綺に入る」（『文心雕竜』明詩編）と総括されるように、きらびやかで精緻な詩風が一世を風靡した。修辞主義文学という時代の潮流を典型的に示すのが、賦の項でも触れた潘岳と陸機の両詩人である。表現の彫琢や対句の頻用などの六朝文学の基調となる傾向は、事実上この時期に定着したといってよい。

四世紀の初め、中国は南北に分裂し、以後六世紀末の隋による再統一に至るまで、この分裂状態が持続する。文学を含む文化の中心は一貫して南朝の側にあり、風景に富む長江流域の山水は、詩人たちに自然美への強い関心を目覚めさせた。「山水詩」の第一人者は宋の謝霊運（三八五―四三三）で、彼は奥深い自然の懐に沈潜して思索し、巧緻な写実的描写に意を注ぐとともに、自然の美しさを独自の美学にまで高めることに工夫を凝らした。謝霊運や同時代の顔延之（三八四―四五六）に至って、詩は長編化の傾向が著しく、二十句を越える作品が珍しくないようになる。対句使用の頻度はいっそう増し、高木正一氏の調査によると、謝霊運の詩では平均六〇パーセント以上の句が対句によって占められる。顔・謝にやや先んずる陶淵明（三六五—四二七）は、農村に住んで、自分の周辺の田園生活を素材とする平明で親しみやすい詩を作った。彼の詩風は同時代の詩人の間では孤立していたが、唐以後の詩において顕著になってゆく、日常性に密着した叙情の方向を先取りしたところがある。

韻律の工夫

五世紀末から六世紀にかけての斉・梁時代には、王侯貴族のサロンを中心に五言詩はいよいよ栄え、作者も作品もその層を厚くしていった。ただ、詩が一部の上流階級に独占されたことに起因する退廃の傾向も目立つようになり、身のまわりの品物を題材にして小さな詩境を求める「詠物詩」や、女性の美しさにもっぱら関心を注ぐ艶詩が中心的な位置を占めるようになってくる。この時代の詩について特記すべきは、詩の韻律に対する工夫が重点的になされるようになったことである。より具体的にいえば、沈約（四四一—五一三）や謝朓（四六四—四九九）らにより、中国語に内在する「四声」の声調を使い分けて、詩のリズムを整える理論が実践された。これは唐代における今体詩（律詩と絶句）の詩型への道を開いたものとして注目される。こうした音声を主とする表現形式の整備とあいまって、殊に謝朓は謝霊運の後を承ける山水詩において、景情融和の繊細な叙情の手法を開拓した。

近代重視の選択

以上、漢から梁に至るまでの詩の発展状況を概観してきたが、それが『文選』の作品選択の上にどのように反映しているかを検討してみよう。『文選』に収められる詩は四百三十首あまりあるが、そのうち最も新しい宋・斉・梁三朝のほぼ百年間の作品が百七十首以上（約四〇パーセント）を占め、それに先んずる晋（西晋・東晋）百五十年間の作百五十首（約三五パーセント）を上まわる。更にこれら四朝約二百五十年間の詩が全詩作品の四分の三に達して、時間的にはほぼ同じ長さに相当する後漢・三国の詩を、数の上で圧倒的にしのいでいる。すなわち、いにしえに薄く今に厚い作品選択傾向が、この大まかな分析からうかがえるだろう。賦の場合とは対照的な傾向といってよい。時代を逐って末広がりに発展・普及してきた詩の実態を考慮すれば、客観的に見てもまずは妥当な選択である。そしてそれは同時に、あの「文選の序」の基調をなす「質」から「文」への展開という「文学進化論」にも見合っている。個人別でいえば、晋の陸機が五十二首で最も多く、謝霊運の三十九首、曹植の二十五首がそれに次ぐ。彼ら三人こそ、それぞれの時期における美文の最高峰に立つ人々であった。修辞技巧に勝る詩への共感がここにも示される。

短詩型の排除

しかし、だからといって、『文選』の選択が近現代の詩の創作状況をそのまま反映しているとはとてもいえない。『文選』にやや後れて編まれた『玉台新詠』は、歴代の艶詩をもっぱら対象とした選集であるが、その斉以後の巻には、五言八句の短詩型の作が多く採られているのが目を引く。これは唐の五言律詩の先駆けをなす詩型で、斉・梁以後多くの詩人に愛好されるようになり、内容の面では詠物詩や艶詩との結びつきが強い。現存する六朝詩人の詩を網羅的に集めた全集をのぞいてみても、この傾向がはっきり確認できる。斉・梁の詩を語るとき、この短詩型の存在は見逃せない。ところが、『文選』には当時流行のこの五言八句形式の詩がほとんど採られていないのである。この形式による詩としては、わずかに沈約の「范安成に別る」（巻二十）、謝朓の「謝諮議の銅雀台の詩に同ず」（巻二十三）の二編が数えられるだけである。蕭統の文集にも六首の五言八句の詩が伝わっており、彼が実作者として時流の外にあったわけではないことを示している。にもかかわらず、『文選』からはこうした新傾向の詩が排除されている。それは恐らく形式上の問題よりも、短詩型の内容的な軽さや視野の狭さ、あるいは詩情の不健全さなどにより多く起因していよう。また、陶淵明の文学を愛好した蕭統が、女体の妖艶な魅力を主題とする「閑情の賦」だけは、「白璧の微瑕」（「陶淵明集序」）と言って批判したように、彼の文学観あるいは人間観にはかなり禁欲的なところがあることも事実である。「事は沈思より出でて、義は翰藻に帰す」という編纂の基準は、ここにも作用しているというべきか。

無韻の文の条件

詩・賦を中心とする有韻の文に対置される無韻の文に関しては、形式面の斉整がよりいっそう重視される傾きにある。蕭統の時代の基準的な文体はもちろん駢文であるが、駢文の備えるべき諸要件としては、㈠四字句と六字句を基本単位とする、㈡対句形式により全編を構成する（「駢」とは二頭立ての馬の意）、㈢典拠のある表現を多用して、文の奥行きを深める、㈣文字の美観に配慮し、同字の重出はできるだけ避ける、などが挙げられる。『文選』以後の六朝末になると、これらに加えて、平仄を整えて音声の調和を図ることも重んぜられるようになる。韻文 verse に対して、かかる文体を散文 prose と呼びたくなるのだが、その呼称は厳密にいえば正しくない。なぜなら、中国でいう「散」は「韻」に対する概念であると同時に、また「駢」に対して対句を用いないという概念でもあるからである。駢文は一字一音節で一つの意味を表すという漢語の特徴を生かして、視覚・聴覚、そしてまた意味内容の上からも整然たる美しさをもたらすように工夫された文体である。六朝にあっては、詔勅や上書などの公的な文章から、書簡などの私的な文章に至るまでの、ほとんどありとあらゆる文章が繁簡の差はあれ、駢文のスタイルで書かれていた。

句型と対句

先に挙げた駢文の備えるべき諸条件のうちでも、特に欠かすことのできないのは、四字句・六字句を基本とする句型と対偶表現とであろう。この二点をもって、無韻の文における定型化志向の指標とみなすことができる。『文心雕竜』麗辞編では、対句の意義を説いて、人の身体が手・足・耳・目のごとく左右相称の形を生まれながらに賦与されているように、詩文においてもごく自然な形で対句が生まれてくると述べている。遠い先秦時代の文章にも対句はよく用いられているから、こうした考えが出てくるのも無理はない。だが、修辞の一つの技法としての対句はずっと古くからあるが、必ずしも文に不可欠の構成要因と考えられていたわけではなかった。四字句・六字句を基調に対偶形式で構成する文章が定着しかけるのは、後漢に入ってからと思われる。我が幕末の儒者海保漁村の『漁村文話続』に、「韓昌黎（愈）自ラ文ヲ作ルノ意ヲ述テ、三代両漢ノ書ニ非ザレバ敢テ覩ズ（「李翊に答うる書」）ト云フ。両漢併セ称スルモノハ概言ナリ。ソノ実ハ古文後漢ニ至テ衰フ、後漢人ノ文ハ昌黎ガ取ラザル所ナリ」（「漢以後文体源流」）というのは、古文家の嫌った駢体の興起がこの時期にあることを間接的に述べたものである。

定型化の流れ

『文選』に収められる文章のうち、西晋以降の制作にかかるものについては、ほとんど駢文体のスタイルで統一されているが、それ以前の時代に属する作品についても、定型性の強いものほど優遇されている感のあるのは否めない。殊に公的な性格の文章ほどその傾向が著しい。最も公的な文章の一つとして、詔の場合を例にとってみよう。明の徐師曾の『文体明弁序説』に、「古の詔詞は、皆散文を用う。故に能く深厚爾雅にして、人を感動せしむ」というように、前漢の詔にはなお古雅の趣をとどめるものが多いが、武帝のころから古典に基づく雅語をしきりに用いるようになるのが目につき、定型化の傾向も徐々にではあるが、現れてくる。『文選』巻三十五には、歴代の詔のうちから漢の武帝の二編の詔を選ぶが、これらの文にもその傾向は観取できる。殊に前一三四（元光元）年の「賢良の詔」はその著しいもので、

周之成康、刑措不用、徳及鳥獣、教通四海。海外粛慎、北発渠捜、氐羌来服。星辰不孛、日月不蝕、山陵不崩、川谷不塞。麟鳳在郊藪、河洛出図書。

周の成・康は、刑を措きて用いず、徳は鳥獣に及び、教えは四海に通ず。海外の粛慎、北発・渠捜、氐羌は来たり服す。星辰は孛れず、日月は蝕せず、山陵は崩れず、川谷は塞がらず。麟鳳は郊藪に在り、河・洛は図書を出だす。

のように四字句が多用されており、対偶の形をなすところも少なくない。数ある詔の中から範とすべき作品として選ばれているのは、駢体の趣に近づいていることによるところが大きかろう。

臣下の側から意見を具申する上書も、公的な性格という点では詔に引けをとらない。武帝の父景帝の時代に書かれた鄒陽の「書を呉王に上る」「獄中にて書を上り自ら明らかにす」（ともに巻三十九）などにも、はや駢体の兆しが見えている。天の瑞応を述べて、天子および国家の威徳をたたえる符命の文章、すなわち、司馬相如の「封禅文」、揚雄の「劇秦美新」、班固の「典引」（いずれも巻四十八）も、まさに同断である。句型を整序することに

より文章にある快いリズムをもたらすのは、人を説得するための一つの技術と言いうる。

書簡の文体

これに対して、もともと公の場を意識せず、個人的な意思の伝達を目的として書かれたはずの書簡文は、同じく前漢に属する人物の作品でありながら、おのずから別種の在り方を示している。たとえば、司馬遷の「任少卿に報ずる書」（巻四十一）。そこでは句の定型化への志向はなお希薄である。司馬遷の外孫楊惲の「孫会宗に報ずる書」（同上）も、四字句の割合はやや増えているものの、はっきりした定型化志向はまだ現れていない。前漢の人の書簡でも、李陵の「蘇武に答うる書」（同上）はかなり調子が違って、四字句が多く、対句の使用も頻繁だが、「詞采壮麗にして、音句流靡、其の文体を観るに、西漢の人に類せず」（唐・劉知幾『史通』雑説編下）と評されるように、句型が整い過ぎているために後世の偽作とする説が有力である。後漢になると、書もかなりはっきりと定型化の方向に傾いてくるのが、光武帝時代の朱浮の「幽州の牧と為り彭寵に与うる書」（巻四十一）などを例としてうかがえる。このようにおよその傾向からすれば、定型化はまずより公的な性格の文体から現れ始め、次第に個人的な内容の文体にまで及んでいったといえそうである。

非『文選』的な文体

しかし、滔々として騈文化が進行した六朝時代にあっても、すべての文章が規格的な一つの文体の支配下にあったわけではない。例外的な存在ではあるにせよ、公開を意識されることの少ない個人的な意思伝達のための書簡には、この時期にあってなおかなり自由なスタイルで書かれているものが見られる。西晋の陸雲が兄陸機にあてた一連の書や、東晋の書家王羲之の多数の尺牘がそのいみじき例である。これらの書は句型も不統一なら、語彙も古典的な雅語を努めて用いず、口語的な表現さえ避けようとしていない。一例として、王羲之が家族の近況を伝える短い手紙（「児女帖」『法書要録』巻十）を見よう。

　吾有七児一女、皆同生。婚娶以畢、惟一小者、尚未婚耳。過此一婚、便得至彼。今内外孫有十六人、足慰目前。足下情致委曲、故具示。

　吾に七児一女有り、皆同生（同腹の子）なり。婚娶以に畢わるも、惟だ一小者のみ、尚お未だ婚せざるのみ。此の一婚を過ぐれば、便ち彼に至るを得ん。今　内外孫十六人有りて、目前を慰むるに足る。足下は情致委曲なり、故に具さに示す。

　筆者の子や孫に対するこまやかな情愛がよく伝わってくる、俗談平語の名文というべきだろう。対句や典故でがっちりと固められた文章では、決して表せない内容である。この種の文章が『文選』採録の対象外であったろうことは、想像に難くない。この類の文章を比較の媒介としてみれば、『文選』の特徴も限界もおのずからはっきりしてくるのではないか。いずれにしても、『文選』が駢文の時代の批評眼によって過去の文章を裁断していることは、紛れもない事実なのである。

三　蕭統の生涯と『文選』の伝承

蕭統の生いたち

『文選』の編者蕭統は、五〇一年（南斉の中興元年）九月、襄陽（湖北省）で、父蕭衍（梁の武帝）、母丁令光の子として生まれた。蕭衍はこの時三十八歳、中年になってやっと授かった待望の男子である。彼はその翌年四月には、斉の和帝から禅譲を受けて梁の帝位に上ったのだから、長子の誕生はまさに二重の喜びであった。一方、母の丁氏は統の出生の地、襄陽の人。十四歳で蕭衍に迎えられ、十七歳で統を生んだ。統の二歳下の次子綱（のちの二代皇帝簡文帝）を生んだのも彼女である。ただし正室ではなく、統の生まれた翌年、皇后に次ぐ貴嬪の地位を与えられた。統は二歳の年、皇太子に立てられている。彼が一般に昭明太子と呼ばれるのは、その死後、諡を「昭明」と称されたからである。

蕭統の字は徳施だが、幼いころの字は維摩といった。いかにも崇仏の皇帝として聞こえる武帝らしく、六朝知識人たちの必読の仏典であった『維摩経』の主人公の名をもって、愛する長子の呼び名としたのだった。仏教信仰と文学愛好は、統をはじめ弟の綱や繹（のちの三代皇帝元帝）が父からの感化として受け継いだものといえる。武帝は武門の出でありながら、文才にたけ、若年のころには、文学の保護者として知られる斉の竟陵王蕭子良のもとで、沈約・謝朓ら七人の一流文人たちとともに「八友」と称された。梁を代表する詩人の一人であり、百首近い詩が現在も存している。

蕭統は生まれつき聡明で、学問を好み、また文才に恵まれていた。五歳であまねく五経を読み、すべて暗誦できるほどだったというから、相当の神童ぶりである。遊宴や送別の席では、十数韻もの長い詩をみごとに作り上げたし、作りにくい韻を与えられても、難なくこなしたといわれる。今伝わる詩は三十首足らずだが、その文集はもと二十巻あったとされるから、生涯に作った詩はもっと多かったと思われる。もちろん仏典にも精通しており、現行の文集の中にも少なからぬ仏教関係の文章が含まれている。

仁愛の人

彼はまた立派な容姿の持ち主で、身のこなしも優雅だったといわれるから、将来の皇帝たるにふさわしい器として、人々の期待を集めていたであろう。史書が描き出す蕭統像において、更に特筆すべきは、その仁愛の人としての側面である。仁愛はまず親に対しての孝徳として現れる。五二六（普通七）年十一月、母の丁貴嬪が病を得るや、彼は朝から晩まで病床に侍して、衣服を着替える間もないほど、ひたすら看病に尽くした。そのかいもなく母が亡くなると、彼は水さえも喉に通らぬほどの痛々しい憔悴ぶりで、さしもの堂々たる体軀が平素の半分にまでやせ細ったという。心配した父武帝に、「命をそこなうまでにやせ細るのは、かえって不孝というもの」と、たしなめられたほどである。また、彼自身が重病の床に伏して命旦夕(たんせき)に迫った時にも、父にこの容態をどうして知らせられようと、思い悩んで嗚咽(おえつ)したという。

彼の仁愛は人民に対する慈しみとしても発揮された。北魏(ほくぎ)との戦争のため穀物が騰貴した時、彼は自分の衣食の費用を減じ、率先して節約に努めたし、長雨や大雪のときには、腹心の部下を派遣して庶民の困窮を救った。死んでも葬式さえ出せない貧しい人のためには、棺おけまで調えてやり、租税や労役に苦しむ民ぐさの話を耳にすると、いつも襟を正して反省した。臣下の施政上の過ちや偽りは直ちに見抜いて、適宜に指示を与えたが、徐々に改めさせるように指導して、その当人を厳しく糾弾するようなことはなかった。法廷に臨んでは公正な判決を心がけ、無罪にすることが多かった。万事そんなやりかただったから、彼が三十一歳の若さで病死すると、その仁徳を慕う京師(けいし)の男女は宮門に走り集まり、声を上げて泣き叫ぶ人々で道路は満ちあふれた。彼の死を伝え聞いた人民は、辺境の地の民に至るまで、みな慟哭(どうこく)して嘆き悲しんだといわれる。

『文選』編集の協力者

蕭統は自ら学問と文学を愛しただけでなく、文化の保護・育成にも意を用いた。彼の周辺には多数の才学の士が集められて、古典の研究討論や、著述活動に日常の多くの時間が充てられるのを常とした。皇太子の居所である東宮には三万巻に近い書物が収集され、また数々の人材が糾合されて、学問と文学の隆盛は晋・宋以来その例を見ぬほどであった。こうした状況が、『文選』を生み出すための豊かな土壌の役割を果たしていたことはいうまでもあるまい。

『文選』の編纂は表面上蕭統一人の功に帰せられているけれども、実際の撰録に当たったのが彼の周辺にいた複数の才学の士たちであろうことは、想像に難くないところである。我が平安朝の空海が編んだ『文鏡秘府論』六巻は、六朝・唐の文学理論の中国では早く散佚した作品を数多く収める貴重な資料であるが、その南巻つまり第四巻の一節に次のような記事が見られる。

> 梁の昭明太子蕭統の劉孝綽等と『文選』を撰集するが如きに至りては、自ら謂えらく天地を畢くし、諸を日月に懸くと。然れども取捨に於て、舛謬無きに非ず。

これは『文選』の作品選択が必ずしも妥当でないことを批判した内容になっているが、元来は初唐の詩論家元兢により『古今詩人秀句』二巻の序として書かれた文章と推定されるものである。ここで蕭統とともに『文選』の編者に擬せられている劉孝綽（四八一―五三九）は、梁の文人で、本名を冉というが、もっぱら字をもって行われている。太子に才を愛され、楽賢堂という建物が東宮に建てられた時、真っ先に劉孝綽の像を描かせたほどの厚い信任があった。昭明太子の文集を太子自身の意を承けて編み、序文を書いたのも彼で、その「昭明太子集序」は現存する。『文鏡秘府論』よりは更にのちの文献になるが、南宋・王応麟の『玉海』巻五十四芸文には、『中興書目』なる書に基づくとして、『文選』は蕭統が何遜（かそん）・劉孝綽らとともに編んだとする説を記している。何遜はやはり梁の著名な詩人だが、彼は五一八（天監十七）年ごろ、前述した『文選』の推定編纂年に先立って死んでいるので、王応麟の説を全面的に信用するわけにはゆくまい。しかし、何遜はともかく、劉孝綽を『文選』の共編者に擬する考えがかなり古くからあったことは事実であり、蕭統と彼との密接な関係からしても、十分な根拠をもつ説と言いうるであろう。彼を含めて複数の編集協力者がいたことは、恐らく確実である。『文選』の実際の編纂事業に携わったのがだれであったかということは、日中両国の学界で現在新たな研究課題になりつつある。

不幸な晩年と死

さて、上記のごとく、あらゆる点で円満具足の君子として描かれる蕭統だが、その晩年は必ずしも幸福ではなかった。それに晩年の彼には、既に見た謹厳な君子人のイメージからは予想もできないような、一連の奇怪な話が伝えられている。まず彼の死因だが、これは病死というよりは、むしろ一種の事故死という方がふさわしい。五三一（中大通三）年三月、彼は宮中の後池に遊び、舟に乗って蓮（はす）の花を摘んでいた。ところが、同乗していた女官がふざけて舟を揺すったために、彼は水中に投げ出され、危うく溺（おぼ）れかかった。どうにか助けられはしたものの、それ以来病に伏す身となり、四月になってにわかに容態が悪化して亡くなったというのである。この話は『南史』のみに記されていて、『梁書』にはみえない。南朝の出である『梁書』の著者姚思廉は、昭明太子のためにかかる類の話を忌んだが、北朝出身の『南史』の著者李延寿は、あけすけに書き入れたものと思われる。

『南史』には、これより先、蕭統の生母丁貴嬪の墓地購入をめぐって起きた、いっそう奇怪な事件の顛末も記録されている。宦官や道士といったいかにもいかがわしげな人物が幾重にも絡み、武帝や太子を巻き込んでいったこの謀略事件は、あまりにも小説じみていてにわかに信憑性を保証できないが、この父子の信頼関係を決定的に損なうようなある出来事があったことだけは確からしい。『南史』の論賛には、昭明太子の親（いつくしみ）と賢、武帝の愛と信（まごころ）をもってしてさえ、「謗りの言一たび及べば、死に至るまで自ら明らかにする能わず」と、彼らの不幸を嘆息している。

蕭統の死後、彼の五人の遺児たちを見舞った運命は更に苛酷だった。次の太子の座に最も近いと予想された長子の歓は結局指名されず、彼の叔父綱が後継者に選ばれたからである。武帝の蕭統に対する愛情は、やはり既に薄れていたのだろうか。遺児たちの無念の思いはことばに尽くしがたいものがあった。のち侯景の乱をきっかけとする梁末の大騒乱の渦中で、二男蕭誉は叔父元帝に反抗して斬死し、三男蕭詧は敵国西魏に擁立されて後梁の傀儡君主の座につき、長男歓の子棟は梁を滅ぼした元凶侯景の手で、これまた名のみの皇位に座らされている。結果としてではあれ、昭明太子の死がその遺児たちをいやおうなく梁王室に刃向かう立場に追い込んでいったのである。

『文選』は、蕭統が日嗣の御子として得意の絶頂に登り詰めた短い期間の、記念碑的ともいえる事業である。晩年の彼およびその一族を見舞った運命は確かに痛ましいが、『文選』の存在が彼の名を忘却の淵から救い、いわば百年後の転生を可能にしたのだった。

唐の「文選学」

『文選』が中国の文化史上で巨大な影響力を発揮しはじめるのは、唐の時代に入ってからである。『文選』自体のもつ魅力がやがてこの書を詩文の模範の地位にまで押し上げ、科挙の試験で『文選』的な美文の創作能力の重視されたことが、その権威の確立を決定的なものにした。『文選』の高い地位は北宋の前半まで続き、当時「文選爛すれば、秀才半ばなり」(『文選』に精通すれば、科挙は半ば及第)という諺が士人の間にはやった(陸游『老学庵筆記』巻八)ほどである。その現象と相関して、『文選』の研究、いわゆる「文選学」も盛んになっていった。

文献の上で確認できる最古の『文選』研究書は、隋の蕭該の『文選音』(あるいは『文選音義』)三巻であり、『隋書』経籍志の集部総集類に名がみえている。蕭該は梁の武帝の異母弟鄱陽王恢の孫、つまり蕭統からすればいとこの子に当たる。彼にとっては、『文選』はいわばお家の学であった。しかし、本格的な「文選学」の隆盛を導く始祖となったのは、蕭該よりややのちの学者曹憲である。彼は文字学に特に造詣が深く、隋に仕えて秘書学士となったが、唐に入ってからは老齢のため出仕せず、郷里の揚州江都(現在の江蘇省揚州市)にあって学問の伝授に努めた。その得意とした領域の一つが『文選』であり、『文選音義』を著して同時代に重んぜられた。門下から魏模・公孫羅・許淹・李善ら多くの『文選』学者が出ている。今も揚州市に存する文選楼は、曹憲の邸跡に彼を記念して清の学者阮元が建てたものである。まことに揚州こそは、「文選学」発祥の地であった。

李善注の出現

曹憲の数多い門弟の中にあって、「文選学」を大成したのは李善（？—六九〇）である。彼は師の曹憲と同じ江都の人で、その学問は古今をあまねく貫くが、文辞を綴ることは不得意で、ために「書簏」すなわち本箱とあだ名されたと、彼の息子の伝記である『新唐書』李邕伝には記されている。李善はもと三十巻だった『文選』に、詳細な注釈を著して六十巻に分かった。これが現在まで行われている『文選』の体裁であり、李善の筆に成る「文選注を上る表」によれば、六五八（顕慶三）年九月十七日に高宗に献呈されている。李善注の特色は、ことばの出所を過去の典籍にさかのぼって丁寧に跡づけ、引証によって語義を定める方法を用いていることで、字句の意を別のことばによって説明する訓詁の法はほとんど採用していない。また、個別の作品について先人の優れた注が存する場合には、それらを全面的に取り入れ、自説は「善曰く」として区別しつつ補入している。李善が引用した古典には既に散佚してしまった書も数多くあり、古い時代の典籍の実態を考証する上でも貴重な資料を提供している。なお、李善の子で文人として著名な李邕（六七八—七四七）も、父の「文選学」を継承し、李善注を増補したといわれる。現行の李善注にその増補部分が含まれている可能性もありえよう。李邕の『文選』に対する学殖は、彼の教えを受けた詩人杜甫に伝えられている。

諸種の注釈

李善注が一般に行われるようになってのち、その「事を釈きて意を忘るる」引証中心の注釈方法に飽き足りない思いを抱く人々もあった。呂延済・劉良・張銑・呂向・李周翰の五人が共同で執筆した五臣注は、そうした不満に応えようとしたもので、李善が取らなかった訓詁の方法によって、作品の意を疎通させようとする考えに基づいていた。七一八（開元六）年九月十日の日付で、玄宗に献呈されている。残念ながら、五臣注は全体に理解が浅薄で誤りも多く、李善注の価値に遠く及ばないというのが後世の定評である。

宋以後の版本時代になると、李善注と五臣注を合刻したいわゆる『六臣注文選』が広く行われるようになった。南宋の尤袤が刻して以来普及するようになった李善単注本も、実は六臣注本から李善注だけを抜き出したもので、五臣注が往々にして混入するなど、その復原の方法にも問題がないわけではない。現在伝わっている『文選』のテクストには、大別して上記の李善注本・五臣注本・六臣注本の三系統があるが、そのほか、ほとんどが我が国のみに写本の形で伝わる『文選集注』がある。もと百二十巻で、李善注本を更に倍に広げた大部な書だったはずだが、今は残欠を含めて二十数巻分だけが存する。集注本は内外の古い書目に全く名が見えず、その成立に関しては不明の部分が多いが、内容は唐代の五種の注、すなわち李善注・鈔・音決・五臣注・陸善経注をこの順序によって収める。鈔と音決は、初唐の公孫羅の『文選鈔』および『文選音決』かと推定されるが、疑いを投げかけるむきもある。陸善経については、わずかに開元年間（七一三―七四一）の学者であることが知られるほかは、未詳である。集注本は近来とみにその重要性が認識され、『文選』研究のための不可欠の資料となっている。

以上、『文選』の伝承については、唐代までのおよその流れを記したにとどまるが、それ以後近代に至るまでの「文選学」の蓄積は、中国・日本を合わせて膨大な量に上る。『文選』は単なる唐以前の詩文の精華をえりすぐったアンソロジーたるにとどまらず、中国古典学の一つの在り方を示す一大淵藪なのである。

興膳宏

精選訳注　文選

文選序（文選の序）

梁　昭明太子　蕭統

式観二元始一、眇覿二玄風一、冬穴夏巣之時、茹レ毛飲レ血之世、世質民淳、斯文未レ作。逮三乎伏義氏之王二天下一也、始画二八卦一、造二書契一、以代二結縄之政一、由レ是文籍生焉。易曰、「観二乎天文一、以察二時変一、観二乎人文一、以化二成天下一。」文之時義遠矣。

若夫椎輪為二大輅之始一、大輅寧有二椎輪之質一。増氷為二積水所一レ成、積水曾微二増氷之凜一。何哉。蓋踵二其事一而増レ華、変二其本一而加レ厲。物既有レ之、文亦宜レ然。随レ時変改、難レ可二詳悉一。

式て元始を観、眇かに玄風を覿れば、冬は穴にすみ夏は巣にすみし時、毛を茹らい血を飲みし世には、世は質にして民淳く、斯文未だ作こらず。伏義氏の天下に王たるに逮びて、始めて八卦を画き、書契を造り、以て結縄の政に代え、是に由りて文籍生まる。易に曰く、「天文を観て、以て時の変を察し、人文を観て、以て天下を化成す」と。文の時義は遠きかな。

若し夫れ椎輪は大輅の始めたるも、大輅に寧ぞ椎輪の質有らんや。増氷は積水の成す所たるも、積水に曾ち増氷の凜たきこと微し。何ぞや。蓋し其の事に踵ぎて華しきを増し、其の本を変じて厲しきを加う。物既に之れ有り、文も亦宜しく然るべし。時に随いて変改すれば、詳らかに悉くすべきこと難し。

○冬穴夏巣之時、……　太古の生活の描写。『礼記』礼運に、「昔者、先王未だ宮室有らず。冬は則ち営窟に居り、夏は即ち橧巣に居る。未だ火もて化ること有らず、草木の実、鳥獣の肉を食らい、其の血を飲み、其の毛を茹らう」とある。太古の想像上の帝王に有巣氏があるのはこれによる。　○斯文　『論語』子罕編に、「天の将に斯の文を喪ぼさんとするや、後死の者、斯の文に与かるを得ざるなり」とある。元来は学術文化をいうが、ここでは、とりわけ文学を意味するものと解する。　○逮乎伏羲氏之王天下也、……　伏羲氏は、太古の帝王の名。八卦は、易のシステムの基本をなす八種のシンボル。すなわち、☰乾・☱兌・☲離・☳震・☴巽・☵坎・☶艮・☷坤で、森羅万象のすべてを象徴する。書契は、文字。結縄は、縄の結び目。文字のなかった時代には、縄の結び目によって意思伝達の手段としたといわれる。この一節は、『易経』繫辞伝下の「古者、包犧氏の天下に王たるや、……始めて八卦を作り、以て神明の徳を通じ、以て万物の情を類す」と、「上古は縄を結んで治まる。後世の聖人、之に易うるに書契を以てし、百官以て治め、万民以て察す」を合成したもの。文字の発明は、一般には伏羲よりも後の黄帝の史官蒼頡によるとされる。
○易曰、……　『易経』賁卦彖伝のことば。　○文之時義遠矣　『易経』豫卦彖伝に、「豫の時義は大いなるかな」とあるほか、同様の例が少なくない。時義は、時間的な意義。　○椎輪　輻（スポーク）のない車輪を用いた原始的な車。　○大輅　玉で飾った美しい車。　○増氷為積水所成（二句）『荀子』勧学編の「氷は、水之を為して、而も水よりも寒たし」による。

【現代語訳】　『文選』の序

はるかに原始の世、太古の風俗を眺めやるに、冬は穴に夏は樹上に巣を作って住み、鳥獣を生のまま食べてその血をすすって暮らしていた時代には、人々は質素純朴で、文学といえるものはまだ生まれていなかった。伏羲氏が天下に君臨するようになると、初めて八卦を描き、文字を作って、それまでの縄目を結んでまつりごとを行う方法を改め、そこから書物が誕生を見たのである。『易経』に、「天文を観察して、時の変化を見究め、人文を観察して、天下を教え導く」とある。してみると、文の時を得た働きにはまことに偉大なものがある。

いったい、輻を用いない手押し車は、天子の乗る大輅の祖先であるが、大輅にはもはや手押し車の質朴さは跡をとどめていない。また、厚い氷は水が集積してできたものだが、もとの水の集積には厚氷の冷たさを全く欠いている。なぜこんなことになるのだろう。思うに、それは車作りという事柄を継承して華麗さを増してゆき、水の元来の状態を変えて冷たさを加えていったからである。水や車といった物質に関してこうしたことがあるのだから、文学についても当然同じことがいえるはずだ。文学は時代につれて変化し、その変化のさまはことばに尽くしがたいほどのものである。

撰者の基本的な立場　昭明太子蕭統の文学に対する基本的な立場がこの一段によく示されている。彼の考える文学の歴史的発展は、一言でいえば、「質」から「文」への展開、あるいは素朴から華麗への変遷ということにほかなるまい。その理論を傍証するために、彼は二つの物質の時間による変化の例を持ちきたって、視覚に訴えながら説明を加えようとする。第一の例は車。輻を用い

文選序　梁昭明太子撰

式觀元始眇覿玄風冬穴夏巢之時茹毛飲血之世世質民淳斯文未作逮乎伏羲氏之王天下也始畫八卦造書契以代結繩之政由是文籍生焉易曰觀乎天文以察時變觀乎人文以化成天下文之時義遠矣哉若夫椎輪爲大輅之始大輅寧有椎輪之質增冰爲積水所成積水曾微增冰之凛何哉蓋踵

『文選』の序冒頭（台湾国立中央図書館影印刊・五臣注本）

ない原始的な手押し車から、玉をちりばめた壮麗な乗用車への推移——同じく「車」という語によって一括される二つの物の間に、文明の進歩に伴う巨大な質的な落差があることを彼は注意する。第二の例は氷。このことばの典拠となった『荀子』勧学編では、「青は、之を藍より取りて、而も藍よりも青し」の句とともに、元来学問することの大切さを説く比喩に用いられているのだが、ここではそれを換骨奪胎して、事物の質的変化の面にもっぱらスポットを当てている。水という液体から氷という固体への変化は、単なる時間の経過によってなされるのではなく、冷却という目的をもった作用が必要なことを明らかにしている。

こうした蕭統の理論は、一種の文学進化論といえるであろう。「質」から「文」への推移をこのように積極的に意味づけるとき、古代から現代へと流れる文学の歴史は、そのままプラス価値の増大という楽観的かつ肯定的な評価となって受け止められることになる。修辞技術に過剰なまでに関心を注ぐ蕭統の時代の文学は、かかる基準からみれば、高い評価を受けるだけの十分な理由がある。

蕭統よりは一世代前の詩人沈約が、その「宋書謝霊運伝の論」（巻五十）において、声律を重視する近代の詩を、文学の歴史的発展の帰結として高く評価するのと同じ視点をそこに認めることができる。『文選』が「文」ある作品を「選」りすぐったアンソロジーであることの意義も、この一段に示される編者の文学観からすれば、おのずと明らかになってこよう。同時代の文学理論として『文選』の編纂にも影響を与えたと思われる劉勰の『文心雕竜』が、文学における文彩の効果を重視しながらも、文学の美の典型を儒家の五経に見いだして、当代の文人たちに経書の精神への回帰を呼びかけるのとは、いささか趣を異にする。

ここに見るような蕭統の文学観は、『文選』の具体的な作品選択にも反映している。この書では、周から梁まで、千年を越える長大な時間の間に著された七百有余編の精華を選りすぐっているが、選択の傾向は総体的にいにしえに薄く今に厚い。駱鴻凱の『文選学』に既に指摘がなされているように（義例第二）、令・教・策文・啓・弾事・墓誌・行状・祭文などの領域では、劉宋以後の近人の作品のみを採録しており、近い時代への偏りという批判もいたしかたない面が確かにある。宋・斉・梁というほぼ百年間にわたる三王朝から、二百五十編近い詩文が選ばれていて、これは全作品数のおよそ三分の一に相当する量だから、時間のスケールからすれば、それ以前の時代に比べてかなり優遇されているのは事実である。もっとも、たとえば詩とともに『文選』の中心的な位置を占める賦の分野で、斉・梁の作品が江淹の「恨みの賦」「別れの賦」の二編しか採られていないように、ジャンルごとの発展の歴史に一定の目配りがなされていたことも確実であり、あまり機械的に考えるべきでないのはいうまでもない。

嘗試論レ之曰、詩序云、「詩有二六義一焉。一曰風、二曰賦、三曰比、四曰興、五曰雅、六曰頌」。至於今之作者、異乎古昔。古詩之体、今則全取賦名。荀・宋表之於前、賈・馬継之於末。自茲以降、源流寔繁。述邑居則有憑虚・亡是之作、戒畋遊則有長楊・羽猟之制。若其紀一事、詠一物、風雲草木之興、魚虫禽獣之流、推而広之、不可勝載矣。

又楚人屈原、含忠履潔、君匪従流、臣進逆耳、深思遠慮、遂放湘南。耿介之意既傷、壱鬱之懐靡愬、臨淵有懐沙之志、吟沢有憔悴之容。騒人之文、自茲而作。

嘗試に之を論じて曰く、詩の序に云えらく、「詩に六義有り。一に曰く風、二に曰く賦、三に曰く比、四に曰く興、五に曰く雅、六に曰く頌」と。今の作者に至りては、古昔に異なれり。古詩の体は、今は則ち全く賦の名に取る。荀・宋は之を前に表し、賈・馬は之を末に継ぐ。茲より以降、源流寔に繁し。邑居を述ぶれば則ち憑虚・亡是の作有り、畋遊を戒むるは則ち長楊・羽猟の制有り。若し其れ一事を紀し、一物を詠ぜる、風雲草木の興、魚虫禽獣の流、推して之を広むれば、勝げて載すべからず。

又楚人屈原、忠を含み潔を履む、君流れに従うに匪ず、臣耳に逆らうことを進むれば、深く思い遠く慮れども、遂に湘南に放たる。耿介の意既に傷れ、壱鬱の懐い愬うること靡く、淵に臨みて懐沙の志有り、沢に吟じて憔悴の容有り。騒人の文、茲よりして作これり。

○詩序云、……「詩序」は、『毛詩』の大序（巻四十五）。以下「六曰頌」までが大序の引用。いわゆる詩の六義のうち、風・雅・頌は、『詩経』の内容上の区分で、風は諸国の歌謡、雅は儀式の歌、頌は王室の先祖の祭祀歌をいう。また、賦・比・興は、『詩経』の修辞上の技法。賦は直叙、比は比喩を含む叙述、興は自然の景物に託して主題を展開する一種の隠喩（メタファー）。○古詩之体（二句）賦はもと詩の六義の一つであったことをいう。班固の「両都の賦の序」（巻一）に、「或るひと曰く、賦は古詩の流なりと」とある。○荀・宋　荀は、戦国末の思想家荀況（前三一三？―前二三八？）。『荀子』第二十六章賦編は、賦の名称を有する最も早い作品で、礼・知・雲・蚕・箴などをうたう韻文六編が収められている。宋は、戦国末楚の詩人宋玉（前三世紀）。屈原の弟子といわれ、『楚辞』の有力な作者の一人に擬せられる。『文選』には「風の賦」（巻十三）などの四編の賦が採られている。○賈・馬　賈は、前漢の賈誼（前二〇一―前一六九）。代表作に「鵩鳥の賦」（巻十三）がある。馬は、前漢の司馬相如（前一七九―前一一七）で、賦の最大の作家といわれる。「子虚の賦」（巻七）、「上林の賦」（巻八）などがある。○憑虚・亡是　憑虚は、憑虚公子。亡是は、亡是公。それぞれ、張衡の「西京の賦」（巻二）と司馬相如の「上林の賦」の語り手。○長楊・羽猟　賦の畋猟の部に収められる揚雄の「長楊の賦」（巻九）と「羽猟の賦」（巻八）をさす。○風雲草木之興、魚虫禽獣之流　巻十三の物色の賦、巻十三・十四の鳥獣の賦などをいう。○屈原　前三四三？―前二七七？。戦国楚の詩人で、『楚辞』の主要な作者。彼の作とされる「離騒」「九歌」「九章」「卜居」「漁父」が巻三十二・三十三に収められる。『楚辞』の諸作は、賦の文学に大きな影響を与えた。○含レ忠履レ潔、……　屈原は楚の二代の君主懐王と頃襄王に真心を尽くして仕えたが、臣下の讒言を信じた王にかえって疎まれて追放され、汨羅の淵に身を投げて命を絶った。○湘南　湘は、湘江。湖南省を北に流れ、洞庭湖に注ぐ大河。○耿介　輝かしく大きなさま。○壱鬱　心に思いのわだかまるさま。○臨レ淵有二懐沙之志一　淵は、汨羅の淵。懐沙は、砂礫を懐に入れて身を投げる。『楚辞』の「九章」中の一編「懐沙」は、死を前にした辞世の作といわれる。〇吟レ沢有二憔悴之容一　屈原の作とされる「漁父」（巻三十三）に、「屈原既に放たれて、江潭に遊び、沢畔に行吟して、顔色憔悴し、形容枯槁す」とある。〇騒人之文　屈原およびその後継者たちの作品。「騒」は、『楚辞』の第一章「離騒」に基づき、『楚辞』全体を総称する。

【現代語訳】今、試みに文体の変遷について論じてみよう。『毛詩』の序には、「詩には六つの区分がある。その一を風、その二を賦、その三を比、その四を興、その五を雅、その六を頌という」とある。ところが、今日の作者はというと、いにしえのやりかたとは違ってきている。いにしえの詩の一区分であった賦を、今ではそのまま取ってきて「賦」という文体の名にしているのだ。まず、荀況・宋玉が賦の先駆者となり、のちに賈誼・司馬相如がそれを引き継いだ。それ以後、賦の流れはまことに多様になった。都のありさまを描いては憑虚公子や亡是公の登場する作品があり、狩猟の弊を戒めては「長楊の賦」や「羽猟の賦」といった作品がある。また、一つの事柄、一つの物を描く賦となると、風雲草木に託した興趣、魚虫禽獣のたぐいの叙述など、推し広めてゆくと、とても述べきれないほどである。

また、楚の人屈原は、忠義の心と廉潔な行為を保ちながら、主君は彼の諫言に従わず、臣たる彼は耳に逆らう進言を続けたために、深遠な思慮を抱きながら、ついに湘江の南に追放されてしまった。かの公明正大なる意は損なわれ、胸にわだかまる思いを訴えるべき人とてなくて、汨羅の淵に臨んでは小石を懐に身を投げる覚悟を定め、沢畔を行吟する姿はやつれ衰えていた。『楚辞』の文学は、こうして始まったのである。

賦と騒というジャンル　以下、諸ジャンルの変遷に関する記述が続くうち、ここではまず賦と騒が取り上げられている。辞賦ともいう。賦の原義は、事物を「鋪き陳ねる」こと（『周礼』春官大師の鄭玄注）であるといわれるように、事柄を羅列的に直叙して多彩な景観を織りなすことを特色とし、漢代の賦にその典型が見られる。魏晋以後は叙情的な短編の賦も作られるようになった。『文選』（李善注六十巻本）では、巻一から巻十九までが賦に充てられている。

賦が諸ジャンルの中で真っ先に論じられているのは、「賦」の名称が『毛詩』の大序にいう詩の「六義」に由来するところから、経書尊重のたてまえを貫いたもの。本文でも賦が最初に位し、詩がそれに続く構成になっている。清の学者章学誠によれば、賦から詩へと並ぶ構成は、『漢書』芸文志の詩賦略の方法に倣ったものという（『校讐通義』漢志詩賦第十五）。

騒は、「離騒」をはじめとする『楚辞』の一連の詩編をいう。『詩経』に次いで現れた詩歌として、文学史上に重きをなす。巻三十二・三十三の両巻が騒に充てられる。騒は賦の成立にあたって、内容・形式の双方にわたり大きな影響を及ぼしており、その意味でここでは賦に連接して論じられている。『文心雕竜』に、「賦なる者は、命を詩人（『詩経』の作者たち）に受けて、宇を楚辞に拓きしなり」（詮賦編）というように、騒は賦の事実上の祖先といってよい関係にある。

詩者、蓋志之所レ之也。情動二於中一而形二於言一。関雎・麟趾、正始之道著、桑間・

濮上、亡国之音表。故風雅之道、粲然可レ観。自二炎漢中葉一、厥塗漸異、退傅有二在鄒之作一、降将著二河梁之篇一、四言・五言、区以別矣。又少則三字、多則九言、各体互興、分レ鑣並駆。

頌者、所下以游二揚徳業一、褒中讃成功上、吉甫有二穆若之談一、季子有二至矣之歎一。舒布為レ詩、既言如レ彼、総成為レ頌、又亦若レ此。

次則箴興二於補レ闕、戒出二於弼匡一。論則析レ理精微、銘則序レ事清潤。美レ終則誄発、図レ像則讃興。又詔・誥・教・令之流、表・奏・牋・記之列、書・誓・符・檄之品、弔・祭・悲・哀之作、答客・指事之制、三言・八字之文、篇・辞・引・序、碑・碣・誌・状、衆制鋒起、源流間出。譬陶匏異レ器、並為二入レ耳之娯一、黼黻不レ同、倶為二悦レ目之玩一。作者之致、蓋云備矣。

詩は、蓋し志の之く所なり。情中に動きて、言に形る。関雎・麟趾には、正始の道著れ、桑間・濮上には、亡国の音表る。故に風雅の道は、粲然として観るべし。炎漢中葉より、厥の塗漸く異なり、退きし傅は在鄒の作有り、降りし将は河梁の篇を著して、四言・五言、区して以て別れたり。又少なきは則ち三字、多きは則ち九言、各体互いに興り、鑣を分かちて並び駆す。

頌は、徳業を游揚し、成功を褒讃する所以にして、吉甫に穆若の談有り、季子に至矣の歎有り。舒べ布いて詩と為せば、既に言れ彼の如く、総成して頌と為せば、又亦此くの若し。

次に則ち箴は闕けたるを補うより興り、戒は弼け匡すより出ず。論は則ち理を析かちて精微、銘は則ち事を序して清潤なり。終わりを美むるには則ち誄発こり、像を図くには則ち讃興る。又詔・誥・教・令の流、表・奏・牋・記の列、書・誓・符・檄の品、弔・祭・悲・哀の作、答客・指事の制、三言・八字の文、篇・辞・引・序、碑・碣・誌・状、衆制鋒起し、源流間出ず。譬えば陶匏 器を異にするも、並びに耳に入るの娯しみたり、黼黻同じからざるも、倶に目を悦ばしむるの玩びものたるがごとし。作者の致、蓋し云に備われり。

○詩者、……『毛詩』の大序に、「詩は、志の之く所なり。心に在るを志と為し、言に発するを詩と為す。情 中に動きて、言に形る」とある。「詩」「志」「之」が同音の字であることに注意。 ○関雎・麟趾 「関雎」は、『毛詩』の冒頭、国風・周南の最初の詩。后妃の徳をたたえる。「麟趾」は、周南の最後の詩で、君主の一族の徳をたたえる。 ○正始之道著 『毛詩』の大序に、「関雎・麟趾の化は、王者の風なり、故に之を周公に繋く。……周南・召南は、正始の道、王化の基なり」とある。 ○桑間・濮上（二句） 『礼記』の「楽記」に、「桑間・濮上の音は、亡国の音なり」とあり、その鄭玄注によれば、濮水のほとりに桑間という地があり、殷の紂王のみだらな音楽が伝わるという。 ○炎漢 漢は、五行の火徳を受けるところから、「炎」字を加える。 ○退傅有在鄒之作 退傅は、漢初の韋孟をさす。高祖の異母弟である楚の元王交の傅となり、子の夷王、孫の戊と三代にわたって仕えた。戊の無道を諌める四言の諷諫の詩（巻十九）を奉って意見したが、聞き入れられず、引退して郷里山東の鄒に引っ込んだ。その鄒で作ったもう一編の詩は、

『漢書』巻七十三本伝にみえる。　○降将著㆓河梁之篇㆒　降将は、漢の将軍李陵（?—前七四）のこと。武帝の命を受けて、わずか五千の兵を率い匈奴征討に赴いたが、奮戦むなしく敗れて降伏した。『漢書』巻五十四に伝がある。異境にあって蘇武に与えた五言詩三首が巻二十九に収められ、その第三首に、「手を携えて河梁に上り、遊子　暮れに何くにか之く」（一五九ページ）の句がある。ただし、これらの詩は後世の偽作とされる。　○三字・九言　五臣の呂向注は、三言の詩は晋の夏侯湛に、九言の詩は魏の高貴郷公に始まるという（梁の任昉の『文章始』に基づくか）。三言詩は、それより先に漢の「安世房中歌」「郊祀歌」などに例がある。しかし、一編を通して九言を用いた詩は現存しない。　○頌者、……　頌は、ほめうた。六義の一つとしての頌は、王室の祖先の徳をたたえる（六七ページ参照）。『毛詩』の大序に「頌は、盛徳の形容を美し、其の成功を以て、神明に告ぐる者なり」とある。　○吉甫有㆓穆若之談㆒　吉甫は、周の賢臣、尹吉甫。周の宣王が賢臣を用いて王室を中興したことをたたえる大雅「烝民」の詩を作った。同編に、「吉甫は誦を作り、穆として清風の如し」の句がある。誦・頌は同音の字。また、如・若は同義。　○季子有㆓至矣之歎㆒　季子は、春秋の呉の公子季札。『左伝』襄公二十九年に、季札が周を訪れて周の音楽を聞いた時の話を記す。頌の演奏を聞いたあと、彼は「至れるかな矣哉。……盛徳の同じき所なり」と感嘆を発した。　○舒布為㆑詩、……　もと詩の一体であった頌が、のちに独立して一ジャンルをなしたことをいう。　○箴　戒めの文。『文心雕竜』銘箴編に、「箴は、針なり。疾を攻め患を防ぐ所以にして、鍼石に喩うるなり」とある。　○戒　やはり、いましめの文。『文心雕竜』詔策編に、「戒は、慎なり」とある。　○銘　器物に彫りつけて行動の戒めとしたり、石碑に刻んで人の功績を称賛する文。　○誄　しのびごと。死者の生前の徳行をたたえる文。　○讃　賛に同じ。美点を褒めたたえる文。ここでは、殊に画讃をさしている。　○詔・誥・教・令　詔・誥は、みことのり。教・令は、皇后・皇太子・諸侯の命令。　○表・奏・牋・記　表・奏は、臣下が君主に考えを具申する書。牋・記も、上奏文の一種。　○書・誓・符・檄　書は、書簡。誓は、約束のことば。符は、信義を証明する手紙。檄は、ふれぶみ。　○弔・祭・悲・哀　いずれも死者をとぶらい悼む文。〇答客・指事　答客は、客と主の対論形式の文。指事は、「七」の類か。枚乗の「七発」（巻三十四）の李善注に、「七発は、七事を発して以て太子を起発する者なり」とある。〇三言・八字　さすところに各説あるが、未詳。〇篇・辞・引・序　篇は、司馬相如の『凡将篇』の類か。辞は、漢の武帝の「秋風の辞」の類の一種の韻文。引・序は、序文。〇碑・碣・誌・状　碑・碣は、ともに故人をたたえる文で、前者は四角な石に、後者は円い石に刻まれる。誌は、墓誌。死者の業績を記す文で、石に刻み墓に埋められる。状は、行状。死者の生涯の歩みを事細かに記す文。〇黼黻　礼服の模様で、白と黒のものを黼、黒と青のものを黻という。

【現代語訳】　詩とは、志の之くところを述べたものである。つまり、心の中に動く感情を、ことばに表現したものである。「関雎」「麟趾」の詩には、人倫の基本が著されており、「桑間」「濮上」の詩には、亡国の音楽が表れている。かくて、詩歌の道は、ここに明確な形で見ることができるようになった。漢の中ごろから、この道に次第に変化が生じ、退職した傅の韋孟が「鄒に在りて」の作（四言詩）を作り、匈奴に降伏した将軍李陵が「河梁」の篇（五言詩）を著して、四言詩と五言詩とが、別々の詩型として区別されるに至った。更に少ないものでは三言、多いものでは九言と、各種の詩型が起こって、それぞれの特色を繰り広げつつ展開していった。

頌は、人の優れた業績を宣揚し、功業の成就を称賛する様式で、尹吉甫に「穆たること清風の若し」のことばがあり、呉の季札に「至れるかな」の嘆息がある。かかる言を繰り広げて詩に構成する場合は、既に前に述べたとおりであり、取りまとめて頌とすれば、ここに見るような形になる。

次に、箴は欠陥を補う目的をもって生まれ、戒は行いを助け正すために現れた。論は物の理を細かくきちんと分析するもの、銘は人の事跡を澄んだ美しさをたたえて叙述するものである。亡き人を褒めたたえるために誄が起こり、画像を描いて書き記すために讃が起こった。更に詔・誥や教・令の類、表・奏や牋・記の類、書・誓や符・檄の類、弔・祭や悲・哀の作、答客・指事の作、三言・八字の文、篇・辞や引・序、碑・碣や誌・状など、もろもろの文体が群がり現れ、いろいろな形式が次々と生まれた。たとえば、壎と篪は別々の楽器でこそあれ、人の耳を楽しませる点では同じであり、黼と黻は彩りこそ違え、人の目を喜ばせる点では一つであるようなものだ。文を作る人々の心を表すための形式は、ここに整備されたといえよう。

五言詩の成立　中国の詩の源流が『詩経』に存することについては異論がないが、『文選』の詩の主流をなす五言詩がいつごろ成立したかについては古来いくつかの説があり、今日なおはっきりとした決着を見るに至っていない。四言を基調とした『詩経』の詩の中にも、ごく稀に五言の句が混じることがある。

誰謂雀無角　　誰か雀に角無しと謂う
何以穿我屋　　何を以てか我が屋を穿つ

誰謂女無家　誰か女に家無しと謂う
何以速我獄　何を以てか我が獄を速む

これは召南の「行露」の一部で、五言詩の濫觴としてよく引かれる。このほかにも、『詩経』全体を通じて見れば、なお少なからぬ五言句の例を挙げることができる。

しかし、このような五言句がその後も自然発生的に増加しつづけて、おのずから五言詩の流れを形成したと考えるのは、あまりにも安易である。『詩経』から『楚辞』に至るまでの約三百年は、詩歌の歴史の上で空白の時期に当たるが、『左伝』や『史記』に引用される歌謡や諺は、四言のほか、五言や三言・六言・七言、更にはそれらの入り混じった雑言などきわめて多様であり、四言の形式に代わって新しい詩型が誕生する傾向は、まだそこには認められない。戦国末期から前漢にかけては、項羽の「垓下の歌」や、漢の高祖劉邦の「大風の歌」のような楚調形式がこれに加わり、『漢書』礼楽志に収められる「安世房中歌」十七章や、「郊祀歌」十九章では、四言と三言が中心的なリズムになっている。

李陵を五言詩の祖とみなす考えは、蕭統の時代には既に一般に行われるようになっていたらしく、五言詩の作家を品評した同時代の鍾嶸の『詩品』にも、「漢の李陵に逮び、始めて五言の目を著す」（序）と言っている。だが、同時に李陵の詩を後代の偽作とする説もあったことは、『文心雕竜』に「辞人（漢の賦の作家）の遺翰に、五言を見ること莫し。李陵・班婕妤の後代に疑わるる所以なり」（明詩編）と指摘されるとおりである。『漢書』蘇武伝が載せる、より素姓の明らかな李陵の詩は、句の中間に「兮」字を挟む楚調の七言詩だから、五言詩の最初の作者の名を彼に帰する論はいっそう旗色が悪くなる。

現在の段階ではっきり言えるのは、五言詩が一つの詩型として定着するのは後漢に入ってからであり、作者不明の「古詩十九首」はその初期の成果だということである。李陵作と称せられる一連の五言詩も、ほぼ同じころ作られたのではないかと想像できる。詩は賦の後を承(う)けて、巻十九から巻三十一までの巻を占める。

詩に続いて頌(しょう)の説明が設けられているのは、頌がやはり詩の「六義(りくぎ)」の一体として始まったからである。本巻に採られるのは前漢から晋(しん)にかけての作五編で、巻四十七に収められる。その他のジャンルに関しては、巻頭の「総説」に記した全書の文体についての説明を参照されたい。

余監撫餘閑、居レ多二暇日一、歴二観文囿一、泛二覧辞林一、未下嘗不中心遊目想、移レ晷忘上レ倦。自二姫・漢一以来、眇焉悠邈、時更二七代一、数逾二千祀一。詞人才子、則名溢二於縹嚢一、飛文染翰、則巻盈二乎緗帙一。自レ非下略二其蕪穢一、集中其清英上、蓋欲レ兼二功太半一、難矣。

若夫姫公之籍、孔父之書、与二日月一倶懸、鬼神争レ奥、孝敬之准式、人倫之師友。豈可下重以二芟夷一、加中之剪截上。老・荘之作、管・孟之流、蓋以レ立レ意為レ宗、不二以レ能レ文為一レ本。今之所レ撰、又以略レ諸。若二賢人之美辞、忠臣之抗直、謀夫之話、辯士之端一、氷釈泉涌、金相玉振。所謂坐二狙丘一、議二稷下一、仲連之却二秦軍一、食其之下二斉国一、留侯之発二八難一、曲逆之吐二六奇一、蓋乃事美二一時一、語流二千載一、概見二墳籍一、旁出二子史一。若レ斯之流、又亦繁博、雖レ伝二之簡牘一、而事異二篇章一。今之所レ集、亦所レ不レ取。至二於記事之史、繋年之書一、所下以褒二貶是非一、紀中別異同上。方二之篇翰一、亦已不レ同。若下其讃論之綜二緝辞采一、序述之錯中比文華上、事出二於沈思一、義帰二乎翰藻一。故与二夫篇什一、雑而集レ之。遠自二周室一、迄二于聖代一、都為二三十巻一、名曰二文選一云耳。

凡次レ文之体、各以レ彙聚。詩賦体既不レ一、又以レ類分。類分之中、各以二時代一相次。

余監撫の余閑に、暇日多きに居り、歴く文囿を観、泛く辞林を覧るに、未だ嘗て心に遊び目に想い、晷を移して倦むを忘れずんばあらず。姫・漢より以来、眇焉として悠かに邈く、時は七代を更え、数は千祀を逾ゆ。詞人才子は、則ち名は縹嚢に溢れ、飛文染翰は、則ち巻は緗帙に盈てり。其の蕪穢を略し、其の清英を集むるに非ざるよりは、蓋し功を太半に兼ねんと欲すること、難し。

若し夫れ姫公の籍、孔父の書は、日月と倶に懸かり、鬼神と奥きを争い、孝敬の准式、人倫の師友なり。豈重ぬるに芟夷を以てし、之に剪截を加うべけんや。老・荘の作、管・孟の流は、蓋し意を立つるを以て宗と為し、文を能くするを以て本と為さず。今の撰ぶ所は、又以て諸を略せり。

賢人の美辞、忠臣の抗直、謀夫の話、弁士の端の若きは、氷のごとく釈け泉のごとく涌き、金のごとく相あり玉のごとく振るう。所謂狙丘に坐し、稷下に議し、仲連の秦軍を却け、食其の斉国を下し、留侯の八難を発し、曲逆の六奇を吐けるは、蓋し乃ち事は一時に美しく、語は千載に流れて、概ね墳籍に見え、旁く子史に出ず。斯くの若きの流は、又亦繁く博く、之を簡牘に伝うと雖ども、事は篇章に異なる。今の集むる所は、亦取らざる所なり。

記事の史、繋年の書に至っては、是非を褒貶し、異同を紀別する所以なり。之を篇翰に方ぶるに、亦已に同じからず。其の讃論の辞采を綜緝し、序述の文華を錯比するが若きは、事は沈思より出でて、義は翰藻に帰す。故に夫の篇什と、雑えて之を集む。遠くは周室より、聖代に迄ぶまで、都べて三十巻と為し、名づけて文選と曰うと云うのみ。

凡そ文を次ずるの体は、各彙を以て聚む。詩賦の体は既に一ならず、又類を以て分かつ。類分の中に、各時代を以て相次でたり。

○監撫　監国撫軍の略。君主が国外に在るとき、太子が国政を代行することを「監国」といい、太子が君主に従って出征することを「撫軍」という。併せて皇太子としての任務をいう。○移レ晷　晷は、日影。日が傾くことをいう。○姫・漢　姫は、周の姓。周漢というに同じ。○七代　周・漢・魏・晋・宋・斉・梁の七代の王朝。○千祀　祀は、年の意。○縹嚢　書物を入れる空色の袋。また、書物自体をもさす。

○細帙　あさぎ色の書帙。また、書物そのもの。　○姫公・孔父　姫公は、周公旦。孔父は、孔子。彼らの著した書とは、経書のこと。　○孝敬之准式（二句）『毛詩』の大序が詩の効用を説いて、「先王は是を以て夫婦を経にし、孝敬を成し、人倫を厚くし、教化を美くし、風俗を移す」というのを意識していよう。○芟夷　刈り除く。　○剪截　切り取る。　○老・荘之作　老聃の作といわれる『老子』と、荘周の名に帰せられる『荘子』。ともに道家の書。　○管・孟之流　春秋斉の宰相管仲の著とされる『管子』と、孟軻の著した『孟子』。　○抗直　ひるまずに思ったことを述べる。　○端　舌端。　○金相玉振　黄金のようなすがたと、玉を鳴らすような音声。　○狙丘・稷下　狙丘は、斉の丘。稷は、斉の山または城門。戦国斉の宣王は学者や弁論家を優遇し、これらの地に立派な屋敷を建てて住まわせたといわれる。　○仲連之却㆓秦軍㆒　仲連は、魯仲連。秦が趙の都邯鄲を包囲した時、たまたま趙に滞在していた魯仲連は、敵将辛垣衍のもとに自ら乗り込んで熱弁をふるい、秦の包囲網を解かせた。『史記』魯仲連伝にみえる。　○食其之下㆓斉国㆒　食其は、漢初の酈食其。漢の高祖劉邦のために斉王田広を説得して、七十余城の防備を解き漢に降らせた。『史記』酈生伝にみえる。　○留侯之発㆓八難㆒　留侯は、漢初の功臣張良。劉邦が酈食其の提議に従って、滅びた戦国六国の後裔を諸侯に立てようとした時、八つの難点を挙げて思いとどまらせた。『史記』留侯世家にみえる。　○曲逆之吐㆓六奇㆒　曲逆は、やはり漢初の功臣の一人陳平。曲逆侯に封ぜられた。六たび奇計を出して成功し、そのたびに封地を増された。『史記』陳丞相世家にみえる。　○簡牘　竹の札と木の札。古くはその上に文字を綴ったところから、書籍の意に用いられる。　○篇章　一つのまとまった詩文をいう。文学作品というに近い。　○記事之史、繫年之書　杜預の「春秋左氏伝序」（巻四十五）に、「春秋は、魯の史記の名なり。事を記すには、事を以て日に繫け、日を以て月に繫け、月を以て時に繫け、時を以て年に繫く。遠近を紀し、同異を別つ所以なり」とあるのによる。　○褒貶　「春秋左氏伝序」に、「皆旧例に拠りて義を発し、行事を指して以て褒貶を正す」とあるように、史書の重要な任務の一つ。　○篇翰「篇章」に同じ。　○讃論・序述　史書の各巻末に記される史家の評論。散文の部分を「論」「序」、韻文の部分を「讃（賛）」「述」と分けることもある。巻四十九・五十に収められる「史論」「史述賛」がそれに当たる。○篇什　「篇章」と同義。○聖代　梁をさす。○詩賦体既不㆑一　諸ジャンルのうち、特に作品数の多い賦と詩については、更に内容によって細分し、それぞれ十五類、二十三類に分かっている。

【現代語訳】 私は公務の合間に、暇な日が多かったので、あまねく文芸の園生（そのう）を見、広く詞藻の林をうかがってきたが、そのたびにいつも心は作中に遊び目は情景を思い浮かべて、時のたつままに倦（う）むことを知らなかった。周・漢から現代まで、はるかに長い時間が流れ、その間（かん）七代の王朝が入れ替わり、千年を越える時間が経過した。文人才子たちは、その名を書物に溢（あふ）れさせ、みごとな作品は、巻帙（かんちつ）に満ち満ちている。その中から駄作を捨て去り、秀作を選（よ）り集めないかぎり、たとえ倍の手間をかけたところで、大部分を読みこなすことは難しい。

周公の典籍、孔子の著書（経書）は、日月と並び輝き、鬼神と奥深さを競い、孝敬のよりどころ、人倫の導きとなる存在である。どうして更に取捨選択の手を加えることができようか。『老子』『荘子』の作、『管子』『孟子』の類（たぐい）は、思想をうちたてることを旨としていて、優れた文章を著すことには主眼を置いていない。だから今回の選択の対象からは、これらも除外することにした。

また賢人の美辞、忠臣の直言、権謀家の話術、弁論家の弁舌などは、氷が解け泉がわきたつように滞りなく、黄金にも似たさまを呈し玉のような音響を奏でる。いわゆる狙丘（そきゅう）に坐（ざ）

し、稷下に議した遊説の士や、魯仲連が秦軍を退却させ、酈食其が斉国を降し、張良（留侯）が八つの難事を指摘し、陳平（曲逆侯）が六種の奇計を案出した時の弁論は、その当時大いにもてはやされたうえ、千年ののちまでことばを伝えていて、そのあらましは古い書物にみえ、広く諸子や歴史の書にも記されている。こうした系統のものは、繁雑で広い範囲にわたり、確かに文献として伝存してはいても、その内容は文学作品とは異なっている。だから今度の選集では、これも採らないことにした。

歴史上の事実を、年時を逐って書き記した史書は、事の是非を称揚・批判し、史実の異同を区別・記録するもので、文学作品と比べてみると、やはり性格を異にしている。だが、史書の讃や論は文ある文辞を寄せ集め、序や述は華麗な表現を並べたてて構成されており、深い思考から生まれた内容を、修辞を凝らした表現によってまとめあげたものである。だからここでは文学作品と一緒に取り入れることにした。遠く周王朝の昔から、現在の御代に至るまでの作品を集めて、すべて三十巻とし、名づけて『文選』という。

作品の配列は、同じ様式ごとにまとめることとした。ただ、詩・賦はその内容がさまざまなので、更に類別を行った。各部類の中では、それぞれ時代の先後によって並べた。

『文選』編集の基本方針　『文選』編集の基本的な方針がここに述べられている。『文心雕竜』は、「古来の文章は雕縟を以て体と為す」（序志編）といって、文の基本条件は文飾にあると規定するとともに、一切の文ある著作をすべて「文」あるいは「文章」の範疇に包括しようとしている。だから、文章における美の典型とされる儒家の経書をはじめとして、詩・賦など狭義の文学は言うに及ばず、諸子百家の書や歴史の書まで、およそ文彩を備えたありとあらゆる種類のジャンルが、そこでは論述の対象になっている。

文ある作品を対象とする点で、『文選』は『文心雕竜』と共通しているが、蕭統は選択の範囲をもっと厳しく限定する方針を示している。まず人間の行為の規範となる経書に対して取捨を加えるのは、甚だ恐れ多いことだから、対象から除外する。次に諸子の書は、思想を述べることに主眼があり、文章自体に見せ場があったわけではないから、これも対象外とする。古書に伝えられる弁論の記録（たとえば『戦国策』の記事などがそれに該当しよう）は、文学作品とは性格を異にするから、やはり省く。更に歴史の書は、史実を記録し批判する役割が中心だから、同じく選択の埒外とするが、そのうち論讃の部分だけは深い思索から出た内容を文飾ある表現に包んで開陳しているから、例外的に選別の範囲に加える。このように選択の対象に明確な境界を設けようとするのは、言い換えれば、文学の範疇をより厳密に規定することにほかならない。

『文選』以前に存在した詞華集はすべて散佚しているから、これらの基準がどこまで蕭統の独創であるのかを判定するのは難しい。ただ、詞華集の嚆矢とされる晋の摯虞が編んだ『文章流別集』三十巻は、現在伝わる記事の断片をもとに推測すると、頌・賦・詩・七・箴・銘・誄・哀辞・哀策・設論・碑・述といったジャンルに分かたれていたらしい。また、『文選』からつい二十年ほど前に編まれた南斉の孔逭の『文苑』百巻には、賦・頌・騒・銘・誄・弔・典・書・表・論などの文体の存していたことが、南宋末の学者王応麟（一二二三―一二九六）の『玉海』（巻五十四芸文・総集文章）に記録されている。これらの文体のほとんどは、『文選』のそれに合致しており、作品選択の対象とされる範囲が、『文選』の先輩たちの場合もほぼ似たようなものではなかったかと想像するのは無理ではあるまい。仮にそれら先行する諸書にも経・子の典籍などから選別・裁断した文章がなかったとすれば、上記のような基準は、詞華集編纂の既定の在り方を追認し論理化したものということになろう。

ここで「篇章」「篇翰」「篇什」という似通った語彙をしきりに用いることに注目する必要がある。これらのことばの表す概念こそ、蕭統が規定しようとしている文学のカテゴリーを示すものなのだから。近代以前における中国の文学の理念は、すべてこの範囲の中に収まっているといっても過言ではあるまい。ただし、白話（口語）によって記された作品はそこに含まれない。元曲も『三国志演義』も『水滸伝』も、そして『紅楼夢』も、その意味で正統的な文学作品とはみなされなかった。

賦

登楼賦（登楼の賦）

王粲 仲宣

登楼賦　王粲が荊州（湖北省襄陽一帯）に流浪していた時代の作品。文中に、この地に至ってから「紀（十二年）を踰」えたとあるから、王粲が十七歳で混乱の渦中にあった長安を離れてから十二年前後、およそ二十九歳のころ作られたものと推定できる。当時、王粲は荊州の軍閥劉表の幕下にあったが、風采が上がらないことなどから十分な処遇を受けず、悶々たる憤懣を抱いていた。「登楼の賦」では、そうした現況に対する不満と、長年親しんだ都へのノスタルジアとが、楼上から見渡した荊州の自然を媒介として昇華し、独特の味わいをもつ佳編となっている。李善注が引く盛弘之の『荊州記』によると、王粲の登った楼閣は、当陽県（湖北省当陽市）の城楼であった。巻十一、遊覧。

王粲　一七七―二一七。字は仲宣。山陽郡高平県（山東省西部）の人。曹操父子の下で、魏初の文学を代表する「建安七子」の一人に数えられ、後世の評価は七人中で最も高い。三代にわたって大臣を出した名門の家に生まれ、若くして当時の大学者蔡邕に才能を認められた。後漢末の騒乱に明け暮れる長安（献帝時代の首都）を嫌って仕官せず、荊州に割拠する軍閥劉表のもとに身を寄せたが、重用されず、劉表の死後、子の劉琮に勧めて曹操に帰順した。曹操・曹丕に仕えて、官位は侍中に至り、該博な知識を生かして制度の改廃に貢献するなど、活躍した。五言詩草創期の第一人者であるとともに、「登楼の賦」のような叙情の賦にも新境地を開いた。『詩品』では上品に列せられる。もと十巻の文集があったが、現在では詩二十余首を中心にその一部が伝わる。『三国志』魏書巻二十一に伝がある。

登茲楼以四望兮、聊暇日以銷憂。覧斯宇之所処兮、実顕敞而寡仇。挟清漳之通浦兮、倚曲沮之長洲。背墳衍之広陸兮、臨皐隰之沃流。北弥陶牧、西接昭丘。華実蔽野、黍稷盈疇。雖信美而非吾土兮、曾何足以少留。

茲の楼に登りて以て四望し、聊か暇日以て憂いを銷さん。斯の宇の処る所を覧るに、実に顕敞にして仇寡なし。清漳の通浦を挟み、曲沮の長洲に倚る。墳衍の広陸に背き、皐隰の沃流に臨む。北のかた陶牧に弥り、西のかた昭丘に接す。華実は野を蔽い、黍稷は疇に盈つ。信に美なりと雖ども吾が土に非ず、曾ち何ぞ以て少らく留どまるに足らん。

○押韻は、下平声十一尤の「憂・仇・洲・流・丘・疇・留」。○兮　リズムを整えるための助字。意味はない。○顕敞　明るく広いこと。○清漳・曲沮　漳は、漳水。沮は、沮水。ともに東南に流れ、当陽の南で合流したのち、江陵の西で長江に注ぐ。○墳衍　水辺の平地。○皐隰　低湿地。○沃流　注ぎ流れる。○陶牧　陶は、陶朱公。春秋時代の越の范蠡のこと。盛弘之の『荊州記』によると、江陵県の西に陶朱公の冢があった。牧は、郊外の意。ただし、王粲の登った楼が当陽にあったとすれば、位置が合わない。〇昭丘　春秋の楚の昭王の墓。『荊州図記』によれば、当陽の東南七十里にあった。『水経注』沮水の条にもみえる。これも本文と位置が合わない。〇黍稷　もちきびと、うるちきび。五穀の代表。〇雖二信美一而非二吾土一兮　『楚辞』離騒の「信に美なりと雖ども礼無し」を踏まえる。

【現代語訳】　楼に登る賦

この高楼に登って四方を見はるかし、しばし憩いの時を得て憂いを晴らそう。楼閣の周囲はと見やれば、まこと比類なきまでにからりと広がる眺望。清らかな漳水の流れが帯のように取り巻き、曲がりくねる沮水の長い洲に寄り添う。後ろには広々とした平原を見下ろし、前には低地に注ぐ河川を眺める。北のかた目路は陶牧に極まり、西のかなたに昭王陵が手に取れる。花や果実が野を覆い尽くし、穀物が畝々に満ち渡る。まことに麗しい土地ながら我が故郷ならねば、いかでしばしもここに足をとどめえようぞ。

六朝叙情小賦の先駆　「高きに登りて能く賦するものは、大夫と為るべし」（もと『詩経』鄘風「定之方中」に附された毛伝の一節）ということばがある。「高みに登って詩を賦ることのできる者は、大夫になる資格がある」という意味だが、それはまた高所から地上を俯瞰することが詩作の有力な動機の一つになることを暗示している。バートン・ワトソン氏の表現を借りれば、「高みに登ることによって、詩人はその視野を広げ、ふだんよりずっと広い想像力を獲得して、発想の助けとするのである」(*Chinese Rhyme-prose. Poems in the Fu Form from the Han and Six Dynasties Periods.* Columbia University Press, 1971)。「登楼の賦」が作られた時、上記のことばが恐らく確実に作者の脳裏にあったであろう。漢代の賦は叙事を中心とするものだったが、六朝叙情小賦のための先駆けとなった記念すべき作品が、この「登楼の賦」である。楼に登っての作という題名そのものが、この賦の叙情性を既に暗示しているともいえよう。「登高」は、やがて唐代の詩人が好んで作るテーマの一つとなる。この賦が曹丕により王粲の辞賦の代表作に挙げられていることは、「典論論文」(三八八ページ)を参照されたい。また、三世紀末の詩人陸雲は、兄陸機にあてた手紙の中で、「登楼は名高くして、恐らくは未だ越ゆべからざるのみ」とたたえている。「登楼の賦」が早い時期から、名作の定評を得ていたことが知られる。

この賦が作られたころの王粲の置かれた状況は、確かに不本意なものだった。董卓の乱により破壊された長安(その悲惨なありさまは、彼の「七哀詩」二一二ページに描かれる)を脱出した彼は、荊州の軍閥劉表のもとに走ったが、押し出しが貧弱で体つきがひよわという理由で、ずっと冷遇されてきたからである。早くから才学顕著、博物多識の名声をほしいままにしていた王粲とすれば、この十年に余る歳月を、全く無為に送ってきたわけである。この時期の陰鬱な心象が、賦中にも如実に反映している。しかもそれがいかにも陰気な自然描写への自己同化として表現されるのではなく、美しい風景とノスタルジアの違和感として表象されるところに、独特の魅力を現出している点、十分注目されてしかるべきであろう。

王粲がやがて仕える曹操は、このころ袁紹の残党をあらかた平定して、華北全体をほぼ掌中に収めかけていた。

遭㆓紛濁㆒而遷逝兮、漫踰㆑紀以迄㆑今。情眷眷而懐㆑帰兮、孰憂思之可㆑任。憑㆓軒檻㆒以遥望兮、向㆓北風㆒而開㆑襟。平原遠而極㆑目兮、蔽㆓荊山之高岑㆒。路逶迤而脩迥兮、川既漾而済深。悲㆓旧郷之壅隔㆒兮、涕横墜而弗㆑禁。昔尼父之在㆑陳兮、有㆓帰歟之歎音㆒。鍾儀幽而楚奏兮、荘舄顕而越吟。人情同㆓於懐㆑土兮、豈窮達而異㆑心。

紛濁に遭いて遷り逝き、漫として紀を踰えて以て今に迄る。情は眷眷として帰らんことを懐い、孰か憂思の任うべき。軒檻に憑りて以て遥かに望み、北風に向かいて襟を開く。平原遠くして目を極むれば、荊山の高岑に蔽わる。路は逶迤として脩く迥く、川は既に漾として済り深し。旧郷の壅隔せるを悲しみ、涕は横に墜ちて禁ぜず。昔尼父の陳に在るや、帰らんかの歎音有り。鍾儀は幽われて楚奏し、荘舄は顕れて越吟す。人情は土を懐うに同じく、豈窮達して心を異にせんや。

○押韻は、下平声十二侵の「今・任・襟・岑・深・禁・音・吟・心」。　○紛濁　世の混乱。董卓の乱をさす。　○漫　時間の長いさま。　○紀　十二年。　○眷眷　深くもの思うさま。　○軒檻　欄干。　○北風　作者の慕う土地が北方にあることを暗示する。　○荊山　現在の湖北省南漳県にある山。　○高岑　岑は、鋭くそびえる山。　○逶迤　曲がりくねって長く続くさま。　○漾　水が果てしなく広がるさま。　○済渡の意。〇壅隔　隔絶する。〇昔尼父之在ㇾ陳兮（二句）『論語』公冶長編に、「子　陳に在りて曰く、帰らん与、帰らん与」とある。孔子が晩年、陳の国に滞在していた時、望郷の思いを述べたことば。〇鍾儀幽而楚奏兮　鍾儀は、春秋楚の楽官。『左伝』成公九年にみえる話で、鍾儀は北方の晋に虜囚となっている時、晋侯の前で楚の音楽を琴で奏し、故国を忘れない者として称賛された。〇荘舃顕而越吟　荘舃は、越の人で、『史記』陳軫伝にみえる。楚に仕えて高官になったが、病にかかった時、故郷を思うあまり、気づかぬうちに越のことばでしゃべっていた。「越吟」とあるので、「うた」として訳す。

【現代語訳】　世の乱れに遭ってさすらい、はるけくも十二年を経て今に至る。心は切に都を思い続け、だれがこの憂いに耐えきれよう。手すりに寄りつつ彼方を望み、北風に向かって襟を開く。遠く平原を見はるかせば、荊山の高い峰が視野を遮る。路はうねうねと果てしなく続き、川は満々と水を湛えて深い。故郷から隔てられた身を悲しみ、涙はしとどに流れてとどめもあえぬ。その昔、孔子は陳に在って、「帰らんか」と嘆息された。鍾儀は幽閉の身にあって故国楚の楽を奏し、荘舃は栄達しながら（病中で）郷里越のうたを口ずさんだ。ふるさとを慕う心はみな同じ、富貴も貧窮もその思いを変えはしない。

都への望郷の情　この段では、前段の末尾で触発された郷愁、というよりも、むしろ都恋しの情を綿々とうたいつづける。「旧郷」ということばもここに見えるけれども、それは王粲にとって出身地の高平ではなく、漢の都の長安あるいは洛陽を意味していたと考えるべきであろう。今、楼上から見渡す荊州の広々とした眺望は、心にひたすら思い慕う都から彼を阻隔する存在としてのみ彼の目には映っている。遠い平原も、荊山の高い峰々も、逶迤たる道路も、水のみなぎる河川も、もはや作者の心を楽しませる美しい風景ではなくなっている。「胡馬は北風に依る」(「古詩十九首」其の一)というが、王粲もまた北風をせめてものよすがとして、自己の帰属すべき土地を確認しているのだ。孔子・鍾儀・荘舄という三人の古人のイメージを借りて提示される望郷の情は、同時に都に帰って自己の活躍の場を求める心情の表明でもある。それは次の第三段においてより明瞭に述べられるであろう。

惟二日月之逾邁一兮、俟二河清一其未レ極。冀王道之一平兮、仮二高衢一而騁レ力。懼二匏瓜之徒懸一兮、畏二井渫之莫レ食。歩棲遅以徙倚兮、白日忽其将レ匿。風蕭瑟而並興兮、天惨惨而無レ色。獣狂顧以求レ群兮、鳥相鳴而挙レ翼。原野闃其無レ人兮、征夫行而未レ息。心悽愴以感発兮、意切怛而憯惻。循二堦除一而下降兮、気交ヨ憤於胸臆一。夜参半而不レ寐兮、悵盤桓以反側。

日月の逾え邁くを惟い、河清を俟ちて其れ未だ極らず。冀わくは王道の一たび平らぎ、高衢を仮りて力を騁せんことを。匏瓜の徒らに懸かるを懼れ、井渫の食らう莫からんことを畏る。歩みて棲遅して以て徙倚すれば、白日は忽ち其れ将に匿れんとす。風は蕭瑟として並び興り、天は惨惨として色無し。獣は狂顧して以て群れを求め、鳥は相鳴きて翼を挙ぐ。原野闃として其れ人無く、征夫行きて未だ息まず。心は悽愴として以て感発し、意は忉怛として憯惻す。階除に循いて下降し、気は胸臆に交憤す。夜　参半にして寐ねられず、悵として盤桓して以て反側す。

○押韻は、入声十三職の「極・力・食・匿・色・翼・息・惻・臆・側」。○惟二日月之逾邁一兮　『尚書』秦誓の「日月逾え邁きて、員に来たらざるが若し」による。○俟二河清一　黄河の水が澄むのは太平のしるしとされる。『左伝』襄公八年に、「周詩に之れ有り、曰く、河の清むを俟つも、人寿幾何ぞと」とある。○高衢　大道。○懼二匏瓜之徒懸一兮　『論語』陽貨編に、「吾豈匏瓜ならんや。焉くんぞ能く懸かりて食らわれざらん」とある。世に用いられたい願望をいう。○畏二井渫之莫一レ食　『易経』井卦九三の爻辞に、「井渫くして食らわれず、我が心の惻みを為す」とある。優れた才能を抱きながら用いられぬことのたとえ。○棲遅　いこう。○徙倚　行ったり来たりする。○蕭瑟　風がものさびしく吹くさま。○惨惨　暗いさま。○関　ひっそりとして人けのないこと。○悽愴　悲しみいたむさま。○忉怛　苦悶するさま。○憯惻　心を痛める。○階除　階段。○夜参半　夜中。参は、分かつ意。○盤桓　うろつくさま。ここでは、あれこれと思いを巡らすさま。○反側　眠られず、寝返りをうつこと。

【現代語訳】　次々と過ぎゆく月日を気にかけつつ、黄河の澄む日はいつまでも訪れない。願わくは王者の道が回復され、公の場で我が力の限りを尽くさんことを。ぶらさがっているだけで食べられない瓠はごめんだし、澄んでいるのに飲み手のない井戸水にはなりたくない。ゆったりと楼上でたちもとおっているうちに、太陽ははや姿を隠そうとする。風はものさびしく辺りに吹き起こり、空はくろぐろとして光を失ってきた。獣はおろおろと仲間を求め、鳥は鳴き交わしつつ翼を挙げる。原野はひっそりとして人影もなく、旅人は休むことなく歩み続ける。我が心は悲しみに閉ざされて感慨を発し、思いは暗澹として絶望に沈む。階段に沿って地上に下りゆくにつけ、胸のうちはいや増しに高鳴るばかり。夜更けてなお眠られず、思い悩みつつただ寝返りをうつ。

巧みな構成の美　第三段に至って、時代の太平を願い、自己の活躍の場を求める心情はいっそう切なるものがある。裏返して言えば、この荊州の地でこのままなすこともなく終わるのではないかという恐れの表白でもあろう。「歩みて棲遅して以て徙倚すれば、白日は忽ち其れ将に匿れんとす」以下の八句は、時間の推移を告げる薄暮の情景を描くが、その印象は前二段の自然描写に比べて著しく陰鬱である。まさに、この段階における作者の心象風景というにふさわしい。清の何焯は、「白日は忽ち其れ将に匿れんとす」の句について、漢王朝の天下が尽きようとしていることの比喩と解する。そうすれば、夕日は時代の黄昏のシンボルとしても作用していることになる。三段を通じてみれば、空間と時間、そしてその中で高揚してゆく自己の心情を、漸層的によく描き分けているのがわかる。短編ながら、巧みに計算された構成の美がうかがえる佳編といえよう。

なお、この賦が作品にじかに接することのできる知識人だけでなく、文字を持たぬ庶民の間にまでもその名を後の世に記憶されたであろうことは、元雑劇の中に鄭光祖作の「酔思郷王粲登楼」（「酔いて郷を思い王粲楼に登る」）のような作品が存する事実によっても推測できる。

洛神賦（洛神の賦）

曹植　子建

洛神賦「洛」は、洛陽の南を流れる洛水で、河南省鞏義市の東で黄河に注ぐ。この賦は、洛水の女神への幻想をうたったもので、六朝叙情小賦の典型をなす作品。伝説によれば、太古の皇帝宓羲の女が洛水で溺れ死んで、この川の神となったとされる。賦に描かれる女神のモデルは、作者曹植がかつて思いを寄せた兄文帝の甄皇后であったという。二二三（黄初四）年、三十一歳の作。巻十九、情。

曹植　一九二―二三二。字は子建。三国魏の領袖曹操の三男で、魏の文帝曹丕の弟。最後の封地が陳で、諡を思王というところから、陳思王と称されることもある。子供のころから天才的な詩文の才を発揮して、詩人でもあった父曹操を驚かせた。生まじめな兄曹丕とは対照的に、心情の赴くに任せて奔放に行動する自由人的気質を備えていた。彼の才能を愛した父は、いくたびか彼を太子に立てようとしたが、あまりにも気ままな性格のために、結局沙汰やみとなった。兄丕の即位後、兄弟の仲は次第に悪化し、曹植は毎年のように国替えを命じられて、厳重な監視のもとに封地を転々とする不本意な運命を強いられ、最後は絶望のあまり病にかかって、四十一年の悲運の生涯を閉じた。彼は建安の詩人たちのうちでも最も遅く現れ、王粲・劉楨ら「建安七子」をはじめとする先輩詩人たちの残した新文学運動の成果を継承しながら、それをよりいっそう個性的でスケールの大きな文学に高めていった。劉楨のたくましさと王粲の華麗さを兼ね備えるといわれ、唐以前における最大の詩人として名声をたたえられた。現代中国においても、六朝詩人の中にあっては、陶淵明と並んで最も高い評価を得ており、多くの注釈書・研究書が出ている。詩のみならず、賦その他さまざまなジャンルにおいても当代の水準を代表する。『文選』には、詩二十五編のほか、賦・七・表・書・誄の分野にわたって広く作品が収録される。もと文集三十巻が存したが、今では宋以後に収集された作品をもとに十巻の全集が伝わる。『三国志』魏書巻十九に伝がある。

黄初三年、余朝二京師一、還済二洛川一。古人有レ言、斯水之神、名曰二宓妃一。感下宋玉対二楚王一説中神女之事上、遂作二斯賦一。其辞曰、

余従二京域一、言帰二東藩一。背二伊闕一、越二轘轅一、経二通谷一、陵二景山一。日既西傾、車殆馬煩。爾迺税二駕乎蘅皋一、秣二駟乎芝田一。容二与乎陽林一、流二眄乎洛川一。於レ是精移神駭、忽焉思散。俯則未レ察、仰以殊レ観。覩二一麗人于巌之畔一。迺援二御者一告レ之曰、「爾有レ覿二於彼者一乎。彼何人斯、若レ此之艶也」。御者対曰、「臣聞河洛之神、名曰二宓妃一。然則君王所レ見、無二迺是一乎。其状若何。臣願聞レ之」。

黄初三年、余京師に朝し、還りて洛川を済る。古人言える有り、斯の水の神を、名

づけて宓妃と曰うと。　宋玉が楚王に対えて神女の事を説けるに感じ、遂に斯の賦を作る。其の辞に曰く、

余　京域より、言に東藩に帰る。伊闕に背きて、轘轅を越え、通谷を経て、景山に陵る。日は既に西に傾き、車は殆うくして馬は煩る。爾して迺ち駕を蘅皐に税き、駟に芝田に秣う。陽林に容与し、洛川に流眄す。

是に於て精移り神駭き、忽焉として思い散ず。俯しては則ち未だ察せざるも、仰ぎて以て観を殊にす。一麗人を巌の畔に観る。迺ち御者を援きて之に告げて曰く、「爾は彼の者を覿たること有りや。彼は何人にして、此くの若く之れ艶なるや」と。

御者対えて曰く、「臣聞く　河洛の神は、名づけて宓妃と曰う。然らば則ち君王の見し所は、迺ち是なる無からんや。其の状　若何。臣願わくは之を聞かん」と。

○押韻は、⑴上平声十三元の「藩・轅・煩」、同十五刪の「山」、下平声一先の「田・川」の通押。⑵去声十五翰の「散・観・畔」。　○黄初三年　二二二年。　○感㆘宋玉対㆓楚王㆒説㆗神女之事㆖　宋玉は、戦国楚の詩人で、屈原の弟子ともいわれ、『楚辞』のうち、「九弁」「招魂」の作者に擬せられる。「神女の賦」は、宋玉が楚の襄王に対して、夢に見た神女のことを語って聞かせた内容になっており、「洛神の賦」と同じく巻十九・情に収められる。底本は「説」字を欠くが、六臣注本により補う。　○東藩　曹植の当時の封地である鄄城（山東省鄄城県）をさす。　○伊闕　洛陽の南に位置する闕塞山と竜門山をいう。　○轘轅　偃師区（洛陽の東の町）の東南にある山。もと、曲がりくねった険しい山道のこと。　○通谷　洛陽の南にある大

きな谷。○景山　偃師区の南にある山。○蘅皐　蘅は、杜蘅（衡）。「離騒」にもみえる香草。下の「芝」とともに、霊的な雰囲気を示す。○駟　馬車を引く四頭の馬。○芝田　芝は、霊芝（ひじりだけ）。神仙の食べ物。○容与　ゆったりとするさま。○陽林　地名。「楊林」に作る本もあり、それならば楊の林。○流眄　あちこちを見まわす。○彼何人斯　『詩経』小雅・何人斯に、「彼れ何人ぞ斯、其の心孔だ難し」とある。

【現代語訳】　洛水の女神の賦

黄初三年、私は都（洛陽）に参内し、帰途、洛水を渡った。古人の言い伝えによると、この川の神は、名を宓妃という。宋玉が楚王に向かって神女のことを説いたためしに触発され、この賦を作った。その文は次のとおりである。

私は都を出て、東の我が封国に帰るところだった。伊闕を後に、轘轅山を越え、通谷を経て、景山に登った。日は既に西に傾いて、車はがたつき馬は疲れていた。そこで車を香り草の沢に止め、馬に霊芝の田でかいばをやった。陽林でゆったりとくつろぎ、洛水のかなたを眺めやる。

そのうちに私の精神は恍惚となり、いつのまにか心は身をあくがれ出た。下を見ているうちは目に入らなかったが、目を上げればそこに珍かな眺め。一人の麗しい女が巌のそばにたたずんでいるではないか。そこで私は御者の腕をとって尋ねた。「おまえはあの女を見たか。いったい何者だろう、かくまでも美しい女は」。

御者は答えた。「うわさでは、洛水の神を宓妃というそうです。我が君の御覧になったのは、その女ではありますまいか。いったいどんな姿だったのでしょう。ぜひうかがいたく存じます」。

神と人との交感　これは神と人との交感の物語、妖しく美しくそして悲しい愛の詩編である。作者曹植自身が序において記しているように、この賦は直接の範型を宋玉（前三世紀の人）の作と伝えられる「神女の賦」に採っている。「神女の賦」では、宋玉が彼の仕える楚の襄王に向かって、夢の中で邂逅した美しい神女のさまを事細かに語って聞かせる構成になっている。作中人物宋玉の恋慕の情は、神女の受け入れるところとならず、一場の夢破れるところで終わっており、確かに大筋として「洛神の賦」と同じ結末といってよい。しかし、「神女の賦」が夢といういわば現実性を排除した枠組みの中で語られるのに対して、「洛神の賦」は黄初三年某月某日、作者の封国への帰任の途次という実際の行跡に立脚した事件として設定されており、作品のリアリティーははるかに大きくなっている。なお、同時代の陳琳・王粲・楊脩らにも「神女の賦」（いずれも『芸文類聚』巻七十九霊異部・神）があって、神女の美しい姿態を描いている。「洛神の賦」が創作された動機には、それらの作品となんらかの関連があったのかもしれない。

　この賦の主人公が単なる女神ではなく、洛水という川の神である点にも注目する必要がある。『詩経』周南・漢広の「漢に游女有るも、求むべからず」を、漢水の女神とする説のあったことは、後に見るようにこの賦にも影を投げかけているが（一一〇ページ）、より大きな影響のあった

洛神の賦図巻（伝顧愷之筆）

川の女神の原像は、『楚辞』の「九歌」の中の「湘君」「湘夫人」にこそ求められるべきであろう。幻想的な雰囲気を漂わせる女神の妖しい美しさ、そして神と人との結ばれぬ愛の悲劇は、清澄かつ茫漠とした水辺の風景を場として繰り広げられることによって、ひときわ神韻縹渺とした趣を印象づけるのだが、それこそまさに「湘君」「湘夫人」が創出した世界の新たな装いを凝らしての再現であった。

洛水のほとりに車をとめて旅の疲れを癒やしていた作者は、にわかに恍惚状態となって、水辺に一人の艶麗な美女の現れるのを見た。「精移り神駭き、忽焉として思い散ず」とは、エクスタシーの訪れを意味しており、人の世界に属する作者に神なる異世界の存在との交感を可能にする条件が備わったことを示唆している。だが、物理的には作者の傍らにありながらも、ただの人間にすぎない御者には神の姿を目にすることはできない。「洛神の賦」は、神がかりとなった作者曹植の異常体験を、御者を代表とする日常世界の人々に語り聞かせるという構想によって展開する。

この作品をめぐる伝説　ところで、李善が既に紹介しているように、この賦の制作をめぐって一つの有名な伝説が伝わっている。李善が拠ったとされる『感甄記』なる書によってその内容を紹介すれば、およそ次のとおりである。

曹植は若年のころ、甄逸の娘に思いを寄せ、妻にと望んだが、許されず、父曹操は彼女を兄の丕のもとに嫁がせてしまった（この甄逸の娘は、曹操のライバルだった軍閥袁紹の息子煕の妻となったが、袁紹が曹操に敗れた後、曹丕に望まれて妃に迎えられ、魏の二代皇帝明帝曹叡を生んだ甄皇后である）。曹植は彼女をあきらめきれず、ために夜も寝つけず食物ものどを通らぬというありさまだった。黄初年間に曹植が参内した折、兄文帝に甄皇后の枕を見せられ、思わず涙を流した。実はこの時、甄皇后は郭后（二代目の皇后）の讒言を受けて、既にこの世の人ではなかったのである。この甄皇后遺愛の枕を拝領して封国へ帰る途次、洛水のほとりで彼女の幻影が現れて親しくことばを交わし、彼女も生前、植に好意を抱いていたことを告げた。幻影が消えた後、植は悲喜こもごもの感に襲われ、「感甄の賦」を作った。のちに甄氏の子の明帝の目に触れるところとなり、「洛神の賦」と題が改められた。

事は甚だ小説的であり、いわゆる本事詩の多くがそうであるように、むしろ「洛神の賦」に附会して作られた説話とみなすべきであろう。曹植の卓越した文才に対する賛嘆と、彼の悲劇的な生涯への同情が、かかる哀切な物語を生んだと思われる。清の何焯などのように、洛水の女神に託して文帝への忠誠心を披瀝した作品とする別の解釈もなされている。序に記される黄初三年の参内は、『三国志』の記事に従えば、翌黄初四年とすべきであろうこと、これも李善の注が指摘している。

なお、「洛神の賦」は六朝の画家の想像力をも刺激したとみえて、より早くは東晋の明帝司馬紹の「洛神賦図」（『歴代名画記』巻五）があり、より遅くは顧愷之の同題の作があって、後者は後世の模写によって今日なお伝わっている（図版を参照）。

余告レ之曰、
其形也、翩若二驚鴻一、婉若二遊竜一。栄二曜秋菊一、華二茂春松一。

髣髴兮若二軽雲之蔽一レ月、飄颻兮若二流風之廻一レ雪。

遠而望レ之、皎若三太陽升二朝霞一、迫而察レ之、灼若三芙蕖出二淥波一。

穠繊得レ衷、脩短合レ度。肩若二削成一、腰如レ約レ素。延頸秀項、皓質呈露。芳沢無レ加、鉛華弗レ御。

雲髻峩峩、脩眉聯娟。丹唇外朗、皓歯内鮮。明眸善睞、靨輔承レ権。瓌姿艶逸、儀静体閑。柔情綽態、媚二於語言一。

奇服曠世、骨像応レ図。披二羅衣之璀粲一兮、珥二瑶碧之華琚一。戴二金翠之首飾一、綴二明珠一以耀レ軀。践二遠遊之文履一、曳二霧綃之軽裾一。微二幽蘭之芳藹一兮、歩踟二蹰於山隅一。

余之に告げて曰く、
其の形や、翩たること驚鴻の若く、婉たること遊竜の若し。秋菊よりも栄え曜き、春松よりも華やぎ茂る。
髣髴として軽雲の月を蔽うが若く、飄颻として流風の雪を廻らすが若し。
遠くして之を望めば、皎として太陽の朝霞に升るが若く、迫りて之を察れば、灼として芙蕖の淥波より出ずるが若し。

襛繊　衷を得、脩短　度に合す。肩は削り成せるが若く、腰は　素を約ねたるが如し。延頸秀項、皓質呈露す。芳沢加うる無く、鉛華御せず。雲髻は峩峩として、脩眉は聯娟たり。丹唇は外に朗り、皓歯は内に鮮やかなり。明眸善く睞み、靨輔　権に承く。瓌姿は艶逸にして、儀は静かに体は閑やかなり。柔情綽態、語言に　媚　し。

奇服　曠世にして、骨像　図に応ず。羅衣の璀粲たるを披り、瑶碧の華琚を珥む。金翠の首飾を戴き、明珠を綴りて以て軀を耀かす。遠遊の文履を践み、霧綃の軽裾を曳く。幽蘭の芳藹たるに微れ、歩みて山隅に踟蹰す。

○押韻は、⑴上平声一東の「鴻」と、同二冬の「竜・松」の通押。⑵入声六月の「月」と、同九屑の「雪」の通押。⑶下平声六麻の「霞」と、同五歌の「波」の通押。⑷去声七遇の「度・素・露」と、同六御の「御」の通押。⑸下平声一先の「娟・鮮・権」と、上平声十五刪の「閑」、同十三元の「言」の通押。⑹上平声七虞の「図・軀・隅」と、同六魚の「琚・裾」の通押。○翩　速く飛ぶ。○婉若遊竜　婉は、しなやかなさま。宋玉の「神女の賦」に、「婉として遊竜の雲に乗りて翔くるが若し」とある。○髣髴　彷彿に同じ。ぼんやりとかすむさま。○飄颻　飛び巡るさま。畳韻の語。○皎　白く輝くさま。○灼　鮮やかに美しいさま。○淥波　清く澄んだ波。○襛繊　襛は、豊満なこと。繊は、ほっそりしていること。「神女の賦」に、「襛にして短からず、繊にして長からず」とある。○脩短　長短。○腰如約素　宋玉の「登徒子好色の賦」（巻十九）に、やはり美女のさまを描いて、「腰は素を束ねたるが如し」とある。○延頸秀項　延・秀は、いずれも長いこと。○芳沢　香油。○鉛華　おしろい。○峩峩　高いさま。

○聯娟　緩やかに曲がるさま。○明眸善睞　「神女の賦」に、「眸子炯きて其れ精朗」とある。○靨輔承ㇾ権　靨輔は、えくぼ。権は、ほおぼね。○瓌姿　瓌は、瑰に同じで、優れて珍しいこと。「神女の賦」に、「瓌姿瑋態、勝げて賛うべからず」とある。○儀静体閑　儀は、儀態、身のこなし。閑は、閑雅、みやびやか。○綽態　あでやかに美しいさま。○曠世　世にも稀なこと。○骨像応ㇾ図　骨像は、骨法、骨相。「神女の賦」に、「骨法奇多く、君の相に応ず」とある。図は、絵。○璀粲　絹ずれの音の擬態語。○瑶碧　瑶は、美しい玉。碧は、碧玉。○華琚　琚は、美玉の名。○首飾　髪飾り。首は、頭のこと。○遠遊之文履　遠遊は、仙界へ赴くときの履物か。文履は、模様のあるくつ。○霧綃　霧のように薄い織物。○芳藹　香のたちこめるさま。

【現代語訳】私は次のように言った。

その姿はといえば、飛び立つ鴻のように軽やかで、空ゆく竜のようにしなやかだ。秋の菊よりも更に輝かしく、春の松よりもなお華やぐ。

さながらおぼろな薄雲が月を覆い、吹きつける風がはらはらと雪を舞わせる風情。

遠く見やれば、朝焼けの雲間から昇る太陽のように鮮やかだし、近くから見つめると、澄んだ波間から顔をのぞかせる蓮の花のようにあでやかだ。

太からず細からず、また高からず低からずの肢体。削ったようになだらかな肩と、白絹を束ねたように締まった腰。すらりと伸びた項に、玉なす肌がのぞく。香り油もつけなければ、おしろいにも用はない。

雲なす髷はひときわ高く、長い眉は緩やかに弧を描く。くっきりと赤い唇の間から、鮮やかに白い歯がこぼれる。涼しい瞳から流れる視線、頬にくっきり浮き出たえくぼ。秀でた姿はあでになまめき、身のこなしは落ち着いてみやびだ。おっとりとたおやかな振る舞いで、ことばは人をうっとりとひきつける。

世にも珍かな衣裳をまとい、容姿はまるで絵に描いたかのよう。さらさらと鳴る薄絹に身を包み、色鮮やかな宝玉の飾りを耳に着ける。金と翡翠の髪飾りをいただき、きらめく真珠の佩玉が身にまぶしい。足には文ある遠遊のくつを履き、霧のように軽やかな裳裾を引く。人知れず咲く蘭のかぐわしい群れに姿はかすみ、山の片方を緩やかに歩を運び行く。

女神の艶麗な姿態　この段はもっぱら女神の美しい姿態の描写に費やされる。その美女の姿の描き方が宋玉の「神女の賦」に多くのヒントを得ていることは、語注で指摘したように、「神女の賦」の語彙をしばしば用いている点からもよくわかる。一人の女性の艶麗なさまを多様な角度から畳みかけるように写してゆく方法は、辞賦の特色とする列挙的描写法を生かしたもの。こうした技法はやがて詩歌にも取り入れられて、たとえば曹植の「美女篇」（二四〇ページ）のような作品でも、美女の容姿をいかに如実に描き出すかという点に大きな関心が払われている。しかしよく見ると、神女の描写は、まず全体の印象に始まって、プロポーション、肩・腰・項・肌・髷・眉・唇・歯・眼・えくぼと、身体の各部分に向けられ、身のこなしやことばなどの動きが加えられ、最後に衣服・耳だま・髪飾り・佩玉・くつといった肉体を包み飾る品々に及んでゆくという工夫が凝らされているのが看取できるだろう。この緊密な構成に比べると、「神女の賦」などはやはり散漫な印象を拭いがたい。

なお、近年、東北地方の秋田城跡から、「遠而望之、皎若太陽升朝霞、迫而察之、灼若芙蕖出渌波」の部分を手習いした、八世紀半ばごろのものと推定される木簡が発見されている（東野治之『木簡が語る日本の古代』岩波新書）。我が国の古代における『文選』受容の層の広がりが、はしなくもしのばれる事実である。

於レ是忽焉縦レ体、以遨以嬉。左倚ニ采旄一、右蔭ニ桂旗一。攘ニ皓腕於神滸一兮、采ニ湍瀬之玄芝一。余情悦ニ其淑美一兮、心振蕩而不レ怡。無ニ良媒以接一レ懽兮、託ニ微波一而通レ辞。願ニ誠素之先達一兮、解ニ玉佩一以要レ之。嗟佳人之信脩、羌習レ礼而明レ詩。抗ニ瓊珶一以和レ予兮、指ニ潜淵一而為レ期。執ニ眷眷之款実一兮、懼ニ斯霊之我欺一。感ニ交甫之棄一レ言兮、悵猶豫而狐疑。収ニ和顔一而静レ志兮、申ニ礼防一以自持。

是に於て忽焉として体を縦にし、以て遨び以て嬉しむ。左は采旄に倚り、右は桂旗に蔭る。皓腕を神滸に攘げ、湍瀬の玄芝を采る。余が情　其の淑美を悦び、心振蕩して怡しまず。良媒の以て懽を接うる無く、微波に託して辞を通ず。誠素の先ず達せんことを願い、玉佩を解きて以て之を要す。嗟　佳人の信に脩き、羌　礼に習いて詩に明らかなり。瓊珶を抗げて以て予に和し、潜淵を指して期と為す。眷眷の款実を執り、斯の霊の我を欺かんことを懼る。交甫の言を棄つるに感じ、悵として猶予して狐疑す。和顔を収めて志を静かにし、礼防を申べて以て自ら持す。

○押韻は、上平声四支の「嬉・旗・芝・怡・辞・之・詩・期・欺・疑・持」。○采旄　犛牛（からうし）の尾を竿に飾った旗。采は、彩に同じ。○桂旗　桂の枝を竿にした旗。『楚辞』九歌・山鬼に、「辛夷の車に桂を結びし旗」とある。○湍瀬　急流。○玄芝　黒い霊芝（ひじりだけ）。○誠素　真情。まごころ。○羌習レ礼而明レ詩　羌は、感嘆詞。詩は、特に『詩経』をさす。一句は、豊かな教養を備えていることをいう。○瓊瑅　いずれも美玉。○指二潜淵一而為レ期　潜淵は、深い淵。水神の住みか。為レ期は、会う約束をする。○眷眷之款実　眷眷は、心ひかれるさま。款実は、誠実な心情。○感二交甫之棄レ言兮　『神仙伝』などにみえる話に基づく。鄭交甫が漢水のほとりで二人の女子に出会い、佩玉を贈られた。それを懐に入れて十歩ばかり歩いたところで、ふと探ってみると玉は既になくなっており、振り返ると二人の女の姿も消えていた。○猶豫・狐疑　いずれも、疑いためらうさま。○礼防　礼の規制。

【現代語訳】　やがて、つと彼女は身を翻すと、さも楽しげに遊び戯れる。左で彩りある旗に寄り添ったかと思うと、右では桂の旗の陰に隠れる。神さびた水辺で白い腕もあらわに、たぎつ瀬の黒い霊芝を摘む。我が思いはその美しさにひかれつつ、心は激しく高ぶって楽しまぬ。思いのたけを通ずる仲立ちとてなく、小波に託してことばを寄せる。この真心がいちはやく伝わることを願い、佩玉を解いてあかしとする。ああ、げにもすばらしいこの佳人は、礼によく通じ詩にも詳しい。かの女は美しい玉を上げて私に答え、深い淵をさして逢瀬を誓われた。私は心底から慕わしく思いつつも、この女神に裏切られないかと気がかりだった。

鄭交甫が神女にだまされた話を思い出し、私はうらめしい思いで考えあぐねていた。緩んだ顔を引き締めて心を静め、礼の教えに従って自分を制したのだった。

女神の挙動に募る思慕　前の段ではもっぱら女神の容貌・姿態が写し出されたが、この段では女神の描写に活発な動きが加わり、また作者の彼女に対する思慕が次第に高まってゆくさまが描かれる。女神への求愛は、佩玉を解いて彼女にささげるしぐさによって示されている。『楚辞』の「離騒」に、「佩纕を解きて以て言を結び、吾　蹇脩をして以て理を為さしむ」とあるのは、その先行となる表現であろう。単なる字面の類似だけではなく、この主人公の求愛もまた洛水の女神宓妃に向けられたものであることに十分着目する必要がある。「湘君」でも、「余が玦を江中に捐て、余が佩を醴浦に遺つ」とあって、「玦」（円環の一部が欠けている佩玉）といい「佩」という玉が、やはり水の神たる湘君への贈り物とされている。「洛神の賦」が『楚辞』的伝統を依然として強く保つ作品であることを、ゆくりなくも示す証左といえよう。作者のこの求愛に対して、女神もまた「瓊琋を抗げて」答えた。彼女に求愛を受け入れる意志のあることを暗示するしぐさである。作者の心は喜びに高鳴るが、神女に裏切られた鄭交甫の故事を思い出し、ふと不安が胸をかすめる。そして文字には現れないが、ここでも佩玉が暗黙のうちに連想される仕組みになっているのである。かく見てくると、この段に占める佩玉の意味の大きさがよく理解できるだろう。佩玉は、主人公二人の心のあやを伝えるキーワードとして用いられているのだ。

於レ是洛霊感レ焉、徙倚傍徨。神光離合、乍陰乍陽。竦ニ軽軀一以鶴立、若ニ将レ飛

而未レ翔。践二椒塗之郁烈一、歩二蘅薄一而流レ芳。超長吟以永慕兮、声哀厲而弥長。

爾迺衆霊雑遝、命レ儔嘯レ侶。或戯二清流一、或翔二神渚一。或采二明珠一、或拾二翠羽一。従二南湘之二妃一、携二漢浜之游女一。歎二匏瓜之無一レ匹兮、詠二牽牛之独処一。揚二軽袿之猗靡一兮、翳二脩袖一以延佇。

体迅二飛鳧一、飄忽若レ神。陵レ波微歩、羅韈生レ塵。動無二常則一、若レ危若レ安。進止難レ期、若レ往若レ還。転眄流レ精、光潤二玉顔一。含レ辞未レ吐、気若二幽蘭一。華容婀娜、令二我忘一レ飡。

是に於て洛霊は焉に感じ、徙倚傍徨す。神光は離合し、乍ち陰く乍ち陽らかなり。軽軀を竦げて以て鶴のごとく立ち、将に飛ばんとして未だ翔けらざるが若し。椒塗の郁烈たるを践み、蘅薄に歩みて芳を流す。超として長吟して以て永く慕い、声は哀厲にして弥長し。

爾して迺ち衆霊は雑遝して、儔に命じ侶に嘯く。或いは清流に戯れ、或いは神渚に翔く。或いは明珠を采り、或いは翠羽を拾う。南湘の二妃を従え、漢浜の游女を携う。匏瓜の匹無きを歎じ、牽牛の独り処るを詠ず。軽袿の猗靡たるを揚げ、脩袖を翳して以て延佇す。

体は飛鳧よりも迅く、飄忽たること神の若し。波を陵いで微歩し、羅韈塵を生ず。

動くに常則無く、危うきが若く安きが若し。進止期し難く、往くが若く還るが若し。転眄して精を流し、光潤なる玉顔あり。辞を含みて未だ吐かず、気は幽蘭の若し。華容は婀娜として、我をして飧を忘れしむ。

○押韻は、(1)下平声七陽の「徨・陽・翔・芳・長」。(2)上声六語の「侶・渚・女・処・佇」と、同七麌の「羽」の通押。(3)上平声十一真の「神・塵」と、同十四寒の「安・蘭・飧」、同十五刪の「還・顔」の通押。○椒塗之郁烈　椒は、山椒。郁烈は、香りの強いさま。　○蘅薄　杜蘅（九八ページ）の草むら。　○雑遝　群がり集まる。　○南湘之二妃　南湘は、湘江。湖南省を南から北に流れて洞庭湖に注ぐ。二妃は、湘江の女神である湘君と湘夫人。伝説によれば、尭の娘で舜の妃となった娥皇と女英は、舜が南方巡視中に蒼梧で没すると、湘水に身を投げて後を追い、この江の女神として祭られるようになった。「九歌」の「湘君」と「湘夫人」は、この二人の女神をうたったもの。　○漢浜之游女　『詩経』周南・漢広に「漢に游女有るも、求むべからず」とあり、前出の鄭交甫の故事（一〇七ページ）と結びつけて、これを漢水の女神とする説があったらしい。　○匏瓜之無㆑匹　匏瓜は、星の名。河鼓星の東にある。　○牽牛之独処　牽牛は、ひこぼし。わし座の首星。織女星と七月七日の夜に会うことができるほかは、「独処」、つまり一人暮らし。　○猗靡　風に翻るさま。　○延佇　じっとたたずむ。　○転眄　視線を動かす。　○気若㆓幽蘭㆒「神女の賦」に、「芬芳を吐くこと其れ蘭の若し」とある。　○婀娜　しなやかで美しいさま。

【現代語訳】かくて洛水の女神は私の態度に動かされ、行きつ戻りつ辺りをさまよった。厳かな光はその姿に離れてはまた寄り添い、暗くなってはまた明るくなる。軽やかな身を鶴のようにすっくと立てて、今しも羽ばたき立とうとするかのようだ。馥郁と香る山椒の道を踏み締め、芳香を漂わせつつにおい草の茂みを歩む。どこまでも尽きぬ思いを長い歌声に寄せ、その声は哀切の情をこめていつまでも響く。

かくするうちに多数の神霊が群れ集い、互いに仲間と呼び交わす。清らかな流れに戯れる者、神さびた水辺に飛び翔ける者。真珠を採る者、翡翠の羽を拾う者。女神は湘水の二人の妃を供に連れ、漢水のほとりの神女と手を携える。「匏瓜の星はつれあいがなく、牽牛星は独りぼっち」と歌を口ずさみつつ。ひらひらとうちかけを翻し、長い袖をかざしてじっと立ち尽くす。

はしこさでは野鴨に勝り、すばやさはさすが神業。波の上を小またに歩めば、薄絹のくつからしぶきの塵が立つ。身ごなしには常の則なく、危うげだったり落ち着いたり。足どりは予測しがたく、行くと思えば後戻り。瞳をめぐらして秋波を送り、玉の顔に光輝がみなぎる。もの言いたげだがことばは聞かれず、ひそやかに咲く蘭にも似たその息遣い。花のようなその美しい姿は、私に食事さえも忘れさせるほどだ。

多数の神霊たちの登場　この段の前半は、作者の求愛に答えた女神の感情の高揚を示す描写。男の心に兆した不安を吹き晴らすように、彼女は全身で男への好意を表現する。神と人との間の愛情は、いまや一本の絆となって結ばれようとするかのごとくである。

そこで場面が転換して、大勢の神霊たちが登場する。その中に立ち交じって、湘水の二人の女神や、漢水の神女の姿も見える。彼らは洛水の女神を取り巻くようにして、清らかな水辺に乱舞する。この場面での神霊たちの登場は、いったい何を意味するのだろうか。われわれは「湘夫人」の結び近くに配された次の二句を想起すべきであろう。「九嶷(きゅうぎ)繽(ひん)として並び迎え、霊の来たること雲の如し」。九嶷山の神、つまり湘夫人の夫である舜(しゅん)が、雲のごとく群がる神々を従えて、夫人を迎えに来たのであり、彼女は人間世界からの呼びかけを背に、再び神の世界へと帰って行く。「洛神の賦」におけるあまたの神霊たちの出現も、人界に降臨した女神に神界への帰還を促す役割を帯びたものとして読みたい。一見華やかさを際立たせるこの群像は、実は神と人との許されぬ愛を断つために送り込まれた使者だったのである。それでこそ、「匏瓜の匹無きを歎じ、牽牛の独り処るを詠ず」という女神の嘆きも、初めて所を得るといえる。かくて、愛の高まりは一瞬のうちに暗転する。去りがてに汀(みぎわ)をさまよう女神の姿が、男の目にひときわまぶしい。

於レ是屛翳収レ風、川后静レ波。馮夷鳴レ鼓、女媧清歌。騰二文魚一以警レ乗、鳴二玉鸞一以偕逝。六竜儼其斉レ首、載二雲車之容裔一。鯨鯢踊而夾レ轂、水禽翔而為レ衛。

於レ是越二北沚一、過二南岡一。紆二素領一、迴二清陽一。動二朱唇一以徐言、陳二交接之大綱一。恨二人神之道殊一兮、怨二盛年之莫一レ当。抗二羅袂一以掩レ涕兮、涙流レ襟之浪浪。悼二良会之永絶一兮、哀二一逝而異一レ郷。「無二微情以効一レ愛兮、献二江南之明璫一。雖三潜二処於太陰一、長寄二心於君王一。」忽不レ悟二其所一レ舎、悵神宵而蔽レ光。

於レ是背レ下陵レ高、足往神留。遺レ情想像、顧望懐レ愁。

冀二霊体之復形一、御二軽舟一而上遡。浮二長川一而忘レ反、思綿綿而増レ慕。夜耿耿而不レ寐、霑二繁霜一而至レ曙。命二僕夫一而就レ駕、吾将レ帰二乎東路一。攬二騑轡一以抗レ策、悵盤桓而不レ能レ去。

是に於て屏翳は風を収め、川后は波を静む。馮夷は鼓を鳴らし、女媧は清歌す。文魚を騰げて以て乗を警め、玉鸞を鳴らして以て偕に逝く。六竜は儼として其れ首を斉しくし、雲車の容裔たるに載る。鯨鯢は踊りて轂を夾み、水禽は翔けりて衛りを為す。

是に於て北沚を越え、南岡を過ぐ。素領を紆らし、清陽を廻らす。朱唇を動かして以て徐ろに言い、交接の大綱を陳ぶ。人神の道の殊なるを恨み、盛年の当たる莫きを怨む。羅袂を抗げて以て涕を掩い、涙 襟に流れて浪浪たり。良会の永く絶ゆるを悼み、一たび逝きて郷を異にするを哀しむ。「微情の以て愛を効す無ければ、江南の明璫を献ぜん。太陰に潜み処ると雖ども、長く心を君王に寄す」。忽ち其の舍どまる所を悟ず、悵として神宵くして光を蔽う。

是に於て下きに背き高きに陵り、足往くも神留どまる。情を遺して想像し、顧望して愁いを懐く。

霊体の復た形れんことを冀い、軽舟を御して上遡る。長川に浮かんで反るを忘れ、思いは綿綿として慕うを増す。夜 耿耿として寐ねられず、繁霜に霑いて曙に至る。僕夫に命じて駕に就かしめ、吾は将に東路に帰らんとす。騑轡を攬りて以て策を抗げ、悵として盤桓して去る能わず。

○押韻は、(1)下平声五歌の「波・歌」。(2)去声八霽の「逝・裔・衛」。(3)下平声七陽の「岡・陽・綱・当・浪・郷・璫・王・光」。(4)下平声十一尤の「留・愁」。(5)去声七遇の「遡・慕・路」と、同六御の「曙・去」の通押。○屏翳　風神、あるいは雨神・雷神とする説がある。○川后　河伯、つまり黄河の神。○馮夷　やはり、黄河の神の名とされる。○女媧　太古の女神。○文魚　翅のある魚とする李善の解に従う。○警レ乗　車を護衛する。○玉鸞　鸞の形に作った玉の鈴。「神女の賦」に、「是に於て珮飾を揺るがし、玉鸞を鳴らす」とある。○六竜　神の乗る車を引く六頭の竜。○雲車　雲の車。神の乗り物とされる。李善注の引く『博物志』に、西王母が紫色の雲車に乗って降臨した話がみえる。○容裔　緩やかに進むさま。○鯨鯢　鯨は雄、鯢は雌のくじら。○轂　車輪の中心となる円い木。また、車全体をさすこともある。○清陽　眉目の間をいう。陽は、揚に同じ。『詩経』鄭風・野有蔓草に、「美しき一人有りて、清揚婉やかなり」とあるのによる。○浪浪　流れるさま。○明璫　璫は、耳だま。○太陰　水神のいる水の下の世界。○綿綿　長く絶えないさま。○耿耿　心が落ち着かないさま。○騑轡　騑は、四頭立ての馬の外側の二頭（添え馬）のことだが、ここでは一般的に馬をさすものとして解する。轡は、たづな。○盤桓　立ちもとおって進まぬこと。

【現代語訳】かくて風の神は風を治め、川の神は波を静める。馮夷が鼓を打てば、女媧は澄みきった歌声を上げる。

飛魚が跳ねまわって車の警固を務め、玉の鈴を打ち振っていざ出発だ。六頭の竜はいかめしく首をそろえて進み、女神は緩やかに動き出した雲の車に乗る。鯨は躍り上がって車の両わきを固め、水鳥は飛びまわって護衛を務める。

こうして一行は北の中州を越え、南の岡を過ぎて行く。女神は白い項を振り向け、涼やかな目見をめぐらす。赤い唇を動かし徐ろにことばを発して、男女の交わりの在り方を述べる。口惜しくも人と神とは道を隔てて、女盛りの身を君に添えぬことの無念さよ。薄絹のたもとを上げて涙を覆えば、涙ははらはらと襟にこぼれる。悲しやな、この逢瀬永遠に途絶えて、別れてのちは互いに他郷にある身。「ささやかな心に尽くしがたい愛のあかしまでに、この江南の耳玉を差し上げます。水の下なる神の世界に住むとは申せ、心はとこしえに君のおんもとに」。言いもあえずかの女の姿は消え、悲しくも神霊は闇に吸い込まれて光を隠した。

洛神の賦図巻（伝顧愷之筆）

かくて私は水辺を後に高みに登るが、足は進めど思いは後ろに残る。心をとどめてかの女のさまをめぐらし、後振り返りつつ愁いに沈む。

神さびた姿のいまひとたび現れんことを願いつつ、小舟を操って流れをさかのぼる。果てしない川面に浮かんで帰ることも忘れ、慕わしさはいや増しに募りゆくばかり。夜更けても心乱れて眠られず、しとどに置く霜にぬれそぼちつつ夜明けを迎えた。御者に命じて車の支度を調えさせ、私は東への帰路に就こうとする。手綱を執り鞭を振り上げるが、胸ふたぐままにただうろうろと去りかねていた。

女神との別離

最後の段では、女神との別離が描かれる。洛水の水静まって、神々の奏する楽の音に見送られつつ、女神は徐ろに出発する。供まわりのにぎやかさはさながら「離騒」の天上遊行を彷彿とさせる。「望舒（月の御者）を前にして先駆せしめ、飛廉（風の神）を後にして奔属せしむ。鸞皇（おおとり）は我が為に先戒し、雷師は余に告ぐるに未だ具わらざるを以てす」、あるいは「雲霓の晻藹たるを揚げ、玉鸞の啾啾たるを鳴らす」（いずれも「離騒」）などのシーンがたちまち連想されるだろう。「神女の賦」にももちろん神との別れの場面は設けられているが、これほどの委曲を尽くした描写はなく、また道行きの情景もない。「洛神の賦」が『楚辞』へのアリュージョンをはたらかせることによって、「神女の賦」のいまだもちえなかったイメージの膨らみをもたらしていることが、ここからもうかがえる。

女神の姿はやがて夕闇の彼方に消えて、後を慕っていつまでも立ち去りかねている作者の姿だけが残る。このあたり、やはり「湘君」の結句「時は再びは得べからず、聊か逍遥して容与す」や、「湘夫人」の結句「時は驟は得べからず、聊か逍遥して容与す」に近い雰囲気が感じられる。なお、女神の別れの感慨、「人神の道の殊なるを恨み、盛年の当たる莫きを怨む」について、李善は「微かに甄后の情に感じ」たことばとするコメントを加えている。先にも述べたように、甄后とのかかわりは附会であるにしても、いかにもこの実在の女性と関連づけたくなるようなことばが文中のあちこちに点綴されているのは事実である。この賦が広く人口に膾炙して人気を博した原因の一つも、実はそこにあるのかもしれない。

蕪城賦（蕪城の賦）

鮑照　明遠

蕪城賦　「蕪城」は、荒廃した城壁、また、その城壁に囲まれたまち。宋本『鮑氏集』では、題下に「広陵城に登りての作」と注される。「広陵」は、現在の江蘇省揚州市の東北にあった町で、軍事上の要衝として漢代以来重んぜられたが、またそれゆえにたびたび兵火の災を被った。四五九年（宋の孝武帝の大明三年）、竟陵王劉誕が広陵に拠って乱を起こし、敗北したあと、作者は荒れ果てたこの町を訪れ、興廃の有為転変に感慨を発してこの賦を作ったといわれる（銭仲聯『鮑参軍集注』の説）。巻十一、遊覧。

鮑照　四一四？―四六六。字は明遠。東海郡（江蘇省漣水県の北）の人。初めは宋の臨川王劉義慶に仕え、のち臨海王劉子頊のもとで前軍参軍となった。鮑参軍と称されるのはそのため。子頊が反乱の兵を挙げた時、騒乱の渦中で殺された。寒門の出身だったため、門閥社会の中で絶えず階級的な圧迫感に苦しめられ、それが彼の文学にも微妙に反映している。現存する詩は二百余首あるが、うち八十首あまりを楽府の詩が占めている。殊に唐の李白の文学に大きな影響を与えたことで知られる。宋の詩人の中では、陶淵明・謝霊運に次いで高い評価を得ている。十巻の文集は現在なおほぼ原形のまま伝わる。『宋書』巻五十一、『南史』巻十三に伝がある。

瀰池平原、南馳二蒼梧・漲海一、北走二紫塞・雁門一。柂以二漕渠一、軸以二崑崗一。重江複関之隩、四会五達之荘。当二昔全盛之時一、車挂レ轊、人駕レ肩。廛閈撲レ地、歌吹沸レ天。孳二貨塩田一、鏟二利銅山一。才力雄富、士馬精妍。故能奓二秦法一、佚二周令一、画二崇墉一、刳二濬洫一、図二脩レ世以休命一。是以板築雉堞之殷、井幹烽櫓之勤、格高二五嶽一、袤広二三墳一、崪若二断岸一、矗似二長雲一。製二磁石一以禦レ衝、糊二赬壤一以飛レ文。観二基扃之固護一、将二万祀而一君一。出二入三代一、五百餘載、竟瓜剖而豆分。

瀰迆たる平原、南のかた蒼梧・漲海に馳せ、北のかた紫塞・雁門に走る。柂くに漕渠を以てし、軸するに崑崗を以てす。重江複関の隩、四会五達の荘あり。昔の全盛の時に当たりて、車は轊を挂け、人は肩に駕る。廛閈 地を撲くし、歌吹天に沸く。貨を塩田に孳くし、利を銅山に鏟る。才力は雄富にして、士馬は精妍なり。

故に能く秦法より奓り、周令に佚ぎ、崇墉を画き、濬洫を刳り、世を脩くして以て休命ならんことを図る。

是を以て板築雉堞の殷んなる、井幹烽櫓の勤むるあり、格は五岳よりも高く、袤りは三墳よりも広く、崪として断岸の若く、矗として長雲に似たり。磁石を製して以て衝を禦ぎ、赬壌を糊して以て文を飛ばす。基扃の固護を観るに、将に万祀にして一君ならんとす。三代に出入すること、五百余載、竟に瓜のごとく剖けて豆のごとく分かる。

○押韻は、(1)下平声七陽の「崗・荘」。(2)下平声一先の「肩・天・妍」と、上平声十五刪の「山」の通押。(3)去声二十四敬の「令・命」。(4)上平声十二文の「殷・勤・墳・雲・文・君・分」。○瀰池　地勢が平面的に広く連なるさま。○蒼梧　広西（広西チワン族自治区）の東南にあった県名。南の極遠の地。○漲海　南海の別称。広東省沿岸一帯をさす。○紫塞　万里の長城。土色が紫であるところからいうとされる。○雁門　山西省北部にあった郡の名。○漕渠　長江の水を引いた運河。○崑崗　広陵の中心に位置する岡。町はこの岡の上に築かれていた。○隩　屈曲した河川に取り巻かれた土地。○四会五達之荘　四会五達は、四通八達というに同じ。荘は、大道。○昔全盛之時　以下、漢代における町の繁栄を描く。○車挂レ轊、人駕レ肩　轊は、車軸の先。『史記』蘇秦列伝に、「臨菑の塗、車轂撃ち、人肩摩す」とある。○廛閈　廛は、住宅。閈は、里門。○歌吹　吹は、管楽器の音。○孳　滋に同じで、増殖すること。○精妍　優れて立派なこと。○奓二秦法一、佚二周令一　張衡の「西京の賦」（巻二）に、「秦制を覧、周法を跨ゆ」とあるのに基づく。○休命　天の授けた命。○板築雉堞　板は、土を挟む板。築は、土をつきかためる杵。雉堞は、ひめがき。長さ三丈、高さ一丈に作られる。○井幹烽櫓　井幹は、井げた状に組み上げたやぐら。烽櫓は、のろしを上げる望楼。○五嶽　五つの名山。すなわち、中岳崇山・東岳泰山・西岳華山・南岳衡山・北岳恒山。○三墳　黄河・汝水・淮水の堤防ともいわれるが、未詳。○崒　高く険しいさま。○矗　高くそびえるさま。○製㆓磁石㆒以禦㆑衝　秦の阿房宮では、磁石で門を造って、武器を吸いつけたといわれる。衝は、攻撃。○糊㆓赬壌㆒以飛㆑文　赬壌は、赤土。文は、文彩。○基扃　土台と、門のかんぬき。城闕の守りをいう。○三代　漢・魏・晋三代の王朝。

【現代語訳】　荒廃せる城の賦

なだらかに連なる平原は、南のかた蒼梧・南海に達し、北のかた長城・雁門に至る壮大さ。流れを導いて運河とし、崑崙の岡を軸として町はそびえる。幾重もの江ととりでに囲まれた奥地にして、四方八方へ通ずる交通の要地。

その昔の全盛時代には、行き交う車は車輪をすりあわせ、往来の人々は肩をぶつけあう混雑ぶり。家並みはびっしりと地を覆い、音楽の音は天にわきたった。塩田で財貨を築き、銅山で利益を削り取った。才あり力ある人材に恵まれ、兵士も馬も精鋭ぞろいだった。

かくて秦の世のおきて、周の世の定めものかは、高い城壁を築き、深い掘割を巡らして、末長く天の恵みを受けようと図ったのだった。

こうして姫垣をつきかためる工事はにぎわしく、高いやぐらや烽火台はせっせと建てられて、その高さは五岳をうわまわり、その広さは三墳をしのぎ、切り立った崖のように険しく、高い雲峰に似て長くそそりたっていた。磁石の門で敵の進攻に備え、赤土を塗って城壁を飾った。その防備の堅牢さを見やれば、一系の君主で万世ののちまで守り通せよう。しかるに三代の王朝、五百余年を経た今、町は瓜を剖き豆を散らすように滅びてしまったのだ。

広陵の繁栄と荒廃　広陵の繁栄は、遠く紀元前二世紀の前漢文帝（在位、前一八〇―前一五七）・景帝（在位、前一五七―前一四一）の時代にさかのぼる。当時、この地域を治めていたのは、景帝の大伯父に当たる呉王濞であった。広陵の位置する長江下流域は地味豊かな穀倉地帯であるが、呉はそのうえ更に、製塩と製銅という経済発展のための二つの有力な事業を積極的に進めていた。『漢書』地理志に、「呉の東には海塩と章山の銅、三江五湖の利有り、亦江東の一都会なり」と記されるように、呉の経済力はかなりの段階に達していたと考えられる。賦の中で、「貨を塩田に孳くし、利を銅山に鏟る」といわれるのがその状況をさしており、『史記』呉王濞列伝によると、銅と塩のおかげで、領民は税金を取り立てられることもなかったという。かくて呉は次第に中央政府から半ば独立した小国家の様相さえ呈してきた。こうした繁栄が四十年あまりも続く。

　この盛況を一場の夢と帰せしめたのが、呉楚七国の乱（前一五四）である。文帝に代わって景帝が即位すると、中央集権化政策が強力に進められるようになり、その一環として呉は豫章・会稽の二郡を削られるに至った。この両郡は呉の経済力の基盤をなす銅と塩の産地にほかならず、その削地は呉の繁栄を根底から覆すことになる。かねてから中央政府に対する不満を募らせていた呉王濞は、同憂の六国を糾合して反乱に決起した。この乱は大漢帝国の土台を揺るがす大事件となったが、結果は反乱軍側の敗北に終わり、呉王濞は同盟軍側の内訌がもとで殺された。

　それから六百年あまり経た四五九年（宋の大明三年）四月、広陵城に拠った竟陵王誕の乱が起こった。乱は三か月ほど続いて、七月に平定されたが、広陵陥落の際には、城内の成年男子はことごとく虐殺され、女子は戦利品に供されたと、史書はいう。酸鼻の気はこの短い行間にも充満している。もちろん、それ以前にも、軍事上の重要拠点であった広陵はいくたびも兵火に荒らされているが、鮑照の描く荒涼たる情景は、すぐ近い過去に起こった戦乱の爪跡（つめあと）を克明に写し出して、鬼気迫る印象さえある。前段の繁華を極めた在りし日の幻想が、後段に至り、一切の説明を抜きにして突然に暗転する。その対比がきわめて効果的である。戦禍の痛ましさをリアルな目で活写した、六朝（りくちょう）叙情賦の傑作といってよかろう。

沢葵依レ井、荒葛罥レ塗。壇羅二虺蜮一、階闘二麏鼯一。木魅山鬼、野鼠城狐。風嗥雨嘯、昏見晨趨。飢鷹厲レ吻、寒鴟嚇レ雛。伏虣蔵虎、乳レ血飡レ膚。

崩榛塞レ路、崢嶸古馗。白楊早落、塞草前衰。稜稜霜気、蔌蔌風威。孤蓬自振、驚砂坐飛。灌莽杳而無レ際、叢薄紛其相依。

通池既已夷、峻隅又已頽。直二視千里外一、唯見レ起二黄埃一。凝レ思寂聴、心傷已摧。

若夫藻扃黼帳、歌堂舞閣之基、琁淵碧樹、弋林釣渚之館、呉蔡斉秦之声、魚竜爵馬之玩、皆薫歇燼滅、光沈響絶。

東都妙姫、南国麗人、蕙心紈質、玉貌絳唇、莫レ不下埋二魂幽石一、委中骨窮塵上。豈憶二同輿之愉楽、離宮之苦辛一哉。

天道如何、呑レ恨者多。抽レ琴命レ操、為ニ蕪城之歌一。
歌曰、

辺風急兮城上寒
井逕滅兮丘隴残
千齢兮万代
共尽兮何言

沢葵井に依り、荒葛塗に罥かる。壇には虺蜮を羅ね、階には麏鼯を闘わしむ。木魅山鬼、野鼠城狐あり。風に嘷え雨に嘯き、昏べに見え晨に趨る。飢鷹吻を厲ぎ、寒鴟雛に嚇す。伏虣蔵虎、血を乳にし膚を飡らう。崩榛路に塞がり、崢嶸たる古馗あり。白楊早く落ちて、塞草前に衰う。稜稜たる霜気、蔌蔌たる風威あり。孤蓬自ら振るい、驚砂坐ろに飛ぶ。灌莽杳として際まり無く、叢薄紛として其れ相依る。通池は既已に夷らぎ、峻隅も又已に頽る。千里の外を直視すれば、唯だ黄埃を起こすを見る。思いを凝らして寂かに聴き、心傷みて已に摧く。若し夫れ藻扃黼帳、歌堂舞閣の基、琁淵碧樹、弋林釣渚の館、呉蔡斉秦の声、魚竜爵馬の玩、皆薫り歇き燼滅え、光沈み響き絶ゆ。東都の妙姫、南国の麗人、蕙心紈質、玉貌絳唇、魂を幽石に埋め、骨を窮塵に委ねざるは莫し。豈同輿の愉楽、離宮の苦辛を憶わんや。

天道　如何ぞ、恨みを呑む者多し。琴を抽きて操を命じ、蕪城の歌を為る。

歌に曰く、

辺風急にして城上寒し
井逕滅びて丘隴残る
千齢　万代
共に尽きて何をか言わん

〇押韻は、⑴上平声七虞の「塗・鼯・狐・趨・雛・膚」。⑵上平声四支の「馗・衰」と、上平声五微の「威・飛・依」の通押。⑶上平声十灰の「頽・埃・摧」。⑷去声十五翰の「館・玩」。⑸入声九屑の「滅・絶」。⑹上平声十一真の「人・唇・塵・辛」。⑺下平声五歌の「何・多・歌」。⑻上平声十四寒の「寒・残」と、同十三元の「言」の通押。〇沢葵　苔類の植物。〇壇　ここでは、堂の意。〇雛　鵷鶵。鳳凰の一種。〇虣　䖑(虎の一種)の意に解する。〇乳レ血　血を飲むこと。〇峥嵘　木々の生い茂るさま。〇古馗　馗は、逵に同じで、大道。〇稜稜　寒気の厳しいさま。〇蔌蔌　風の激しく吹くさま。〇灌莽　群生した草木。〇叢薄　草木の茂み。〇通池　城壁の周囲を巡る堀。〇呉蔡斉秦之声　これら諸地域の音楽は、古来有名であった。〇魚竜爵馬之玩　李善が張衡の「西京の賦」(巻二)の「海鱗変じて竜と成る」や「大雀踆踆たり」を引くところからすれば、魚が竜に、雀が馬に変身したりする雑技のことか。爵は、雀に同じ。〇東都　洛陽をさす。〇南国麗人　曹植の「雑詩」(巻二十九)に、「南国に佳人有り、容華は桃李の若し」とある。〇蕙心紈質　蕙は、蘭の類の香草。紈は、白絹。〇同輿　天子と車をともにすること。天子の寵愛を受けたことをいう。〇離宮　天子の愛を失った妃が、しばしばかかる宮殿に住んだ。〇操　琴曲。〇歌　賦の結びには、こうした短い歌を伴うことが多い。「離騒」の「乱」の形式を継ぐものであろう。〇井逕　井は、一里四方の田。逕は、径に同じ。

【現代語訳】　今や苔が井戸にまつわりつき、つたかずらが道を遮る。堂の上には蝮や蜮がはいまわり、階段では麏と鼯が闘っている。木の精に山の妖怪、野鼠に城壁の狐が、風にほえ雨にうそぶき、夕暮れに現れ夜明けに走り去る。飢えた鷹がくちばしを研ぎ、凍えた鴟が鵷鶵を威嚇する。潜み隠れていた虎や山猫が、生き血をすすり肉に食らいつく。

倒れかかった雑木が路をふさぎ、古道のあたりは鬱蒼と暗い。白楊は早くも葉を落とし、とりでの草は既に枯れ果てた。きりきりと厳しい霜、ひゅうひゅうと激しい風。蓬はひとりでにまろびゆき、砂はそぞろに舞い上がる。群がる茂みは極みなく続き、草木は乱れつつもたれあう。

四方に巡らされた堀は既に平らに埋められ、そそりたつ城壁の角も崩れ落ちた。千里のかなたを見はるかせば、ただ黄色い土ぼこりがたちこめるばかり。思いを凝らし耳を澄ませば、心は悲しみにうちひしがれる。

飾りたてた扉や縫い取りを施したとばり、歌舞の奏せられた堂閣の跡、玉に縁取られた池に碧なす木々、狩猟や魚釣りのために設けられた宮館、呉・蔡・斉・秦の地の音楽、魚・竜・雀・馬の織りなす雑技——ものなべて香気は失せて灰燼と帰し、輝きは消え音響は絶え果てた。

東都の美女、南国の麗人たち——蘭のような心と白絹のような肌、玉のかんばせと赤い唇の女たちは、今や皆その魂を奥津城の石に潜め、その骨を深い地中に委ねている。天子と車をともにした喜びや、離宮に捨て去られた苦しみは、今なおその胸にあるだろうか。いかなれば天道は、かくも多くの人々に恨みを呑みつつ死へ追いやったのか。いざ琴を取って曲を奏し、「荒廃せる城の歌」をうたおう。

歌にいう——、

辺境の風は激しく吹いて城壁の上は寒く、
田中の小道は消えて墳墓も崩れ果てた
千年たち万年過ぎれば、
物はなべて滅び去るならい、今更何を言おう

荒廃した城がもたらすイメージ　後段の叙述は、見る影もなく荒廃した城内のおどろおどろしい場面から始まる。ここに連ねられるイメージのどれを取ってみても、人をして戦慄を覚えしめぬものはない。しかも、前段の華やぎの余韻のように点綴される栄華の面影は、この凄惨な雰囲気をいっそう増幅する作用をもたらす。騒乱の世を身をもって生きた作者は、やがて彼自らもこの荒涼たる時代の塵埃に吸い込まれてゆくべき運命にあるのだが、それだけに、繰り広げられる情景の一つ一つが、異様な迫力に満ちて鮮烈である。

鮑照の詩・賦は、いかにも修辞主義全盛期の南朝の詩人らしく華麗である。しかし、彼の現実を見つめる眼は、現象の華やかさの向こうに、いつか見せかけの繁栄を脅かす存在として潜むものの影を、常に凝視する視点を持ち続けている。それは時代の矛盾を敏感に感知することの多い下層士族に彼が属していた事実と、恐らく無縁ではない。「千齢　万代、共に尽きて何をか言わん」に、支配者の傲りに対する警告とともに、一切のものに信を託せぬ乱世の詩人の嘆息が聞こえてくるようだ。

恨賦（恨みの賦）

江淹　文通

恨賦　「恨」は、無念の思い。「怨」が多く人をうらむことを意味するのに対して、自分自身に対する気持ちの方に重点がある。「恨みの賦」は、恨みを飲んで死んでいった著名な人物のイメージを、時代を逐って絵巻物風の感傷的な美文に綴っており、一種の新趣向の賦といえる。別れのさまざまな様相を同じ手法によって叙述した「別れの賦」（巻十六）とともに、江淹の賦の代表作である。巻十六、哀傷。

江淹　四四四—五〇五。字は文通。済陽郡考城県（河南省蘭考の東）の人。低い家格の出身ながら、宋・斉・梁の三朝に仕えて、文才と機敏で慎重な処世態度により、次第に高官の地位に昇った。最後の官位は梁の金紫光禄大夫で、醴陵伯に封ぜられた。「恨みの賦」「別れの賦」のほか、古今の著名な詩人の詩風に巧みに擬した「雑体詩」三十首（三四二ページ）が代表作に数えられる。晩年は才能枯渇して、秀作に乏しかったといわれる。十巻の文集があり、六朝詩人の中では珍しくほぼ原形のまま伝わっている。『詩品』では中品。『梁書』巻十四、『南史』巻五十九に伝がある。

試望㆓平原㆒、蔓草縈㆑骨、拱木斂㆑魂。人生到㆑此、天道寧論。

於㆑是僕本恨人、心驚不㆑已、直念㆓古者伏㆑恨而死㆒。

試みに平原を望むに、蔓草 骨に縈い、拱木 魂を斂む。人生 此に到る、天道寧ぞ論ぜんや。

是に於て僕本より恨人なれば、心驚きて已まず、直ちに古者の恨みに伏して死せるものを念う。

○押韻は、⑴上平声十三元の「魂・論」。⑵上声四紙の「已・死」。○拱木　一抱えもある巨木。『左伝』僖公三十二年に、「中寿（八十歳）ならば、爾が墓の木は拱ならん」とある。○斂㆑魂　人間の魂が死後、地中に帰することをいう。漢代の「古蒿里歌」（挽歌の一種）に、「蒿里は誰が家の地ぞ、魂魄を聚斂して賢愚無し」とある。

【現代語訳】恨みの賦

平原を眺めやれば、つたかずらが死者の骨に絡みつき、墓場の巨木が魂を収め入れる。人の一生もここまでくれば、天道を論じてみても始まらない。

かくて悔恨多きこの私は、心騒いでやまず、思いはまっすぐにいにしえの恨みを飲んで死んでいった人々へと馳せていった。

歴史上の六人物の「恨み」 この編は、無念やるかたない思いを抱きつつ死んでいった史上の人物六人のイメージを時代を逐って描くことにより、人間の生き方における悲劇的な側面を見つめようとしている。この六人、すなわち、秦の始皇帝・趙王遷・李陵・王昭君・馮衍・嵆康は、二番目の趙王遷がややなじみの薄い名であるのを除けば、いずれもきわめて知名度の高い人々である。賦が各人のために割いたスペースはごく限られたものだが、主人公それぞれの悲劇を、死と背中合わせの盛り上がった雰囲気の中で、視覚的にとらえる工夫がなされている。歴史上の人物が、後世の作家によってどのようなイメージに膨らまされてゆくかということを考えるうえでも、興味深い作品といえよう。半面、感傷的な詠嘆にとどまって、主人公たちの心情の掘り下げがさほど見られないという不満の残るのは否めない。鋪陳、つまり、ものごとの羅列を生命とする賦という形式の限界でもあろうが、江淹の文学が全般的にもつ感傷癖の甘さが、よくもあしくも典型的に現れた作品というのも事実である。

なお、「恨」の語について一言触れておくと、この場合の「うらみ」は他者に向けられた怨恨の感情ではなく、自己の内部に向けられた悔恨の情である。死を背にして、もはや取り返しのつかない自分の過去への痛切な思いをこめつつ、主人公たちはそれぞれの人生の最後の局面を生きているのである。唐の李白には、この江淹の作を模した「擬恨賦」(「恨みの賦に擬す」)があり、対象とする史上の人物も、漢の高祖・項羽・荊軻・漢の武帝の陳皇后・屈原・李斯の六人と、江淹の原作と全く同数になっている。

この段は、いわば全体の序に相当する。場面は墓場。つたかずらの絡みつく年を経た死者の骨を前に、「天道は是か非か」などと論ずるのは無意味だという、諦観とも絶望ともとれる口吻から、賦の叙述は開始される。それだけに、やり場のない「恨み」ともいえる。

至レ如二秦帝按レ剣、諸侯西馳一、削二平天下一、同レ文共レ規、華山為レ城、紫淵為レ池。雄図既溢、武力未レ畢、方架二黿鼉一以為レ梁、巡二海右一以送レ日。一旦魂断、宮車晩出。

秦帝剣を按じ、諸侯西に馳するが如きに至りては、天下を削平して、文を同じくし規を共にし、華山を城と為し、紫淵を池と為す。雄図既に溢つるも、武力未だ畢わらず、方に黿鼉を架して以て梁と為し、海右を巡りて以て日を送る。一旦魂断えて、宮車晩く出ず。

○押韻は、(1)上平声四支の「馳・規・池」。(2)入声四質の「溢・畢・日・出」。　○諸侯西馳　戦国七雄の中で最強の勢力にのしあがったのは、西の端（陝西省）にあった秦で、諸侯はみな始皇帝のもとになびき伏した。　○同㆑文共㆑規　文は、文字。規は、軌に同じで、車軌、すなわち両輪の間の寸法。文字を同じにし、車の幅を一定にして道幅を等しくすることは、天下統一を意味し、王者たる者の理想であった。『礼記』中庸に、「今　天下、車は軌を同じくし、書は文を同じくし、行いは倫を同じくす」とある。　○華山為㆑城　華山は、陝西省華陰県の南にある名山で、五岳の一つ。西岳ともいう。賈誼の「過秦論」（巻五十一）に、「華を践みて城と為し、河に因りて池と為す」とあるのによる。　○紫淵　紫沢とも称される巨大な淵で、長安の北にあった。　○方架㆓黿鼉㆒以為㆑梁　『竹書紀年』の周穆王三十七年に、「紂を伐ちて大いに九師を起こし、東のかた九江に至り、黿鼉を叱して以て梁と為す」とあるのに基づいて、始皇帝が晩年に南方の楚から沿海地帯にかけて巡遊の旅に出たことをいう。黿鼉は、大きな亀。　○海右　呉・越（江蘇省・浙江省）一帯をさす。始皇帝は呉から海路により北上して、琅邪（山東省）に至った。　○宮車晩出　天子の死を婉曲にいう「晏駕」を言い換えたもの。始皇帝はこの巡遊を完成しないうちに病死した。

【現代語訳】　刀の柄に手をかけただけで、諸侯を西に馳せ参じさせた秦の始皇帝は、天下を平定して、文字や車の幅を統一し、華山を城壁とし、紫淵を池とするほどの勢力を誇った。壮大な企ては達せられたが、武力はなおとどまらず、大亀を並べて橋を架けたり、東海の沿岸を巡って太陽を追いかけた。だが、ある日突然魂は絶え、皇帝は世を去った。

秦の始皇帝の施政力　秦の始皇帝嬴政（前二五九—前二一〇）は、五百年以上にわたって分裂

万里の長城（北京市西北郊、八達嶺付近）

と抗争に明け暮れた乱世を統一し、郡県制による強力な中央集権国家を実現した。彼の並外れた施政力が、一方において激しい怨嗟の声を生みながらも、長い中国文明の流れを形づくる上で決定的な役割を果たしたことは、だれしも否定のしようがない。度量衡・文字・車軌を統一したことは、その功績の最たるものである。秦はわずか四十年で滅びたが、これらの事業は中国の統一のために、実にはかりしれない貢献をしたといえる。仮にあの広い中国で、各地が思い思いの文字を用い続けていたとしたら、漢以後の王朝が統一を維持することはほとんど不可能でさえあっただろう。有名な万里の長城の建設は、外敵を防御する所期の目的のためにどれだけ実効があったかはひとまず措くとしても、大帝国の威信を誇示するためには、まことに壮大極まる事業であった。

始皇帝の晩年の足跡　この大独裁者始皇帝も、その死にざまはまことに哀れだった。即位三十七年目の前二一一年、第五回の国内巡幸の旅に出た始皇帝は、まず楚の雲夢の大沼沢を訪れたあと、長江を下って、浙江から会稽山に登り、秦の徳を自賛する刻石を立てた。そのあと、呉から海路を北上して琅邪に至り、之罘を経て平原津（山東省平原県のあたり）に達したところで、病を得た。彼は自分の死を言うことを忌み嫌ったから、臣下はだれも皇帝の死を口に上せようとはしなかった。しかし、容態は悪化する一方で、さすがの彼も死期が身近に迫ったことを自覚せざるをえなかった。彼は長子の扶蘇を後継者に指名する勅書を宰相の李斯に託したまま、長安から二千里あまりも離れた沙丘の平台（河北省平郷県）で息を引き取った。時に五十歳である。皇帝の死は、国内の動揺の大きさをおもんぱかって伏せられたまま、遺骸は隠密のうちに都咸陽に移送された。死臭をカモフラージュするため、大量の魚の干物が遺骸を乗せた車に積み込まれたという。絶大な権勢を誇った始皇帝の最期としては、いかにも小細工を弄した感じの挿話だが、このあとやがて宦官趙高の陰謀をきっかけとして大秦帝国が急速に凋落の坂を下っていったことを思えば、始皇帝の「恨み」はやはりひとしお深いものだったにちがいない。

なお、始皇帝が生前から造営した自分の陵墓（驪山陵）の比類を絶する壮大な規模については、『史記』秦始皇本紀に詳述されているが、それが決して誇張でないことは、最近の考古学の発掘成果によって実証された。

若乃趙王既虜、遷二於房陵一、薄暮心動、昧旦神興。別二艶姫与美女一、喪二金輿及玉乗一。置酒欲レ飲、悲来塡レ膺。千秋万歳、為レ怨難レ勝。

若し乃ち趙王既に虜せられて、房陵に遷さるるは、薄暮に心動き、昧旦に神興る。艶姫と美女とに別れ、金輿と玉乗とを喪う。置酒して飲まんと欲すれば、悲しみ来たりて膺に塡つ。千秋万歳、怨みを為すこと勝え難し。

〇押韻は、下平声十蒸の「陵・輿・乗・膺・勝」。〇趙王　戦国・趙の最後の王となった幽繆王遷。前二二九年に秦に降った。〇遷二於房陵一　房陵は、現在の湖北省房県。『淮南子』泰族訓に、「趙王遷は房陵に流され、故郷を思いて、山水の謳を作る。聞く者　涕を隕とさざるは莫し」とある。〇昧旦　夜明け方。〇金輿・玉乗　金や玉で飾られた馬車。〇置酒　宴会を開くこと。

【現代語訳】（秦に滅ぼされた）趙王は虜囚となって、房陵に移送され、日暮れには心おののき、夜明けには思い高ぶる。あでやかな美女たちとも別れ、金玉に彩られた馬車も失ってしまった。酒盛りを開いて飲もうとしても、悲しみで胸はいっぱい。千年万年たったとて、とても耐えきれる怨みではない。

亡国の君主の祖　趙の幽繆王遷のことは、『史記』では趙世家の末尾にごく簡単な記述が見られるにすぎない。司馬遷が伝聞した話として記すところによれば、趙王遷の母は倡で、悼襄王の寵愛を受けていた。そのため悼襄王は長子を廃嫡してまで、遷を太子に立てたのだったが、やがて即位した遷は素行がおさまらぬうえに、讒言を信じて名将李牧を誅殺し、趙の亡国を決定的なものにしたといわれる。いわば何の功績もなかった亡国の君主だが、趙王遷の名が人々の記憶にとどまったのは、房陵の獄中で望郷の思いを託してうたった哀切な歌の話が、『淮南子』の中に記されて伝わったことによる。後世の陳の後主陳叔宝（在位、五八二―五八九）や、南唐の後主李煜（在位、九六一―九七五）のように、哀痛極まりない頽廃の美を詩に彫琢した亡国の君主を我々は知っているが、趙王遷はそのはるかな祖先だったのであろう。残念ながら、その歌詞自体は伝えられていない。

最後の句で「怨みを為すこと勝え難し」と、「怨」の字を用いたのは、国を滅ぼされたことに起因する他者へのうらみの気持ちをいうのであろう。

至レ如二李君降レ北、名辱身冤一、抜レ剣撃レ柱、弔レ影慙レ魂。情往二上郡一、心留二雁門一。裂レ帛繋レ書、誓レ還二漢恩一。朝露溘至、握レ手何言。

李君北に降りて、名辱められ身冤げらるるが如きに至りては、剣を抜きて柱を撃ち、影を弔いて魂に慙ず。情は上郡に往き、心は雁門に留どまる。帛を裂きて書を繋け、漢恩を還さんことを誓う。朝露溘かに至り、手を握りて何をか言わん。

○押韻は、上平声十三元の「冤・魂・門・恩・言」。　○李君降レ北　李君は、漢の将軍李陵。その伝については、一五九ページを参照。前九九年（漢の武帝の天漢二年）、匈奴との戦いに敗れて、敵に降り、そのまま異境の地で生涯を終えた。　○抜レ剣撃レ柱　胸中の憤懣を訴える動作。『漢書』叔孫通伝に、「群臣飲みて功を争い、酔いて或いは妄りに呼び、剣を抜きて柱を撃つ」とある。　○弔レ影　孤独なありさまの形容。　○上郡・雁門　いずれも漢の郡名。上郡は陝西省延安一帯、雁門は山西省北部にあって、漢の最前線地帯だった。　○裂レ帛繋レ書　匈奴に抑留中の将軍蘇武が雁の足に手紙を結わえて、自分の健在を漢に知らせたという話。「天子上林中に射て、雁を得たるに、足に帛書を係くる有りて、言えらく、武等は某沢中に在りと」(『漢書』蘇武伝)。実は、匈奴に派遣された漢の使者が、蘇武に会う口実として、単于に語った作り話。〇誓レ還二漢恩一　李陵の「蘇武に答うる書」(巻四十一)に、「故に前書の言の如く、恩を国主に報ぜんと欲するのみ」とある。〇朝露溘至　『漢書』巻五十四蘇武伝に、李陵が蘇武に言ったことばとして、「人生は朝露の如きに、何ぞ久しく自ら苦しむこと此くの如き」とある。

【現代語訳】　北方の匈奴に降り、名は汚され身は虐げられた李陵は、剣を抜いて柱に切りつけ、我が影を哀れみつつ魂に恥じた。心は上郡にまで飛んで行き、思いは雁門あたりをさすらう。絹の布を裂いて書きつけた手紙を雁の足に結びつけ、漢の恩義に報いることを誓う。朝の露の置くに似たこの人生、友との別れに手を取り合って言うべきことばもない。

名将李陵の悲劇　漢の名将李陵の悲劇は、『漢書』李陵伝に詳しく描かれ、また中島敦の小説『李陵』によって我が国でもよく知られている。わずかの兵を率いて勇敢に戦いながら、最後に万策尽きて匈奴に投降したために、李陵はひどく武帝の機嫌をそこねてしまった。その後しばらくたって、漢軍に捕虜となった匈奴の兵士の口から、李陵が匈奴の軍隊の軍事顧問となっているという情報がもたらされた。怒りに油を注がれた武帝は、漢の地に残された李陵の母・弟・妻・子ら家族全員を誅殺した。実は、匈奴の軍事顧問となったのは、李緒という全く別の人物だったのだから、李陵にとっては身に覚えのない濡れ衣を着せられたことになる。しかし、ともかくこれで、彼が漢に帰る名分はなくなったのである。「剣を抜きて柱を撃ち、影を弔いて魂に慙ず」とは、李陵のやり場のない屈折した心情を表現している。

後半では、それでもなお絶ちがたい望郷の念につきまとわれる、アンビバレントな李陵の心情が描かれる。「帛を裂きて書を繫く」は、前句の「雁門」が縁語となって、蘇武が雁の足に手紙を結びつけた故事が連想されたものか。蘇武は李陵の友人で、匈奴に抑留されること十九年にして漢への帰還がかなった人物だが、帰るべき故国を失った李陵の心情は、この句に記されるよりはずっと複雑だっただろう。蘇武との別れの宴に臨んで、李陵がうたった自作の詩は、当時の彼の心境をよく告白している。「万里を径きて沙幕を度り、君が将と為りて匈奴に奮う。路窮絶して矢刃摧け、士衆滅びて名已に隤る。老母已に死すれば、恩を報ぜんと欲すと雖ども将た安くにか帰せん」（『漢書』蘇武伝）。

「手を握りて何をか言わん」は、蘇武の「詩」第三首（巻二十九）に、「手を握りて一たび長歎す、涙は生別の為に滋し」とあるのに基づく。李善注は死出の別れと解するが、ここでは「衢路の側に屏営し、手を執りて野に踟躕す」（李陵「蘇武に与う」その一、巻二十九）のように、友人蘇武との永久の別離をいうものとして解釈したい。江淹の「雑体詩」（巻三十一）の李陵の詩に擬した作にも、「日暮れて浮雲滋く、手を握りて涙は霰の如し」（三四三ページ）と、同じ表現が用いられている。

若夫明妃去時、仰レ天太息。紫臺稍遠、関山無レ極。揺風忽起、白日西匿。隴雁少レ飛、代雲寡レ色。望二君王一兮何期、終蕪二絶兮異域一。

若し夫れ明妃去りし時、天を仰ぎて太息す。紫台稍く遠く、関山極まり無し。揺風忽ち起こり、白日西に匿る。隴雁飛ぶこと少なく、代雲　色寡なし。君王を望むも何ぞ期あらん、終に異域に蕪絶す。

○押韻は、入声十三職の「息・極・匿・色・域」。　○明妃　漢の王昭君（名は嬙）のこと。晋の文帝（司馬昭）の諱を避けて、晋代では明君といった。晋の石崇に「王明君の詞」（巻二十七）がある。『漢書』元帝紀によれば、竟寧元（前三三）年正月、匈奴との融和策のため、後宮の宮女だった王昭君は呼韓邪単于に帰嫁させられた。王昭君の説話は、『西京雑記』巻二のそれをはじめとして、多くの悲劇的な脚色が施されて広く伝わる。　○紫臺　紫宮というに同じで、皇宮のこと。　○関山　関所のある山々、また、国境の山々。　○隴雁　隴は、隴山。陝西省と甘粛省の間にある山。　○代雲　代は、代郡。山西省東北部。　○蕪絶　死んで雑草に埋もれてしまうこと。

【現代語訳】　王昭君は漢を去って行く時、天を仰いで深いため息をついた。宮殿は次第に遠ざかり、国ざかいの山々は果てしなく続く。つむじ風がにわかにはためく中、太陽は西に沈んでゆく。隴山には渡る雁さえも少なく、代の地の雲は光も薄い。はるかに帝のおわす方を眺めやるが再会の目当てもなく、ついに異域の雑草に覆われて生を終えた。

説話的な人物、王昭君　有名な王昭君哀話である。正史に残る王昭君の記事としては、『漢書』元帝紀に、竟寧元年春正月、来朝した匈奴の呼韓邪単于に対して、「待詔掖庭の王嬙を賜いて閼氏（匈奴の皇后）と為す」とあり、更に同匈奴伝に、彼女の生んだ男子が右日逐王（匈奴の諸王の一）となったこと、呼韓邪単于の死後は後を継いだ義子に嫁して二女を生んだことなどが記される程度で、ごくわずかなものである。王昭君の物語は、もっぱら後世の説話文学を通じて広まった。

晋の葛洪の著とされる『西京雑記』によると、王昭君が匈奴の王に帰嫁させられた顚末は次のとおりである。

元帝はあまたある後宮の女たちの似顔絵を描かせて、その中から意にかなった者を召し出して側に侍らせることにしていた。女たちは少しでも美しく描いてもらおうとして、争って画工に賄賂を弾んだが、ひとり王昭君だけは袖の下を贈らなかったので醜く描かれ、帝の召し出しを受けることもなかった。さて、匈奴の王が入朝して宮女を所望された時、元帝は王昭君の画像を見て、これなら惜しくないと思い、彼女を帰嫁させることにした。ところがいざ彼女を召見してみると、驚いたことにこの上もない美貌の上に、応対や立ち居振る舞いもまことにみやびである。元帝は悔しがったが、もはや後の祭り。そこで矛先を画工に向けて、毛延寿をはじめとする画工たちをすべて死刑に処した。

これが王昭君説話の骨格であるが、彼女を主人公とする悲話は士大夫と民衆とを問わず大きな人気を保ち続け、詩に語り物に演劇にと、さまざまな形で脚色されている。

ここでは漢を去って匈奴の地に赴く時の王昭君の姿が描かれる。限りなく続く旅路。この最果ての地は、雁の飛ぶ姿さえ稀だというのに、彼女は更に北へ向かって旅を続けなければならない。沈みゆく夕日が、明日も繰り返される旅を暗示するかのようである。王昭君の墓は内蒙古自治区のフフホト市の南にあって、青家と称される。ここだけは常に青々とした草に覆われていたからだといわれる。

至乃敬通見抵、罷帰田里、閉関却掃、塞門不仕。左対孺人、顧弄稚子。脱略公卿、跌宕文史。齎志没地、長懐無已。

乃ち敬通抵せられ、罷めて田里に帰るに至りては、関を閉ざして却き掃い、門を塞いで仕えず。左には孺人に対い、顧みて稚子に弄る。公卿を脱略し、文史を跌宕す。志を齎して地に没し、長く懐いて已むこと無し。

○押韻は、上声四紙の「抵・里・仕・子・史・已」。この段では第一句も韻を踏む。○敬通見抵　敬通は、後漢初期の文人馮衍の字。馮衍は、京兆杜陵（陝西省）の人。幼時から奇才を発揮して、広く群書に通じていた。初め更始帝劉玄に仕え、その没後に光武帝のもとに走った。しかし、官途にあっては不遇で、ついに故郷に帰って閉門・蟄居し、世間との交渉を絶った。『後漢書』巻二十八に伝がある。○却掃　後ずさりして足跡を消すこと。○孺人　大夫の妻をいう。○脱略　あなどる。○跌宕文史　跌宕は、取り合わないこと。文史は、古典の書物。

【現代語訳】　排斥されて、官を辞め、郷里に帰った馮衍は、家にこもり足跡さえも消して、門を塞いだまま二度と出仕しなかった。左に妻を見やりつつ、振り向いて幼子と戯れる日々。大臣どもを軽蔑し、古典の書物にも無関心。志を抱いたまま地中に葬られ、思いのたけは尽きることがなかった。

不遇の生涯を送った馮衍　馮衍は、更始帝劉玄（在位、二三―二五）のもとで将軍となり、のち光武帝劉秀（在位、二五―五七）に仕えて、曲陽令から司隷従事となった。しかし、光武帝のライバルだった更始帝の臣下だったことから、帝の覚えは元来よくなかったし、外戚として羽振りを利かせた陰興と陰就から恩顧を被ったことが命取りとなって、ついに官を去って郷里に帰り、門を閉ざしたまま世間との交渉を絶った。この時期のやり場のない鬱屈した感情は、「顕志の賦」（『後漢書』本伝）に託されている。この段で描かれるのも、そうした失意の境にある人物のイメージである。

「関を閉ざして却き掃う」とは、李善注が引く司馬彪の『続漢書』が、やはり後漢の文人趙壱の生活ぶりについて、「関を閉ざして却き掃い、徳に非ざれば交わらず」と述べるのに借りた描写らしいが、他人に対して心を開けなくなった馮衍の状況がよく表れている。「左には孺人に対い、顧みて稚子に弄る」は、閉ざされた環境の中で、ただ一つ残された家族の間での心の通い合いを描く。やはり不遇の士大夫像を形象した宋の鮑照の「擬行路難」（「行路難に擬す」）第六首の、「児の牀前に戯るるを弄び、婦の機中に織るを看る」が影響しているかもしれない。馮衍はこうして結局生涯を終えるまで不遇をかこつ身の上だったが、貧乏暮らしもだんだん板についてきたのか、『後漢書』には「然れども大志有りて、賤貧に戚戚たらず」とある。この賦と違って、実在の馮衍は心の中でちゃんと価値の転換ができていたのだろうか。

及二夫中散下レ獄、神気激揚一、濁醪夕引、素琴晨張。秋日蕭索、浮雲無レ光。鬱二青霞之奇意一、入二脩夜之不一レ暘。

夫の中散の獄に下り、神気激揚するに及んでは、濁醪夕べに引き、素琴晨に張る。秋日蕭索として、浮雲光無し。青霞の奇意を鬱し、脩夜の暘けざるに入る。

○押韻は、下平声七陽の「揚・張・光・暘」。　○中散下レ獄　中散は、嵇康のこと。魏の中散大夫だったところからいう。反俗精神に満ちた独創的な哲学者だったが、時の権力者司馬昭に憎まれて、刑死した。詳しくは、「山巨源に与えて交わりを絶つ書」（四〇二ページ）を参照。　○濁醪・素琴　酒と琴。いずれも、嵇康の終生愛してやまぬものだった。前記「交わりを絶つ書」に、「濁酒一杯、弾琴一曲、志願畢われり」とある。　○秋日蕭索　死刑は万物の生気が衰える秋になって行われるものとされていた。蕭索は、ものさびしいさまを表す双声の語。　○鬱二青霞之奇意一　青霞は、鬱勃として壮んな志をたとえる。　○入二脩夜之不一レ暘　脩夜は、長い夜。黄泉の世界。暘は、夜が明ける。

【現代語訳】 嵇康は獄に下って、心激しく高ぶり、夕べには濁り酒の杯を引き寄せ、朝には素朴な琴を奏でた。秋の日ざしはものさびしく、漂う雲には光もない。わきたつ雲気にも似た優れた志を抱きつつ、二度と明けぬ永遠の夜に入っていった。

獄中で死に臨む嵆康　嵆康(けいこう)が死に就(つ)こうとする時のことは、より早く『世説新語(せせつしんご)』雅量編にみえている。

——嵆中散は刑に東市に臨みて、神気変ぜず。琴を索(もと)めて之(これ)を弾(ひ)き、広陵散(こうりょうさん)を奏す。曲終わりて曰(いわ)く、「袁孝尼(えんこうじ)　嘗(かつ)て此(こ)の散を学ばんことを請うも、我靳(お)しみて固(まも)り与えず。広陵散は今に於(おい)て絶えたり」と。

「広陵散」とは、嵆康だけが伝えていた琴の秘曲。従容(しょうよう)として死に臨む嵆康の姿がありありとうかがえる。それに対して、賦の「中散の獄に下り、神気激揚す」は、「神気」という同じ語彙(ごい)を用いながら、趣がいささか違っている。ここでは、嵆康は死を前に高ぶる神経をなだめかねて、酒を飲み琴を奏でているのだ。『世説』の嵆康像はより剛直であり、「恨みの賦」のそれはよりヒューマンだといえるかもしれない。秋の日のものさびしく弱い日ざしが、いっそう悲哀感を盛り立てる。嵆康が世を去ったのは、四十歳のまさに男盛りであった。本書にも収める「山巨源に与えて交わりを絶つ書」は、かかる不幸な最期を予感して書かれた、世俗との激越な訣別(けつべつ)の文章である。

或有二孤臣危レ涕、孽子墜レ心。遷二客海上一、流二戍隴陰一。此人但聞二悲風汨起一、血下霑レ衿、亦復含レ酸茹レ歎、銷落湮沈。

若迺騎疊レ跡、車屯レ軌、黄塵帀レ地、歌吹四起、無レ不三煙断火絶、閉二骨泉裏一。

已矣哉、春草暮兮秋風驚、秋風罷兮春草生。綺羅畢兮池館尽、琴瑟滅兮丘壟平。自レ古皆有レ死、莫レ不二飲レ恨而呑レ声。

或いは孤臣 涕を危とし、孽子 心を墜うこと有り。海上に遷客し、隴陰に流戍す。此の人但だ悲風の汩起するを聞き、血下りて衿を霑し、亦復た酸みを含み歎きを茹らい、銷落し湮沈す。

若し廼ち騎 跡を畳ね、車 軌を屯ね、黄塵 地を帀り、歌吹 四に起こるは、煙断え火絶え、骨を泉裏に閉じざるは無し。

已んぬるかな、春草暮れて秋 風驚き、秋風罷みて春 草生ず。綺羅畢わりて池館尽き、琴瑟滅えて丘壟平らかなり。古 より皆死する有り、恨みを飲みて声を呑まざるは莫し。

○押韻は、⑴下平声十二侵の「心・陰・衿・沈」。⑵上声四紙の「軌・起・裏」。⑶下平声八庚の「驚・生・平・声」。 ○或有二孤臣危一レ涕（二句） 『孟子』尽心編上に、「独り孤臣孽子は、其の心を操るや危うく、其の患を慮るや深し」とある。李善注がいうように、本来、「涕を墜とし」「心を危うくす」とすべきところだが、わざと「墜」と「危」を入れ換えて、奇をてらったものであろう。 ○遷二客海上一 遷客は、ここでは動詞に解し、追放されること。『漢書』蘇武伝に、「匈奴は乃ち武を北海の上の無人の処に徙し、羝を牧せしむ」とあるようなイメージであろう。北海は、バイカル湖。海は世界の果ての地にあるものと考えられていた。 ○流二戍隴陰一 流戍は、辺塞の守備にやられること。隴陰は、隴山の北。陰は、山の北をいう。 ○銷落湮沈 死をいう。 ○騎畳レ跡、…… 車騎を連ねて行楽にふける貴族たちのイメージ。 ○煙断火絶 命が尽きることをたとえる。 ○泉裏 泉は、黄泉。地下を流れる泉で、死者の赴く所とされる。 ○丘壟 文字どおりには、おか。また、丘に設けられる墳墓を意味する。 ○自レ古皆有レ死 『論語』顔淵編に、「古(いにしえ)より皆死する有り、民 信無くんば立たず」とある。

【現代語訳】 あるいはまた主君に疎まれた臣下が涙を流し、妾腹(しょうふく)の子が悲嘆に暮れる。バイカル湖のほとりに流された人もいれば、隴山北境の防衛に送られた人もいる。これらの人々はただものさびしい風が吹き起こるのを聞くだけで、血の涙を流して襟をぬらし、これまた苦しみや嘆きを胸に畳(たた)ねつつ、滅び去り消え果ててゆく。

また、騎馬を並べ、車を連ねて、黄塵(こうじん)を巻き起こし、四方からわき起こる楽(がく)の音(ね)に耽溺(たんでき)する貴族たちも、いつかすべて命の炎は燃え尽きて、骨は地中に埋められる。

せんもなや、春の草が枯れれば秋の風がはためき、秋の風がやめば春の草が生えるというのに。綺羅(きら)に身を包んだ人が死に絶えれば、池や館(やかた)も滅び尽き、琴瑟(きんしつ)の音(ね)が消え去れば、塚もいつしか平らにされてしまうのだ。昔から死はすべての人に訪れるもの、だれもが恨みを飲み声をしのんで世を去ってゆく。

「恨み」の鎮魂賦 最後の段は、特定の人物ではなく、「孤臣」「孽子(げっし)」、「遷客」「流戍(りゅうじゅ)」など、恨みを生ずべき状況にある人々のイメージを一般的に描く。いや、不遇な立場に置かれている人々だけが恨みを抱くのではない。なに不自由なく豪奢(ごうしゃ)な人生を楽しんだ成功者たちにも、やがて死が訪れる、後に残された栄華の跡をあざ笑うかのごとく。春があれば必ず秋がある季節の巡りとは異なり、死んでしまえば二度と繰り返されない我々の生命を強調することによって、作者は人生の無常を嘆じ、悲哀の中に深くのめりこむような印象を与える。しかし、また見方によっては、作者は死を一般的な次元に解消することを通じて、これまで描ききたったような、不遇に泣く生涯を送った人々の鎮魂を試みているとも考えられるのではあるまいか。

江淹は十三歳で父を失い、貧窮に耐えながら苦学し、四十歳ごろになってようやく世間に名を知られるようになった。また功成り名遂げた晩年には、子供たちに向かって、「自分はもともと清貧の地位にあって、富貴を求めるつもりもなかったのに、ついにここまできてしまった。人生はひたすら楽しむもの、富貴を求めたところで、いつまでも続くものではない。功名立ったこのうえは、さっさと身を引いて田舎にひきこもってしまいたいものだ」と語っていたという。「恨みの賦」は、比較的若いころの作品と思われるが、苦労人らしいこの人の死生観が、最後の段に至ってにじみでているような感じがある。

詩

大風歌（大風歌）

漢高祖　劉邦

大風歌　前一九五年、劉邦は淮南王黥布の反乱を撃破した帰途、故郷の沛に立ち寄り、村の人々を招いて酒宴を催した。その席で彼は筑を撃ちながらこの歌を作り、村から選び出した百二十人の少年たちに合唱させた。劉邦自身もそれに合わせて舞を踊り、感極まって涙した、という。崩御の数か月前のことである。『史記』高祖本紀、『漢書』高帝紀にその経緯とともに歌詞が記載されている。『文選』では『漢書』の記述を「序」として載せる。題は「歌」とするのみだが、ここではのちに称せられるように、「大風歌」と題しておく。巻二十八、雑歌。

漢高祖　劉邦。前二四七—前一九五。前漢の初代皇帝。字は季。沛（江蘇省沛県）の人。秦末の混乱の中から兵を起こし、前二〇六年には咸陽に入って秦を倒し、項羽から漢王に封ぜられた。前二〇二年には、垓下の戦いで項羽を破り、中国全土を統一、漢王朝を創始した。没後、高祖と諡された。『史記』巻八高祖本紀、『漢書』巻一高帝紀に伝がある。

大風起兮雲飛揚
威加㆓海内㆒兮帰㆓故郷㆒
安得㆓猛士㆒兮守㆓四方㆒

大風起こりて雲飛揚す
威は海内に加わりて故郷に帰る
安くにか猛士を得て四方を守らん

○押韻は、下平声七陽の「揚・郷・方」。○海内　天下。世界の四方は海に取り囲まれていると考えられ、その内側が「海内」。○兮　韻文の句の中間や句末に置かれる助字。『楚辞』をはじめとして、騒体のスタイルの中でよく用いられる。

【現代語訳】　大風の歌
大風が吹き起こる、雲が舞い上がる。
力は世界の隅々にまで及び、私は故郷に帰る。
全土を守ってくれるもののふは、どこにいるのか。

帝王の手になる歌　漢王朝の創始者である劉邦、彼と覇を争って敗れた項羽、いずれも出身地楚の民謡風の歌を残している。劉邦には「大風歌」のほかに「鴻鵠歌」があり、項羽には「虞や虞や若を奈何せん」で知られる「垓下の歌」がある。二人ともおよそ文人肌とは違う、根からの武人だったはずで、劉邦は儒者の冠にいばりを放ったという学問嫌い（『史記』酈食其伝）、一方の項羽も子供のころ、「書は以て名姓を記すに足るのみ」と言って勉強しなかったという（『史記』項羽本紀）から、どちらもはたして字が書けたかどうかさえ疑わしい。
劉邦のような君王が自ら詩歌も作るというのは、以後の中国歴代の王朝において、普遍的に見られる。『文選』の中にも、漢の武帝、魏の武帝（曹操）・文帝（曹丕）の作が収められ、その後も連

漢の高祖（『晩笑堂画伝』）

綿と続いて、毛沢東の詩詞もその延長に考えてよいかもしれない。漢の高祖はその先例を開いたともいえるわけだが、しかし後の天子の詩歌とはやや性格が異なる。魏の武帝・文帝のようにその時期の文壇のリーダーであったのは例外としても、おおむねはそれぞれの時代の文学状況に身を置き、政治の主宰者は同時に文化の主宰者でもあらねばならないという意識によって参与したのに対し、劉邦にはそうした意識はうかがえないし、また当時の文学の環境とかかわりなく、この歌だけがぽつんと残っているのである。孤立しているかにみえるのは、これが民謡風の卑俗な調子をもとにしたものであり、恐らくほかの同類の歌は湮滅（いんめつ）してしまったためであろう。高祖の作と伝えられたゆえに亡逸を免れたにちがいないこの作は、その意味でも貴重であるし、また「千古に冠絶す」（明（みん）の胡応麟（こおうりん）『詩藪（しそう）』）と賞賛される傑出した作でもある。

さまざまな解釈　酒席での即興の作といわれるとおり、一見素朴な体裁のものではあるが、解釈は必ずしも容易でない。ここにうたわれている劉邦の心情をいかに読み取るか、戦後の日本で意見が相次いで提起されたことがある。

まず、昭和二十二年、小川環樹氏の「風と雲——感傷文学の起原」（『風と雲——中国文学論集』

昭和四十七年、朝日新聞社）。この論文は、風や雲など自然現象に対する見方・感じ方が、時代によって変わってゆくことを明らかにしたもので、『詩経』の時期には自然は人間の生活上の利害という面からとらえられるにすぎない、『楚辞』に至ると、そこに感傷を覚える感じ方が生まれる、そして劉邦のこの歌もその方向にあり、第一句について「大風吹きおこって空をただよいゆく雲の姿には、この帝の抑えがたい不安を隠した心情を暗示するところがあるように見える」といわれる。

続いて、吉川幸次郎氏の「漢の高祖の大風歌について」（『吉川幸次郎全集』第六巻、筑摩書房）は、表題のとおりこの一篇の詩の解釈に一本の論文を充てたもので、詳細を極める。まず第一句、「大風起こりて雲飛揚す」について、先行する三種の解釈が検討される。李善によれば、それは高祖が天下を平定する前の、群雄競逐する混乱状態の比喩である。五臣注では雲を乱の比喩とするが、大風は高祖の勃興をたとえるとする。更に、唐の陸善経（『文選集注』所引）は、大風は高祖の勃興、雲は彼の従臣のたとえとする。吉川氏は、この中で李善の説が勝るとしながら、更にそれを進めて、大風は群雄のみならず、世の中全体が混乱状態に投げ込まれたこと、雲は混乱の中で幸運にも飛揚しえた高祖自身をいうと推測される。そして天下の混乱も、その中での成功も、天の恣意のもとにあるとする高祖の意識、あるいは時代の世界観が強調される。

「威は海内に加わりて……」の句にも、天下を力によって制圧した得意さと、力による制圧ゆえに永続は保証されないという不安が交じり、「安くにか猛士を得て……」の句には、猛士を求めながらその獲得の困難を思う不安が宿るとされる。天の恣意がもたらした成功の頂点にある高祖にとっては、天の恣意が別の方向に傾くかもしれない恐れ・不安が同時に懐抱されたというのである。

吉川氏が、人間は天の支配下にあるという当時の世界観を強調し、天の恣意におののく高祖の不安を読み取ったのに対して、反論を提出したのは、フランス文学者桑原武夫氏である（「書評――吉川幸次郎『項羽の垓下歌について』『漢の高祖の大風歌について』」『桑原武夫集』第四巻、岩波書店）。桑原氏は、高祖はかく内省的な人間ではなかったとして、この歌には得意の絶頂にある者の喜びが素直に表れている、と解される。

風と雲の意味　以上のようなさまざまな解釈を、この詩は生み出しているのだが、こうした多義性を含んでいること自体、この作品の凡庸ならざることを示しているともいえよう。人口に膾炙している詩は、往々にして一定の解釈に収まりきらないことがある。だれが読んでもただ一つの正解に帰着する作品は、かえって味わいに欠けるのであろうか。多様な読み方の間でさまよい、自分なりの解釈を考えてみるということも、古典を読む楽しさの一つに数えてよいかもしれない。

ただ、桑原氏が大風と雲を「実景でもありえたのではないか」と言われているのはどうか。そもそもことばによって区切り取られたものを安易に「実景」と呼ぶことができるだろうか、という問題はひとまずおくにしても、「実景」はそうたやすく文学に入ってこないように思われる。とはいっても、ことばとしての、あるいは詩歌の中での大風・雲の意味するところが、帰納できるほどの材料がないために、把握しがたい。風と雲といえば、まず想起されるのは、『易経』文言伝の「雲は竜に従い、風は虎に従う」であろうが、竜といえば、高祖が竜と強く結びつくのは周知のとおりである。風を呼び雲を起こして世界の頂点に立った高祖は、自分が頂点に立ってしまったこと、そのこと自体に底知れぬ不安を覚えたのではないだろうか。自分が達成したものが崩壊するのを恐れるといった、形をもったものではなく、もっと漠然とした、それゆえにもっと根源的な恐れを抱いているかに読みたいと思う。

戦後の日本を代表する碩学、外国文学研究者が、さまざまな解釈を汲み出したこの詩は、これからも時代や読み手に応じて、豊かな意味を紡ぎ出すことができるだろう。従来は「作者」劉邦の心理を読み取ることに力が注がれていたが、秦末・漢初の時期、楚の民謡風の歌が、項羽・劉邦といった「英雄」のみによって残されていること、それらがいずれも劇的な場面でうたわれていること、それを思えば、作品を特定の個人に還元するより、作品のもっている物語的性格に、今後もっと注目すべきかもしれない。

秋風辞（秋風の辞）　漢武帝　劉徹

秋風辞　漢の武帝の作は、李夫人を悼む賦や歌などが『史記』河渠書・『漢書』外戚伝に収められているが、「秋風の辞」は『文選』と『漢武帝故事』にみえる。『漢武帝故事』は班固の撰と伝えられるものの、実は六朝文人の手になる小説。したがって、正史に載せられた作品に比べて、資料としての信憑性は劣るが、しかし清の沈徳潜は「『離騒』の遺響」（『古詩源』）と讃えている。その評にもいうように、「辞」とは『楚辞』の形式を襲う文体。『文選』では詩と切り離して「辞」の部類を立て、「秋風の辞」と陶淵明の「帰去来」の二篇のみをそこに収めるが、ここでは編次を移して詩の中に置くことにする。また、『文選』にはこの歌の作られた状況を説明する「序」が付されているが、それによれば、河東（山西省）で「后土」（地の神）を祭った際、汾河を渡る船の中で酒宴を催して、大いに喜んで作ったという。史実と照らし合わせると、それは前一一三（元鼎四）年のことになるとされている。巻四十五、辞。

漢武帝　前一五六—前八七。漢王朝第七代の天子、劉徹。その治世は半世紀余にわたり、政治・軍事・文化のいずれにおいても古代中国の最盛期を築き上げた。中央集権制を強固にし、外征して領土を広げ、儒学を中心に据えて後の中国の文化を方向づけた。『史記』巻十二孝武本紀、『漢書』巻六武帝紀に伝がある。

秋風起兮白雲飛
草木黄落兮雁南帰
蘭有レ秀兮菊有レ芳
携二佳人一兮不レ能レ忘
泛二楼舡一兮済二汾河一
横二中流一兮揚二素波一
簫鼓鳴兮発二棹歌一
歓楽極兮哀情多
少壮幾時兮奈レ老何

秋風起こりて白雲飛び
草木黄落して雁は南に帰る
蘭に秀有り菊に芳有り
佳人を携えて忘るる能わず
楼舡を泛かべて汾河を済る
中流を横ぎりて素波を揚ぐ
簫鼓鳴りて棹歌を発し
歓楽極まりて哀情多し
少壮幾時ぞ老いを奈何せん

○押韻は、⑴上平声五微の「飛・帰」。⑵下平声七陽の「芳・忘」。⑶下平声五歌の「河・波・歌・多・何」。○草木黄落兮雁南帰　『礼記』月令の季秋の月（陰暦九月）の条に「鴻雁来賓す」、また「是の月や、草木黄落す」とあるのを用いる。○蘭有レ秀兮菊有レ芳　蘭は、『楚辞』に頻見する植物。香りの高いことから、しばしば高貴な人格を象徴する。蘭科の植物とは別の種。秀は花、芳は香り。「蘭有秀」と「菊有芳」はいわゆる互文（互いに補い合う表現）で、蘭も菊も花が咲き香りがあることをいう。○携二佳人一兮不レ能レ忘　「携」を『楽府詩集』などは「懐」に作る。「佳人を懐いて忘るる能わず」ならば、「佳人」はこの席にいないことになる。○泛二楼舡一兮済二汾河一　泛は、うかべる。楼舡は、やぐらのついた大型の船。舡も、船をいう。汾河は、今の山西省を北東から南西に横断して黄河に合流する川。○横二中流一兮揚二素波一　中流は、川の流れの中ほど。素波は、白い波。○簫鼓鳴兮発二棹歌一　簫鼓は、笛と太鼓。棹歌は、水夫が船をこぎながらうたう歌。

【現代語訳】秋風のうた

秋の風が吹き起こり、白い雲が空を飛ぶ。
草も木も葉は黄ばんで枯れ落ち、雁は南へ帰って行く。
蘭は花を開き、菊は香りを放つ。
その蘭や菊にも見紛う美人を忘れがたく、ここまで引き連れてきた。
やぐら船を浮かべて汾河を渡る。
白波を上げながら川のただなかを横切る。

笛・太鼓が鳴り、船歌が起こる。
歓びの限りを尽くすと、次に来るのは悲しみ。
若々しい時はどれほどあるというのか、老いの訪れはいかんともしがたい。

老・死の不可避性　先に挙げた漢の高祖の「大風の歌」（一四八ページ）とともに、漢の天子の作と伝えられる歌。両者はいずれも「兮」を挟んだ『楚辞』風のスタイルをもつこと、歓楽のさなかでうたわれながら悲哀の情感を帯びることなど、共通する要素が少なくないが、しかし悲しみの性質にはいささか違いがあるようにみえる。「大風の歌」の方は、世界全体とのかかわりの中で、帝王たる己の今後を思いやって気持ちを高ぶらせていたが、「秋風の辞」に流れる悲しみは必ずしも帝王に限定されるものではない。老いの到来は人間であるかぎり、だれにも免れがたい。しかし、そのテーマが、それ以外のすべての欲望は思うままに満たしうる力をもった帝王なればこそ、いっそう鮮やかに老・死の不可避性が浮かび上がってくるのである。

風と雲で歌い起こされるところも、「大風の歌」に似ているが、風・雲の意味するところは、こちらの方がずっと理解しやすい。というのは、「秋風の辞」が『楚辞』の宋玉の「九弁」以来のいわゆる「悲秋」の系譜に連なり、その文学的因襲の中でうたわれているからである（秋の季節に悲しみを覚える感性の形成と継承に関しては、小尾郊一『中国文学に現われた自然と自然観』昭和三十七年、岩波書店が代表的な著述として挙げられる）。

前半でうたわれた秋の悲しみは、おのずと末尾の一句、「歓楽極まりて哀情多し、少壮幾時ぞ老いを奈何せん」の悲しみにつながってゆく。春・夏を経て秋に、そして冬に至るという自然の移り変わりは、人間が有限の生の中にあって「少壮」を経てやがて「老」に至り、死に帰着するという過程と重ね合わされるのである。自然にも人間にも時間軸の上で起伏があり、それゆえに「歓楽」の頂点にあって、それが下降に向かうことに思い至るのだ。『易経』繋辞伝に「窮まれば則ち変ず」というように、一般に物事はピークに達すると次には必ず衰退に向かうというのが、中国人の基本的な思考である。

楽極まりて哀来たる　楽しみの後には悲しみがやってくるという認識は、のちに魏の曹丕の文にもみえる。建安の文人たちとの幸福な交遊、それを回想した「朝歌令呉質に与うる書」（巻四十二）にいう。「……清風夜に起こり、悲笳微かに吟ず。楽しみ往きて哀しみ来たり、愴然として懐いを傷む。余顧みて言う、斯の楽しみは常たり難し、と。足下の徒、咸以て然りと為す。……」。

漢の武帝（閻立本筆『帝王図巻』）

曹丕も漢の武帝と同じく、歓楽のさなかにあってそれが永続しないことを、やがて悲しみが到来することを、予測する。ただ、漢の武帝は歓楽の場にある現在から、それが失われるであろう未来を予測しているのに対して、曹丕は以前、歓楽のさなかにあった時、それが喪失するであろう現在を、未来のこととして予想した、と述べている。「楽」から「哀」に向かう方向は同じだが、曹丕は過去における予測を現在から回想するという複雑な様相で表している。

楽しみのさなかにありながら、やがてそれが過ぎ去ることを思って悲しむというかたちの最もよく知られた例は、晋の王羲之の「三月三日蘭亭詩序」であろう。そこでは、前半で集いの楽しさを綴ったあと、後半はがらりと調子が変わる。今、心から楽しんでいる現在という時点を、人生の中のひとこまとして見つめなおす。確実に死に向かっている人生の中の一瞬として今の楽しみを置いてみると、それが一時的なものにすぎず、やがて時は移り、自分も物質と化してしまうのは明らかだ。現在の立場から離れた視点から見てみると、我を忘れる楽しさだったものが、なんとももの悲しい感情に覆われてしまう。楽しみも無限の空漠の中に消えてゆく一瞬でしかない、という認識が語られている。楽から哀への移行を、漢の武帝が現在から未来への時間軸でとらえ、曹丕がそれを過去から現在へと座標をずらしていたのに対して、王羲之は過去・現在・未来をひっくるめて、人間の時間の全体をそこから離れた地点から把握する立場に立つ。既にこの認識は「楽極まりて哀来たる」とまとめられる観念を越えている。一つのテーマが継承されながら時代に応じて新たに展開してゆくありさまの、一つの例としてたどることができよう。

与㆓蘇武㆒三首（蘇武に与う　三首）　李陵　少卿

与㆓蘇武㆒　匈奴の地での長い抑留生活を終えて漢に帰国する蘇武（?—前六〇）に贈った詩。全三首のうちの、第三首。巻二十九、雑詩。

李陵　？—前七四。字は少卿。漢の名将として名高い李広の孫として生まれ、彼自身も若くから武帝のもとに武人として仕えた。前九九（天漢二）年、李広利が出兵した際に従軍した李陵は匈奴に敗れ、投降した。匈奴の王から右校王に封じられ、二十年あまりを過ごしてその地で没した生き方は、やはり匈奴に敗れた蘇武が最後まで投降を拒み、ついには許されて漢に帰還したのと、よく対比される。「恨みの賦」をも参照（一二七ページ）。『漢書』巻五十四に伝がある。

其三

携レ手上二河梁一
遊子暮何之
徘徊蹊路側
悢悢不レ得レ辞
行人難二久留一
各言二長相思一
安知レ非二日月一
弦望自有レ時
努力崇二明徳一
皓首以為レ期

其の三

手を携えて河梁に上り
遊子　暮れに何くにか之く
蹊路の側らに徘徊し
悢悢として辞するを得ず
行人は久しく留どまり難し
各　長く相思うと言う
安くんぞ日月に非ざるを知らんや
弦望　自ら時有り
努力して明徳を崇くし
皓首　以て期と為さん

〇押韻は、上平声四支の「之・辞・思・時・期」。〇携手『詩経』邶風・北風に「手を携えて行を同にす」とあり、「古詩十九首」第七首に、昔の友人が出世して冷たくなったのを嘆いて、「手を携えし好みを念わず、我を棄つること遺跡の如し」という。同じく第十六首では留守を守る妻が夫を夢に見て、「願わくは常に巧笑し、手を携え車を同にして帰るを得ん」と、異性間の仲むつまじいことにも用いる。〇河梁　梁は、橋。別れの場。この詩はのちにしばしばこの二字で代表して「河梁の篇」と称される。〇徘徊蹊路側（二句）徘徊は、たちもとおる。進みあぐねてうろうろするさま。畳韻の語。蹊路は、小道。悢悢は、悲しむさま。李陵の第一首にも、「衢路の側に屏営し、手を執りて野に踟蹰す」と、別れがたいしぐさが述べられている。〇各言長相思　別れの時、また別れている時に、いつまでも相手を忘れないという慣用の表現。「古詩十九首」第十七首には、遠方から届いた夫からの手紙に「上には言う、長く相思うと」、「飲馬長城窟行」にも「下には長く相憶うと有り」（一七二ページ）とある。〇弦望　弦は、上弦・下弦の月。望は、満月。〇崇明徳『論語』顔淵篇に「忠臣を主として義に徙るは、徳を崇くするなり」とある。〇皓首　白髪の頭。

【現代語訳】　蘇武のために

その三

手に手を取って橋の上まで見送って来たが、旅人よ、君は日暮れの迫るこの時、更にどこへ向かおうというのだ。

小道の傍らで立ち巡るばかり、痛ましい思いにふたがれて、決別することができない。

とはいえ、旅行く者がいつまでもここにいられるものでもない。お互いに「永遠に君を忘れまい」と別れのことばを交わす。

人の出会いと別れが、日と月の関係に似ていないと、どうしていえよう。月に満ち欠けがあって太陽と出会うこともあるように、やがて必ずわたしたちが会える日がくるにちがいない。

それまでは徳をいっそう磨き上げることに努められよ。そして、白髪を頭にいただいた時の再会を期することにしよう。

蘇武（『晩笑堂画伝』）

李陵と蘇武　李陵の作品は『文選』に「蘇武に与う」詩三首と、「蘇武に答うる書」（巻四十一）が収められている。李陵と蘇武とのかかわりについては、中島敦の小説『李陵』によって広く知られていよう。昭明太子の『文選』序に、「降りし将は河梁の篇を著す」（七〇ページ）と、五言詩の祖に位置づけられているのがこの作品であるが、李陵・蘇武の詩が贈答の形式をとりながら、『文選』では贈答の部に収められず、雑詩の部に「古詩十九首」に引き続いて収められているのは、編者が既にこれらの詩の作者について疑義を抱いていたことを示唆するように思われる。劉勰の『文心雕竜』明詩篇では、「李陵・班婕妤は後代に疑わる」と、偽作説があったことがはっきり述べられ、宋の蘇軾に至っては「蘇武に答うる書」とともに、「正に斉梁の間の小児の擬作する所にして、決して西漢の人には非ず」と断言している（「劉沔に答うる書」）。

『文選』では李陵の「蘇武に与う」詩三首に続いて、蘇武の「詩四首」が並んでいるが、蘇武の詩とされる四首は『初学記』や『太平御覧』など類書では、李陵の作としたり、作者不詳の「古詩」としたり、混乱している。逯欽立氏の捜集によると（『先秦漢魏晋南北朝詩』）、李陵・蘇武の作とされる詩は、断片も含めて二十一首にのぼる。そして逯氏は、宋斉の人の模擬詩が李陵に模擬した詩ばかりで蘇武に模擬した例がみられないこと、『隋書』経籍志に『李陵集』は著録されても『蘇武集』の名はないことなどから、もともとはすべてが李陵の名で伝えられていたこと、梁に入ってその一部が蘇武の作とされるに至ったこと、を論じている。

では、いつごろの作であるかといえば、やはりこれも「古詩十九首」と同じく、後漢後期に置くのが妥当なところであろう。李陵・蘇武の詩ともテーマは離別の悲しみに終始するが、それは「古詩十九首」のテーマとも重なるものであり、また王士禎の『漁洋詩話』に「河梁の作は十九首と同一の風味あり」というように、両者の趣は近い。

それが李陵・蘇武の名と結びつけられたのは、二人の故事が恐らく物語化されるほどに有名であったために、離別の悲しみをうたう内容が合致したものであろう。

李陵・蘇武の名をはずしたところで、この詩の意義は変わるものではない。杜甫の「解悶十二首」其の五に、「李陵・蘇武は是れ吾が師、孟子　文を論じて更に疑わず」というのは、孟雲卿の詩論を述べたものだが、五言の手本とみなされている。また、偽作説の急先鋒であった蘇軾も、別の所では詩の展開を述べて、「蘇・李の天成」と言い（「黄子思の詩集の後に書す」）、友人を送別するのに李陵の送別詩を書いて贈っている。「古人の作の辞約にして意尽くる者を歴観するに、李少卿の蘇子卿に贈るの篇に如くは莫し。書して以て之を贈る」（「蘇李の詩の後に書す」）。蘇軾もその作品を高く評価していたのである。

再会への希望　さて、『文選』が収める李陵の三首の詩は、それぞれ別個の別れの歌として読むこともできるが、三首の間に強いて連関を求めるならば、第一首にはもっぱら別れの絶望がうたわれ、第二首では酒を酌み交わして悲しみを慰めようとする。そしてこの第三首では別れがたい思いを綴ったあと、悲しみから立ち上がり、再会に希望をつないでお互いを元気づけて詩が結ばれている。

冒頭の「手を携う」、われわれの生活習慣から見ると奇異な感じを受けるが、中国の古典詩では同性間の仲のよい動作として慣用の表現である。旅に出る者と見送りに同行して来た歌い手とは、橋を境にして方向を逆にしなくてはならない。二つの世界を結ぶ境界である橋こそ別離の場であって、橋の向こうには旅人が一人で進まねばならない空間が茫漠と広がっている。しかも、それには今まさに夜の闇が垂れこめようとしている。「日暮れて途遠し」の旅人の不安が、送り手にも共有されるのである。

いよいよ別れがたい気持ちが募るが、いつまでもそうしていられるものではない。詩は再会への期待に転ずる。「安くんぞ日月に……」の二句、李善の与える解釈では、太陽と月とが満月の時に天空の東と西に同時に現れるように、我々もいずれ相会う時が巡ってこよう、とする。ひとまず李善注に従って読んでおくが、また別の解釈も可能である。すなわち、「日月」の二字を、「日」は添えただけでもっぱら「月」の意味ととり（二字を用いながらも一つの字の意味だけが機能する、いわゆる偏義複詞）、月に「弦望」——満ち欠けがあるように、今は別離を余儀なくされた我々にもやがて再会の時が必ず巡ってくる、と。いずれにしても、天体の運行にサイクルがあることを通して、人間世界にも事態の転変——別れから再会への変化が生じうることをいう。

末二句は互いを励まし合って詩が結ばれる。「皓首以て期と為さん」には、生きている間にもう一度会いたいという気持ちとともに、白髪の年になるまでお互い無事でありたいという思いをも含む。送別の最後に徳の錬磨を勧めて結びとするのは、蘇武の詩の第四首の末尾にも、「願わくは君の令徳を崇め、時に随いて景光を愛しまんことを」とみえる。

怨歌行（怨歌行）　班婕妤

怨歌行　楽府題。君王の寵愛を失った宮女の悲しみを内容とする。巻二十七、楽府。

班婕妤　前四八ごろ—前六ごろ。名は未詳。「婕妤」は、天子の側室の位。昭儀に次ぐ。ふつう倢伃と表記される。班婕妤は成帝の後宮に入り、婕妤にまで上ったが、やがて趙飛燕姉妹が成帝の寵を独占するに及んで失墜する。のちに自ら願い出て長信宮にこもり、太后に仕えて一生を終えた。『漢書』巻九十七下、外戚伝に伝がある。

新裂㆓斉紈素㆒
皎潔如㆓霜雪㆒
裁為㆓合歓扇㆒
団団似㆓明月㆒
出㆓入君懐袖㆒
動揺微風発
常恐秋節至
涼風奪㆓炎熱㆒
棄㆓捐篋笥中㆒
恩情中道絶

新たに斉の紈素を裂けば
皎潔 霜雪の如し
裁ちて合歓の扇と為せば
団団として明月に似たり
君の懐袖に出入りし
動揺して微風発す
常に恐る 秋節至り
涼風の炎熱を奪うを
篋笥の中に棄捐せられ
恩情 中道に絶えん

○押韻は、入声九屑の「雪・熱・絶」と、同六月の「月・発」の通押。○新裂㆓斉紈素㆒ 紈素は、白絹。斉は、絹の名産地。李善注の引く『范子』に「紈素は斉より出ず」、「古詩十九首」第十三首にも「如かず美酒を飲み、紈と素とを被服せんには」（一八八ページ）と、上等な服の生地としてみえる。○皎潔 白く光沢があること。○裁為㆓合歓扇㆒ 合歓扇は、ねむの木の模様をあしらった扇とも、合わせに仕立てた扇ともいう。いずれにしろ、「古詩十九首」第十八首に「文綵は双鴛鴦、裁ちて合歓の被と為す」というように、夫婦の和合を象徴する。扇は、開閉する扇子ではなくて、うちわ。○出二入君懐袖一　懐袖は、ふところとそでだが、二字で衣服の物を入れておく部分を示す。「古詩十九首」第十七首に、遠方の夫から来た手紙を妻が「書を懐袖の中に置く」とあり、また第九首に、花を取って夫に贈りたいと思う妻が「馨香、懐袖に盈つ」という。○常恐秋節至　作者不詳の古楽府「長歌行」（巻二十七）にも、人の生の短さを嘆いて、「常に恐る秋節の至り、焜黄として華葉の衰うるを」とみえる。○篋笥　物をしまっておく箱。○恩情中道絶　恩情は、男から女に向ける寵愛。中道は、途中。

【現代語訳】　怨歌行

機から切り取ったばかりの斉の国の白絹は、霜か雪かと見紛うばかりの白い輝き。

それを裁って合歓の扇を作れば、月のようにまどかな形。

あなたの胸に出たり入ったり、揺り動かせば軽やかな風が起こります。

しかし、いつも気がかりなのは、やがて秋の季節が到来し、冷たい風が夏の炎暑に取って代わってしまうこと。

その時は箱の中に打ち捨てられ、あなたの愛がそこで途切れてしまいます。

作者への疑義　『文選』が収めている女流作家の作品は、この「怨歌行」と、曹大家、つまり班固の妹、班昭の「東征の賦」の二篇のみである。しかしながら、「怨歌行」を班婕妤の作とするのには早くから疑いがもたれている。最も早く疑義を記しているのは劉勰の『文心雕竜』で、その明詩篇に漢代の文学を述べ、「而るに辞人の遺翰に、五言を見る莫し。李陵・班婕妤の後代に疑わるる所以なり」という。劉勰が言うとおり、これだけ整った五言詩を前漢に突出させることは無理だろう。『漢書』本伝に、班婕妤が「自ら傷み悼しみて」作ったという賦は引用しているものの、五言詩にはまるで言及がない。それに、詩の内容の点でも班婕妤の個別的事象と結びつく必然性は見られず、君王ないしはそれに準ずる高貴な身分の者の愛姫として設定されているにすぎない。司馬相如の「長門の賦」（巻十六）が愛を失った特定の女性（漢の武帝の陳皇后）の不幸を詠嘆するのとは異なる。のみならず、ここにうたわれているのは捨てられた女の悲嘆ではなくて、捨てられはしないかと恐れる不安である。それがいつか班婕妤と結びつけられたのは、班婕妤の事跡が失寵の典型として際立って知られていたために、宮怨のこのテーマと容易に結合したのであろう。『玉台新詠』の「古詩八首」の第六首は（『文選』には収められていない）、香炉に託して思いを述べるが、扇や香炉といった身のまわりの物の詠物の形をとりながら寄託する点で共通し、大体の制作期はやはり建安に近い後漢のころかと推測される。

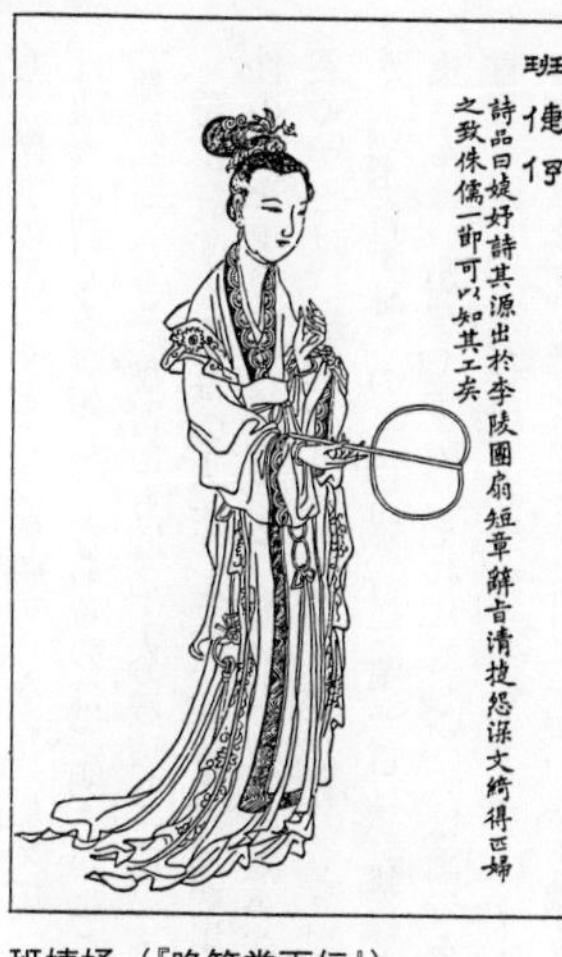

班婕妤（『晩笑堂画伝』）

南宋の厳羽の『滄浪詩話』考証では、「班婕妤の怨歌行、『文選』は直ちに班姫の名を作すも、『楽府』（『楽府詩集』？）は以て顔延年の作と為す」という。宋の顔延之の作とする説を記しているわけだが、『楽府詩集』では現に班婕妤とし、厳羽の基づくところがわからない。加えて、顔延之に先立つ西晋の傅玄の「怨歌行」に「譬えば紈素の裂くるが如し」とあるのは、明らかにこの作を襲っている。曹植の「班婕妤賛」、陸機の「婕妤怨」など、魏晋にも既に十分浸透していたようだ。

扇に託する女性の人生　さて、詩は全体が扇の詠物であり、扇をうたうことを通してそこに女性の姿を重ね合わせている。初めの四句は絹から扇が作られてゆく過程に沿って述べる。「新たに裂く」とは、織機から切り取ったばかり、ということ。「紈素」にはどんな含意があるのだろうか。『玉台新詠』の「古詩八首」第一首は、離縁された妻が元の夫に出会った問答である。今度の奥さんはいかがですか。それに対して夫は両者をさまざまな点から比較する。「新しき人は好しと言うと雖も、未だ故の人の姝きに若かず。……新しき人は縑を織るに工みなり、故の人は素を織るに工みなり。縑を織ること日に一匹、素を織ること五丈の余。縑を将ち来たりて素に比すれば、新しき人は故に如かず」、すなわち労働力において前の妻の素を一日に五丈余りを織る力は、今度の妻の縑を一日一匹（四丈）織る能力をうわまわるという。量の違いだけでなく、素が上質の白絹であるのに対して、縑は黄色の安物の絹であるともいわれる。縑と対比されることによって、素の白いこと、高価なことが浮かび上がってくる。また、『後漢書』楊秉伝の中に、宦官の贅沢な暮らしを指弾して、「僕妾すら紈素盈つ」というのも、紈素が上等な生地と意識されたことを示している。すなわち第一句は、高貴な方の物となるにふさわしい上質の白い絹が、今まさに織り出されたばかりの生のままの状態にあることをいう。

「皎潔　霜雪の如し」は、「斉の紈素」のもつ特性の中の「白い」ことを更に強調する。「霜雪」は白いものの代表としての比喩。色彩の白さは、女性の白く輝くばかりの美貌でもあり、また女性の心身の清潔さにもつながる。のちの時代では「皎潔」の語ははっきり人間の心の清らかさを表す。かく用意された絹布を、次に裁断して仕立て上げるのが「裁為」。「団団」は扇の形状の円いことをいうのみならず、男女の関係の円満和合をも意味する。この四句、前二句と後二句がきちんと対応するように作られている。

全体の中間に当たる「君の懐袖に……」「動揺して……」の二句は、扇が君のおそばで重宝され、身辺に置かれている満たされた状態を述べる。

後半の四句が、秋の到来とともに扇が無用のものとなり、忘れられてしまう恐れをいう。全篇、扇を詠ずることで一貫してきたが、末句の「恩情」は男から女への愛情であり（ただし今の愛や恋と違って、上の者から下の者へ向けての一方的な、目をかける、かわいがるといった意味）、ここに至ってはじめて女性が表面に現れる。

宮怨詩の系譜　ここにうたわれている、女性の寵愛を失う恐れは、愛情の持続を願いつつそれの中断に不安を抱く女性の普遍的な感情に形を与えたためか、宮怨詩の一つの祖型として後代に受け継がれていった。これに類する幾多の宮怨詩、また閨怨詩が生み出されてゆくし、ここに形象化された「秋扇」は捨てられた女性のメタファーとして慣用語となる。

また後の宮怨詩が王昌齢の「長信秋詞」「西宮秋怨」のように、しばしば秋の宮殿を舞台として設定していることも、秋の扇の悲嘆をいうこの詩に由来しているであろう。

秋の宮殿が寵愛を失った宮女にふさわしい場として定着していたとすると、たとえば白居易の「長恨歌」なども、それを踏まえてより豊かに読むことができそうである。「長恨歌」では、前半の玄宗と楊貴妃の歓楽の日々は春の宮殿を舞台とし、後半の楊貴妃亡き後はおもに秋に設定されている。「西宮南苑 秋草多く、落葉階に満ちて紅掃わず」、歓楽にふさわしい季節としての春と、寂寥の時としての秋が対比されているのだが、それにとどまらず、ここには秋の宮殿のトポスが逆説的なかたちで息づいているように思われる。すなわち、秋の宮殿とは因襲的に寵愛を失った宮女が悲しむべき場であったのに、「長恨歌」ではそこで逆に愛姫を亡くした君王が悲しみに暮れているのだ。落葉降りしきる宮殿にたたずむ玄宗の姿には、このアイロニーを読み取るべきであろう。

飲馬長城窟行（飲馬長城窟行）　古辞

飲馬長城窟行　楽府題。「飲」は他動詞で、「みずかう」と訓ずる。「行」は曲の一種、楽府題に常用される。本来の歌辞は、万里の長城の付近に水の流れる岩窟があり、出征した兵はそこに至ると馬に水を飲ませた、その兵士たちの思いをうたったものであろうというが、そうした内容の作は残っていない。この詩には辺境出征の具体的な言及はないものの、遠い旅に出た夫の帰りを待ちわびる妻の気持ちをうたっていることは、もとの歌の叙情を一脈継承していると考えられよう。巻二十七、楽府。

「古辞」とは、漢代の作とされる作者不明の楽府。『玉台新詠』巻一では後漢の蔡邕の作とし、のちに編まれた『蔡中郎集』にも収められているが、この詩のもつ民歌的な味わいは蔡邕の作風になじまないところから、一般には『文選』が記しているように、古辞と考えられている。

青青河辺草
綿綿思二遠道一
遠道不レ可レ思
夙昔夢見レ之
夢見在二我傍一
忽覚在二他郷一
他郷各異レ県
輾転不レ可レ見
枯桑知二天風一
海水知二天寒一
入レ門各自媚
誰肯相為言
客従二遠方一来
遺二我双鯉魚一
呼レ児烹二鯉魚一

青青たり河辺の草
綿綿として遠道を思う
遠道は思うべからざるも
夙昔　夢に之を見る
夢に見れば我が傍らに在るも
忽として覚むれば他郷に在り
他郷　各　県を異にし
輾転して見るべからず
枯桑は天風を知り
海水は天寒を知る
門に入りて　各　自ら媚び
誰か肯えて相為に言わん
客　遠方より来たり
我に双鯉魚を遺る
児を呼んで鯉魚を烹れば

中有二尺素書一
長跪読二素書一
書上竟何如
上有レ加二餐食一
下有二長相憶一

中に尺素の書有り
長跪して素書を読む
書上竟に何如
上には餐食を加えよと有り
下には長く相憶うと有り

○押韻は、(1)上声十九晧の「草・道」。(2)上平声四支の「思・之」。(3)下平声七陽の「傍・郷」。(4)去声十七霰の「県・見」。(5)上平声十四寒の「寒」と、上平声十三元の「言」の通押。(6)上平声六魚の「魚・書・如」。(7)入声十三職の「食・憶」。すなわち、第一句から第八句までは二句ずつ一つの韻を踏み、中間部では第九句から第十二句までの四句、および第十三句から第十八句までの六句が、それぞれに隔句韻。そして、最後の第十九・二十句がまた二句一韻。○青青河辺草 「古詩十九首」第二首にも「青青たり河畔の草」と、ほとんど同じ句がみえる。○綿綿思二遠道一 綿綿は、切れ目なく続くさま。「遠道」が「綿綿」と長く続き、それに触発された思いもまた「綿綿」と果てしなく続く。○夙昔 広く過去の時点をさすこともあるが、ここでは昨夜の意味。昔は、夕と同音で意味も通じる。○輾転 満たされぬ思いのために眠られず、寝返りばかりうつこと。『詩経』の周南・関雎に、「輾転反側す」とある。ほかに、夫の居所が転々と移って定まらない、あるいは、妻が繰り返し夫の身を思う、と解する説もある。○枯桑知二天風一（二句）枯桑は、葉の枯れ落ちた冬の桑の木。二句の解釈については「鑑賞」を参照。○媚 愛する、かわいがる。○遺 人に物を贈る。○呼レ児烹二鯉魚一（二句） 児は、童僕。尺素書は、絹に書いた手紙。素は、白い絹。古くは長さ一尺の竹に書いたものを「竹簡」といったが、絹についても「尺」の字がそのまま残り、「尺素」で手紙をいう。○長跪 跪は、両膝を地につけて腰を伸ばした座り方。敬虔な態度を示す姿勢。上半身がまっすぐ長く伸びるので長跪という。〇上有レ加二餐食一（二句）二つの「有」の字、『楽府詩集』では「言」に作る。上・下は手紙の前の部分と後の部分。加二餐食一は、相手に自愛を求める常用の語。「古詩十九首」第一首に「努力して餐飯を加えよ」（一七九ページ）とある。長相憶は、いつまでも相手のことを思い続ける。「古詩十九首」第十八首に「著いるるに長相思を以てす」（布団に詰める綿と、綿々と長く思うこととを掛けたもの）とある。

【現代語訳】 飲馬長城窟行

青々と萌え出した河のほとりの草。果てしなく思うはるかな道のり。はるかな道のその先の人のことは思うすべもありませんが、ゆうべ、夢の中でその方にお会いしたのです。

夢の中では私のすぐわきにおられたのに、ふと目が覚めれば遠い他国においでなのでした。

遠い他国におられるあなたとはそれぞれ別の町、寝つけないまま寝返りばかり、もう夢でお会いすることもできません。

冬枯れの桑の木は大空に吹き募る風に震え、風に揺らぐ枝葉がなくても冷たさがわかります。広々とひろがる海の水は大空の冷たさを映し出し、海水が凍らなくても寒さがわかります。

無事に帰って来た人たちは家に入ればみな自分の家族との団欒にかまけるばかり、どなたも私のためにことばをかけてはくださらない。

そこへ遠くからやってきた旅の方が、私に二匹の鯉を届けてくださった。

下僕を呼んで鯉を煮てみると、その中から出てきたのは白絹の手紙。

恭しくひざまずいて、その絹の手紙を開きました。手紙にはいったい何が書いてあることかしら。

初めの方には「箸を進めて自愛することを祈る」、後の方には「いつまでもおまえを忘れはしない」（それだけで、いつ帰るとも書いてはくださらない）。

夫を待つ妻の心情　夫の帰りを待ちわびる妻の心情をうたうのは、「古詩十九首」の主要なテーマの一つでもあり、措辞のうえでも「語注」の中で指摘したように、「古詩十九首」と重なるところが少なくない。詩の後半、夫から手紙が届くというモチーフも、「古詩十九首」第十七首に、「客　遠方より来たり、我に一書札を遺る。上には長く相思うを言い、下には久しく離別するを言う。書を懐袖の中に置き、三歳　字滅せず……」とあるし、第十八首の「客　遠方より来たり、我に一端の綺を遺る」と、夫から届けられた綺をうたうのとも似ている。

このようなテーマ、モチーフ、表現の類似は、制作年代の近さを思わせるが、楽府題をもつこの詩の方が、やはり民歌的な色彩をより強く帯びているようだ。

前半の二句ずつ換韻する部分では、韻の換わり目ごとに「遠道」「夢見」「他郷」がリフレインされて次の句に引き継がれている。このしりとり風の手法は、後代にも、殊に七言の歌行などに踏襲されてゆくもので、歌謡的な、滑らかな詩の流れを作っている。

中間部分に解釈の定まらない句が挟まれていることも、もともと民歌を基盤とし、士大夫の文学に継承されなかった要素が、ここに置き去りにされているためであろう。

とはいえ、思婦の情は抑揚を伴って細緻に描き出されており、既に五言詩の十分に成熟した段階の作であることを思わせる。頻繁に韻が換わるのに対応するかのように、妻の心も期待と失意とが交差して複雑な色合いをよそっている。

「青青たり河辺の草」、冒頭の一句から女性の錯綜する気持ちを反映する。本来なら楽しかるべき春の到来、にもかかわらず、草の青さは彼女に悲しみを誘う。嬉々として草を摘むことも今はできない。『楚辞』招隠士に「王孫遊びて帰らず、春草生じて萋萋たり」とあるように、春の草は人を待つわびしさをかえって募らせるものでもある。

河辺の草から街道へ視線が移り、その道の続く果てに夫を思ってみてもせんないこととあきらめるが、夢が願望を実現してくれる。「我が傍らに在り」は夢の中で覚えたなまなましさを表していよう。あの方は私の横に実在していたのだ。しかし夢が覚めたとたん、現実の別離にまた突き戻されてしまう。

中間部の解釈 「枯桑は天風を知り」の二句が難解である。李善は言う、「枯桑は枝無きも、尚お天風を知る。海水は広大なるも、尚お天寒を知る。君子行役して、豈風寒の患いに離らざらんや」と。枝の無い桑でも風を知覚し、大きな海でも寒さがわかるのだから、旅の男は冷たい風や寒さの苦労を免れがたい、というのである。五臣注では「知」を反語に読む。枯桑は枝がないから天風がわからない、海水は凍結しないから天寒がわからない。それが家にいる妻が、夫の消息がわからないことをたとえるのだという。

今日の中国で通行している解釈を挙げれば、枝のない桑からも空に風が吹いていることがわかる、結氷しない海の水からも空の寒さがわかる。こう説いたあと、そのようにあの人も私の寂しさがわかってくれるはず、とする説と、遠方から帰って来た人たちも私の寂しさがわかるはずなのにしかし、と後に続ける説などがある。

いずれの解も落ち着かないのは、この二句が踏まえているであろう当時の成語が見当たらないためで、李善注が二句を敷衍して言い換えていること自体、既に唐においても解が分かれていたことを示している。ここではとりあえず最小限の意味のみ訳し、妻の寂寥の情を映した景としておいた。

「門に入りて……」の二句もわかりにくい。李善は、「但だ人は門に入りて、咸各自ら媚ぶ。誰か肯えて為に言わんや。皆為に言う能わざるなり」と説明する。恐らくは同じ時期に徴発されて行ったのであろう近所の男たち、彼らの方は無事帰って来たのに、それぞれの家族どうしで喜び合うばかりで、私にはことばをかけてもくれない。

「双鯉魚」の意味　そう嘆いたところへ、手紙を届けてくれる人が現れた。「双鯉魚」がいかなるものか、これにも諸説がある。手紙を納めた箱のこととするのが一説。鯉の形をした板を蓋と底にして、中に書信を入れたので、「双鯉魚」というのだという。五臣注は、魚は水の底に身を隠すので、秘密の意をもち、密書をたとえるとする。文面を記した絹を鯉の形に結んだものという説もある。しかし、そうした後代の合理的な説明より、ここでは文字どおり二匹の鯉として読みたい。鯉魚にまつわる古代の人々の感覚は正確に把握できないけれども、魚は『詩経』以来、中国の民歌ではしばしば男女の情愛にかかわる。民国の学者、黄節は、魚を煮ることと恋人の帰りを待ちわびる気持ちとが結びついた例として、『詩経』檜風・匪風を引く。「誰か能く魚を亨る。之が釜と鬵に漑がん。誰か将に西に帰らんとする。之が好き音を懐わん」。いずれにしろ、この楽府に由来して、「鯉魚」はのちに手紙の代称となった。唐の王昌齢の「独遊」詩に「手に双鯉魚を携え、目に千里の雁を送る」、李商隠の「令狐郎中に寄す」詩に「嵩雲秦樹　久しく離居し、双鯉迢迢たり一紙の書」というように。

この楽府に「双」とあるのは、今の中国でも人に物を贈る際、日本の習慣と違って品数を偶数にそろえるように、二匹を贈られたものであろう。

手紙を受け取って、胸は一気に期待に膨らむ。期待の膨らみは「書上　竟に何如」の句に表れている。そして最後の二句。再び二句一韻に戻って詩が終わるが、一見唐突に途切れる印象がある。しかしそこに彼女の落胆を言外にくみとるべきであろう。「餐食を加えよ」「長く相憶う」、それしか書かれていない。彼女の期待していたのは、いつ帰って来てくれるのか、それを聞きたかったのだ。期待がまた失意にすりかわって、詩は閉じられる。

古詩十九首（古詩十九首）　無名氏

古詩十九首　「古詩」とは、作者不詳の一連の五言詩をいう。とりわけ、『文選』に収められた十九首が名高く、ふつう「古詩十九首」と称される。制作時期は、恐らく後漢の後半ごろ。

巻二十九、雑詩。

其一

行行重行行
与レ君生別離
相去万餘里
各在二天一涯一
道路阻且長
会面安可レ知
胡馬依二北風一
越鳥巣二南枝一
相去日已遠
衣帯日已緩
浮雲蔽二白日一
遊子不二顧反一
思レ君令二人老一
歳月忽已晩

其の一

行き行きて重ねて行き行く
君と生別離す
相去ること万余里
各 天の一涯に在り
道路は阻しくして且つ長し
会面 安くんぞ知るべけんや
胡馬は北風に依り
越鳥は南枝に巣くう
相去ること日に已に遠く
衣帯は日に已に緩む
浮雲 白日を蔽い
遊子 顧反せず
君を思えば人をして老いしむ
歳月 忽ちにして已に晩れぬ

棄捐勿㆓復道㆒　　棄捐して復た道うこと勿かれ
努力加㆓餐飯㆒　　努力して餐飯を加えよ

〇押韻は、⑴上平声四支の「離・涯・知・枝」。⑵上声十三阮の「遠・反・晩・飯」と、同十四旱の「緩」の通押。〇生別離　無理やりの別れ。『楚辞』の九歌・少司命に、「悲しきは生別離より悲しきは莫く、楽しきは新相知より楽しきは莫し」とある。〇天一涯　空の一方の果て。〇阻且長　『詩経』秦風・蒹葭に、思う人の所へ行くことの難しさを、「道は阻しくして且つ長し」と四字句でいう。〇胡馬・越鳥　胡馬は、北方異民族の地に産する馬。越鳥は、南方越の地から飛来した鳥。鳥獣すら本来生まれた地を慕い続けることをいう慣用表現。依は、寄り添うこと。〇相去日已遠　日已は、日に日に。「古詩十九首」の第十四首、「去る者は日に以て疎く、生者は日に以て親し」の「日以」と同じ。〇衣帯日已緩　李善注の引く古楽府に、「家を離れて日に遠きに趨き、衣帯日に緩きに趨く」とある。思いやつれて帯が緩むこと。愛情のあかしとしての帯の結び目が緩む、と解する説もある。〇浮雲蔽㆓白日㆒　白日は、太陽。邪悪な人間が君王や忠臣を脅かすことをたとえる慣用の比喩。ここでは、旅の夫が誘惑に心を迷わせることを比喩する。〇遊子不㆓顧反㆒　遊子は、旅人。顧反は、かえる。〇棄捐　捐も、すてるの意。「怨歌行」の「篋笥の中に棄捐せらる」（一六五ページ）のように、女が男に捨てられる意味にとって、「たとえ捨てられようと、私はもう何も申しません」、あるいは「捨てるなんてことは、もうおっしゃらないでください」と解釈することも可能だが、「あれこれ思い悩むのを打ち捨てる」の意味で、曹植の「白馬王彪に贈る」詩（巻二十四）の「棄て置いて復た陳ぶる莫かれ」など、類似の表現が常套化されている。〇加㆓餐飯㆒　御飯をもっと食べる。相手の自愛を祈る言いまわしとして、「飲馬長城窟行」にも「餐食を加えよ」（一七二ページ）とみえる。

【現代語訳】　古詩十九首

その一

男「歩み続ける、そしてまた歩み続ける私の旅。君と生木を裂くように別れて。

二人の隔たりは万里の余、それぞれが天の果てに身を置いている。

二人を結ぶ道は険しく、そして遠いから、いつ会えることか、知るすべもない。

北国育ちの馬は北風に身を寄せ、南国越から来た鳥は南向きの枝に巣を作るとか――馬や鳥すら故郷を忘れられないというのに」


女「あなたは日に日に遠ざかり、私は日に日に帯が緩んでゆく。

あだ雲が太陽を遮るように心に曇りが生じたのか、旅のお方は帰ろうとなさらない。

あなたのことを思うと老け込むばかり、気がつけばもう今年も押しつまる。

あれこれ思い煩うことはうっちゃって、もう口にするのはやめましょう。どうか努めて箸を進めて下さいますように」


「古詩十九首」をめぐって　『文選』には「古詩」と題する作家不詳の五言詩が十九首収められている。『文選』よりやや後れて編纂された『玉台新詠』では、そのうちの四首と『文選』未収の四首を合わせて「古詩八首」とし、更に十九首の中の別の八首と『文選』未収の一首を合わせて「枚乗雑詩九首」として、いずれも巻一に並べている。つまり、十九首のうちの八首には枚乗という作者を措定するのだが、前漢の枚乗（？―前一四〇）がこれだけ成熟した五言詩を作っていたとは考えにくい。それに、晋の陸機に「古詩」に模擬した一連の「擬古詩」があり、『文選』巻三十に十二首を収めるが、それがすべて「擬古詩」であって、「擬枚乗詩」ではないことも、陸機が見たのが「古詩」であったことを示している。

晋のころに「古詩」として享受されていたことを示す資料はほかにもあり、『世説新語』文学篇では王恭（？―三九八）が「古詩の中、何れの句か最と為す」と王爽に問いかけ、自ら十九首の第十一首の二句を口ずさむところがある。

南朝宋の劉鑠にも「擬古詩」があり、『文選』巻三十一に二首が収められているが、『南史』本伝によれば、劉鑠は「擬古三十余首」を作ったというから、『文選』『玉台新詠』に収める以外にもまだ相当の「古詩」が残っていたことがわかる。

鍾嶸の『詩品』では、「上品」の部に「古詩」を位置づけ、更に「古詩」の群を二種に分けている。一つは「陸機の擬する所の十四首」であって、それは「一字千金」の卓越した作と評価する。もう一種は「『去る者は日に以て疎し』（十九首の第十四首）など四十五首」で、この方はやや雑駁にすぎるきらいがあって、建安の曹植・王粲らの作かと推測している。曹植・王粲の作という説については、少なくとも今日見られる「古詩」に限っては否定されている。「古詩」の中の洛陽が常に繁華な都市として描かれていて、董卓の乱による洛陽崩壊に触れていないので、それ以前のものと考えられることなどがその根拠とされる。作者の推定はともかく、鍾嶸の挙げた数を合計すれば「古詩」は五十九首にのぼることになる。

『文心雕竜』明詩篇では、「古詩は佳麗にして、或いは枚叔（叔は枚乗の字）と称す。其の孤竹の一篇(十九首の八)は、即ち傅毅の詞なり」といい、後漢の傅毅を作者の一人に挙げている。しかし傅毅は班固と同時代の人であって、班固の「詠史」詩がまだ稚拙な段階の五言詩であるのをみれば、曹丕の「典論論文」に班固と「伯仲の間」(三八九ページ)であったという傅毅のみが、ひとりかく傑出した五言詩をものしたというのは無理であろう。

このように特定の作者と結びつける説は今日では否定されているが、しかしながら不特定多数の集団から生まれた民歌ともまた異質であり、既にここには個人的な抒情の世界が成立していることは確かである。恐らく後漢の後期、五言の楽府を発展させ、すぐ次の時代に沸き起こる建安の五言詩を準備する過渡期の産んだものとみるのが、妥当であろう。

鍾嶸が言うように数十首あったと思われる「古詩」群の中でも、『文選』の選んだ十九首は、陸機の「擬古詩」とその大半が重なるように、とりわけ完成度の高いものである。そこには、離れ離れになった男女の思い、人生の短さ・空しさから発せられた嗟嘆など、人間の悲しみの諸相が洗練された抒情を伴ってうたわれている。

男女離別の悲哀　この第一首は、男女別離の悲哀をテーマとする詩群の中でも、代表的な一首である。同じテーマをうたうほかの詩では、類似した詩句を用いながらも、それぞれが別離の状況の具体的な一場面を取り上げているが、ここでは個別的な要素は捨象され、別れているという一般的な状況のみが提示されている。また、詩の歌い手が明確でない点も、ほかの詩と異なっている。全体を男の歌とする説、女とする説もあるが、今は韻の換わり目を境に、八句までを男、九句以降を女として読む。南宋の厳羽の『滄浪詩話』に、『玉台新詠』では二首にしているという説がみえ、『玉台』の一本では九句以後を別の詩としていることも、ここに転折があることを裏づける。

そう解するならば、悲しみの歌いぶりにも前半と後半とでは、ややトーンに違いがあるかに思われてくる。冒頭の「行き行きて重ねて行き行く」、「行」を重ねて「行行」とし、更にそれを重ねる「行行重行行」のリフレインによって、旅の行程の不断の持続が提示される。これはまさに歩み続けている旅人の立場から発せられたことばであるのがふさわしい。行動の持続は隔たりをひたすら増大させる。具体的な場所・方向、またその旅の動機・理由、それらにはいっさい説明はなく、旅のもつ運動の方向性のみが強調されている。このベクトルは起点との間に抵抗を伴う運動であって、起点の吸収力にあらがいつつ、行程はやみくもに進められなければならない。あらがっての運動であることは、第二句「君と生別離す」に示される。「生別離」はふつう「死別」と対比された「生き別れ」の意味に解されているが、『琴操』の中で、夫の死を悲しんで作られた杞梁の妻の歌にも、「悲しみは生別離より悲しきは莫し」とみえる。のちの元曲などには「生」が「むりやり」「無理無体に」の意味で使われているが、ここでもその方向で読みたい。いずれにしても「悲莫悲兮生別離」は十分に浸透していた句であったので、「生別離」の中にも「悲莫悲」――これ以上の悲しみはない、の意味を当然含みこむことになる。

　以下、旅の結果生じた空間的な隔たり、そのための会うことの困難、望郷の思いという流れを述べる。

「相去ること……」二句は、「日に已に」を反復することによって、相手との距離の拡大と、自分の帯が緩むという二つの別々の現象が照応していること、照応に気づいた驚きが述べられる。「浮雲……」二句は女性ならではの、愛情の喪失への恐れであろう。そうした危惧は人を老け込ませる――若く美しい時期が過ぎ去ってしまうことへの敏感さは、これも女性の身から出たことばにふさわしい。このように胸に生じてくるさまざまな思いを振り切って、ともかく相手の身を思いやることで詩は結ばれる。「餐飯を加えよ」は、思いやつれ老け込んでゆく自分への励ましとも解しうる。

前半の叙述がスムースな流れの中で別離の状況を展開していたのに比べると、後半は千々に乱れる思いを我が身に即してうたっているものであり、そこに浮かび上がってくるのは男の帰りを待ちわびる女性の姿であろう。

其十

迢迢牽牛星
皎皎河漢女
纖纖擢二素手一
札札弄二機杼一
終日不レ成レ章
泣涕零如レ雨
河漢清且浅
相去復幾許
盈盈一水間
脈脈不レ得レ語

其の十

迢迢たり　牽牛星
皎皎たり　河漢の女
纖纖として素手を擢げ
札札として機杼を弄ぶ
終日　章を成さず
泣涕　零つること雨の如し
河漢は清く且つ浅し
相去ること復た幾許ぞ
盈盈たり一水の間
脈脈として語るを得ず

○押韻は、上声六語の「女・杼・許・語」と、同七麌の「雨」の通押。○迢迢　はるか遠いさま。○牽牛星　わし座の主星アルタイル。和名、彦星。○皎皎　白く明るいさま。○河漢女　河漢は、天の河。『詩経』小雅・大東に「維れ天には漢有り」、その毛伝に「漢は天河なり」とある。○河漢女　河漢女は、こと座の主星ベガ。織女星。和名、織姫星。夏の夜空に天の河を挟んで彦星と向かい合う。○繊繊擢㆓素手㆒　繊繊は、かぼそいさま。『詩経』魏風・葛屨に「摻摻たる女の手」、その毛伝に「摻摻は猶お繊繊のごときなり」とある。『韓詩外伝』は、その句を「繊繊たる女の手」に作る。擢は、挙げる。「古詩十九首」第二首にも、女の手について「繊繊として素手を出だす」とある。○札札弄㆓機杼㆒　札札は、機織りの音。機は、はた。杼は、ひ、横糸を通す道具。○不㆑成㆑章　章は、織物のあや模様。『詩経』小雅・大東に「即ち七襄すと雖ども、報章を成さず」と、やはり織女星についていう。○泣涕零如㆑雨　泣涕は、なみだ。『詩経』邶風・燕燕に「泣涕は雨の如し」とある。零は、落ちる。○幾許　どれほど。ここでは、どれほどもない、近いことをいう。○盈盈　水の満ちているさま。○脈脈　脈は、正しくは眽に作るべきところ。眽眽は、じっと見つめるさま。

【現代語訳】　その十

はるかかなたの彦星と、白く輝く織姫星。

織姫は、ほっそりとした白い手を振り上げて、サッサッと音をたてながら機を操る。

しかし（彦星を思うあまりに）ひねもす働き続けても、あやは織り上がらず、涙が雨のように降り注ぐばかり。

天の川は水も澄み、水底浅く、向こう岸まではどれほどの隔たりもない。

（だのに）一筋の流れが二人の間に水を湛えているために、ことばを交わすこともかなわず、ただじっと見つめ合うばかり。

牽牛・織女に託する思慕　牽牛・織女の故事を借りて、それに同化しながら、恋人への思慕をうたう愛の歌。牽牛・織女の星の名は、早く『詩経』大東の篇から現れているが（「語注」を参照）、そこでは、織女とはいうものの機を織らない、牽牛とはいうものの荷を引かない、というだけであって、二つの星にまつわる恋愛譚への直接の言及はみられない。班固の「西都の賦」（巻一）には、「昆明の池に臨めば、牽牛を左にし織女を右にし、雲漢の涯無きに似たり」とあり、李善の引く『漢宮闕疏』にも、長安の昆明池には牽牛と織女の石像が設けられていたことが記されているので、漢の武帝が昆明池をつくったころ（前一二〇年）には、二つの星に関するなんらかの話が既にあったと推測される。河を隔てて相会えぬという悲恋の形がはっきり文献に現れるのは、この詩が最も早く、このあと詩文に頻見するようになる。魏の曹植の「九詠」の注（『文選』巻十九、曹植「洛神の賦」の李善注所引）には、「牽牛は夫たり。織女は婦たり。織女・牽牛の星は、各河鼓の傍らに処り、七月七日に乃ち一会するを得」と、より詳しく記述されている。この詩が牽牛・織女の故事をじかに語るのでなく、それに重ねて恋の思いを綴っていることは、この故事が既に十分に浸透していたことを思わせる。にもかかわらず、これ以前にまとまった形で文献に見いだしがたいのは、おもに民間を伝承の場としていたためであろうし、そのことは「古詩十九首」の生まれた基盤が従来の文学とは異質であったことをも示している。

冒頭の二句は、地上から眺めた二つの星をいう。「皎皎」たるのは、織女星の白い輝きをいうと同時に、「古詩十九首」の第二首に「盈盈たる楼上の女、皎皎として窓牖に当たる」と、女性の容姿についても用いられているように、星が人格化された「河漢の女」そのものの形容でもある。

次の「纖纖として素手を擢ぐ」の句から以下は、織女星の営みでありつつ、同時に地上の一人の女のことでもある。機織りは当時の女の日常的な仕事であった。一日中織機に向かっていても模様が完成しないのは、相会えぬ悲しみに胸が乱れてはかがゆかないためであることはいうまでもない。

「河漢は清く且つ浅し」二句は、二人の間の懸隔が、実際の距離としてはさほどのものでないことをいう。にもかかわらず、一衣の水に隔てられて相会の思いを遂げられない、と末二句に転折する。空間の上ではわずかな距離であっても、恋する身にとっては越すに越されぬ隔たりに感じられるというモチーフは、古今の恋歌にお馴染みのものであろう。

「古詩十九首」には、第一首に記したように、男女別離をテーマとする一群の詩があり、おおむねは帰らぬ男を待ちわびる女の思いを綴るものであるが、この詩はそれとはやや趣を異にし、別離そのものよりも成就しえぬ恋を悲しむ女性の身を、牽牛・織女と重ね合わせながら描き出している。

なお、この詩では初めの四句、また終わりの二句が、「迢迢」「皎皎」のような畳字——同じ字を重ねたオノマトペアを句の頭に置いている。ほかにも第二首では、全十句のうち初めの六句がすべてその形をとっている。「古詩十九首」の表現上の特徴の一つである。

其十三

駆二車上東門一
遥望二郭北墓一

其の十三

車を上東門に駆りて
遥かに郭北の墓を望む

白楊何蕭蕭
松柏夾二広路一
下有二陳死人一
杳杳即二長暮一
潜寐二黄泉下一
千載永不レ寤
浩浩陰陽移
年命如二朝露一
人生忽如レ寄
寿無二金石固一
万歳更相送
聖賢莫二能度一
服食求二神仙一
多為二薬所一レ誤
不レ如飲二美酒一
被二服紈与一レ素

白楊何ぞ蕭蕭たる
松柏 広路を夾む
下に陳死の人有り
杳杳として長暮に即く
潜かに黄泉の下に寐ね
千載永く寤めず
浩浩として陰陽は移り
年命は朝露の如し
人生は忽として寄するが如く
寿は金石の固き無し
万歳 更 相送り
聖賢も能く度ゆる莫し
服食して神仙を求むるも
多くは薬の誤る所と為る
如かず 美酒を飲み
紈と素とを被服せんには

○押韻は、去声七遇の「墓・路・暮・寤・露・固・度・誤・素」。　○上東門　洛陽の東の三つの城門のう

ち、北寄りの門の名。阮籍の「詠懐詩」の注に、李善は『河南郡図経』を引いて、「東に三門有り。最北頭を上東門と曰う」とある。○郭北墓　洛陽の北にある北邙山をさす。後漢以後、王侯貴族の墓が集まり、京都の鳥辺山のように墓地の代名詞となった。郭は、町を囲む外城。○白楊何蕭蕭（二句）　白楊（はこやなぎ）・松・柏（ひのき）は、いずれも墓地に植えられる木。それによって土壌を固め、かつ標識としたという。李善注は、仲長統の『昌言』を引いて、「古の葬る者は、松柏・梧桐、以て其の墳を識すなり」、また『太平御覧』に引く『礼系』に、「天子は松を樹え、諸侯は柏を樹え、卿大夫は楊を樹え、士は楡を樹う。尊卑差いあり」とみえる。蕭蕭は、樹木が風に揺らぐ音。広路は、貴人の墓の前の大きな道。「古詩十九首」第十四首にも同じ語彙を用いながら墓地の寂しい光景が綴られている。○陳死人　ずっと以前に死んだ人。陳は、久しい。○杳杳即㆓長暮㆒　杳杳は、暗いさま。即は、就に同じ。ある状態に身を置く。長暮は、長い夜。人間の死を永遠に続く夜とみなすのは、漢の武帝が李夫人の死を悼んだ賦（『漢書』巻九十七上）に、「修き夜の陽けざるに奄わる」とみえる。○黄泉　地底深くにある泉、よみの国。土（地）は五行の一つで、色では黄に当てるので黄の字を冠する。『左伝』隠公元年、鄭の荘公のことばに、「黄泉に及ばざれば、相見ること無からん」とある。○浩浩　水が果てしなく流れるさま。○陰陽　世界を構成する、相対する二つの要素。時間では、昼が陽、夜が陰、また、春夏が陽、秋冬が陰に当たる。○年命如㆓朝露㆒　年命は、人の寿命。そのはかなさをすぐ消えてしまう朝の露にたとえるのは、前漢の楽府「薤露」に、「薤の上の露は、何ぞ晞き易きや。露は晞きても明朝には更に復た落つ。人は死して一たび去れば何時にか帰らん」とうたわれている。また、蘇武に対して匈奴への帰順を勧める李陵のことばにも、「人の生は朝の露の如し。何ぞ久しく自ら苦しむこと此くの如きなるや」（『漢書』蘇武伝）とあるように、人生を朝露にたとえるのは、前漢から既に習熟していたことがわかる。○人生忽如㆑寄　寄は、一時的に身を寄せること。仮の宿り。李善の引く『老莱子』に、「人の天地の間に生まるるは、寄するなり。寄する者は固より帰る」という。○度　渡に同じ。超越する。○服食求㆓神仙㆒　服は、食と同じく、口にすることだが、

もっぱら道家が長生の薬物を服用することに用いられる。　○被㆓服紈与㆒素　紈・素は、班婕妤の「怨歌行」に、「新たに斉の紈素を裂けば、皎潔　霜雪の如し」（一六五ページ）とあるように、白い精緻な絹。上等な衣服をいう。

【現代語訳】　その十三

車を走らせて（洛陽の）上東門を出、遠く北郊の墓地を眺める。

白楊は風にざわめき、なんと寂しい音をたてていることか。松や柏は墓へ続く広い道を両側から挟んで並んでいる。

その下にいるのは、ずっと以前に死んだ人々。深い闇に包まれ、明けることのない夜が続く。

黄泉の国でひっそり眠り続け、千年を経ようとも永遠に目の覚めることはない。

滔々と流れ続ける水のように、時間は絶え間なく移りゆき、その中の人の寿命など、朝日とともに消えてしまう露のようにはかない。

あっけなく過ぎてしまう人の生は仮の宿りのようなもの。命は金属や岩石のように、堅く確かではないのだ。

はるか昔から、人は代わる代わる死者を見送ってきた。その定めは聖人でも賢者でも乗り越えられはしない。

道家の丹薬を服用して神仙の不老長生を求めてみたところで、薬害のためにかえって体を

そこなうばかり。

　それよりも美酒を口にし、絹の服を身に着けて楽しく生きるにこしたことはない。

人生は仮の宿り　「古詩十九首」の基調の一つ、人間の生の短さ、はかなさを自覚して生ずる悲哀、その悲哀から逃れたいがために現世の快楽をうたう詩群の一首。ほかに同じ傾向の詩に属するものに、第三・四・十一・十二・十四・十五首などが挙げられるが、この第十三首がそのテーマを最も直截(ちょくせつ)に示している。

「車を上東門に駆る」、車を疾駆させる行為は、しばしば胸にわだかまる憂悶(ゆうもん)を払いのけるためである。その鬱屈(うっくつ)の正体が何であるか、表立って書かれてはいないし、恐らく本人にも明確には把握されていないのだろう。

　そこで目に入ったのは、北邙(ほくぼう)山の墓の連なり、墓地の樹木と樹木が風に鳴る声。それらに誘(いざな)われて、詩人はその下に眠る死者たちへと思いを広げる。この詩では生の短さの確認が思弁によって導き出されるというよりも、眼前に展開する墓地の光景から触発されている。作者は死の思念のために墓地に目を向けたのではなく、たまたま北邙山が視界に入り、死への思いに誘われるのである。この展開は、死というものが日常のすぐ隣にあって、何かの折にふと生が死にすりかわってしまう、生と死とはそういう隣り合わせの関係にあることに気づかせる。そして作者をして城外に駆り立てたのは、恐らくそこはかとない生を厭(いと)う気分であって、そのために他の事物は目に映らず、視線は墓地をとらえ、思いは死者の世界に向かったのではないか。

　墓地の下の死者に思いをいたした作者は、死者のとこしえの眠りを更に繰り広げて述べる。死を眠りとしてとらえるのは洋の東西を問わないものか、ハムレットにも同じせりふがある。ただハムレットは、眠りならば夢を見るかもしれないと恐れるが、ここでは二度と覚めることはない永遠の眠りであることが、死の恐怖なのである。「千載永く寤めず」の句は、その永久の持続が強調される。死の闇に永遠に閉じ込められる恐れは、墓地の下の死者という具体的なイメージによってなまなましく迫る。

ここまでは死者を対象としてきたが、「浩浩として……」の句からは、生の世界にある人間も死を必然とするという方向へ転ずる。「浩浩」は本来、水が果てしなく流れ続けるのをいうことばだが、時間を水の流れにたとえるのは例の「川上の嘆」以来周知のものであり、命と朝露の比喩も習用のものである。

人の生を「寄」、仮の宿りとしてとらえるのは、李善注によれば道家の佚書『老莱子』に基づくといい、法家に属する『尸子』にも同じことばがみえるようであるが、詩の中に取り込まれたのはこれより先に例があるかどうか。少なくとも、「人生寄するが如し」は「古詩十九首」では繰り返し語られ、「古詩十九首」のテーマとかかわる重要なタームとなっている。第四首には「人の生は一世に寄す。奄忽たること飆塵の若し」、第三首では「人は天地の間に生まれ、忽として遠行の客の如し」など。後の句は「寄」の字を用いていないが、「遠行の客」の比喩によって、人生を仮の宿りと見立てている。

そして「人生寄するが如し」は他の文化圏と同様、中国でも文学の主題の一つとして、あるいはまたそもそも文学を生み出す動機の一つとして、後代に継承されてゆく。

しかしながら、中国の古典文学においては、「人生寄するが如し」の詠嘆は、その嘆き・悲しみ自体が文学の抒情の中心をなすというより、むしろそれをいかに乗り越えるかが文学の主題になったようにみえる。少なくとも古典文学の中心に位置する作品においてはそうである。この点が、たとえば日本の文学と異なるところであろう。日本では人の生のはかなさが文学の抒情の中心を占めているようにみえるが、それに対して、中国ではそこから出発し、その虚無的な感情を越えて人の生を肯定したところに文学の地平が広がるかのようだ。「古詩十九首」に続く建安の文学がそうであり、白居易がそうであり、蘇軾がそうである。そうした「正統的」な文学においては、いずれも生の肯定、ないし、生を肯定しようとする気魄が、文学の柱となっている。たとえば、蘇軾が「人生寄するが如し」を繰り返しながらも、虚無の淵に沈むのではなく、逆にさればこそこの生を充実させようと肯定の方向に牽引することについては、山本和義氏に詳論がある（「蘇軾詩論稿」『中国文学報』第十三冊）。

現世の快楽への逃避　建安の文学も中国古典文学の中心に位置するものにふさわしく肯定の文学を繰り広げるが、それを準備する段階にある「古詩十九首」では、「人生寄するが如し」の空しさがもっぱらうたわれている。人間はだれ一人死を免れえない、死は必然であるという法則、それを聖人賢者すら超越できないことによって確認したあと、その解決を模索する方向へ詩は進む。一つは道家の不老長生の術。その手段としての服薬。しかし、服薬は逆に、ただでさえ短い命を更に縮めてしまうという皮肉な結果をしばしばもたらす。「古詩十九首」の中では不老長生への希求は常に否定されている。

最後の逃げ道は現世の快楽の享受。それによって死への恐れを忘れようとする。この享楽への志向は、人生のむなしさを嘆ずる「古詩」の特徴である。第三首では、都の繁華に身を投じて憂いを忘れようとする。「宴を極めて心意を娯しめん。戚戚　何の迫る所ぞ」。第四首では、貧しい暮らしの中であくせくするより富貴を選び取ろうとする。「何ぞ高足に策ち、先ず要路の津に拠らざる。為す無かれ　窮賤を守り、轗軻して長く苦辛するを」。第十二首では、季節の推移を詠嘆したあと、美女たちとの歓楽に没入しようという。「蕩滌して情志を放たん、何為れぞ自ら結束せんや。燕趙には佳人多く、美なる者　顔は玉の如し。……」。

このような現世の快楽、美衣・美酒・美人で代表される欲望の充足、それによって人生短促の憂いを免れようという享楽志向が「古詩十九首」には通底しているけれども、しかし享楽の選択はことばどおりには肯定されていない。それらが真の生の充実にはなりえないのは承知したうえで、そこに逃避してゆくニヒリズムがにじみでているように思われる。現世の享楽しか残されていないことをうたうことによって、いっそう生のむなしさが強調されてしまうのだ。「古詩十九首」はこうした悲観の色彩に染まっているが、それが克服されるのが、次に登場する建安の文学であった。換言すれば、建安の文学が「慷慨」とか「風骨」とか称される力強さを獲得するためには、それに先立って「古詩十九首」のような悲観の文学が成立していることが必要だったのである。

其十四

去者日以疎
生者日以親
出㆓郭門㆒直視
但見丘与墳

其の十四

去る者は日に以て疎く
生者は日に以て親し
郭門を出でて直ちに視れば
但だ見る　丘と墳とを

古墓犂為レ田
松柏摧為レ薪
白楊多二悲風一
蕭蕭愁二殺人一
思レ還二故里閭一
欲レ帰道無レ因

古墓は犂かれて田と為り
松柏は摧かれて薪と為る
白楊　悲風多く
蕭蕭として人を愁殺す
故の里閭に還るを思い
帰らんと欲するも道の因るべき無し

○押韻は、上平声十一真の「親・薪・人・因」と、同十二文の「墳」の通押。　○去者日以疎（二句）　去者は、死んでいった人。生者は、生まれてくる人。『呂氏春秋』節喪篇に、厚葬の無益を説いて、「死者の弥久しければ、生者は弥疏し」という。日以は、日に日に。「古詩十九首」第一首の「日已」と同じ。○郭門　町を取り囲む城郭の門。『白虎通』崩薨篇に「城郭の外に葬る」というように、墳墓はその外側の地に造られた。　○丘与墳　丘も墳も、土の盛り上がったもの、墓をいう。班昭の「東征の賦」（巻九）に、「蘧氏　城の東南に在り、民亦其丘墳を尚ぶ」とあるように、ふつう「丘墳」と熟語で用いられるのを分解していう。　○古墓犂為レ田　犂は、すき。牛につけて土を耕す農具。ここでは動詞として用いる。田は、耕作地。たんぼに限らない。　○松柏　墓地に植える木。一八九ページを参照。　○白楊　これも墓地の木。第十三首にみえる。　○蕭蕭愁二殺人一　蕭蕭は、一八九ページを参照。愁殺は、ひどく悲しませる。殺は、動詞の後につけて程度を強調する語。　○故里閭　故郷。厳密にいえば、里は、二十五世帯から成る古代の行政上の単位。閭は、その入り口の門。里閭で、集落を意味する。

【現代語訳】 その十四

この世を去っていった者は日に日に忘れられてゆき、この世に生まれてきた者は日に日に親しさを増してゆくもの。

町を取り巻く城門を出て前を見ると、目に入るのはただただ無数の土まんじゅうばかり。

昔の墓地はすきを入れられて畑に変わり、そこに植えられていた松や柏(はく)の木も切り倒して薪にされている。

白楊(はくよう)の木には悲しげな風が吹きやまず、しゅうしゅうと鳴るその音は、ひたすら人を悲しませる。

ふるさとの村へ戻りたいと思うけれども、帰ろうとしても帰る手だてはない。

死に対する絶望的な悲哀　城外の墓地を目にして、人間の死と生について思いを誘(いざな)われてゆく全体の結構、そこに流れる情感、また墓地を描写する措辞など、第十三首と共通しているが、詩の展開や帰結にはいくらか相違もある。

冒頭は人の世の一般的な定めから歌い起こされる。死んだ人は次第に忘れられてゆき、生まれてくる人が次第に親しい存在となるもの——日本語としても定着している「去る者は日々に疎し」は、もちろんこの第一句に由来するが、日本では離れるにつれて疎遠になる生きている人にも使われるけれども、ここでは詩の以下の展開が示すように、死者に限定される。死者—生者の対(つい)は、語注に引いた『呂氏春秋(りょししゅんじゅう)』にみえるが、そこの「生者は弥(いよいよ)疏(うと)し」も、生者が死者に対して疎遠になることをいう。また、その対が死んでしまった人—生きている人の意味であるのに対して、この詩の「去者」「生者」は、五臣注本が「生者」を「来者」に作っているように、「死んでこの世を去っていった人」「この世に生まれてきた人」の意味で読みたい。この世を基準として、ここを去る人、ここへ来る人として死者・生者をとらえることは、「古詩十九首」のほかの詩にみえた、人生を仮の宿りとする死生観（第十三首の「人生は忽として寄するが如く」の「語注」「鑑賞」を参照）とも共通する。

日本では対句の前一句だけがもっぱら記憶されるけれども、「生者」の句も単に対句構成のためのつけたりではないであろう。「去者」「生者」の双方を述べることによって、人間の生を、生以前の状態から現れ、死後の状態へ去ってゆく、その途中の状態であるとし、そしてそこを新旧の人間の交代する場であるとする死生観がうかがわれるし、またそれは詩の後の部分で描かれる墓場の光景——死者の場であった墓地が生者の生産の場に変わっているという交代にもかかわるのである。

「郭門を出でて直ちに視れば、但だ見る　丘と墳とを」——これが第十三首の初二句に相当する。土を盛り上げた墓を意味する語を「丘と墳と」と並べて表現しているのは、目にするものはあれもこれもすべて墓ばかり、と強調する語気であろう。墓が視界のすべてを覆い尽くしているように、人間も帰結するところはすべて死、それ以外にない。

第十三首では墓を目睹したことから墓の下に眠る死者へと思いが連なっていったが、ここでは死者の眠る地である墓地が、生きている人間の農耕に供されている変貌に驚く。死後の世界すら安穏ではありえない。後から生まれてきた人間に有用なるものへと変えられてしまうのだ。この世は生きている人のためのもの、死者は忘れられてゆくほかない。松柏のように永久に緑であるはずの樹木すら、つまらぬ薪にされてしまう。ましてや人の命など。

墓地のしるしである白楊の木に吹きつける風の音は、胸の悲しみをいや増すかのようだ。それは現世においても異土にさすらう寄るべない身の上に思いを至らせる。帰るべきふるさとがないではない。しかしそこへ帰ろうとしても、帰るすべが失われている。——第十三首が死の必然を確認したあと、現世の快楽へかりそめの逃避を求めるところで終わっていたのに対して、ここでは死の悲しみに重ねて、故郷喪失者の悲哀を覚え、一層の絶望の中で詩が閉じられている。

其十五

生年不レ満レ百
常懐二千歳憂一
昼短苦二夜長一
何不二秉レ燭遊一
為レ楽当レ及レ時
何能待二来茲一
愚者愛二惜費一
但為二後世嗤一
仙人王子喬
難レ可二与等レ期

其の十五

生年　百に満たざるに
常に千歳の憂いを懐く
昼は短くして夜の長きに苦しまば
何ぞ燭を秉りて遊ばざる
楽しみを為すは当に時に及ぶべし
何ぞ能く来茲を待たん
愚者は費を愛惜し
但だ後世の嗤うところと為る
仙人の王子喬
与に期を等しうすべきこと難し

○押韻は、⑴下平声十一尤の「憂・遊」。⑵上平声四支の「時・茲・嗤・期」。「古詩十九首」の中で換韻するのは、この詩と第一首のみ。○生年不レ満レ百　百年は人間に可能な寿命の限界とされる。『荘子』盗跖篇に「人、上寿は百歳、中寿は八十、下寿は六十」、『荀子』王覇篇に「人　百歳の寿無くして、而も千歳の信士有るは、何ぞや」とある。○常懐二千歳憂一　千歳憂は、永遠に続く憂愁。長い時間を「百」に対して「千」といったもの。○秉レ燭　あかりを手にする。○来茲　来年。『呂氏春秋』任地篇に「今茲　美禾あり、来茲　美麦あり」とあり、その後漢の高誘の注に「茲は年なり」という。○後世嗤　嗤は、あざわらう。○仙人王子喬　伝説中の代表的な仙人。漢の劉向の『列仙伝』によると、王子喬は、もともと周の霊王の太子で晋という名であったが、仙人の浮丘公に従って嵩山に登り、やがて仙人となった。○難レ可二与等レ期　期は、期間、生きている時間。あるいは期待、仙人になることを期待する意味にも解しうる。

【現代語訳】　その十五

人の寿命は百年にも満たないもの、だのに、その短い間、胸は始終、千年も続く憂愁を抱え込んでいる。

昼の時間が短すぎて夜ばかりが長いのがいとわしければ、ともしびを手に夜も遊び続けることだ。

せいぜい楽しむことのできるうちに楽しむこと。来年を待つことなどできはしない。

愚か者は費えを惜しむあまり、遊びも知らずに死んでしまう。後の世の人々の冷笑を浴びるのが落ちだ。

かの王子喬のような仙人と、同じ寿命をもちたいと思ったところで、所詮無理なのだから。

生の快楽の勧め　この詩も、人生の短さ、空しさ、それを忘れるためには快楽に向かうほかないとうたう詩群の一つ。いわゆる「時に及びて行楽す」をテーマとする点で、第十三・十四首と共通しているが、先の二首のように墓地を目にして生のはかなさを思うというモチーフはない。ここでは現世に執着して快楽への出費を惜しむ輩の愚かしさ、またそれと対極をなす仙人の永生の困難さが持ち出され、享楽主義への傾斜が補強されている。

人間、どんなに長生きしてもせいぜい百年、だのに胸中はその十倍も続く悲しみにふたがれている、と歌い起こす最初の二句、「千歳の憂い」を、千年先の未来のことまであれこれ思い煩う、と読むことも可能であろうが、ここではもともと短い時間の中で背負いきれぬほどの悲しみをいつも引きずっている、と解しておく。いずれにしても、生きている時間が憂愁で占められることの無益さを説くことに変わりはない。ならば、せいぜい楽しむことだ。憂いは捨てて快楽に身を投じよう。

しかし、短い人生の中では、快楽のための時間すら短い。休息のための時間である「夜」も享楽の時間にしてしまおう。この句は、李白の「春夜　従弟の桃花園に宴するの序」に、「夫れ天地なる者は、万物の逆旅、光陰なる者は、百代の過客なり。而うして浮生は夢の若く、歓を為すこと幾何ぞ。古人燭を秉りて夜遊ぶは、良に以有るなり……」と引かれている。李白のこの序は『古文真宝』にも「春夜　桃李園に宴するの序」と題して収められて、日本でもよく知られている。もっとも李白よりずっと前、「古詩十九首」からさほど隔たっていない魏の曹丕の「呉質に与うる書」にも「古人の燭を炳かせて夜遊ぶを思いしは、良に以有るなり」（三八六ページ）とある。「昼は短くして夜の長きに苦しむ」の句は、快楽のための時間の短さをいって次の句に続けるとともに、第十三首で、死を永遠に覚めることのない眠りにたとえていたことを想起すれば、生きている時間の短さ、死後の眠りの果てしない長さをも、暗に含むかにみえる。

楽しむのは今この時だ。来年を待ってはいられない。十一世紀のペルシャの詩人もうたっている。「つみ重ねて来た七十の齢の盃を／今この瞬間でなくいつの日にたのしみ得よう」（オマル・ハイヤーム『ルバイヤート』小川亮作訳、岩波文庫）。『ルバイヤート』が繰り返し説く人生の空しさ、刹那の快楽は、「古詩十九首」の一群の詩とよく似ている。享楽への志向を語りながら、いずれもそこに透明感のある悲しみのリリシズムが流れているのは、快楽すらつかの間の、一時の忘我にすぎないことを知悉したうえで、それをうたっているからであろう。

このように、「及時行楽」をうたいあげたあと、詩は別の生き方にあくせくする人々にことばを及ぼす。享楽にかかる費用を惜しむ哀れな人々。彼らは人生の空しさに気づいていない、それゆえに「愚か」なのだ。

「費を愛惜」する人々が現実に汲々としているとすれば、その対極に位置するのが登仙して永遠の生命を得る生き方である。その典型としての王子喬。しかし王子喬と同じほどの寿齢を獲得するのは、実際には不可能といわねばならない。第十三首では「服食して神仙を求むるも、多くは薬の誤る所と為る」と、求仙のための服薬がかえって寿命を縮めてしまうことを挙げて否定していたけれども、ここでは求仙の願望を正面から否定しているようにはみえない。ただ、実現することが困難なのだ。かくして生のはかなさを知った者は、夜を日に継いでその短い生を楽しむことしか、残されていないのである。

「西門行」との対比　ところでこの詩は、「西門行」と題する楽府と、措辞・情感とも酷似している。楽府の「西門行」には、後漢のものと思われる本辞と、晋の時に楽器の演奏に合わせて歌われた歌辞との二種が残っているが、前者は、

出㆓西門㆒　　西門を出でて
歩念㆑之　　歩みつつ之を念う
今日不㆑作㆑楽　　今日楽しみを作さざれば
当㆑待㆓何時㆒　　当に何の時をか待つべき
逮㆑為㆑楽　　楽しみを為すに逮べ
逮㆑為㆑楽　　楽しみを為すに逮べ
当㆑及㆑時　　当に時に及ぶべし
何能愁怫鬱　　何ぞ能く愁いて怫鬱たらんや
当㆔復待㆓来茲㆒　　当に復た来茲を待つべけんや
醸㆓美酒㆒　　美酒を醸し
炙㆓肥牛㆒　　肥牛を炙る
請呼㆓心所㆑懽　　請う心の懽ぶ所を呼び
可㆔用解㆓憂愁㆒　　用て憂愁を解くべし

人生不レ満レ百
常懐二千歳憂一
昼短苦二夜長一
何不二秉レ燭遊一
遊行去去如二雲除一
弊車羸馬為自儲

人生は百に満たざるに
常に千歳の憂いを懐(いだ)く
昼は短くして夜の長きに苦しまば
何ぞ燭(しょく)を秉(と)りて遊ばざる
遊行して去り去りて雲の除(かよいじ)に如(ゆ)かん
弊車(へいしゃ)羸馬(るいば)為(ため)に自(みずか)ら儲(たくわ)えん

末二句が遊仙を述べるのを除けば、享楽への志向を歌謡風に述べたもので、「人生不満百」からの四句は、そっくり重なっている。「晋の楽の奏する所」という「西門行」の歌辞は、

出二西門一
歩念レ之
今日不レ作レ楽
当レ待二何時一
夫為レ楽
為レ楽当レ及レ時
何能坐愁怫鬱
当三復待二来茲一

西門を出でて
歩みつつ之を念う
今日楽しみを作さざれば
当に何の時をか待つべき
夫(そ)れ楽しみを為すは
楽しみを為すは当に時に及ぶべし
何ぞ能(よ)く坐(ざ)して愁うること怫鬱(ふつうつ)たらんや
当に復た来茲を待つべけんや

飲㆓醇酒㆒　醇酒を飲み
炙㆓肥牛㆒　肥牛を炙る
請呼㆓心所㆒㆑歓　請う心の歓ぶ所を呼び
可㆔用解㆓愁憂㆒　用て愁憂を解くべし
人生不㆑満㆑百　人生は百に満たざるに
常懐㆓千歳憂㆒　常に千歳の憂いを懐く
昼短苦㆓夜長㆒　昼は短くして夜の長きに苦しまば
何不㆓秉㆑燭遊㆒　何ぞ燭を秉りて遊ばざる
自㆑非㆓仙人王子喬㆒　仙人王子喬に非ざるよりは
計㆓会寿命㆒難㆓与期㆒　寿命を計会するに与に期し難し
人寿非㆓金石㆒　人の寿は金石に非ず
年命安可㆑期　年命　安くんぞ期すべけんや
貪㆑財愛㆓惜費㆒　財を貪りて費を愛惜すれば
但為㆓後世嗤㆒　但だ後世の嗤うところと為る

「人生不満百」から「何不秉燭遊」までの四句は「西門行」本辞、「古詩十九首」第十五首と変わらず、次の王子喬への言及は第十五首と同じ。「人寿非金石、年命安可期」は「古詩十九首」の第十一首、「人の生は金石に非ざれば、豈能く寿考を長くせんや」、および、第十三首の「人生は忽として寄するが如く、寿は金石の固き無し」に似、また最後の二句は第十五首の「愚者は費を愛惜し、但だ後世の嗤うところと為る」とほとんど同じ。これら表現や内容の共通する三首の詩の変遷を考えれば、やはり普通に認められているように、「西門行」本辞→「古詩」第十五首→「西門行」(晋楽所奏)とするのが妥当であろう。とすれば、「古詩十九首」が漢代の民間楽府ときわめて近い関係にあることを、それを母胎に生まれてきたと考えられることを、第十五首と「西門行」楽府は証していることになる。表現の上では繰り返しを削り、全句を五言に整え、内容の上では対立する生き方を述べて享楽への志向に説得力を増すなど、楽府から五言詩に移行するうえで手が加えられている。

短歌行(短歌行)　魏武帝 曹操

短歌行　楽府題。漢代の楽府古辞に「長歌行」はあるが、「短歌行」と題された作は曹操以前にはみられない。長・短は歌の音声の長短によるとされる。なお、曹操の詩は二十数首が残っているが、すべて楽府であり、そのうち二首が『文選』に収められている。巻二十七、楽府上。

曹操　一五五―二二〇。字は孟徳。沛国譙(安徽省亳州市)の人。後漢末の群雄決起に応じて身を起こし、官渡の戦い(二〇〇)で袁紹を破って北中国を統一、赤壁の戦い(二〇八)では呉・蜀の連合軍に敗れて全土の支配には至らなかったが、後漢王朝を事実上倒して魏を築き、死後、魏の武帝と諡を与えられた。その配下に多くの文人を招き、子の曹丕・曹植とともにいわゆる建安文学を築き上げた。それまではもっぱら民間の文芸様式であった楽府や五言詩を士大夫の文学として取り込むなど、文学史上の功績も大きい。『三国志』巻一武帝紀に伝がある。

対レ酒当レ歌　　酒に対して当に歌うべし
人生幾何　　人生幾何ぞ
譬如二朝露一　　譬えば朝露の如し
去日苦多　　去りし日は苦だ多し

慨当二以慷一　　慨して当に以て慷すべし
憂思難レ忘　　憂思忘れ難し
何以解レ憂　　何を以て憂いを解かん
唯有二杜康一　　唯だ杜康有るのみ

青青子衿　　青青たる子が衿
悠悠我心　　悠悠たる我が心

但為レ君故
沈吟至レ今

呦呦鹿鳴
食二野之苹一
我有二嘉賓一
鼓レ瑟吹レ笙

明明如レ月
何時可レ掇
憂従レ中来
不レ可二断絶一

越レ陌度レ阡
枉用相存
契闊談讌
心念二旧恩一

但だ君が為の故に
沈吟して今に至る

呦呦として鹿は鳴き
野の苹を食らう
我に嘉賓有り
瑟を鼓し笙を吹かん

明明として月の如し
何れの時にか掇るべけん
憂いは中より来たりて
断絶すべからず

陌を越え阡を度り
枉げて用て相存す
契闊談讌して
心に旧恩を念う

月明星稀
烏鵲南飛
繞レ樹三匝
何枝可レ依
山不レ厭レ高
海不レ厭レ深
周公吐レ哺
天下帰レ心

月明らかに星稀にして
烏鵲南に飛ぶ
樹を繞ること三匝
何れの枝にか依るべき
山は高きを厭わず
海は深きを厭わず
周公　哺を吐きて
天下　心を帰す

○押韻は、⑴下平声五歌の「歌・何・多」。⑵下平声七陽の「慷・忘・康」。⑶下平声十二侵の「衿・心・今」。⑷下平声十三元の「存・恩」。⑸入声六月の「月」、同七曷の「掇」と、同九屑の「絶」の通押。⑹上平声八庚の「鳴・苹・笙」。⑺上平声五微の「稀・飛・依」。⑻下平声十二侵の「深・心」。全体は四句ずつ八つの段落（楽府の場合は解とよばれる）に分かれ、解ごとに換韻する。　○人生幾何　『左伝』襄公八年に、逸詩（『詩経』にはみえない詩）を引いて、「河の清むを俟たば、人寿は幾何ぞ」とある。　○譬如二朝露一　「古詩十九首」第十三首に、「年命は朝露の如し」（一八八ページ）とある。　○慨当二以慷一　「当二以慷慨一」とすべきところをあえて倒置させたもの。慷慨は、気持ちを高ぶらせることをいう双声の語。　○杜康　酒を発明したと伝えられる人の名。酒の代名詞として用いる。　○青青子衿（二句）　『詩経』鄭風・子衿に、「青青たる子が衿、悠悠たる我が心、縦い我往かずとも、子は寧ぞ音を嗣がざる」とある詩句の、初めの二句をそのまま用いる。青い衿とは、毛伝によれば、学生の服装。悠悠は、思いが長く続くさまをいう。〇沈吟　深い思いをこめて口ずさむ。　〇呦呦鹿鳴（四句）『詩経』小雅・鹿鳴(ろくめい)の初めの四句をそのまま用いる。呦呦は、鹿の鳴き声。苹は、草の名、よもぎ。嘉賓は、立派な客人。瑟は、二十五弦の琴。笙は、十三本ないし十九本の管のついた管楽器。　〇何時可レ掇　掇は、手で拾う。月光を手に取ることができないことで、優れた人を獲得することの困難をいう。　〇越レ陌度レ阡　陌・阡は、縦と横に走るあぜ道。李善(りぜん)の引く『風俗通』にみえることわざに、「陌を越え阡を度り、更(こもごも)客と主と為(な)る」とある。　〇相存　訪れる。　〇契闊談讌　契闊は、『詩経』邶(はい)風・撃鼓に、「死生にも契闊にも、子(きみ)と説を成せり」とあり、毛伝の解釈では、勤苦をいう。韓詩(かんし)では、約束の意に取る。それならば「固い契りを交わして」の意味になる。談讌は、楽しく飲んだり話したりすること。　〇旧恩　昔からの交情。　〇三匝　匝は、周囲をまわる。〇山不レ厭レ高（二句）『管子(かんし)』形勢解篇に、「海は水を辞せず、故に能(よ)く其(そ)の大を成す。山は土を辞せず、故に能く其の高きを成す。明主は人を厭(いと)わず、故に能く其の衆(おお)きを成す」とあるのに基づく。　〇周公吐レ哺　周公は、周の制度文物を定めた周公旦(たん)。そのことばに、「我は一沐(もく)に三たび髪を捉(と)り、一飯に三たび哺を吐き、起(た)ちて以て士を待つも、猶(な)お天下の賢人を失わんことを恐る」（『史記』魯周公世家(ろしゅうこうせいか)）とある。吐レ哺は、口の中に入っている食べ物を吐き出す。

【現代語訳】　短歌行

酒を前に歌をうたおう。生きている時間はどれほどあるというのだ。そのはかなさは、たとえば朝の露。過ぎ去った時間ばかりがやたらに増えてゆく。

それを思うと気持ちは高ぶるばかり。憂いは胸から離れない。この憂愁を払う手だてはといえば、それは酒だけ。

曹操が建てた銅雀台の遺跡（河北省臨漳県）

青い襟を立てた君のことを、私の心はひたすら慕う。ただ君のためにこそ、思いをこめて今に至るまで私は歌い続ける。

野良の草を食む鹿たちが、仲間と鳴き交わして和やかに集うように、私は瑟を奏で笙を吹いて、私のもとに集まる客人たちをもてなそう。

私の思いは夜空の月のように明らかなのに、しかしまた月と同じく手につかみとれない。憂愁が心の奥から湧き起こり、断ち切れぬまま纏い続ける。

野越え山越え遠くから、わざわざ訪ねて来る人がいる。お互いに難儀をしたり一緒に団欒したり、長いよしみを私は忘れない。

月がさえわたり星影の薄れた夜空を、カササギが南をさして翔けてゆく。木の周りを何度もまわっている鳥は、身を寄せる枝がないのだろうか。

山は土を拒まないから高くなり、海は水を拒まないから深くなるもの。周公は口にほおばった物を吐き出してまで天下の人物を求めたから、国中がみな心を寄せたのだ。

帝王としての意欲・希求　曹操の楽府詩は従来の楽府題を借りながらも、内容は踏襲しない。

たとえば、「薤露行」「蒿里行」は本来葬送の際の挽歌であるが、曹操のそれは後漢末の時事を描出している。また、楽府は文人の作である場合も作者自身は後に退き、無記名の歌い手を装うことが多いけれども、曹操ははばからず彼ならではの歌をうたう。この「短歌行」は古辞が残らないので本歌の内容はわからないが、魏を起こした英雄曹操の立場を前面に押し出してうたっている。

初めの二解八句は、後漢の民歌で馴染みの「人生短促」の嘆きを述べる。憂愁を酒で紛らわそうというのも、「古詩十九首」などと変わるところはない。

しかし、「青青たる子が衿」から、詩は曹操のものとなる。青い衿の青年学徒、君をこそ私は求めているのだ。「鹿鳴」の詩にうたわれているように、その人を心から歓待したい。

そうした私の思いは月のように明らかなのに、しかし月と同じで手に取ることはできない。求めて得られない哀しみがまた湧き起こる。「掇」の字は、『楽府詩集』では「輟」に作る。それならば、月の運行を止めることはできない、そのように私の思いを引き止めることはできないの意味になる。月を手に取るという奇想は後の李白の詩が強く記憶される。「倶に逸興を懐いて壮思飛び、青天に上りて明月を覧らんと欲す」(「宣州の謝朓楼にて校書叔雲を餞別す」)。

野越え山越えやってきた客人、つらい日もあり、楽しく語らった日もあったが、古い友情を私は忘れない、と解したが、「契闊」の意味がとりにくく、他の解釈の可能性もある。いずれにしても出会いの喜びをいうにはちがいない。

次の「月明らかに……」二句は、蘇軾の「赤壁の賦」に引かれて、人口に膾炙する。「月明らかにして星稀なり、烏鵲南に飛ぶとは、此れ曹孟徳の詩に非ずや」。それとかかわりがあるのか、小説『三国演義』(第四十八回)にも、赤壁の戦いを前にして曹操は長江の船の上でこの詩を吟ずる場面がある。もちろんこの詩が赤壁で作られたという根拠はなく、曹操の最も名高い詩と最も「劇的」な状況とを結合した後世のフィクションであろう。一見叙景にみえるこの四句、言うこころは、さまよう鳥のように寄るべき枝を求める者は、自分のもとに身を寄せよ、ということだと解されている。

最後の四句は己(おのれ)を周公になぞらえ、周公が洗髪・食事を中断してまでも人材を求めたように、優れた人々を集め、国中を帰順させたいという抱負をうたう。

長い楽府で、必ずしも一貫した論理の筋道はたどれないが、生のはかなさ、快楽による消憂で歌い出された詩が、国家建設を補佐する有能な臣下を得たいという期待にすりかわってしまう。つまりこれは既に感傷の詩ではなく、帝王としての意欲・希求を表した詩である。曹操に先行する文学である「古詩十九首」のペシミズムは痕跡(こんせき)を残すにすぎない。

七哀詩二首(しちあいしにしゅ)（七哀詩二首）　王粲(おうさん)　仲宣(ちゅうせん)

七哀詩　「七哀詩」とは、建安時代（建安は後漢献帝の年号、一九六—二二〇。ただし、文学史の上での建安はそれより前後に広がり、後漢末から魏(ぎ)の前半にかけての三、四十年間をさす）から現れる、哀傷をうたった五言詩。唐の呉兢(ごきょう)の『楽府(がふ)古題要解』では後漢末に起こった楽府題としているが、『楽府詩集』にも収められず、普通は楽府とみなされていない。なぜ「七」というかはよくわからず、枚乗の「七発」、曹植の「七啓」など、「七」の様式（『文選』には「七」の部類が立てられている）と関係があるかもしれないが、七篇がセットになった作品は残っていない。ただ、「七哀」と題した詩はいずれも複数ではあり、王粲は『文選』の二首のほかにも一首、曹植は『文選』の一首以外に断片が残り、晋の張載は二首の「七哀詩」が『文選』に収められている。王粲の「七哀詩」二首は、曹操の魏政権に加わる二〇八年（建安十三年、三十二歳）より前の、前半期の佳篇であるが、王粲の五言詩を代表する作品と目され、また建安文学の特徴をよく示すものでもある。巻二十三、哀傷。

王粲　八六ページを参照。

其一

西京乱無象
豺虎方遘患
復棄中国去
遠身適荊蛮
親戚対我悲
朋友相追攀
出門無所見

其の一

西京乱れて象無く
豺虎方に患いを遘う
復た中国を棄てて去り
身を遠ざけて荊蛮に適く
親戚我に対して悲しみ
朋友相追攀す
門を出でて見る所無く

白骨蔽㆓平原㆒
路有㆓飢婦人㆒
抱㆑子棄㆓草間㆒
顧聞㆓号泣声㆒
揮㆑涕独不㆑還
未㆑知㆓身死処㆒
何能両相完
駆㆑馬棄㆑之去
不㆑忍㆑聴㆓此言㆒
南登㆓覇陵岸㆒
迴㆑首望㆓長安㆒
悟㆓彼下泉人㆒
喟然傷㆓心肝㆒

白骨　平原を蔽う
路に飢えたる婦人有り
子を抱きて草間に棄つ
顧みて号泣の声を聞くも
涕を揮いて独り還らず
未だ身の死する処を知らず
何ぞ能く両ながら相完からん
馬を駆りて之を棄てて去る
此の言を聴くに忍びず
南のかた覇陵の岸に登り
首を迴らして長安を望む
彼の下泉の人に悟り
喟然として心肝を傷ましむ

○押韻は、去声十六諫の「患」と、上平声十五刪の「蛮・攀・間・還」、同十三元の「原・言」、同十四寒の「完・安・肝」の通押。○西京乱無㆑象　西京は、後漢の都の洛陽に対して、西に位置する長安をいう。象は、道、秩序。『左伝』襄公九年に「国乱れて象無し」とあるのに基づく。○豺虎方遘㆑患　豺虎は、狼・虎のような猛獣。残虐非道な人物のたとえ。遘は、構に通じて、作り上げる。患は、災難。○

復棄二中国一去　復は、もう一度。王粲は先に洛陽から董卓の乱に際して、長安へ移住してきていたため。中国は、当時の中心と意識された中原の地。　○遠レ身適二荊蛮一　適は、行く。荊蛮は、荊州（江陵を中心とした湖北・湖南省一帯の地）をさす。『詩経』小雅・采芑に、「蠢爾たる蛮荊は、大邦を讎と為す」とある。かつてこの地は文化をもたないとみなされた異民族「蛮」の居住地であったため、こう呼ばれる。　○相追攀　追攀は、追いすがる。　○白骨蔽二平原一　蔽は、おおいかくす。曹操の「蒿里行」にも、「白骨　野に露され、千里　鶏鳴無し」とある。　○揮レ涕　涙をふりはらう。　○未レ知二身死処一（二句）　身は、我が身、自分。二句は婦人の語ったことば。　○霸陵岸　霸陵は、漢の文帝の陵、長安の東にある。漢の文帝は、太平の世を想起させ、それが長安の今の惨状と対比される。　○悟二彼下泉人一（二句）　悟は、理解する。下泉は、『詩経』曹風の篇名。小序によれば、悪政のもとで苦しむ民衆が明君を渇望した詩。喟然は、深くため息をつくさま。下泉人を、泉下に眠る人、つまり漢の文帝と解することもできるが、ここでは李善注に従って、『詩経』の篇名として読んでおく。

【現代語訳】　七哀詩

その一

西の都長安はあやめもわかぬ混乱に陥り、狼や虎のような者どもが災厄を作り出している最中だ。

私はまたもや中原の地を捨てて、未開人の住む遠い荊州の地へ避難するほかない。

親戚の人たちは私の面前で悲しがり、友人たちは追いすがって別れを惜しんでくれた。

都の城門を出ると、そこには平原を覆い尽くさんばかりの白骨、それ以外には何も目に入るものがない。

路傍には飢えやつれた女が一人、抱いた子を草むらに捨ててしまった。

泣き叫ぶ子供の声に振り返ってみたものの、涙を振るって独り道を歩き続け、引き返しはしない。

「私の身すら、どこで死ぬかもわからぬありさま、母子二人とも生き延びるなんて、とてもできません」。

私は馬にむちを当て、彼女を見捨ててその場を去った。そのことばを聞くに忍びなかったのだ。

南へ向かって覇陵のほとりにのぼり、そこに眠る漢の文帝の太平の御代を思いながら、長安の方を振り返って眺める。

悪政に虐げられる中で明君の治世を待望した、かの「下泉」の詩をうたった人の気持ちが、はっきり理解できた。そして深いため息をついて胸を痛めるのだった。

惨状を見据える批判精神　一九三（初平四）年、長安の動乱を避けて荊州に赴く際の作。とすれば、王粲は十七歳。あるいは後になって当時を追想したものとする説もあるが（張玉穀『古詩賞析』）、いずれにしてもその時期の状況を背景として成立していることに違いはない。董卓が後漢の都洛陽を焼き払って長安に遷都を強行したことは、曹植の「応氏を送る」詩（二三五ページ）にみえるが、長安に移った董卓は一九二年、配下の王允と呂布の手にかかって斬殺された。董卓の部将、李傕と郭汜が急遽長安に戻り、王允は殺され、呂布は逃亡し、朝廷は李傕・郭汜の手に握られることになった。王粲の才をいちはやく見いだした人物、後漢後半期最高の文化人であった蔡邕が獄死したのも、この時のことである。朝廷内部の権力闘争、東から迫る群雄との攻防、北方からは周辺民族の乱入など、中原の地は混乱を極め、王粲はそこを脱出して平穏な荊州へ向かう。

第一首は長安を出て、その東方の覇陵のあたりまでの事態と感慨を述べる。彼の行程に沿いつつ繰り広げられる悲惨な情景の中でも、とりわけ強烈な印象を刻みつけられるのは、詩の中ほどに挟まれた、我が子を捨てる母親の描写であろう。「白骨　平原を蔽う」と、全体を眺望した句の直後に、その白骨の一つになるほかないであろう個別の事象を、なまなましく書き込む。この個別の一例は全体につながる悲劇を含み、全体は個別を提示されることによって現実感を獲得する。ここに王粲の詩人としての優れた手腕がうかがえよう。やはり後漢末の悲惨なありさまを描く、曹操の「薤露行」「蒿里行」と読み比べてみると、「蒿里行」にも「白骨は野に露され、千里に鶏鳴無し」と、全体はうたわれていても具体的な個の描写はない。曹操の目は統治者として俯瞰しているかのようであり、その中でうごめく一人一人の等身大の対象は目に入らない。王粲は自分と等身大のものとして路傍の「飢えたる婦人」をとらえている。それを端的に物語るのは、繰り返して現れる「棄」の字であろう。自分は中原を「棄て」て去る。女は泣く子を「棄て」て去る。いずれも大切なかけがえのないものをやむなく「棄」てたのである。「棄」の字を接点として、王粲と女の事態は重なり合うことになる。しかし、王粲はもう一度、この女を「棄」てて自分の行程を進まねばならない。彼には荊州という地がまだ残っているのである。

時代の不幸をその中で苦しむ民衆の一人に焦点を絞って描き出すといえば、杜甫の三吏三別など一連の作品が名高い。「此れ少陵（杜甫）の『無家別』『垂老別』諸篇の祖なり」（『古詩源』）、「王仲宣『七哀詩』の『路に飢えたる婦人有り』の六句は、杜詩の宗祖なり」（何焯『義門読書記』）といわれるゆえんである。王粲も杜甫も、名もない民衆の虐げられたありさまをうたうことによって、時代を告発しているのである。これは中国古典文学の、とりわけその突出である建安と盛唐の文学の、顕著な性格の一つに数えられる。

哀傷が単なる感傷に終わってしまわないのは、この感情の底に確かな批判精神が貫いているからであろう。批判精神は末尾の「霸陵の岸」、「下泉の人」の句に至って、はっきり表面に現れ出る。目の前に広がる長安の惨状、そこに生ずる哀傷の思いには、かくあるべき世のヴィジョン、それへの痛ましいまでの希求が懐抱されている。

其二

荊蛮非我郷
何為久滞淫
方舟溯大江
日暮愁我心
山岡有余映
巌阿増重陰
狐狸馳赴穴

其の二

荊蛮は我が郷に非ず
何為れぞ久しく滞淫せん
舟を方べて大江を溯り
日暮れて我が心を愁えしむ
山岡は余映有るも
巌阿は重陰を増す
狐狸は馳せて穴に赴き

飛鳥翔二故林一
流波激二清響一
猴猿臨レ岸吟
迅風払二裳袂一
白露霑二衣衿一
独夜不レ能レ寐
摂レ衣起撫レ琴
糸桐感二人情一
為レ我発二悲音一
羈旅無二終極一
憂思壮難レ任

飛鳥は故林に翔ける
流波　清響を激し
猴猿　岸に臨んで吟ず
迅風は裳袂を払い
白露は衣衿を霑す
独夜　寐ぬる能わず
衣を摂えて起ちて琴を撫す
糸桐　人の情に感じ
我が為に悲音を発す
羈旅　終極無く
憂思　壮んにして任え難し

○押韻は、下平声十二侵の「淫・心・陰・林・吟・衿・琴・音・任」。○荊蛮非二我郷一（二句）　荊蛮は、二一五ページを参照。滞淫は、逗留しつづける。王粲の「登楼の賦」にも、「信に美なりと雖ども吾が土に非ず、曾ち何ぞ以て少らく留どまるに足らん」（八七ページ）とある。○方レ舟　舟を並べて二艘立てにすること。『爾雅』釈水に、身分に応じた舟の種類を述べて、「大夫は舟を方ぶ」とあるのに基づき、一般に、舟に乗ることの詩的表現として用いられる。○山岡有二餘映一（二句）　山岡は、山の尾根。餘映は、消え残った夕映え。巌阿は、山の入り込んだ部分。もともと陰になっているそこが、日没とともにいっそう暗くなることをいう。○狐狸馳赴レ穴（二句）　日が暮れると禽獣もねぐらに急ぐことを述べて、自分には帰るべき家のないことに暗に対比する。『楚辞』九章・哀郢に、「鳥は飛びて故郷に反り、狐は死して必ず丘に首かう」とある。「登楼の賦」では「獣は狂顧して以て群れを求め、鳥は相鳴きて翼を挙ぐ」（九二ページ）という。○猴猿臨レ岸吟　猴猿は、さる。猿は南中国の動物。その鳴き声は旅人の哀感を引き起こすものとして後代の詩に頻見するが、これはその早い例。○迅風払二裳袂一　迅風は、さっと巻き起こる風。裳袂は、もすそとそで。○白露霑二衣衿一　白露は、初秋の風物。『礼記』月令の孟秋（陰暦七月）の条に、「涼風至り、白露降る」とある。○独夜不レ能レ寐　「登楼の賦」では「夜　参半にして寐ねられず」（九三ページ）という。○摂レ衣起撫レ琴　摂レ衣は、衣服の乱れを整える。撫は、手でさする動作。撫レ琴で、琴を奏でることをいう。○糸桐感二人情一　糸桐は、琴のこと。糸で作った弦と桐で作った胴とによって琴全体を表す。桓譚の『新論』に、「桐を削りて琴を為り、糸縄もて弦を為る」とある。○羈旅　旅。羈は、もとの意味は手綱、転じて、旅を意味する。

【現代語訳】その二

未開人の国荊州は私の故郷ではないのだから、どうしていつまでも居続けられようか。
舟を浮かべて長江の流れをさかのぼり、日暮れとともに私の心には憂いが迫る。
尾根には夕映えの明るみがまだ残るものの、山の隈はますます暗く闇に沈んでゆく。
狐や狸はねぐらに向かって駆けてゆき、空の鳥たちも住み慣れた林へ飛んでゆく。
川の波は清らかな響きをたて、猿たちは岸辺に向かって鳴き声をあげている。
疾風がすそやそでを払って吹き抜け、冷たい露が襟をしとどにぬらす。
孤独な夜は寝つきがたく、身じまいを整えて起き上がって琴を奏でる。

琴も人の心に動かされてか、私のために悲しげな音色をたててくれる。
旅の身はいつ果てるとも知れず、憂愁が耐えがたいほどの勢いで湧き起こる。

荊州での憂愁　長安を立った王粲は、縁故のあった劉表が支配する荊州に身を寄せた。王粲のみではない。当時の荊州は比較的平穏な地であり、難を避けた学者・文人たちが少なからず移住して、にわかに学術都市の観を呈していたのである。王粲はそこに一九三（初平四）年、十七歳の時から、曹操のもとに移る二〇八（建安十三）年、三十二歳まで、十五年にわたって滞在した。しかし荊州は彼にとって満たされた場ではなかったらしい。それは劉表の処遇に不満があったためと考えられている。確かに曹操に取り立てられた後の「従軍詩」五首（巻二十七）が、曹操への賛美をこめて、意気揚々とうたいあげているのとは、明らかにトーンが異なる。「七哀詩」第一首は自分の境遇と世のありさまとを重ね合わせていたが、第二首はその社会性は消え、もっぱら荊州での異和感、南方の地に居続ける不如意といった、個人的な思いを述べる。

これが長い荊州滞在中のいつ作られたものか、定かでないが、作品の背景、作者の心情は「登楼の賦」（八六ページ）とほとんど同じといってよく、詩と賦に書き分けられた両者は合わせて読まれるべきである。それはまた、同じ条件のもとで同じ思いを述べながらも、文学様式の違いによって表現がいかに異なってくるかを見る機会でもある。

差異の一例を挙げれば、賦では観念の高みにまで抽象化されるのに対して、詩ではあくまでも物に即する具象性に特徴があるといえようか。たとえば日没の情景を描いて、「登楼の賦」では「風は蕭瑟として並び興り、天は惨惨として色無し」という。ここに表現されている「風」や「天」

は、身近な光景から脱却して、観念的な様相を帯びたものとして創り出されているようにみえる。一方、「七哀詩」第二首ではやはり夕暮れの情景を、「山岡は余映有るも、巌阿は重陰を増す」と述べる。日没の時間の推移とともに刻々と闇を深めてゆく光景を、その光の変化をとらえてきめ細かく写し出したこの二句は、外界の目に見えるままの姿に、ことばによってひたすら迫ろうとしている。そして肝心なことは、いずれの場合においても、物をとらえことばに表す非凡な主体を通して、はじめてそれが可能になることだ。

贈二従弟一三首（従弟に贈る　三首）　劉楨　公幹

贈二従弟一　『文選』に三首収められ、劉楨の代表作とされる。三首とも五言八句から成り、第一首では「蘋藻」（水草）、第二首は「松」、第三首は「鳳凰」にたとえて、「従弟」を鼓舞する。詩を贈られた従弟の名前はわからない。巻二十三、贈答。

劉楨　？—二一七。字は公幹。東平寧陽（山東省寧陽県）の人。建安七子の一人。曹操のもとで丞相掾属に任じられたが、曹丕の宴席で甄夫人に対してひれ伏さなかったために不敬罪に坐した。刑が明けた後も重用されず、二一七（建安二十二）年の疫病の流行で、ほかの建安七子、陳琳・徐幹・応瑒らと同時に死んだ。十数首の詩を残している。『三国志』巻二十一王粲伝の付伝。

其二

亭亭山上松
瑟瑟谷中風
風声一何盛
松枝一何勁
氷霜正惨悽
終レ歳常端正
豈不レ罹ニ凝寒一
松柏有ニ本性一

其の二

亭亭たり　山上の松
瑟瑟たり　谷中の風
風の声は一に何ぞ盛んなる
松の枝は一に何ぞ勁き
氷霜　正に惨悽たるに
歳を終うるまで常に端正たり
豈凝寒に罹らざらんや
松柏　本性有り

○押韻は、去声一送の「風」と、同二十四敬の「勁・正・性」の通押。○亭亭　高い所にぽつんと立っているさま。曹丕の「雑詩」第二首に、「西北に浮雲有り、亭亭として車蓋の如し」（二二七ページ）とある。○瑟瑟　風の音の形容。○風声一何盛（二句）　一何は、意味を強める言い方。勁は、強い、殊に芯の強さをいう。○氷霜正惨悽　「惨悽」は、『文選』では「惨愴」に作るが、胡克家『文選考異』によって改める。痛ましさをいう双声の語。『楚辞』九弁にも、「霜露惨悽として交下る」と、寒さの厳しさをいうのに倣う。○終レ歳　一年中。○豈不レ罹ニ凝寒一　『文選』が「罹」を「羅」に作るのは誤り、『考異』によって改める。悪い事態に出遭うこと。凝寒は、厳寒。○松柏有ニ本性一　松柏は、冬にこそ真価のわかる常緑樹。『論語』子罕篇に、「歳寒くして、然る後に松柏の彫むに後るるを知るなり」とあるように、節操の堅い人物にたとえられる。

【現代語訳】

その二　従弟に贈る

ぽつねんと立っている山の上の松の木。しゅうしゅうと吹きつける谷間の風。風の鳴る音はなんと勢いのよいことか。それに耐える松の枝はなんと強さを秘めていることか。
氷や霜がひどい寒さを募らせる今この時、松は一年中変わることのない姿をきちんと守っている。
凍てつく寒さを被らないわけではないが、松柏には常に緑を保つ性質がもともと備わっているのだ。

松に託された寓意　建安文壇の中心にあった曹丕は、七子の文学の長所・短所を並べ立てた文の中で、劉楨については、「公幹は逸気有るも、但だ未だ遒からざるのみ。其の五言詩の善き者は、時人に妙絶す」（三八二ページ）と評している（「呉質に与うる書」）。そこで五言詩に優れることが特記されているように、『文選』に収められた劉楨の詩十一篇はすべて五言である。そのうち「公讌」詩と「雑詩」を除けば、曹丕・徐幹、そしてこの「従弟」に贈った贈答詩ばかりであるが、その中でも「従弟に贈る」詩三首が最も完成度が高いものと考えられている。

詩題を見ると確かに贈答詩であるけれども、詩の内容そのものは、もっぱら松だけを詠じたものであって、のちの斉梁の時期に盛んに起こる「詠物詩」と同じ体裁といってよい。もっとも、南朝の宮廷で行われたそれが、室内外の物の描出に手並みを競い合ったのと異なり、この松は明らかに人物の比喩として描かれている。そして詩の本文は詩題と相俟って、従弟の人格、ないしは従弟にかくあれかしという人格を、言おうとしていることが了解されるのである。第一首と第三首も、たとえられる物は違うものの、同じように組み立てられている。

寓意の構造は、理解がたやすい。「風」「氷霜」のもたらす「凝寒」にめげず、「端正」な本来の姿を保持する「松柏」という構図は、語注に引いた『論語』の孔子の語をはじめ、十分に浸透したものである。

表現もまた、平易である。「亭亭たり　山上の松、瑟瑟たり　谷中の風」の出だしは、畳字――同じ字を重ねたオノマトペア――を含む対句であるが、その句作りは「古詩十九首」の特徴の一つであった（第十首、一八七ページ参照）。民歌に近い、素朴な口吻を伝えるであろう。そして第二句の「風」を受けて第三句「風の声は一に何ぞ盛んなる」が置かれ、第一句の「松」は第四句の「松の枝は一に何ぞ勁き」につなげられて、第三句と第四句も緊密な対句を構成する。このAB ba の形で句が展開する構成を、銭鍾書氏は交叉句法（chiasmus）として、中国でも西欧でもよく用いられる修辞法であることを、散文・韻文の多くの例を引いて説明している（『管錐編』中華書局）。

雑詩二首（雑詩 二首）　魏文帝　曹丕

雑詩　『文選』には曹丕の「雑詩」二首が収められているが、李善注によれば、唐初の曹丕の文集では第一首を「枹中の作」、第二首を「黎陽に於いて作る」と題していたようで、そうだとすれば『文選』編纂の時点で題を失ったために「雑詩」とされた可能性がある。巻二十九、雑詩上。

曹丕　一八七―二二六。字は子桓。曹操の次子として生まれ、文武両面の英才教育を受けて育つ。二一一（建安十六）年に五官中郎将となり、二一七（建安二十二）年には太子に立てられた。曹操の死後まもなく、後漢王朝に代わって帝位につき（魏の文帝）、七年間の在位中には九品官人法を設けて六朝貴族制の基礎を作った。曹操のもとに集まった建安文人の実質上の中心として、鄴下の文壇の黄金時代をもたらした。彼自身の文学の特徴は、曹操の詩には楽府しかみられないのに対して、その多様さにある。広いジャンルにわたる作品が残り、すべてのジャンルに通じることが彼の理想であった。「燕歌行」（巻二十七）は七言詩の最も早いものとされ、「典論論文」（三八八ページ）も文学批評の嚆矢である。『三国志』巻二文帝紀に伝がある。

其二　其の二

西北有ニ浮雲一
亭亭如ニ車蓋一
惜哉時不レ遇
適与ニ飄風一会
吹レ我東南行
南行至ニ呉会一
呉会非ニ我郷一
安能久留滞
棄置勿ニ復陳一
客子常畏レ人

西北に浮雲有り
亭亭として車蓋の如し
惜しいかな　時遇わず
適　飄風と会う
我を吹いて東南に行かしむ
南に行きて呉会に至る
呉会は我が郷に非ず
安くんぞ能く久しく留滞せん
棄て置きて復た陳ぶる勿かれ
客子は常に人を畏る

○押韻は、⑴去声九泰の「蓋・会・会」と、同八霽の「滞」の通押。⑵上平声十一真の「陳・人」。　○西北有ニ浮雲一　「古詩十九首」第五首の冒頭に、「西北に高楼有り、上は浮雲と斉し」という。　○亭亭如ニ車蓋一　亭亭は、二二三ページを参照。車蓋は、車の上に立てて雨や日を防ぐ傘。　○惜哉　強い無念さを表す、この時代の慣用句。曹植の「王粲に贈る」詩（巻二十四）にも、「我此の鳥を執らえんと願うも、惜しいかな　軽舟無し」とある。　○時不レ遇　時のめぐりあわせがわるい。　○飄風　にわかに舞い起こる風。　○南行至ニ呉会一　「南行」を『芸文類聚』では「行行（行き行きて）」に作る。呉会は、呉と会稽。前漢では会稽郡の郡役所が呉県（江蘇省蘇州市）に置かれていたので、郡と県を合わせて呉会とよばれた。後漢では呉郡と会稽郡（浙江省紹興市）が二つに分かれたが、やはりそのあたり一帯を呉会と称する。いずれ

魏の文帝（閻立本筆『帝王図巻』）

にしても中国東南部の地。「会」は、会稽の略であって、「適飄風と会う」の「会」とは意味も音も異なるので、押韻して差し支えない。〇棄置勿㆓復陳㆒「古詩十九首」第一首に「棄捐して復た道うこと勿かれ、努力して餐飯を加えよ」（一七九ページ）とある。

【現代語訳】　雑詩

その二

西北の空遠くにぽつんと浮かぶ雲、その形は車の傘のようだ。

口惜しいことに時の運に恵まれず、折あしく巻き起こった突風と出遭ってしまった。

私を吹き飛ばして東南の方へ追いやり、南へ南へと流れて呉会の地まで行き着いた。

呉会は私の故郷でないのだから、ずっと居続けることはできない。

しかしこの思いは打ち捨ててもう口にすまい。旅人はいつも人におびえているもの。

旅人の寓意としての雲　「浮雲　遊子の意」（李白「友人を送る」詩）と、空を漂い流れる「浮雲」はのちに旅人の象徴として定着するが、この詩の「浮雲」も本意でない遠方の地に至った旅人自身をたとえている。叙景として読むこともできる二句から始まり、「惜しいかな……」の二句で寓意性が明らかになり、「我を吹いて……」の句では雲と自分とが一体となってしまう。漂泊者の望郷の情をテーマとする点では、「古詩十九首」の流れにあるけれども、寓意があらわであるためか、曹丕の個別的な述懐を読み取って、その境遇に結びつける解釈が行われてきた。すなわち、李善注では、曹丕が呉を討つために南征して広陵（江蘇省揚州）に至った時の作とする。「西北」「東南」の方角は合致するものの、曹丕が広陵まで出征して引き返したのは二二五（黄初六）年のことで、既に即位した後であるから、「惜しいかな……」の二句が不本意な漂泊をいうのとはそぐわない。曹丕の実事に結びつけるにしても、もっと早い時期に移すべきであろう。

一方、余冠英氏のように（『三曹詩選』）、これは古楽府や古詩の類に模擬したものであって、当時の事実を附会する必要はないと説く読み方もある。確かに平易なことばを並べた素朴な詩の味わいには、漢代無名氏の詩に近いものがある。

公讌（公讌）　曹植 子建

公讌　「讌」は、意味も音も「宴」に同じ。「公讌」は、主君が群臣を招いて催す公式の宴会。それに対して私的な宴会は私宴・曲宴などといわれる。ここでは兄の曹丕の主催した宴をさし、曹植に続いて王粲・劉楨・応瑒らの作が並ぶ（詳しくは「鑑賞」を参照）。『文選』はこの鄴下の文人たちの「公讌」詩を冒頭に置いて「公讌」の部を立て、天子や皇族の宴に列した臣下の詩を集める。巻二十、公讌。

曹植　九五ページを参照。

公子敬㆓愛客㆒
終㆑宴不㆑知㆑疲
清夜遊㆓西園㆒
飛蓋相追随
明月澄㆓清景㆒
列宿正参差
秋蘭被㆓長坂㆒
朱華冒㆓緑池㆒
潜魚躍㆓清波㆒
好鳥鳴㆓高枝㆒
神飆接㆓丹轂㆒
軽輦随㆑風移
飄颻放㆓志意㆒
千秋長若㆑斯

公子　客を敬愛し
宴を終うるまで疲るるを知らず
清夜　西園に遊び
飛蓋　相追随す
明月　清景を澄え
列宿　正に参差たり
秋蘭は長坂を被い
朱華は緑池を冒う
潜魚　清波に躍り
好鳥　高枝に鳴く
神飆　丹轂に接し
軽輦　風に随って移る
飄颻として志意を放にし
千秋も長えに斯くの若くあれ

○押韻は、上平声四支の「疲・随・差・池・枝・移・斯」。　○公子敬㆓愛客㆒（二句）　公子は、諸侯の子。『儀礼』喪服・子夏伝に「諸侯の子を公子と称す」とある。ここでさしているのは曹丕であり、当時、父の曹操は後漢の丞相であった。応瑒の「五官中郎将の建章台の集いに侍す」詩（巻二十）の中にも、「公子　客を敬愛し、楽飲して疲るるを知らず」と、ほとんど変わらない二句がある。　○清夜遊㆓西園㆒　西園は、曹丕の「芙蓉池の作」（巻二十二）の「輦に乗りて夜行遊し、逍遥して西園に歩む」、王粲の「雑詩」（巻二十九）の「日暮　西園に遊び、憂思の情を写かんと冀う」など、建安文人の遊興の場としてよく現れる。さすところは、鄴の都に設けられた銅爵（雀）園という名の庭園。　○飛蓋相追随　蓋は、車につける傘。車蓋（二二七ページ）を参照。蓋という車の一部によって車全体を意味する。飛は、その車の軽快さを形容する。　○澄㆓清景㆒　澄は、李善注では『字書』なる書を引いて、「澄は湛うるなり」と訓ずる。景は、光。　○列宿正参差　列宿は、天空に配置された星座。参差は、入り交じるさまをいう双声の語。　○秋蘭被㆓長坂㆒　秋蘭は、『楚辞』によくみえる香草。蘭科のランの類ではなく、菊科の植物という。長坂は、長く続くスロープ。『楚辞』招魂に、「皋の蘭は径を被いて斯の路漸さる」とある。　○朱華　はすの花。李善注に「朱華とは芙蓉なり」とある。　○神飆接㆓丹轂㆒　飆は、不意に巻き起こる風。それに神の字を伴っているのを、唐代では既に速さの形容（神速の語があるように）と解釈しているが（五臣注）、風がまだ神秘性を帯びていたことを示すものだろう。轂は、車のこしき、車の輻が集中する部分。これも、車の一部によって車全体を表す。　○軽輦　軽快な手ぐるま。　○飄颻放㆓志意㆒　飄颻は、高く舞い上がるさまをいう畳韻の語。「古詩十九首」第十二首に、「蕩滌として情志を放にす、何為れぞ自ら結束せんや」とみえる。　○千秋　千年、未来永劫。

【現代語訳】　公の宴

殿下は客人を大切にされ、宴の果てるまで疲れもみせずにもてなされる。

清らかな夜、西の御園に遊び、客たちは車を走らせてお供をする。

明月はさやかな光をたたえ、空に居並ぶ星々はあちこちで瞬いている。

秋の蘭の花が長い坂道を覆い尽くし、赤いはすの花が緑の池一面を埋めている。

水の中にいた魚は清らかな波間に飛び跳ね、きれいな小鳥が高い枝からさえずる。

不思議な風が朱塗りの車に吹き寄せ、軽やかな車が風に吹かれて動きまわる。

風が大空に舞い上がるように、私は思いきり心を解き放つ。百年も千年もいつまでもこのようでありますように。

鄴下の文人の交遊　『文選』の「公讌」の部類には、曹植の詩に続いて王粲・劉楨の「公讌」詩、応瑒の「五官中郎将の建章台の集いに侍す」詩が並ぶ（同じ部類の中では作者の年代順に配列されている『文選』で、ここだけ王粲の前に曹植が置かれているのは誤りであろうと、李善はいう）。また『文選』巻二十二の遊覧の部には曹丕の「芙蓉池の作」があり、『文選』には収められていないが阮瑀にも「公讌」詩がある（『初学記』巻十四所引）。それらはいずれも鄴下の文人たちの交遊のありさまがうかがわれるもので、内容の上でも措辞の上でも共通するところが多い。この一群の詩が宴の主催者、曹丕の「芙蓉池の作」に唱和した同時の作であるとすれば、制作年代はかなり絞られる。二一〇（建安十五）年の冬に曹操が銅雀台を設けてのち、二一二年初冬に阮瑀が世を去る前の秋、とすれば二一一年ということになろう。その年の初めに曹丕は五官中郎将になり、曹植は平原侯に封ぜられていた。

たとえ同時の作でないにしても、建安の文人が曹丕・曹植の周りに勢ぞろいした期間は意外に短く、王粲が曹操の幕下に加わった二〇八年から始まって、二一二年の阮瑀の死に続いて二一七年には王粲も没し、同じ年には徐幹・陳琳(ちんりん)・応瑒・劉楨ら、七子の大半が疫病によって一時に死んでしまう。この建安の文学の黄金時代の雰囲気を最もよく映し出すのが、諸家の「公讌」詩であり、輝かしい時代が相次ぐ死によって過去のものとなってから、曹丕は「朝歌令呉質に与うる書」、あるいは「呉質に与うる書」(三七五ページ)の中で、哀切の思いをこめて追憶している。曹丕を中心とした文人たちの打ち解けた、楽しい交わりの様子がそこに読み取られよう。

この詩や文に述べられている文学者同志の交遊は、建安文人の生み出した功績の一つであった。楽しみをともに享受することの歓び(よろこび)が、文学的なテーマとして受け継がれてゆくのである。たとえば、南朝宋(そう)の謝霊運はそれを羨慕(せんぼ)して「魏(ぎ)の太子の『鄴中集(ぎょうちゅうしゅう)』に擬す詩」八首(巻三十)を作っている。

「公讌」詩の性格　曹植の「公讌」詩も、そうした文人たちの集いの中で生まれたものであるけれども、「公讌」詩としての性格上、宴の主催者曹丕への称揚が全篇を貫いている。応瑒の詩(「語注」を参照)と同じく、曹丕を称え(たたえ)る措辞から始まり、中間部の実景を描写したごとくみえる部分も、宴にふさわしい好ましい情景を創り(つくり)出したものであろう。そして曹植はこうした場の中で、伸びやかな精神の解放感・高揚感に包まれ、この至福の時が永遠に続くことを祈って詩を結ぶ。「千秋も長えに斯くの若くあれ」とは、身を浸している浄福感が永続することを願うとともに、主人の命の永遠をことほぐことばでもある。王粲の「公讌」詩も、末尾は「願わくは我が賢主人、天と与に巍巍たるを享け、克く周公の業に符い、世を奕ねて追うべからざらんことを」と、ことほぎのことばを添えている。このように宴会の詩に主人へのことほぎがうたわれるのは、宴会というものがまだ古代の祝祭性を残していたからであろう。ただの享楽の席ではなく、神聖な、日常とは異質な時空であったのである。

ところが、主催者である曹丕の詩「芙蓉池の作」のみは、措辞・内容は共通するのに、うたわれている情感はまるで異なる。それのみが『文選』の中の別の部（「遊覧」）に置かれているのは、「公讌」の部類がもっぱら招待された下臣が主人を称揚した歌を集めるから当然であるが、唱和者たちがみな宴に列した喜びを述べて主人へのことほぎのことばを連ねるのに対して、曹丕だけは悲哀の詩を綴っているのである。末四句にいう、「寿命は松喬（赤松子や王子喬のような仙人）に非ず、誰か能く神仙を得ん。遨遊して心意を快くし、己を保ちて百年を終えん」と。永遠の生命が不可能であるからには、せいぜい楽しんでこの一生を全うしよう。すなわち、例の「人生短促」の嗟嘆が宴という歓楽の場であるはずのところで出現する。これは「楽しみ極まりて哀しみ来たる」のテーマに連なるのであろう。「呉質に与うる書」の中で、曹丕は文人たちとの歓楽のさなかでそれが永続しないことを知覚し、胸を痛めたと述べている（「秋風の辞」の「鑑賞」一五七ページを参照）。そういえば王羲之の「三月三日蘭亭詩の序」でも、謝安・孫綽ら列席者がこぞって集いの楽しさをうたっているのに対して、主催者の王羲之のみは憂いのことばをつぶやいている。

送㆓応氏㆒二首（応氏を送る　二首）

曹植子建

送㆓応氏㆒　応氏とは、建安の七子の一人、応瑒（？―二一七）。五臣注以来、応瑒・応璩（一九〇―二五二）の兄弟二人をさすとする説もあるが、応璩は兄ほどの親しい関係を曹植とはもたなかったようだ。題は送別詩のそれであるが、送別に触れるのは第二首の方である。『文選』では「公讌」に続いて「祖餞」の部が立てられ、送る側の詩も送られる側の詩もここに含める。「祖」とは道祖神、「餞」は餞別。巻二十、祖餞。

曹植　九五ページを参照。

其一

歩登㆓北芒坂㆒
遥望㆓洛陽山㆒
洛陽何寂寞
宮室尽焼焚
垣牆皆頓擗
荊棘上参㆑天

其の一

歩みて北芒の坂を登り
遥かに洛陽の山を望む
洛陽　何ぞ寂寞たる
宮室　尽く焼焚せらる
垣牆は皆頓擗し
荊棘は上りて天に参わる

不レ見二旧者老一
但観二新少年一
側レ足無二行径一
荒疇不二復田一
遊子久不レ帰
不レ識二陌与阡一
中野何蕭条
千里無二人煙一
念二我平常居一
気結不レ能レ言

旧き者老を見ずして
但だ新しき少年を観る
足を側つるに行径無く
荒疇は復た田つくらず
遊子　久しく帰らず
陌と阡とを識らず
中野　何ぞ蕭条たる
千里　人煙無し
我が平常の居を念い
気結ぼれて言う能わず

○押韻は、上平声十五刪の「山」と、同十二文の「焚」、下平声一先の「天・年・田・阡・煙」、上平声十三元の「言」の通押。　○歩登二北芒坂一　北芒は、洛陽の北の山、墓地として知られる。郭北墓（一八九ページ）を参照。　○洛陽何寂寞（二句）　後漢末の一九〇（初平元）年、洛陽が董卓によって焼き払われたことをさす。　○頓擗　「頓擗」と二字になった例は見かけないが、頓は崩れること、擗は裂けること。
○荊棘上参レ天　荊棘は、いばら。参レ天は、天に届くほど高いことをいう。　○不レ見二旧者老一（二句）　者老は、老人。『礼記』曲礼に、「六十を者と曰う。……七十を老と曰う」とある。　少年は、日本語の青年に当たる。曹操の建安七年の令の中にも、故郷が兵乱で壊滅した様子を述べて、「国中を終日行くも、識る所を見ず」という。　○側レ足　足をつまだてる。　○荒疇不二復田一　荒疇は、荒れた耕地。田は、ここでは動詞で、耕す。○不レ識二陌与阡一　陌・阡は、縦横に走る道。東西を陌、南北を阡という。○中野何蕭条（二句）　中野は、野中の意。郊外。曹操が後漢末の動乱で廃墟と化した惨状をうたった「蒿里行」にも、「白骨は野に露され、千里も鶏の鳴くこと無し」という。○念二我平常居一　余冠英氏は、「我」は四句前の「遊子」、すなわち応氏であると解する。曹植の文集の中には「念我平生親」に作るものがあり、そうであれば「我」が作者、「平生の親」が応氏をさすことになる。○気結不レ能レ言　気結は、悲痛のあまり、息が詰まること。李善の引く「古詩」に、「悲しみて親友と分かれ、気結ぼれて言う能わず」と、そのままの句がみえる。古楽府「艶歌何嘗行」には、「君と離別するを念えば、気結ぼれて言う能わず」という。

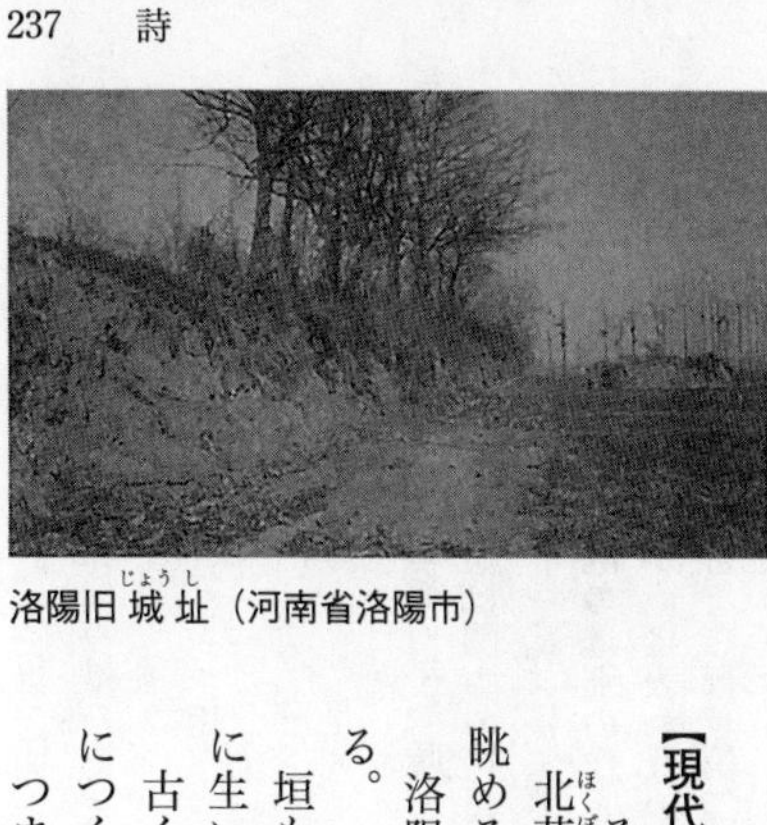
洛陽旧城址（河南省洛陽市）

【現代語訳】　応氏を送る

その一

北芒に続く坂道を歩いて登り、洛陽の周りの山々を遠くに眺める。

洛陽は何と寂しいことか。宮殿は残らず焼き払われている。

垣も塀もみな崩れ落ち、いばらだけが天にも届かんばかりに生い茂る。

古くからいた老人の姿は見当たらず、見知らぬ若い人が目につくばかり。

つまさきだって歩ける小道すらなく、荒れ果てた田畑は、もう鋤を入れることもなく打ち捨てられている。

故郷を離れたままの旅人は、あまりの変わりように道の縦横も見分けられないことだろう。

町外れの野は、何とわびしいことか。千里のかなたまで、人気を示す煙も見えない。

かつての自分の住まいのことを思えば、息が詰まってことばも出ない。

洛陽の荒廃ぶり　曹植の早い時期を代表する詩の一つ。作られたのは二一一（建安十六）年、時に二十歳の平原侯曹植は関中の馬超を討つべく西に向かう曹操に従って洛陽に至り、平原侯庶子の任にあって曹植に属していた応瑒が、五官中郎将文学に転任して、鄴に残った曹丕（五官中郎将）のもとへ引き返す際の送別の作とされている。第一首はもっぱら洛陽の荒廃したさまを嘆き、送別の意は第二首にしか直接表れないので、もともと別の作であったと考えることもできようが、今のテキストのまま読むならば、第二首の別れの悲しみを増幅させるものとして、故郷洛陽の壊滅をいたむ応瑒の心情を汲み取ってうたったものということになろう。応瑒の父は後漢の司空掾の官にあったことがあるから、詩中に「平常の居」というように、応瑒も父とともに洛陽に住んでいたことがあったのだろう。詩は応瑒に成り代わって、応瑒の見るところ思うところをうたっている。

北芒山の歌い出しは、「古詩十九首」ではそれに触発されて人の生のはかなさへ思いを誘われるものだったが（第十三首、一八七ページ）、ここでは墓場の中の死者ではなく、眼下に広がる生者の町洛陽に視点が移る。死の思念より、目の前にもっと悲惨な、もっとなまなましい情景が展開されていたのである。

洛陽の町の焼滅は、反董卓に決起した群雄の圧迫を逃れるため、董卓が無理やり献帝を長安に移した一九〇（初平元）年のことだから、この詩の書かれた二一一（建安十六）年をさかのぼること二十一年前のことになる。洛陽の崩壊はまさに後漢王朝の事実上の崩壊を象徴するものであった。「古詩十九首」に出てくる洛陽といえば、決まってそれは繁華な都としてであった。第三首にいう、「洛中　何ぞ鬱鬱たる、冠帯自ら相索む。長衢は夾巷を羅ね、王侯　第宅多し。両宮遥かに相望み、双闕は百余尺あり」。宮殿・邸宅が居並び、都大路には人士賑わう帝都であったからこそ、その焼滅はいっそう激しい落差を生ずる。曹植自身は生まれる前の年の破壊以前の姿はもちろん見てはいないわけだが、文学的な形象としてはその対比を含んでいることに変わりはない。

　城外の高所から遠望された洛陽の町は、山から宮殿へ、その垣牆へ、荊棘へと、レンズを絞り込むように次第に細かに叙述されてゆく。物の崩壊だけではない。人も変わってしまったのは、動乱で殺されたのか。そのありさまを史書の記述に見てみれば、『三国志』董卓伝に、「洛陽の宮室を焚焼し、悉く陵墓を発掘して、宝物を取る」といい、裴松之の注に引く『続漢書』に、「自ら兵を将いて南北の宮及び宗廟・府庫・民家を焼き、城内は地を掃って殄尽す」という。『資治通鑑』のその条では更にことばを足して、「二百里の内、室屋蕩尽して、復た雞犬も無し」。こうして見比べてみると、詩のいうところと史書の記すところは、ほとんど重なり合う。つまり歴史事実として記述されるようなことを、詩が書き出したのである。曹植のこの詩に限ったことではない。曹操の「薤露行」「蒿里行」は後世から「史詩」とか「後漢の実録」とか称されるように、後漢末の時事をうたったものであるし、王粲の「七哀詩」など、当時の社会のありさまに目を向け、それをなまなましく描き出す詩が、この時期にどっと現れる。これが建安文学の特徴の一つであり、それはまた中国古典文学の基本的な性格として後世にも継承されてゆく。もちろん現実描写といったところで、「現実」なるものをいかに言語表現に再構成するかには、さまざまな装置があったはずで、簡単に現実主義などとは呼べないけれども、少なくともこうした題材が文学に入り込んできたのは建安に始まるといってよく、それをもたらした背後には、物を見る目、認識の在り方に、この時代の大きな変化があったはずだ。

美女篇（美女篇）　曹植 子建

美女篇　『文選』では続いて並べられている「白馬篇」「名都篇」とともに、詩の冒頭の二字をもって題とした楽府。曹植以前から伝えられた楽府題によるものではない。曹植にはこうした題をもつ楽府がかなりある。詩は、美しい容姿に恵まれながらも配偶者が得られない女性をうたいつつ、そこに、優れた能力をもちながらそれを用いる君主に出会えない士人の嘆きを寄託する。巻二十七、楽府。

曹植　九五ページを参照。

美女妖且閑　　美女　妖にして且つ閑なり

采レ桑岐路間
柔条紛冉冉
葉落何翩翩
攘レ袖見二素手一
皓腕約二金環一
頭上金爵釵
腰佩翠琅玕
明珠交二玉体一
珊瑚間二木難一
羅衣何飄飄
軽裾随レ風還
顧眄遺二光采一
長嘯気若レ蘭
行徒用息レ駕
休者以忘レ餐
借問女安居
乃在二城南端一
青楼臨二大路一

桑を采る　岐路の間
柔条は紛として冉冉たり
葉の落つること何ぞ翩翩たる
袖を攘いて素手を見せば
皓腕　金環を約ぶ
頭上には金爵釵
腰には佩ぶ　翠琅玕
明珠　玉体に交わり
珊瑚　木難に間じる
羅衣　何ぞ飄飄たる
軽裾　風に随いて還る
顧眄すれば光采を遺り
長嘯すれば気は蘭の若し
行徒は用て駕を息め
休者は以て餐を忘る
借問す　女は安くにか居る
乃ち城の南端に在り
青楼　大路に臨み

高門結二重関一
容華耀二朝日一
誰不レ希二令顔一
媒氏何所レ営
玉帛不二時安一
佳人慕二高義一
求レ賢良独難
衆人何嗷嗷
安知二彼所一レ観
盛年処二房室一
中夜起長歎

高門 重関を結ぶ
容華 朝日に耀く
誰か令顔を希わざらん
媒氏 何の営む所ぞ
玉帛 時に安んぜず
佳人は高義を慕う
賢を求むること良に独り難し
衆人 何ぞ嗷嗷たる
安くんぞ彼の観る所を知らん
盛年 房室に処り
中夜 起ちて長歎す

○押韻は、上平声十五刪の「閑・間・環・関・顔」と、下平声十四塩の「冉」、同一先の「翩・還」、上平声十四寒の「玕・難・蘭・餐・端・安・難・観・歎」の通押。○妖且閑 妖は、艶麗な美しさ。閑は、品のある美しさ。曹植の「洛神の賦」にも「儀は静かに体は閑やかなり」とある。○采レ桑岐路間 桑摘みは婦女の最も一般的な仕事。岐路は、分かれ道。○柔条紛冉冉 柔条は、柔らかな若枝。紛は、多くのものが入り乱れるさま。冉冉は、しなやかにしだれる形容。○葉落何翩翩 翩翩は、ひらひら翻るさま。二句は桑の枝や葉をうたいながら、それに隣接する美女のなよやかな姿態を伝える。○攘レ袖見二素手一（二句） 攘レ袖は、そでをたくしあげる。素手は、「古詩十九首」第二首にも、「娥娥として紅粉粧い、纎纎として素手を出す」とみえる。皓腕は、白いうで。約は、はめる。「洛神の賦」に、「皓腕を神滸に攘げ、湍瀬の玄芝を采る」とある。○頭上金爵釵（二句）金爵釵は、金でこしらえた雀の形のかんざし。爵は雀と同じ。佩は、腰に下げること。琅玕は、宝石に似た石の一種。○明珠交二玉体一（二句）明珠は真珠、木難は金翅鳥なる鳥の唾からできるという碧色の珠。明珠・珊瑚・木難、いずれも遠い南海に産する珍奇な品。それらが美人の肉体にちりばめられていることをいう。「洛神の賦」にも「金翠の首飾を戴き、明珠を綴りて以て軀を耀かす」という。○羅衣何飄飄（二句）羅衣は、薄絹の衣。飄飄は、風に翻るさま。裾は、すそ。「洛神の賦」に、「遠遊の文履を践み、霧綃の軽裾を曳く」とある。還は、旋と意味も音も同じで、くるくるまわる。○顧眄遺二光采一　顧眄は、振り返って見る。遺二光采一は、まばゆい光を人に与える。宋玉の「神女の賦」（巻十九）に、「目略して微かに眄み、精彩相授く」と、神女の艶姿を表現するのに倣う。○長嘯気若レ蘭　長嘯は、声を長く引き伸ばす詠唱法の一種。蘭は、香りのよい花。「神女の賦」に、「嘉辞を陳べて云に対すれば、芬芳を吐きて其れ蘭の若し」という。○行徒用息レ駕（二句）行徒は、道行く人。息レ駕は、馬車を止める。古楽府「陌上桑」に、羅敷の美しさに見とれる人々を、「耕す者は其の犂を忘れ、鋤く者は其の鋤を忘る」というのに倣う。○借問女安居（二句）借問は、お尋ねする。女は、娘とも解しうるが、ここでは直接話法ととって、汝の意味で読んだ。城は、まち。南端は、町を囲む城壁の南の門。後の南朝の民歌にも、「莫愁は何処に在る、莫愁は石城の西」（「莫愁楽」）とあるように、女性の住む場所を問い答える語り口が、楽府にはよくみえる。○青楼臨二大路一（二句）青楼は、青い漆塗りの建物。後代には妓楼の意味で用いられるが、唐以前では豪邸の意味。結二重関一は、幾重にもかんぬきを掛けること。これも奥深い住まいを思わせるとともに、古楽府「艶歌何嘗行」に、「妾は当に空房を守るべし、門を閉じて重関を下ろす」というのをみれば、美女の身持ちの堅さも暗示するか。○容華耀二朝日一　容貌の美しさが朝日が人を照らすようであることをいう。「神女の賦」にも「耀乎として白日の初めて出でて屋梁を照らすが若し」と、その美しさを朝日にたとえる。○令顔　美しい顔だち。令は、よい。○媒氏何所レ営（二句）媒氏は、なこうど。玉帛は、珪璋と束帛、結納の品。安は、安置すること。結納の品をしかるべき時に置かない、つまり縁談が決まらないことをいう。〇佳人慕ニ高義一　高義は、徳義の高い人、下句の賢と同じ内容をさす。〇良独難　良も独も、その困難さを強調する。〇嗷嗷　大勢がしゃべりあう音の形容。がやがや。〇安知ニ彼所レ観　彼は、「佳人」をさす。「衆人」と対比される。〇房室　個人の部屋。外に出る機会のないことをいう。〇中夜起長歎　中夜は、よなか。眠れないことをいう。

【現代語訳】　美女のうた

あでやかで、またしとやかな美女が一人、別れ道の角で桑摘みをしている。

桑の柔らかな枝は、入り乱れてしだれかかり、その葉はひらひらと舞い落ちる。

袖を掲げて白い手が現れると、その透き通るような腕には金の腕輪をはめている。

頭の上には黄金の雀をかたどったかんざし、腰に帯びるのは緑の琅玕の玉。

玉のような体には真珠をちりばめ、珊瑚と木難の珠玉が交じり合う。

薄絹の衣はひらひらと揺れ動き、軽やかなすそは風のまにまに輪を描く。

振り返って見る姿からは、まばゆい光がこぼれ、長嘯するその息は蘭のかぐわしさ。

道行く人はそのために馬車を止め、休んでいる者も見とれて箸を取るのを忘れてしまう。

どこにお住まいかと尋ねてみると、家は町の南門のあたり。

大路に面した青い屋敷で、高い門には幾重にもかんぬきを下ろしています。

朝日に輝くばかりのその姿、だれが彼女の美しいかんばせを求めずにおられよう。

だのに仲人はいったい何をしているのか、結納の宝玉や絹が時宜よく据えられることがない。

佳人が心に慕うのは高い節義の人、しかし立派な人に巡り合うことこそ、実に難しい。

周りの人々はがやがや騒ぐばかりで、かの人のものの見方など理解できない。

若さも盛りのこの時期に、ひっそり部屋にこもったきり。夜も更けて起き上がり、長いため息を漏らすばかり。

概念化された美女　詩は美女の桑摘みから歌い起こされ、その姿態の美しさ、身に着けた装身具のあでやかさへと展開されていく。深閨の美女が戸外で桑の葉を摘むというのは、いささか奇異な感じを受けるが、この詩が美女を形象化するのに、楽府の「陌上桑」を下敷きにしているためであろう。「陌上桑」は、羅敷というかわいい女性が桑摘みをしているところへ、殿様が言い寄ってくるが、それに対して自分の夫のすばらしさを説いて拒絶するという歌。措辞・表現手法の上でも、「語注」に指摘したように、「陌上桑」によるところが少なくない。民間で伝えられてきた、魅力的な桑摘みの少女のイメージに、儒家的な美徳が加えられて羅敷が形作られたことは、J－P・ディエニィ氏の「中国とフランスの田園詩――桑摘みの女と羊飼いの乙女」（『文学』一九七八年十月）に、明快に分析されているが、女性像の生き生きとした描出という点では、「美女篇」は、「陌上桑」に及ばない。次々と繰り広げられてゆく叙述も、美女の概念に収まるものばかりで、生身の人間の魅力を描くことには熱心でないからである。

いかに美しい人であるかを重ねて綴ったのちに、「媒氏　何の営む所ぞ、玉帛　時に安んぜず」、こんな美女にふさわしい伴侶が見つからないのは、どうしたことか、と疑問を投げつける。この転折を機に、詩は寓意性をあらわにしてゆく。「佳人は高義を慕う、賢を求むること良に独り難し」――「高義」「求賢」はもはや男女の間におけるよりも、君臣の間における人間の徳目を表す語である。こうしてこの詩が才を抱いて不遇をかこつ男の嗟嘆を寄託したものであることが明らかになってゆく。

美女の身に不遇を託してうたうのは、屈原の『楚辞』以来の伝統であって、中国の古典文学を読む者が暗に了解している約束の一つといえよう。かといって、本意を汲み取りさえすれば詩を読んだということになるものではない。これを『詩経』の六義の「比」（比喩的な手法）と解するならば、比は喩えるもの（美女）と喩えられるもの（不遇の士）との両者を重ね合わせることによってはじめて成立するのであり、ただ美女をうたった詩と読むのも薄っぺらな解釈にすぎないし、不遇感の寄託としてしまうのも、不毛な読みであろう。従来は往々にして本意を指摘して事足れりとすることが多かったようにみえる。そのうえ、不遇の士を直ちに作者曹植に結びつけるのも、短絡に過ぎはしないか。曹操の怒りを買って太子の座が遠のいた前期の作であるとか、曹丕に冷や飯を食わされていた後期の作であるとか、繋年に苦心されている詩であるが、少なくともテキストの上では、曹植の個別的な事象は抑制されているのであり、歌謡がふつうそうであるように、一般的な心情としてうたわれている。

雑詩六首（雑詩　六首）

曹植　子建

雑詩　『文選』に曹植の「雑詩」は六首収められている。それぞれ作られた場所も時期も異なり、内容も多岐にわたる。既成の内容分類に収まらないので「雑詩」と称したのか、あるいは本来の詩題が失われたものなのか、定めにくい。巻二十九、雑詩上。

曹植　九五ページを参照。

其五

僕夫早厳レ駕
吾将二遠行遊一
遠遊欲二何之一
呉国為二我仇一
将レ騁二万里塗一
東路安足レ由
江介多二悲風一
淮泗馳二急流一

其の五

僕夫　早に駕を厳め
吾は将に遠く行遊せんとす
遠遊して何くにか之かんと欲する
呉国　我が仇たり
将に万里の塗を騁せんとす
東路　安くんぞ由るに足らん
江介　悲風多く
淮泗　急流馳す

願 欲㆓一 軽 済㆒
惜 哉 無㆑方㆑舟
閑 居 非㆓吾 志㆒
甘㆑心 赴㆓国 憂㆒

願わくは一たび軽く済らんと欲するも
惜しいかな　舟を方ぶる無し
閑居は吾が志に非ず
心に甘んじて国憂に赴かん

○押韻は、下平声十一尤の「遊・仇・由・流・舟・憂」。○僕夫早厳㆑駕　僕夫は、御者。厳㆑駕は、車馬の仕度を調える。曹植の「洛神の賦」に、「僕夫に命じて駕に就かしむ」（一一四ページ）とある。○遠遊　『楚辞』遠遊に、「願わくは軽く挙がりて遠く遊ばん」など、屈原に結びつく語。○呉国為㆓我仇㆒　魏・蜀・呉三国が当時の中国を三分し、互いにつばぜりあいをしていた。○将㆑騁㆓万里塗㆒　騁は、思いきり疾走する。塗は、途と同音で意味も通ずる。みち。○東路安足㆑由　東路は、洛陽から東方の任地へ向かう道。「洛神の賦」の「吾は将に東路に帰らんとす」、また、「白馬王彪に贈る」詩の「舟を汎かべて洪濤を越え、彼の東路の長きを怨む」、いずれも「東路」は鄄城への道をさすと解されているが、ここでは雍丘への道をいうか。鄄城か雍丘かは、この詩の制作時期とかかわる。「鑑賞」を参照。由は、経由する。○江介　長江のほとり。○淮泗　淮水と泗水。安徽・江蘇両省の北部を流れる川。長江も淮泗も、呉に行くのに必ず渡らねばならない川。○惜哉無㆑方㆑舟　惜哉は、無念さを表す感嘆のことば。曹丕の「雑詩」第二首に「惜しいかな　時遇わず」（二二七ページ）とある。方㆑舟は、二一九ページを参照。「雑詩」第一首にも「江湖は迥かにして且つ深し、舟を方ぶるも安くんぞ極まるべき」とある。○閑居非㆓吾志㆒　閑居は、公の場から退いた暮らし。『漢書』司馬相如伝に「疾と称して閑居す」とある。のちに潘岳に「閑居の賦」（巻十六）がある。○甘㆑心赴㆓国憂㆒　黄節の注では、「甘」を「苦」と訓じて、「苦心」の意味にとるが、単純すぎはしないか。『詩経』衛風・伯兮に、「願いて言に伯を思えば、甘心して首疾す」とあり、毛伝は

「甘は厭うなり」、嫌になるほど思い続ける、というのも、そのまま通じにくい。曹植の「雑詩」第六首にも「国の讎は亮に塞きず、甘心して元を喪わんこと（一命を捧げる）を思う」とあるのをみれば、困難な状況に対して、困難と知りつつ、しかも進んでそれに向かってゆこう、という思いを表すものか。

【現代語訳】　雑詩

その五

御者は早朝から車の仕度を調え、私は今、遠い旅に出ようとしている。
遠い旅に出て、どこまでも行こうというのか。それは呉の国、我々の仇敵の国だ。
さあ万里の道に馬を馳せよう。東の国に帰る道など、通る値うちもない。
長江の水辺には悲しい風が吹き渡り、淮水・泗水は流れが激しい。
そこを一気に渡りたいと思っても、無念にも並べて渡る舟がない。
気楽に暮らそうなどと、私は思わない。困難に甘んじて、国の危急に馳せ参じよう。

国難に立ち向かう意志　曹植は魏晋六朝期に屹立する文学者であるけれども、中国の大詩人がほとんど常にそうであるように、詩だけに全生涯・全精神を注ぎ込んだのではなく、実人生における行動、政治の場における活躍をこそ欲したのであった。そしてその意図が外的要因や詩人的資質のために果たされず、そこに生じた憤懣から優れた文学が生み出されたことでも、中国の文学者の典型に数えられよう。

曹操の後継者の地位を兄曹丕と争って敗れたというのは、「七歩の詩」をはじめとするさまざまな伝説で広く知られているが、確かに曹丕が魏の帝位に即いてのちは、政治の中枢から故意にはずされる。曹植の擁立を図った側近たちは次々誅殺されて孤立した立場に追いやられ、安郷侯に左遷され、鄄城王に移され、雍丘王に改められ、曹丕没して曹丕の子の明帝が立ってからも、東阿王・陳王と、封地を転々と移し変えられているうちに四十一歳の生涯は尽きてしまったのである。

そのような不本意な境遇の中にありながら、行動への意志を表明した作品の一つが、この「雑詩」第五首である。孫権の支配する呉の討伐に己も馳せ参じたいという希求をうたうことは確かだが、制作年代はほぼ二つの説に分かれる。一つは黄節の説で、二二三（黄初四）年とするもの。時に鄄城王であった曹植は洛陽に朝貢に赴き、任地へ帰るのに異母弟の曹彪と同行しようとしたが許されなかった。諸王が行動を共にするのが警戒されたのである。憤懣を抱きながら帰途に就いたその行程を綴ったのが「白馬王彪に贈る」詩（巻二十四）である。その時既に曹植は雍丘王に改封されていたともいわれる。

もう一つは古直の説で、代が明帝に代わった後の二二八（太和二）年に繫ける。この年には魏と呉の戦いで魏が敗れ、一族の曹休が戦死した、その敗戦に際しての作であるという。詩の中の「東路」は、前の説ならば鄄城（山東省鄄城県）、後の説ならば雍丘（河南省杞県）ということになるが、どちらにしても洛陽から東に向かうことではある。

二二三年か、二二八年か、確定できる資料は欠けるものの、近ごろの中国では後説に傾いているようだ。それは『三国志』陳思王植伝が太和二年の記述の中に掲げている文、「自ら試みられんことを求むる表」（巻三十七）と、内容が相通ずるからである。そこで曹植は自分が蚊帳の外に置かれている不満を、空しく禄を貪るのを恥じるという形で述べ、呉と蜀の平定に己も起用してほしいと明帝に願い出ている。「雑詩」第六首は蜀の討伐に加わりたい意を述べているが、呉を対象とする第五首とともに、「自ら試みられんことを求むる表」の内容を詩によって表したものと見ることができる。

「江介　悲風多く」の句は、魏の敗北の悲痛を嘆ずるものであろうし、「淮泗　急流馳す」の句は、南征の道の険阻をいうのであろう。「願わくは……」の二句は、前の句で江介・淮泗と川をうたったのに連続させながら、川を渡る手だてのないことで、参戦の機会が自分に与えられていないことを比喩する。

「東路」を経由して、任地で「閑居」するのは本意でない。国の苦難の時にこそ、苦難に身を投じたい、という意志が、張り詰めた、高い調子によってうたわれている。のちの時代に「建安の風骨」としてたたえられた、建安文学の力強さ、雄々しさを表す典型に挙げられよう。

詠懐詩十七首（詠懐詩　十七首）　阮籍　嗣宗

詠懐詩　八十二首の五言「詠懐詩」のうち、十七首が『文選』に収められる（ほかに阮籍の作と伝えられる四言詩の「詠懐詩」があり、今十三首が残る）。いずれも時事・人物など、具体性をもった叙述は避けられ、心の中のさまざまな動き、殊にその懊悩の諸相が綴られる。そこには政治の暗黒のもとで苦悩する詩人の、暗く重い情感が流れている。この一群の「詠懐詩」を画期として、詩は個人の内面を表白する器となったのであり、のちの陶淵明・庾信・陳子昂・李白らに継承されていった。巻二十三、詠懐。

阮籍　二一〇―二六三。字は嗣宗。陳留尉氏（河南省尉氏県）の人。建安七子の一人、阮瑀の子。建安に続く「正始の文学」（正始は魏の三代皇帝曹芳の年号）を、嵆康とともに代表する。曹爽の求めに応じて参軍に就いたがほどなく辞任、のちに司馬懿・司馬昭らの従事中郎・散騎常侍・歩兵校尉などに任じられた。曹氏と司馬氏が角逐する当時の政争の中にあって、いずれの政治勢力からも距離を保つ態度を守り、「竹林の七賢」に数えられるように、老荘思想と飲酒の中に韜晦して、身を全うした。『三国志』巻二十一王粲伝の付伝、『晋書』巻四十九に伝がある。

其一

夜中不レ能レ寐
起坐弾二鳴琴一
薄帷鑑二明月一
清風吹二我衿一
孤鴻号二外野一

其の一

夜中　寐ぬる能わず
起き坐して鳴琴を弾ず
薄帷　明月に鑑らされ
清風　我が衿を吹く
孤鴻は外野に号び

朔鳥鳴㆓北林㆒
徘徊将何見
憂思独傷㆑心

朔鳥は北林に鳴く
徘徊して将何をか見ん
憂思して独り心を傷ましむ

○押韻は、下平声十二侵の「琴・衿・林・心」。　○夜中　よなか。　○鳴琴　琴は、鳴ることをその属性とするので、軽く「鳴」を添えて二字にした語。「鳴っている琴」の意味ではない。　○薄帷鑑㆓明月㆒　薄帷は、ベッドを囲む、薄い絹のとばり。鑑は、照らす。　○孤鴻　鴻は、白鳥・雁の類の大形の鳥。鳥はつがいや群れを常態とするが、それが一羽だけでいるのが、孤。　○朔鳥鳴㆓北林㆒　朔は北、朔鳥は北方から渡って来た鳥。　○徘徊将何見　徘徊は、所在なく動きまわることをいう畳韻の語。将は、ここでは疑問の語気を強める。いったい。

【現代語訳】　懐いを詠う詩

その一

夜も半ば、寝つくことができないまま、起き上がって座り直し、琴をつまびく。

薄いとばりは月の光を浴びて照り映え、さわやかな夜風が私の襟もとに吹き込んでくる。

ただ一羽の鴻が外の野辺で声をあげ、渡り鳥たちは北の林で鳴いている。

さまよい歩いて、いったい何が目に見えるのか。ただ独り、憂愁に胸を痛めるばかり。

眠られぬ夜の憂愁　五言「詠懐詩」八十二首、またその中の『文選』所収の十七首、いずれも

阮籍（南朝・画像磚）

配列に何らかの意味を見いだすことができないが、この第一首が決まって冒頭に置かれるのは、偶然でない。それはほかの諸篇が情感は共有しながらも、うたわれる内容はさまざまに分化するのに対して、第一首はいわば全体を総括する性質を含んでいるからである。したがって、ここでは何を悩み悲しんでいるのか明言されず、それゆえにいっそう理解を拒むものであるけれども、しかしながら「詠懐詩」の特徴を凝縮して示す佳篇であることはまちがいない。

物思いに眠りを奪われて起き上がるという出だしの形は、既に先行する詩の中にもよく見られる。「古詩十九首」の第十九首に、「明月何ぞ皎皎たる、我が羅の床幃を照らす。憂愁　寐ぬる能わず、衣を攬りて起ちて徘徊す」、王粲の「七哀詩」第二首に、「独夜　寐ぬる能わず、衣を摂えて起ちて琴を撫す」（二一九ページ）とあり、そこではいずれも寝つけなくしているものは、故郷に帰れぬ旅人の悲しみであった。曹丕の「雑詩」第一首（巻二十九）に、「展転として寐ぬる能わず、衣を攬りて起ちて彷徨す」というのも、望郷の思いのためであるし、曹植の「王粲に贈る」詩（巻二十四）に「端坐して愁思に苦しみ、衣を攬りて起ちて西に遊ぶ」というのは、王粲への思慕の念から発している。このように、「寐ぬる能わず」は憂思を語り出す際の常套的な表現として、建安詩に習見するものであるけれども、阮籍はそれをそのまま踏襲しながら、先行例と異なっているのは、ここでは何を思い、何を憂えているのか、明言されていないことである。「詠懐詩」の他の篇では、さまざまな個別的な憂いが語られているが、ここでは具体的な何かの憂いではなく、いわば憂いの感情そのものが形象化されている。それがこの詩を巻頭に置くゆえんであろう。

続く「薄帷……」「清風……」の二句は、カーテンを通してさしこむ月光、襟もとをなでる夜風、外から室内へ流れ込んでくる光や風が、詩人の心を浸している透明で冷ややかな悲しみにふさわしいものとして知覚されたのであろうか。

「孤鴻は……」「朔鳥は……」の二句が意味するところもとらえがたく、従来の注釈家は阮籍の実人生における出来事に結びつけて、何をたとえているのか、さまざまな説を立ててきた。作品を人生の説明とするそうした態度を、今はとらないことにする。「詠懐詩」の中に現れる鳥がしばしば大きな鳥と小さな鳥とに二分されることを思い起こせば、「鴻」に対して「鳥」は小さな鳥に属するであろうし、両者は対立する関係に立つように思われる。そうだとしたら、夜のしじまのかなたからその叫びが響いてくる孤独な大鳥とは、阮籍自身の姿であろうか。そしてざわめく小鳥たちとは、孤鴻の孤独を際立たせる衆人ということになる。とはいえ、ほかの詩の大鳥・小鳥が広い天空に羽ばたく大きな生き方と、小さな世界で安住する生き方とを表し、いずれを選ぶかは詩によって異なるものの、両者が明確に対比されているのに対して、ここでは孤鴻も朔鳥もそれぞれの存在の悲しさを帯びて声をあげているかにみえる。

「徘徊して将何をか見ん」、詩人は何かを求めてさまよい続ける。それは悲しみを慰撫（いぶ）してくれるものでなくてもよい。何が憂愁をもたらすのか、憂いに輪郭を与えてくれるものを求めているのかもしれない。が、何も見えない。そして、心は癒やされるどころか、いっそう深い憂愁に襲われて、詩は閉じる。

其九

昔聞東陵瓜
近在㆓青門外㆒
連㆑畛距㆓阡陌㆒
子母相拘帯
五色曜㆓朝日㆒
嘉賓四面会
膏火自煎熬
多㆑財為㆓患害㆒
布衣可㆑終㆑身
寵禄豈足㆑頼

其の九

昔聞く東陵の瓜
近く青門の外に在り
畛に連なり阡陌に距り
子母 相拘帯す
五色 朝日に曜き
嘉賓 四面より会す
膏火は自ら煎熬し
財多きは患害と為る
布衣もて身を終うべし
寵禄 豈頼むに足らんや

○押韻は、去声九泰の「外・帯・会・害・頼」。　○東陵瓜　秦の東陵侯であった召平は、秦が滅びると庶民に身を落として、長安城の東で瓜を作った。その瓜は美味で人気を呼び、「東陵の瓜」と称されたという。『史記』蕭相国世家にみえる。　○青門　長安城東南の覇城門。青く塗られていたので、青門と通称された（『漢書』王莽伝）。　○連㆑畛距㆓阡陌㆒　畛は、あぜ。原文は「軫」に作るが、李善注に指摘するように誤り。距は、至る。阡陌は、田畑の中を縦と横に延びる道。　〇子母相拘帯　子母は、瓜の実の大小とりどりの様子をたとえる。相拘帯は、つながりあう。　〇膏火自煎熬　膏火は、油の火。煎熬は、煎も熬も火にかけること。『荘子』人間世篇に「膏火は自ら煎る」とあるのに基づく。　〇布衣　絹ではなく、布製の質素な服。それによって庶民を意味する。

【現代語訳】その九

秦の東陵侯であった召平が、瓜作りになったという話は、かねてから知っていたが、その瓜畑はすぐこの近く、青門の外にあった。

瓜はあぜからあぜへと広がり、縦横の道にまで、大小さまざまな実がつながりあっていた。

そのとりどりの色は朝の光を受けて輝き、四方から立派な客人が瓜を求めて集まって来た。

（そのように、召平は庶民となっても瓜作りに心安らかな日々を送ったが）ともしびの油の火が我が身を焦がして燃えるように、財貨に富む者は財貨のために災いに巻き込まれる。

一市井人として生涯を全うすること、それこそが望ましい。寵愛を受け高い禄を得たところで、頼りになりはしない。

平穏な庶民生活　富や地位を求めるより、庶民の平穏な生き方を選択しようというのは、「詠懐詩」の主要なテーマの一つ。ここでは「東陵の瓜」の故事を借りて、それを述べる。東陵侯という高貴な身分から、一介の瓜作りに身を落とした召平、しかしその生活の充実は、瓜の豊作と好評によって示される。一方、高位を得た者は物質的欲望は満たされても、富を得たことがそのまま破滅を招く原因となる。

二つの生き方を、「官」と「隠」という二項の対立にまとめれば、それは中国の古典文学の中で繰り返し取り上げられる文学的主題であり、「官」であることを要求され、かつ自らも求めた士大夫たちは、「隠」への志向を文学の中で扱うことによって精神の平衡を得たのであるし、またそれは、士大夫層が担う文学に、厚み・奥行きを与えるものでもあった。

社会的な栄耀(えいよう)への希求が、実際はともあれ、詩の中では否定されるのがおおむねであるにしても、そこには時代に応じて、また個人ごとに、様々な価値観が反映する。この詩の場合、特徴的なのは、「多財」「寵禄」が災いを招くのを恐れていることであろう。火が火であるためには、我が身を燃やさねばならないように、富や栄光は破滅を必然とする。それゆえに、瓜作りの無事が選択されるのである。こうした危害への恐れは、阮籍の「詠懐詩」における価値判断にしばしば現れ、そこに魏晋(ぎしん)の酷薄な政治状況のもとに生きた詩人の心をうかがうことができる。

なお、この詩の初めの二句は、普通には「昔、かの東陵の瓜は、青門の外の近くで作られたと聞いている」と解釈されているようだが、ここでは「昔聞」と「近在」とを対比としてとらえ、「昔聞いていたが、それはすぐこの近くにある」と解した。過去の故事を現在の身近なものとしたうえで、豊作の瓜の具体的な描写に続くことになる。

悼亡詩三首（悼亡詩　三首）

潘岳　安仁

悼亡詩　潘岳の妻楊氏の死を悼んだ詩。その死は二九八（元康八）年の五月以降、恐らく初冬のころと推定されている。時に潘岳は五十二歳、「悼亡の賦」（『芸文類聚』）によれば、二十年あまりを連れ添った伴侶であった。楊氏の父楊肇は潘岳の父潘芘の友人で、少年の日の潘岳の才を見抜いた人物であることが、潘岳の「懐旧の賦」（巻十六）にみえる。「悼亡詩」は潘岳の詩の代表作であるのみならず、自分の妻の死をうたった作品としては初めてのもので、これ以後、士大夫にとって自分の妻への思いを公言できる、ほとんど唯一のジャンルとして継承されていった。六朝期には江淹・沈約・庾信らの作が残り、唐の韋応物・元稹、宋の梅尭臣、清の王士禛らの作が名高い。それらは一般に「悼亡」と呼ばれるが、それは単に「亡くなった人を悼む」意味ではなく、妻の死に限られる。巻二十三、哀傷。

潘岳　二四七―三〇〇。西晋の文学者。字は安仁。滎陽中牟（河南省中牟県）の人。幼いころから神童とうたわれ、河南令を振り出しに太傅主簿・著作郎・散騎侍郎・給事黄門侍郎などを歴任。才気と美貌を武器に常に時の権力者に依附し、賈充・楊駿と主を変えて、賈謐のもとでは、その文学集団「二十四友」の筆頭に数えられた。やがて権力が趙王司馬倫に移ると、彼の腹心孫秀の誣告を被って、一族もろとも誅殺された。同時期の陸機と合わせて潘陸と並称され、陸機が南方の呉から移住して晋の文壇で認められたのに対して、潘岳は当時の北方の文学を代表する存在であった。詩賦のほか、殊に人の死を悼む哀誄の文が少なくない。悲哀の感情を彫琢を極めて表現した修辞性の強い文学として知られる。『晋書』巻五十五に伝がある。

其一

荏苒冬春謝
寒暑忽流易
之子帰㆓窮泉㆒
重壌永幽隔
私懐誰克従
淹留亦何益
僶俛恭㆓朝命㆒
廻レ心反㆓初役㆒
望レ廬思㆓其人㆒
入レ室想レ所レ歴
帷屏無㆓髣髴㆒
翰墨有㆓余跡㆒
流芳未レ及レ歇
遺挂猶在レ壁

其の一

荏苒として冬春謝り
寒暑忽ち流易す
之の子 窮泉に帰し
重壌 永く幽隔す
私懐 誰か克く従わん
淹留するも亦何の益かあらん
僶俛として朝命を恭み
心を廻らして初役に反る
廬を望んで其の人を思い
室に入りて歴る所を想う
帷屏に髣髴たる無きも
翰墨に余跡有り
流芳は未だ歇むに及ばず
遺挂は猶お壁に在り

悵怳如二或存一
周遑忡驚惕
如二彼翰林鳥
双栖一朝隻一
如二彼遊川魚
比目中路析一
春風縁レ隙来
晨霤承レ檐滴
寝息何時忘
沈憂日盈積
庶幾有二時衰一
荘缶猶可レ撃

悵怳として或いは存するが如く
周遑として忡え驚惕す
彼の翰林の鳥の
双栖一朝にして隻なるが如く
彼の遊川の魚の
比目中路にして析かるるが如し
春風は隙に縁りて来たり
晨霤は檐を承けて滴る
寝息何の時にか忘れん
沈憂日に盈積す
庶幾わくは時に衰うる有らん
荘缶猶お撃つべし

○押韻は、入声十一陌の「易・隔・益・役・跡・隻」と、同十二錫の「歴・壁・惕・析・滴・積・撃」の通押。　○荏苒冬春謝　荏苒は、時間が次第に過ぎてゆく感じを表す双声の語。謝は、去る。　○寒暑忽流易　易は、変わる。『列子』湯問篇に「寒暑　節を易う」とある。　○之子帰二窮泉一　之子は、その人、思い入れをこめて女性をさす語。『詩経』では、周南・桃夭に「之の子于き帰げば、其の室家に宜しからん」など、決まって嫁いでゆく女に対して用いられているが、ここではもちろん亡妻をさす。後代には男性に対しても親しみをこめて使われることがある。帰は、帰着する。人間が最後に到達する死も、帰着の一つである。窮泉は、地下の果てなる黄泉、よみの国。〇重壌　幾重にも重なった大地。〇私懐誰克従　私懐は、心の中のひそかな思い。宋玉の「神女の賦」（巻十九）に、「情に独り私かに懐うも、誰者にか語るべき」とある。克は、……できる。能と同じ。〇淹留　そのまま居続ける。〇僶俛恭二朝命一　僶俛は、無理して努めるさまを表す双声の語。『詩経』小雅・十月之交に、「僶俛として事に従い、敢えて労を告げず」とある「黽勉」に同じ。朝命は、朝廷の命令。〇初役　服喪の前の職務をさす。〇望レ廬　廬は、本来小屋のような粗末な建物の意味だが、ここでは自分の居宅をいう。〇想レ所レ歴　来し方を思う。歴は、時間が経過すること。〇帷屛無二髣髴一　帷屛は、カーテン・びょうぶなど室内の調度。髣髴は、ほのかにそれらしく見える様子をいう双声の語。〇翰墨　筆と墨、またそれによって書かれた文字。〇流芳未レ及レ歇　流芳は、漂う香り。歇は、尽きる、消える。〇遺挂　挂は、壁や柱に物を掛けること、掛に同じ。〇悵怳　ぼんやりうつろな状態を表す畳韻の語。〇周遑忡驚惕　周遑は、慌てうろたえるさま。忡は、憂える。驚惕は、心が落ち着きを失うこと。〇翰林鳥　翰は、鳥の羽根、また動詞として、飛ぶ。〇双栖一朝隻　双栖は、つがいで巣に宿る。隻は、本来雙（双）であるものの片割れ。〇比目中路析　比目は、目が一つしかなく、二匹並ばなくては泳げない魚。東方の異物として、『爾雅』釈地にみえる。同じく南方の異物として記される比翼の鳥とともに、男女和合のシンボル。中路は、道の半ば。析は、木が二つに裂けるように分かれること。〇縁レ隙来　隙は、壁の透き間。〇晨霤　霤は、雨だれ。〇庶幾　……であってほしい。希望を表す言いまわし。〇荘缶猶可レ撃　缶は、ほとぎ、瓶の類。一句は、『荘子』至楽篇の話に基づく。荘子の妻が死んだ時、友人の恵施が弔問に訪れると、荘子は悲嘆しているどころか、盆をたたきながら歌をうたっていた。不謹慎をなじると、荘子は、人の死は四季の循環と同じ自然の理だ、生があれば死があるのはあたりまえ、と答えた。

【現代語訳】 亡き妻を悼む詩

その一

知らず知らずのうちに冬から春へと時は移り、寒暑はたちまちのうちに入れ替わる。

あの人は地の果ての国へ帰ってしまい、分厚い大地が永遠に二人の間を隔ててしまった。

ひそかな思いをこのまま抱き続けることなど、だれができよう。ぐずぐず今の状態を続けたとしても、何の益があろう。

無理にでも朝廷の命をかしこみ、思い直してもとの任務に戻ることにしよう。

家を眺めてはそこに住んでいた人のことを思い浮かべ、部屋に入っては過ぎた日々のことがしのばれる。

帷（とばり）や屏風（びょうぶ）のあたりにその姿がほのかにさえ見えはしないが、筆墨の跡はくっきりと残っている。

残り香（が）はまだ消えやることもなく、壁には服がそのまま掛けられている。

うつろな心の中でふと彼女はまだ生きているかのように思われたが、はっと気がつけば寄せ返す悲しみに心はおろおろするばかり。

たとえば、あの林を翔（か）けるつがいの鳥が、不意に一羽になってしまったかのよう。

またたとえば、あの川を泳ぐ比目の魚が、途中で分断されてしまったかのよう。

春の風は壁の透き間から部屋に忍び込んでくる。朝の雨は雨だれが軒端を伝って滴り落ちる。

寝ていても休んでいてもこの悲しみを忘れる時はなく、重い憂愁は日に日に胸に積み重なる。

いつの日かこの悲しみが和らぎ、かの荘子のように妻の死を乗り越えて壺をたたいて歌をうたえる日がきてほしい。

死者に対する思慕の情　『玉台新詠』では、第一首と第二首の二首しか収めていないが、大方の論者の言うように、三首はまとまって読まれるべきであり、三首全体の構成については、第三首で触れることにしよう。

第一首は全二十六句、一つの韻で通されているものの、場面の転換によって三つに分けることができる。まず第一句から第八句までが第一節で、季節の移り変わるこの世と死者の永遠の眠りとの対比から歌い起こされる。「冬春謝る」とは、必ずしも冬が過ぎ続いて春も去ったという意味ではなく、季節の転換の最もはっきりしている冬から春への経過をいうものとして読みたい。陶淵明の「龐参軍に答う」詩の序に、「爾が隣曲となりてより、冬春再び交わる」、冬と春が二回入れ替わった、というように。

生きている人間はそのように流れ続ける時間の上にある。その代謝は「荏苒」と、緩やかでありながらしかも絶え間ないものであるために、知らぬ間に季節は推移し、「寒暑」が不意に入れ替わってしまったのに驚くことになる。

それに対して、死者は永遠に静止した時間の中にある。地下深くに永久に眠り続ける死者、それと生者の時間とが並べて述べられた例は「古詩十九首」にもあった。第十三首に、「下に陳死の人有り、杳杳として長暮に即く。潜かに黄泉の下に寐ね、千載永く寤めず。浩浩として陰陽は移り、年命は朝露の如し。人生は忽として寄するが如く、寿は金石の固き無し」と。しかし「古詩」と「悼亡詩」の間には、一見同じように見えながら、実ははっきり相違のあることを、齋藤希史氏は指摘している（第三首の「鑑賞」二八〇ページを参照）。すなわち「古詩」における生者の時間は、やがて訪れる死に向かう時間として、永遠の死に帰する人間の必然を強調するものであるのに対し、「悼亡詩」では、推移してやまぬ生者の時間と、凍結したままの死者の時間とが対比されているのである。生者と死者は空間の上で隔てられているのに加えて、時間の上でも全く異質な二つの世界に分け隔てられていることになる。

　そうした思いを抱き続け、いつまでも悲しみに浸っていても詮ないことはわかっている。悲哀から脱出するために、詩人は心を奮い立たせて公務に復帰しようとする。礼の規定によれば、妻の死には一年の喪に服するのが夫の務めであった。

　第九句から第十六句までの第二節は、妻の遺品に目を留めて、また悲しみが押し寄せる。その叙述は移動するレンズのように、家の全体を外側から眺め、部屋の中に入り、室内の物に名残を覚える。描写がより具体化されてゆくとともに、懐かしさも膨らんでゆく。「帷屏に髣髴たる無し」の背後には、漢の武帝と李夫人の故事が揺曳していよう。漢の武帝が愛姫李夫人を失って悲しみに沈んでいたところへ、彼女の霊を招き寄せると称する方士が現れた。暗い帷帳の中の姿を本人と確かめることもできないまま、武帝は痛切な思慕の情をいっそうかきたてられるのみであった（『漢書』外戚伝）。武帝は確認できないながらもその面影を認めたのに、ここではぼんやりとすら見られない。ただはっきり残るのは彼女の水茎のあと。亡妻楊氏の父楊肇、兄楊潭がともに草書・隷書の達人だったことは、潘岳の「楊仲武の誄」（巻五十五）に「戴侯（楊肇）・康侯（楊潭）は論著する所多く、又草隷の芸を善くす」とみえる。それならば、そのもとで育った楊氏の書も並々ならぬものがあったであろうし、「翰墨に余跡有り」は単に筆跡が残っているという以上に、名筆楊氏ならではの重い意味がこもることになろう。

続く「流芳は……」「遺挂は……」も墨跡の香り、壁に掛けられているその書と解する説もあるが、この二句は楊氏の服についていうと読んでよいと思う。つるされたままの服、そこから発してまだ消えやらぬ香り、視覚と嗅覚は彼女がまだ生きているかのような錯覚を引き起こす。しかし、錯覚はすぐに覚め、再び悲しみに襲われておののく心の揺れを、「悵怳として……」「周遑として……」の二句は活写している。

第十七句から最後までが第三節。つがいの鳥、比目の魚が片割れになった比喩で、失偶をたとえる。透き間から漏れて吹き込む春の風、軒端を伝って落ちる雨だれの音。いずれも屋外の春風・雨についてはいわず、それらのごく一部、室内の自分の体が知覚した部分のみをとらえて表現する。喪失は詩人の感覚を鋭敏にし、微細な自然現象に神経を研ぎ澄まさせる。詩人の傷んだ心にとって、外の風や雨は刺激が強すぎる。その一部分だけがかろうじて内面とつりあっている。片時も胸を離れない悲しみ、いやそれどころか日増しにそれは鬱積するばかりだ。なんとか和らげたいと思って想起してみるのは荘子の故事。しかし頭の中では理解していても実際の解決にはならないまま、第一首は閉じられる。

其二　　　其の二

皎皎窓中月
照我室南端
清商応秋至
溽暑随節闌
凜凜涼風升
始覚夏衾単
豈曰無重纊
誰与同歳寒
歳寒無与同
朗月何朧朧
展転眄枕席
長簟竟牀空
牀空委清塵
室虚来悲風
独無李氏霊
髣髴覩爾容
撫衿長歎息
不覚涕霑胸

皎皎たり窓中の月
我が室の南端を照らす
清商 秋に応じて至り
溽暑 節に随いて闌く
凜凜として涼風升り
始めて夏衾の単なるを覚ゆ
豈重纊無しと曰わんや
誰と与にか歳寒を同じくせん
歳寒 与に同じくするもの無く
朗月 何ぞ朧朧たる
展転して枕席を眄れば
長簟 牀を竟りて空し
牀空しくして清塵に委ねられ
室虚しくして悲風来たる
独り李氏の霊の
髣髴として爾の容を覩る無し
衿を撫でて長歎息し
覚えず 涕 胸を霑す

霑レ胸安能已
悲懐従レ中起
寝興目存レ形
遺音猶在レ耳
上慙二東門呉一
下愧二蒙荘子一
賦レ詩欲レ言レ志
此志難二具紀一
命也可二奈何一
長戚自令レ鄙

胸を霑すは安くんぞ能く已まん
悲懐　中より起こる
寝興に目は形を存し
遺音は猶お耳に在り
上は東門呉に慙じ
下は蒙荘子に愧ず
詩を賦して志を言わんと欲するも
此の志　具さには紀し難し
命や　奈何すべき
長戚　自ら鄙しからしむ

○押韻は、⑴上平声十四寒の「端・闌・単・寒」。⑵上平声一東の「同・朧・空・風」と、同二冬の「容・胸」の通押。⑶上声四紙の「已・起・耳・子・紀・鄙」。　○皎皎窓中月（二句）　皎皎は、白く明るいさま。「古詩十九首」（巻二十九）第十九首の冒頭に、「明月何ぞ皎皎たる、我が羅の床の幃を照らす」とあるのに似る。　○清商応レ秋至　清商は、秋の涼風。商は、本来、中国音楽の五音階（宮・商・角・徴・羽）の一つ。季節に配当すれば秋に当たる。『礼記』月令の孟秋の条に、「其の音は商なり」とある。商の音は二字で「清商」とよばれ、清商は、また民間の楽調の一つでもあったが、ここでは秋風の意味であろう。『楚辞』東方朔の「七諫」に「商風粛として生を害す」という。　○溽暑随レ節闌　溽暑は、蒸し暑さ。『礼記』月令の季夏の条に、「是の月や、土潤いて溽暑あり」とみえる。節は、暦の上での区切り。闌は、ピークを過ぎること。　○凜凜涼風升　凜凜は、ひやりと冷たいさま。涼風は、『礼記』月令の孟秋の条に、「涼風至り、白露降る」とあるように、初秋の風。　○夏衾　衾は、夜着。　○豈曰レ無二重纊一（二句）　重纊は、厚い綿入れ。歳寒は、一年のうちの冬の寒さ。『論語』子罕篇に、「歳寒くして然る後に松柏の彫むに後るるを知る」とある。二句は、『詩経』秦風・無衣の、「豈衣無しと曰わんや、子と袍を同にせん」とあるのを用いる。　○歳寒無二与同一　『詩経』邶風・旄丘に、「叔よ伯よ、与に同じくする所靡し」とある。　○朧朧　月の明るく輝くさま。　○展転眄二枕席一　展転は、寝つけぬまま寝返りばかりうつ。『詩経』周南・関雎に「悠なるかな悠なるかな、輾転反側す」と、異性を求めて得られない寝苦しさをいう。眄は、横目で見る。枕席は、まくらとしとね、寝具をいう。　○長簟竟レ牀空　長簟は、竹で編んだ長いむしろ、寝床の上に敷くもの。竟レ牀は、寝台の端から端まで。「竟…」は、「竟日」が朝から晩までを意味するように、最初から最後まで全部。　○委二清塵一　委は、ふわっと地に着いていること。ここでは、舞い落ちた塵が積もっているのをいう。　○独無……（二句）　漢の武帝と李夫人の故事に基づく。第一首の「鑑賞」を参照。覩は、見る。　○撫レ衿長歎息　撫レ衿は、襟もとをなでる。潘岳の「寡婦の賦」（巻十六）には、「衾裯を撫でて以て歎息す」という。曹操の「苦寒行」に「頸を延ばして長歎息す」とある。　○不レ覚涕霑レ胸　曹丕の「燕歌行」（巻二十七）に、「覚えず涙下りて衣裳を霑す」と、空閨の女性の悲しみをいう。涙で服がぬれるのは、「古詩十九首」第十九首の「泪下りて裳衣を沾らす」など、悲しみをいう常套の表現。　○悲懐従レ中起　曹操の「短歌行」に、「憂いは中より来たりて、断絶すべからず」（二〇七ページ）とある。　○上慙二東門呉一　『列子』力命篇にみえる話に基づく。東門呉という人は我が子が死んでも悲しむ様子がない。人がいぶかって尋ねると、「私は以前子供がなかったころ、悲しみはしませんでした。今子供が死んで、以前の子供がなかった時と同じになりました。悲しいわけがありません」と答えた。　○下愧二蒙荘子一　荘子が妻の死を悲しまなかった故事に基づく。第一首を参照。蒙は、荘子の出身地。今の河南省商丘市のあたり。　○賦レ詩欲レ言レ志　『書経』舜典の「詩は志を言い、歌は言を永くす」による。　○長戚自令レ鄙　長戚は、いつまでもくよくよすること。『論語』述而篇に「君子は坦として蕩蕩たり、小人は長く戚戚たり」というように、「鄙」しむべき態度である。

【現代語訳】 その二

窓にさしこむ月光はさえざえと輝き、私の部屋の南の一隅を照らしている。

さわやかな秋の風は秋の到来に応ずるかのようにやってきて、蒸し暑さは暦の節目どおりにひいていった。

ひやりとした冷たい風が吹き起こり、その時になって一重の夏物の夜着のままでいるのに気がついた。

厚い綿入れがないというのではないが、冬の寒さをだれと一緒に過ごせばよいのか。

冬の寒さをともに過ごす人はなく、明るい月だけがひたすらさやかだ。

寝つかれないままに寝返りをうつ夜、傍らの寝床に目をやればそこには長い竹の敷物が床一面に広がっているだけ。

からっぽの床には軽い塵が積もり、がらんとした部屋の中に悲しい風が吹き抜けてゆく。

かの李夫人の霊のように、おぼろげにその姿が見えることすらない。

襟をさすりながら長いため息をつき、いつか胸もとは涙でぬれそぼつ。

胸をぬらす涙は尽きることもなく、悲しい思いは心の底からわきおこる。

寝ても覚めても面影がまぶたから消えることはなく、在りし日の声は今も耳に響き続ける。

先には我が子を亡くしても平然としていたという東門呉に対して恥じたものだったが、今度は妻の死にも悲しまなかったという蒙の人荘子に対して恥ずかしい。

詩を作って胸の思いを表そうとしても、この気持ちを述べ尽くすのはかなわぬこと。

これも運命、自分にはどうしようもないものなのだ。いつまでもくよくよして、自分で自分をさげすむばかり。

秋の夜にいや増すむなしさ　第二首は途中で二回韻が換わり、それに対応して内容も三つの節に分かれる。第一節は第八句「誰と与にか歳寒を同じくせん」まで。部屋にさしこむさやかな月影から歌い起こされる冒頭は、それと類似する「古詩十九首」の第十九首（「語注」を参照）が、「憂愁して寐ぬる能わず、衣を攬りて起ちて徘徊す」というのと同じように、胸の憂いが寝つけなくしているからこそ、南にまで移動した深夜の月を見ているのだろうけれども、しかしここでは悲哀をあからさまに述べることは抑えられている。悲しみは月光のように透明に、静かに詩人を浸しているにしても、直接詠じられているのは、秋の月の美しさである。

続く秋の到来の叙述も、暦どおりにやってきたそれの心地よさ、暑熱の減衰の面がとらえられている。しかし、涼しさもやがて冷たさに変わる。肌寒さを覚えてはじめてともにぬくめあう人の不在に思い至るのである。季節の推移から歌い起こされる点は第一首と共通し、ここでは夏から秋への転換が舞台となっているのだが、第一首では死者にとっての時間が凍結しているのと対比して季節の転換が全体的にとらえられていたのに対し、第二首では自分の身近なところから季節の推移を知覚し、それが徐々に展開していって妻の死に思い至るという構成をとっている。

第二節は「歳寒　与に同じくするもの無く」から「覚えず　涕　胸を霑す」まで。第一節末尾の「歳寒」の語を第二節冒頭で繰り返して、新たな展開を始める。この詩では「長簟　牀を竟りて空し」と「牀空しくして清塵に委ねられ」の句の「牀空」、第二節末尾と第三節冒頭の「霑胸」も同じ語を繰り返している。この一種の尻取り的な技法は、殊に民歌に多く見られ、これは民歌ではないが、詩の流れを滑らかにし、情感を連綿と繰り広げてゆく効果を発揮している。第二節は寝室の妻の欠如、そこに覚えた悲哀の情が綴られる。床だけが空っぽのまま横たわっているという描写は、この詩の中心をなすなまなましいイメージであろう。興膳宏著『潘岳　陸機』は、柿本人麿が妻を亡くした時の短歌との符合を指摘している（昭和四十八年、筑摩書房）。

　家に来てわが屋を見れば玉床の外に向きけり妹が木枕

「胸を霑すは安くんぞ能く已まん」から最後までが第三節。いつまでも心の奥から生じてやむことのない悲しみ、その悲しみを乗り越えるために、また荘子の故事が援用される。それと対になって東門呉の故事が用いられているのは、潘岳は妻のみならず、愛児をも失っていたからである。妻の死より六年前の長安に赴任する途次、生後まもない男の子が死んだことは、「弱子を傷む辞」「子を思う詩」にみえるが、妻の死と前後してもう一人の子供、金鹿という名の娘も亡くなったことは「金鹿の哀辞」に記されている。金鹿の死の正確な日はわからないが、ここに「上は……」「下は……」とあるのは、不幸の連続をいうと同時に、時間の先後をも含むものであろう。妻の死より先に金鹿が死んだのか、あるいは金鹿の死はまだ夢にも思わない時点で、先の男児の死を言ったものかもしれない。

いずれにしても、相次いで不幸に見舞われたことは確かで、その心の思いを詩に表現しようとすることも、悲しみの昇華であり、悲しみから脱却するための手段である。が、その気持ちはとてもことばに書き尽くせるものではなかった。

最後の句は、いつまでもめそめそしていては自分を卑しめるだけだ、と立ち上がろうとする方向に読むことも可能だろうが、いっそこの感傷に居座って自分をさげすむほかない、と悲嘆に没入して詩を結ぶと解したい。

其三
曜霊運㆓天機㆒
四節代遷逝
凄凄朝露凝
烈烈夕風厲
奈何悼㆓淑儷㆒
儀容永潜翳
念㆑此如㆓昨日㆒

其(そ)の三(さん)
曜霊(ようれい)　天機(てんき)を運(めぐ)らし
四節(しせつ)　代(こもごも)遷逝(せんせい)す
凄凄(せいせい)として朝露(ちょうろ)は凝(こ)り
烈烈(れつれつ)として夕風(せきふう)は厲(はげ)し
奈何(いかん)ぞ淑儷(しゅくれい)を悼(いた)む
儀容(ぎよう)　永(なが)く潜翳(せんえい)す
此(これ)を念(おも)えば昨日(さくじつ)の如(ごと)きも

誰知已卒レ歳
改レ服従ニ朝政一
哀心寄ニ私制一
茵幬張ニ故房一
朔望臨ニ爾祭一
爾祭詎幾時
朔望忽復尽
衾裳一毀撤
千載不ニ復引一
亹亹朞月周
戚戚弥相愍
悲懐感レ物来
泣涕応レ情隕
駕言陟ニ東阜一
望レ墳思紆軫
徘徊墟墓間
欲レ去復不レ忍
徘徊不レ忍レ去

誰か知らん已に歳を卒えしと
服を改めて朝政に従うも
哀心　私制に寄す
茵幬　故房に張り
朔望　爾が祭に臨む
爾が祭は詎ぞ幾時ならん
朔望は忽ち復た尽く
衾裳　一たび毀撤すれば
千載　復た引べず
亹亹として朞月周るも
戚戚として　弥　相愍う
悲懐　物に感じて来たり
泣涕　情に応じて隕つ
駕して言に東阜に陟り
墳を望みて思いは紆軫す
徘徊す　墟墓の間
去らんと欲するも復た忍びず
徘徊して去るに忍びず

徙倚歩踟蹰
落葉委二埏側一
枯荄帯二墳隅一
孤魂独煢煢
安知霊与無
投レ心遵二朝命一
揮レ涕強就レ車
誰謂帝宮遠
路極悲有レ余

徙倚して歩みて踟蹰す
落葉　埏側に委り
枯荄　墳隅を帯る
孤魂　独り煢煢たり
安くんぞ知らん　霊あると無きとを
心を投じて朝命に遵い
涕を揮いて強いて車に就く
誰か謂う　帝宮遠しと
路極まりて悲しみ余り有り

○押韻は、⑴去声八霽の「逝・厲・翳・歳・制・祭」。⑵上声十一軫の「尽・引・愍・隕・軫・忍」。⑶上平声七虞の「蹰・隅・無」と、同六魚の「車・余」の通押。○曜霊運二天機一　曜霊は、太陽を意味する詩語。『楚辞』天問に「曜霊安くにか蔵る」とあるのに由来する。天機は、天界運行のからくり。○代　かわるがわる。　○凄凄朝露凝（二句）　凄凄は風の冷たいさま、烈烈は寒気の厳しいさま。『詩経』小雅・四月に、「秋日凄凄たり、百卉具に腓む」「冬日烈烈たり、飄風発発たり」とあるのを用いる。　○淑儷　淑儷は、淑女のように、殊に女性について資質のよさを形容する語。儷は、つれあい。　○儀容永潜翳　儀容は、すがたかたち。潜翳は、隠れて見えなくなる。　○卒レ歳　一年を終える。『詩経』豳風・七月に、「衣も無く褐も無ければ、何を以て歳を卒えん」とある。　○改レ服　喪服から普段の服に着替える。　○哀心寄二私制一　制は、喪の定め。公式の喪が明けてからも、自分としては喪に服し続けることを、私制といったもの。○茵幬　寝床にしく敷物とその周りを囲むカーテン。○朔望臨二爾祭一　朔は、一日、望は十五日。死者の祭りが、毎月の一日と十五日に行われたことは、曹操が死後の処置を言い残した遺令（陸機の「魏の武帝を弔う文」巻六十にみえる）にも、「月朝と十五には、輒ち帳に向かいて妓を作せ」という。○詎幾時　詎は、豈（あに）のように反語を表す語。どれほどの時間であろうか、いくばくもない。短いことをいう。○衾裳一毀撤　衾は夜具、裳は上半身の服を衣というのに対して下半身に着るもの。衾裳で、衣服全般をさす。毀はやぶる、撤はすてる。○千載不二復引一　千載の載は、年と同じ。千年、永遠をいう。引は、陳の意味で、広げて並べること。○亹亹朞月周　亹亹は、時間が次第に過ぎてゆくさま。『楚辞』九弁に「時は亹亹として中を過ぐ」とある。朞月は、期月と同じ。日・月・年など時間の単位の一まわり。まる一か月にもまる一年にも使われるが、ここでは一年の意味。『論語』子路篇に「苟くも我を用うる者有らば、期月のみにして可なり。三年にして成すこと有らん」とある。周は、一周する。○戚戚弥相慼　戚戚は、心の痛むさま。『楚辞』九章・悲回風に、「居は戚戚として解くべからず」とある。○悲懐感レ物来　物は、情が内面の感情をいうのに対して、外界の事物。古楽府「傷歌行」の「物に感じて思う所を懐い、泣涕して忽ち裳を霑らす」など、『文選』に頻見する語。○駕言陟二東皐一　駕は、車に馬をつける、馬車に乗ることをいう。言は、リズムを整える助字で、「ここに」、あるいは「われ」と訓じられる。駕言は、「駕して言に出遊す」（邶風・泉水）のように、『詩経』に特徴的な語法。東皐は、城外の東の丘陵。○望レ墳思紆軫　墳は、土を盛り上げた墓。「古詩十九首」第十四首に、「郭門を出でて直ちに視れば、但だ見る丘と墳とを」（一九四ページ）とある。紆軫は、心がむすぼれいたむこと。『楚辞』九章・惜誦に「心鬱結して紆軫す」とある。○徘徊墟墓間　墟墓は、荒れ果てた墓。『礼記』檀弓下に「墟墓の間、未だ哀を民に施さずして、民哀しむ」、その鄭玄の注に「墟は毀滅して後無きの地なり」とある。○徘徊不レ忍レ去　『詩経』王風・黍離の小序（詩の由来の説明）に、西周の宮殿が荒廃した跡を通りかかった周の下臣が「彷徨して去るに忍びず」作ったものと述べられている。徘徊も彷徨も、たちもとおることをいう畳韻の語。○徙

倚歩踟躕　徙倚は、進みあぐねることをいう畳韻の語。『楚辞』遠遊に「歩みて徙倚して遥かに思う」とある。踟躕も、行きつ戻りつすることをいう双声の語。『詩経』邶風・静女に、「愛すれども見えず、首を掻きて踟躕（＝躕）す」とある。　○埏側　埏は、墓に続く道。　○枯荄　荄は、植物の根。　○孤魂独煢煢　煢煢は、孤独なさま。『楚辞』九思・逢尤に、「魂は煢煢として寐ぬるに遑あらず」とある。　○投レ心　心を捧げる。潘岳の「楊荊州の誄」（巻五十六）に、「心を魏朝に投じ、名を策し身を委ぬ」とある。　○揮レ涕強就レ車　揮レ涕は、涙を払い落とす。就レ車は、車に乗ること。　○誰謂帝宮遠　帝宮は、天子の宮城。『詩経』衛風・河広の「誰か謂う宋は遠しと」を襲う表現。　○路極悲有レ余　『礼記』檀弓上に「喪礼は其の哀足らずして礼余り有るよりは、礼足らずして哀余り有るに若かず」とあるのを踏まえる。

【現代語訳】　その三

日輪は天界の動きどおりに運行し、四季はかわるがわる移りゆく。

冷ややかに朝露が結び、ぴゅうぴゅうと夕べの風が吹きすさぶ。

かの麗しい妻を悼み続けて何になろう。その姿は永遠に見えなくなったというのに。

あの日のことを思えばまるで昨日のことのようだが、なんともう一年になってしまった。

喪服を着替えて朝廷の仕事に従事しても、哀惜の思いを私個人の喪に寄せ続ける。

しとね・とばりをもとの部屋に張り巡らして、一日と十五日にはおまえの祭りに臨席する。

おまえを祭るのは、どれほどの時間もない。一日と十五日はたちまち終わってしまうのだ。

夜着・衣服がいったん捨てられてしまえば、千年を経ても二度と広げられることはない。しだいしだいに時が移って満一年の日が巡ってきたが、切々と胸に迫る悲しみはいよいよ深まるばかり。

去年と同じ外のありさまに触れて悲しみが押し寄せ、心の思いにつれて涙がこぼれ落ちる。

馬車をしつらえて東の丘に登り、墓地を前にして心はむすぼれる。

朽ち果てた墓が並ぶ間を行きつ戻りつするばかり、立ち去ろうとしても去るに忍びない。

行きつ戻りつして去るに忍びず、おろおろとたちもとおって進みあぐねる。

落ち葉は参道のわきに積もり、枯れた草の根が墓の隅に絡まる。

おまえの孤独な魂は独りぼっちのまま、しかし霊魂というものが存在するのかどうかもわからない。

意を決して朝廷の命に従うことにし、涙を振り払って無理にも車に乗り込もう。

帝城はなんとすぐ近くであったが、道は行き着いても悲しみはなお尽きない。

時間の経過にも消えない追慕　第二首と同様、韻の換わり目によって三つの節に分かれる。第一節は第十二句、「朔望　爾が祭に臨む」まで。天界は運行し、それに伴って季節は転回する、と大きく歌い出して、舞台が秋から冬にかけての時期に変わったことを述べる。妻の死からはや一年がたち、規定どおりに公務に復帰するが、喪服を脱げば哀惜の思いが消えるというものでもなく、私的なかたちでなお服喪を続けるのである。

第二節は直前の「爾祭」を繰り返した「爾が祭は詎ぞ幾時ならん」の句から「去らんと欲するも復た忍びず」まで。おまえとの交わりのせめてもの機会である祭りも、一日と十五日に行われるだけで、すぐに終わってしまう。おまえの身に着けていたものも、片づけられてしまう。一年の経過は亡妻との結びつきを次々と断ち切ってしまうのである。死者を慌ただしく遠くへ追いやってしまう人の世の営みは、いっそう私の思いを深くさせるばかり。去年のこの時と同じ風物に触れて心には新たな悲しみが生じ、心の悲しみは涙となって外へこぼれ落ちる。「感レ物」の「物」を妻の遺物と解すれば、第一首で「翰墨に余跡有り」「遺挂は猶お壁に在り」と具体的に言ったのと同じことになろうが、「感レ物」は語注に挙げた例のほか、張協の「雑詩」第一首の「物に感じて懐う所多く、沈憂は心曲に結ぶ」、第六首の「物に感じては思情多く、険に在りては常心を易う」（ともに、巻二十九）など、外界の事物、とりわけ自然現象をさして用いられるので、ここでもその意味に解した。一年が過ぎて、彼女の死の時と同じ様相を外界が呈したことに、詩人は悲しみを覚えるのである。室内からは妻のゆかりの品々が取り払われてしまい、彼女につながる場を求めて郊外の墓地に足を向ける。

第三節はやはりその前の語句を繰り返す「徘徊して去るに忍びず」から最後まで。独り地下に眠る妻を残して立ち去りがたい詩人も、その悲哀から脱却すべく、車を朝廷に向かわせる。しかし、仕事の場に行き着いても、悲しみはふっきれるどころか、胸にまといつづける。

三首全体の有機的な構成　さてこの三首、『玉台新詠』のように二首のみ収録すれば、切り離して成立しうるということになるが、三首はひとまとまりのものであり、全体で有機的に構成されているというのが、大方の見解である。いま、三首の構成を、齋藤希史「潘岳『悼亡詩』論」（『中国文学報』第三十九冊）の分析を例にとって、記してみよう。

詩の中で設定されている季節は、第一首が冬から春にかけての時、第二首が夏から秋に移るころ、第三首が秋から冬に向かう時と、それぞれに異なっているが、季節の述べ方をみると、二つに分けることができる。第一首第一節では「荏苒として冬春謝り、寒暑忽ち流易す」と、季節の推移が俯瞰的・巨視的にとらえられ、それが死の永遠と対比されていたが、第三首の「曜霊　天機を運らし、四節　代遷逝す」も巨視的に把握された季節の推移から歌い起こされて「儀容　永く潜翳す」という死の永遠と対比されている。

一方、第一首第三節の「春風は隙に縁りて来たり、晨霤は檐を承けて滴る」の二句に述べられた季節は、微視的・即事的にとらえられたものであり、また第二首冒頭の「皎皎たり窓中の月」以下に続く描写も、作者の目で見、耳で聞いた季節感である。すなわち季節の叙述が、巨視的・俯瞰的なもの（第一首第一節および第三首）と、微視的・即事的なもの（第一首第三節および第二首）との二種類にまとめることができる。

また、まといつづける悲しみから脱却しようとし、しかもそれができずに終わるというモチーフも繰り返し表れるが、それも二種類に分けられる。一つは、第一首第一節のように公務に戻ることで悲しみを忘れようとするもの。それは第三首にも「心を投じて朝命に遵い、涕を揮いて強いて車に就く」と述べられている。もう一つは、荘子の故事を想起することによって悲しみを超越しようとするもの。それは第一首第三節と第二首とに表れている。

以上を確認すると、次のことが明らかになる。季節の推移のモチーフと悲哀の脱却のモチーフにはそれぞれ二つの型があり、巨視的な季節のとらえ方と、公務への復帰という外的な規範による悲しみの脱却とは同じ部分（第一首第一節と第三首）に表れ、微視的な季節の把握と、荘子に見習いたいとするいわば内的規範を持ち出して悲哀を乗り越えようとするモチーフも、やはり同じ部分（第一首第三節と第二首）に表れているのである。こうして見てくると、第二首は第一首第三節の、第三首は第一首第一節のモチーフを受け継ぎ、それだけに絞ってより精緻に繰り広げたものであると考えることができる。形式の上でも、第一首のみが一韻到底で、場面の転換によって節が分かれたのに対して、第二首と第三首は換韻によって節が分かれていたのは、第二首・第三首がともに第一首のヴァリアントであるという共通の性格をもつのに対応しているかにみえる。一見すると似たようなモチーフを繰り返しながら終始悲しみの情を連綿と綴っているかに思われる三首も、実は緊密な結構を備えていることを、齋藤氏の分析を通してうかがうことができよう。

亡妻への具体的な言及はほとんど見られず、作者の感傷だけがうたわれていることも、しばしば指摘されてきたが、純粋に悲しみの感情のみを対象とすることによって、潘岳一人の個別的な体験を越えた、人間の普遍的な悲哀の表現となりえているのであり、後代の詩人たちが妻を失った思いをうたう際の一つの規範として、この悲しみのかたちが受け継がれていったのであろう。

詠史八首（詠史 八首）

左思 太沖

詠史 左思の代表作。「詠史」というジャンルは、後漢の班固に始まり、建安の阮瑀・王粲・曹植らによって洗練されていった。歴史上の事件・人物を取り上げて感慨をうたうものであるが、左思の「詠史」八首では、歴史人物は単なる素材として用いられているにすぎず、それに借りて同時代に対する批判、自己の主張を吐露する傾向がとりわけ強い。巻二十一、詠史。

左思 二五〇？―三〇五？。西晋の文学者。字は太沖。斉国臨淄（山東省淄博市）の人。下級官吏の家に生まれ、容姿にも恵まれず、貴族社会の中で世に出る要件に欠けていた。妹の左棻が後宮に入ったのを機に洛陽に出、秘書郎に任じられた。十年の年月をかけた「三都の賦」（巻四）は「洛陽の紙価を貴からしむ」る評判になったが、官界では終始不遇であり、晩年は冀州に退居して没した。『晋書』巻九十二文苑伝に伝がある。

其一

弱冠弄二柔翰一
卓犖観二群書一

其の一

弱冠にして柔翰を弄し
卓犖として群書を観る

著レ論準二過秦一
作レ賦擬二子虚一
辺城苦二鳴鏑一
羽檄飛二京都一
雖レ非二甲冑士一
疇昔覧二穰苴一
長嘯激二清風一
志若レ無二東呉一
鉛刀貴二一割一
夢想騁二良図一
左眄澄二江湘一
右盼定二羌胡一
功成不レ受レ爵
長揖帰二田廬一

論を著しては過秦に準り
賦を作りては子虚に擬う
辺城　鳴鏑に苦しみ
羽檄　京都に飛ぶ
甲冑の士に非ずと雖ども
疇昔　穰苴を覧たり
長嘯して清風に激し
志は東呉を無みするが若し
鉛刀も一割を貴ぶ
夢想して良図を騁す
左眄しては江湘を澄ましめ
右盼しては羌胡を定む
功成るも爵を受けず
長揖して田廬に帰らん

○押韻は、上平声六魚の「書・虚・苴・廬」と、同七虞の「都・呉・図・胡」の通押。　○弱冠弄二柔翰一　弱冠は、二十歳をいう。『礼記』曲礼上に、人の一生の区切りを述べて、「人生まれて十年なるを幼と曰い、学ぶ。二十なるを弱と曰い、冠す」とあるのに由来する。そこでは成人に達したしるしに、髪を結い冠を着けること。のちに、弱冠の二字でその年齢を表すようになった。弄は、弄筆が執筆をいい、弄琴が琴の演奏をいうように、手でする動作を表す。自由自在に操るニュアンスを帯びるかもしれない。柔翰は、毛筆。筆はむかし、鳥の羽毛で作られたので、翰は筆の意味ももつ。　○卓犖　並外れて優れているさまをいう畳韻の語。　○著レ論準二過秦一（二句）論・賦は、いずれも文体の種類。論は文体の一種で、無韻の文。賦は二八ページ以下を参照。準は、基準とする。過秦は、漢の賈誼の著した「過秦論」（巻五十一）。秦の滅亡の原因を論じたもの。史論として名高い。擬は、手本とする。子虚は、漢の司馬相如の代表作「子虚の賦」（巻七）。虚構の人物の問答を通して天子の遊猟を戒めたもの。　○辺城苦二鳴鏑一　辺城は、国境地帯の町。鳴鏑は、かぶら矢。うなりをあげて飛ぶ矢。周辺民族の襲撃を表す。　○羽檄　至急の文書。檄は、触れ文であるが、急ぎのそれには鳥の羽を挿したという。　○甲冑士　武人をいう。甲はよろい、冑はかぶと。日本では誤って逆さまの意味で慣用化している。　○疇昔覧二穰苴一　疇昔は、以前、むかし。穰苴は、春秋時代、斉の田穰苴の兵法書。田穰苴は大司馬の官を授けられたので司馬穰苴と称され、彼の兵法をはじめとする斉の国の兵法書を集めたのが『司馬穰苴兵法』。　○長嘯　口先をすぼめて発声する一種の詠唱法。　○東呉　中国東南部、孫氏の支配する呉の国。二八〇（太康元）年に武帝が滅ぼすまで、晋の敵国であった。○鉛刀貴二一割一　鉛で作った刀はなまくらではあっても、最初の一振りだけは役に立つこと。自分の能力を謙遜していう。後漢の武将班超が西域を討つために兵力の増強を願い出た上疏に、「臣は聖漢の威神に乗じ、冀わくは鉛刀一割の用に倣わん」（『東観漢記』）と、既に成語として用いられている。　○左眄澄二江湘一　眄は、横目で見る。江湘は、長江・湘水。その水を「澄」ますことで、その一帯を支配する呉を平定することをいう。　○右盼定二羌胡一　盼は、見る。羌胡は、甘粛省・陝西省に居住した羌族。胡は、北西異民族の総称。晋は、羌族・氐族らの侵入に悩まされた。　○不レ受レ爵　爵は、功臣に授けられる公・侯・伯・子・男の爵位。　○長揖帰二田廬一　長揖は、両手を組み合わせて上から下へ下ろす挨拶。田廬は、家と田畑。故郷をいう。漢の疏広は功成ると潔く官を辞して郷里に帰った。人から子孫のために田を買っておくことを勧められると、「吾豈老誖（もうろく）して子孫を念わざらんや。顧うに自ら旧き田廬有り」と答え、余分な財産はかえって子孫に害をなすことを説いた（『漢書』疏広伝）。生活を維持するのに必要・十分な耕作地と住居という意味を含める。

【現代語訳】　歴史を詠む

その一

私は二十の若さで筆を操って文章を綴り、ずぬけた才に任せて書物を読みあさった。論をものすれば、かの「過秦論」にも匹敵し、賦を作れば、かの「子虚の賦」とも肩を並べる。

辺境の町はかぶら矢が乱れ飛ぶ戦乱に傷めつけられ、急を知らせる檄が都に飛ばされる非常時だ。

もともと甲冑を身にまとう武人ではないとはいえ、以前に司馬穰苴の兵法を読んだこともある。

風を受けて長嘯するうちに心はたかぶり、東方の呉の国を飲んでかかるほどの気力が湧き起こる。

鉛作りのなまくらでも、初めの一太刀は貴重なもの、すばらしい戦略を存分に駆使することを夢想する。

左を見ては、長江・湘水の濁った流れをきれいに澄ませ、右を見ては、羌族らえびすの跋扈を平定するのだ。
そして手柄を立てたあかつきには、爵位を授けられても辞退し、朝廷に別れを告げて田舎に引きこもることにしよう。

武功へのあこがれ　「詠史」八首は歴史上の人物を直接の題材としながら、それに託して己の心情をうたうものであるが、他の篇がそれぞれ特定の人物を中心に詠じているのに対して、第一首では文学者としての才を誇るのに賈誼・司馬相如の名を引き合いに出しているのみで、全体の趣旨にかなう人名は語られていない。八首の最後に位置する第八首もその点では同じであり、この二篇は全体の序と最後の締めくくりとしての性質をもつものかもしれない。そうだとすれば、八首は作者によって一つの体系をもつべく配置されたことになる。ただし、この八首とは別に、左思の「詠史詩」と題する断片が四句、『北堂書鈔』（巻百十九）に残っている。

第一首は己の志を高らかに歌い起こす。初めの四句は、まず文人・学者としての卓越を自負する。賈誼・司馬相如は前漢を代表する文学者であり、自分の文学を彼らに比肩するものであると言いきる。「論」と「賦」を挙げているのは、二人の代表作から導かれるものであるけれども、左思自身に結びつけるならば、「賦」は「三都の賦」を意識するにちがいなく、ならば「論」にも相当する作品があったのかもしれない。

詩は続いて戦火のやまぬ現在の状況を述べ、自分は文のみならず、武においても力量と意欲をもつと誇る。

武人としての力が向かう具体的な対象には、晋に対抗する東南の呉と西北に侵入する羌族が挙げられているが、それを手だてにして「詠史」詩の制作年代を推し測る試みが提出されている。すなわち程千帆氏は、晋の武帝が呉を討った際の詔の内容と詩が述べる状況とが一致することから、詔の出された二七九（咸寧五）年十一月の作と断言する（「左太沖『詠史』詩三論」）。それに対して、興膳宏氏は、内容の符合は必ずしも時期の狭い限定を導くものではないとして、呉の滅亡（二八〇年）の前の二、三年間の作であろうと、やや緩める（「左思と詠史詩」）。一方、林田慎之助氏は「詠史」詩八首全体を、晩年、すべての望みを失って隠棲した左思の回想であると考える（「左思の文学」）。意気高らかな第一首から、絶望の淵に声の消えてゆく第八首までを、連続性をもった一つながりのものとみなすのは、確かに魅力的な説である。

晋が当面していた軍事上の課題を、自分の手で一挙に解決すること、左思の夢想はそれだけにとどまらない。そうした功を挙げながら、しかもその褒賞はきっぱり断って故郷に身を退けること、そうした潔い生き方にあこがれる。古くは『老子』九章の「功遂げ身退くは、天の道なり」が想起されるであろうが、老子は己の身を全うするための知恵として「功遂身退」を説く。ここではそれと異なり、爵禄を目的とはしない精神の潔癖さ、そうした行為のもつ男らしさに、うっとりしているのである。

同じ趣旨のことを、第三首では戦国時代の段干木・魯仲連をモデルとしてうたう。無位無官の身でその存在が魏の国を侵犯から守った段干木、やはり仕官しないまま趙の国から秦軍を退却させた魯仲連、彼らがそうした功績を挙げながらも、褒賞には目もくれなかった態度を、左思は賛美する。「功成りて賞を受けず、高節　卓として群せず」と。

あいにく左思自身は実際に武功を立てることはできず、したがって褒賞を辞退する機会にも恵まれなかったけれども、ここにうたいあげられた精神は、士大夫の伝統の中に気高い精神として継承されてゆく。たとえば、のちに李白も、魯仲連の態度に共感し、あこがれる詩を繰り返し作っている。「……意は千金の贈を軽んじ、顧みて平原に向かって笑う。吾も亦澹蕩の人、衣を払って調べを同じゅうすべし」（「古風」第十首）。

其二

鬱鬱澗底松
離離山上苗
以二彼径寸茎一
蔭二此百尺条一
世冑躡二高位一
英俊沈二下僚一
地勢使二之然一
由来非二一朝一
金・張籍二旧業一
七葉珥二漢貂一
馮公豈不レ偉
白首不レ見レ招

其の二

鬱鬱たり澗底の松
離離たり山上の苗
彼の径寸の茎を以て
此の百尺の条を蔭う
世冑は高位を躡み
英俊は下僚に沈む
地勢之をして然らしむ
由来一朝に非ず
金・張は旧業に籍り
七葉漢貂を珥む
馮公は豈偉ならざらんや
白首にして招かれず

○押韻は、下平声二蕭の「苗・条・僚・朝・貂・招」。　○鬱鬱澗底松　鬱鬱は、植物のよく茂ったさまをいう畳字。「古詩十九首」第二首に「鬱鬱たり園中の柳」とある。澗は、たに。　○離離山上苗　離離は、垂れ下がったさま。『詩経』小雅・湛露に、「其の実は離離たり」、その毛伝に「離離は垂なり」とある。○以二彼径寸茎一（二句）　径寸茎は、直径一寸の茎。苗のかぼそいことをいう。蔭は、おおう。百尺条は、松の枝の長さをいう。冒頭のこの四句、二句ずつが対句をなし、かつ第三句は第二句を受け、第四句は第一句を受ける。この手法は劉楨の「従弟に贈る」詩第二首（二二三ページ）にもみえる。　○世冑　代々禄を受け継いでいる家柄の子弟。冑は、後裔のこと。　○下僚　地位の低い役人。僚は、官のこと。　○地勢使二之然一　地勢は、土地の形勢、転じて、人の地位・勢力をもいう。『易経』坤卦の象伝に「地勢坤なり。君子以て厚徳もて物を載す」とあるのによる。　○由来非二一朝一　これも『易経』坤卦の文言伝に、「一朝一夕の故に非ず。其の由来する所の者は漸なり」とあるのによる。　○金・張籍二旧業一　金・張は、漢の金日磾と張湯の一族。いずれも高官の続いた家柄として知られる。張華の「軽薄篇」にも「朝に金・張と期し、暮れに許・史（許伯と史高、ともに外戚）の家に宿る」と、金・張を権門の代表として用いる。籍は、たよる。旧業は、先人の遺業。　○七葉珥二漢貂一　七葉は、七代。『漢書』金日磾伝の賛に、「七葉内侍たり、何ぞ其れ盛んなる」とあるのに基づき、武帝から平帝まで前漢後半の七世の帝の期間をさす。張氏についても、『漢書』張湯伝に、「安世（張湯の子）の子孫相継ぎ、宣・元（帝）より以来、侍中・中常侍・諸曹散騎・列校尉と為る者凡そ十余人。功臣の世、唯だ金氏・張氏有り。親近寵貴さるること、外戚に比ぶ」とある。珥は、さしはさむ。貂はてん。てんの尾は侍中・中常侍の高官が冠につけてしるしとしたもの。○馮公豈不レ偉　馮公は、馮唐のこと。漢の文帝の時の人で、高い見識をもちながらも、老年まで郎中署の低い官のままであった。『漢書』馮唐伝にみえる。

【現代語訳】　その二

鬱蒼と茂る谷底の松の木。枝の垂れ下がる山の上の苗木。

この直径一寸ほどの細い茎が、あの百尺の枝をもつ大木を覆い隠している。

名族の家に生まれた者が高い官位に昇り、優れた人材がしがない小役人に身を沈めている。

身を置く場所がこうした違いをもたらしたのだ。事の起こりは根深く、一朝一夕にこうなったわけではない。

金氏・張氏という名門は、先代の遺業のおかげで、漢の七代の御世にわたって貂の尾を冠に挟む身分を受け継いだ。

馮公（馮唐）だって優れた人物にちがいない。しかし彼は白髪の年になっても召されることなく、下級官吏に甘んじたのだった。

寒門ゆえの不遇をかこつ　「上品に寒門無く、下品に世族無し」（『晋書』劉毅伝）といわれるような、門閥が官界での地位を決定してしまう時代にあって、寒門出身者の不満の思いを述べる詩。権門として挙げられている金氏・張氏、逆に器量を備えながらも下積みのまま一生を終えた馮唐、いずれも漢代の歴史上の人物が題材に採られているが、左思の憤慨するのはもちろん同時代、晋の状況である。事実、寒門の出であった左思は一生うだつが上がらなかった。出身という要因のみによって差別を被ること、この不合理は、能力を自負しながらもそれを発揮する機会を与えられなかった階層にとって、広く共有される嗟嘆であったにちがいない。

冒頭の四句は、樹木の寓喩によって歌い起こされている。百尺の大木と径寸の苗木の対比――いずれが価値をもつか、だれの目にも明らかであるにもかかわらず、大木は谷底にあり、苗木は山の上にあるという「地勢」の違いのために、苗が大木を覆うという妙な事態を呈している。

樹木の寓喩は、次の「世冑は……」「英俊は……」の二句で、出自と能力の関係に置換されるので、何をたとえているかは明白である。松は志操の堅固さをたとえるものとして、既に古典文学の中に定着していたが（劉楨「従弟に贈る」第二首二二三ページを参照）、それに加えて更にここでは、不遇に耐え続ける精神を象徴することにもなった。そしてこの比喩はのちの文人にも踏襲されてゆき、たとえば唐の王勃の「澗底寒松の賦」、白居易の新楽府「澗底の松」などがある。

其六

荊軻飲㆓燕市㆒
酒酣気益震
哀歌和㆓漸離㆒
謂若㆓傍無㆒㆑人
雖㆑無㆓壮士節㆒
与㆑世亦殊㆑倫
高眄邈㆓四海㆒

其の六

荊軻　燕の市に飲み
酒酣にして気益震う
哀歌　漸離に和し
謂えらく傍らに人無きが若しと
壮士の節無しと雖ども
世と亦倫を殊にす
高眄すれば四海邈かなり

始皇帝に刃を向ける荊軻（漢代・画像石）

豪右何足レ陳
貴者雖二自貴一
視レ之若二埃塵一
賤者雖二自賤一
重レ之若二千鈞一

豪右も何ぞ陳ぶるに足らん
貴者は自ら貴しと雖ども
之を視ること埃塵の若し
賤者は自ら賤しと雖ども
之を重んずること千鈞の若し

○押韻は、上平声十一真の「震・人・倫・陳・塵・鈞」。○荊軻飲二燕市一（四句）荊軻は、戦国時代の俠客。燕の太子丹に請われて、秦王（後の始皇帝）を暗殺しようと図ったが、あと一歩のところで失敗、捕らえられて殺された。その顚末は『史記』刺客列伝にみえる。初めの四句は刺客列伝の記述を襲う箇所が少なくない。「荊軻酒を嗜み、日狗屠（犬を殺す男）及び高漸離と与に燕市に飲む。酒酣にして以往、高漸離は筑を撃ち、荊軻は和して市中に歌い相楽しむなり。已にして相泣き、旁らに人無き者の若し」。高漸離は、そこにみえるように荊軻の心を許した友人で、筑（楽器の一種）の名手。のちに荊軻のあだをうつべく、筑に鉛を仕込んで始皇帝に近づいたが、失敗して殺された。「震」の字、原文は「振」に作るが、『文選考異』によって改めた。○雖レ無二壮士節一（二句）壮士は、節義を貫く男子。暗殺に向かう際、易水での送別の場で荊軻のうたった歌に「風蕭蕭として易水寒し、壮士一たび去って復た還（かえ）らず」とあるのを意識する。それが結局失敗に帰したので、「壮士の節無し」というのだと、五臣注は説明する。とはいえ、世間風俗の輩と同類ではない、というのが次の句。殊は、異にする。倫は、仲間。
○高眄邈二四海一　高眄は、高い見地から物を見ること。邈は、はるか。四海は、中国の四方の果てにあると考えられた海、それによって世界全体を意味する。邈二四海一は、世界が遠く小さく見えること。○豪右何足レ陳　豪右は、豪族。名門を右姓・右族というように、右は上位を意味する。○貴者雖二自貴一（四句）埃塵は、ちりほこり、軽く無価値なものをたとえる。千鈞は、重く価値あるもののたとえ。鈞は、重さの単位。十六両が一斤、三十斤が一鈞。

【現代語訳】 その六

荊軻（けいか）は燕（えん）の盛り場で酒を飲み、酔いがまわってくると、気勢はますます上がっていった。

高漸離の筑（ちく）に合わせて悲歌をうたい、そばに人がいようが、はばかることはなかった。

壮士としての節は全うできなかったにしても、世間の輩（やから）とは同じ仲間ではなかった。

高みから眺めやれば世界も小さく見える。その中でのさばる豪族など、言うに足りない。

高貴な身分の人々は、それ自体高貴であるにしても、荊軻の目にはちりほこりのようにしか映らないし、身分の低い人々は、それ自体低い地位であるにしても、千鈞の重みをもつものとして大切にしたのだった。

作者が作り上げた荊軻像　戦国時代の暗殺者として名高い荊軻（けいか）が、この詩では取り上げられる。しかし、その賛美の在り方は、普通の理解とは異なり、左思独特のとらえ方がされている。

荊軻をはじめとする暗殺者たちが、『史記』刺客列伝に立てられたのは、事の首尾不首尾を問わず、彼らが義を貫くために命をも惜しまなかった、その精神の高さゆえであった。それについてはここでは触れられていない。左思の共感と賞賛を呼び起こしたのは、荊軻が貴賤の区別を転倒した、あるいは無化したことであった。

「詠史」詩全体が、題材となる人物はさまざまであれ、地位官位に安住する人々への嫌悪、世にうずもれた人士への同情、そうした不公平を作り出している社会への憤りに貫かれている。荊軻の場合は、どのようにそのテーマと結びつけられるか。彼はもともと燕の国に流れて来て、屠殺をなりわいとする者や音楽師と飲み暮らしていたのだった。そうした当時の社会の下層に生きる人々の中に溶け込んでいたことが、貴賤の別を超越した態度として、左思の注目を引きつける。初めの四句はそのために費やされている。この交遊が賤者を千鈞のごとく重んじたことに当たるのであろう。

一方、貴者を埃塵のごとく軽視したことを、五臣注は、貴い君主、始皇帝に刃を向けたことと説明しているが、そうであろうか。荊軻に暗殺を依頼した太子丹、この小人物に対して荊軻は燕の皇族だからといって、特別な態度をとらない。出立をせきたてる太子丹をしかりつけさえしている。こうした態度をさしていうのではなかろうか。荊軻を暗殺に駆り立てたのは、太子丹の懇願のためでもなく、燕の国を守るためでもなかった。ひたすら始皇帝を自分の手で殺したいという情熱、それ以外にない。この情熱の前では、貴賤の別などといった世間の価値観は無視されてしまう。そうした荊軻の人間像を、左思は「刺客列伝」からすくいとり、自分の一貫するテーマに引き寄せて、一般の荊軻像とは異なる荊軻を作り上げている。

赴レ洛道中作二首（洛に赴く道中の作 二首）　陸機 士衡

赴レ洛道中作　呉の滅亡ののち、十年の逼塞を経て、太康の末年、召喚に応じて晋の都洛陽へ向かった時の作。陸機二十九歳のころ。『文選』にはこの題の二首のほか、更に「洛に赴く」と題する二首も収められる。ただし「洛に赴く」詩第二首は、内容から、洛陽で仕官している時の作と考えられている。巻二十六、行旅。

陸機　二六一—三〇三。西晋の文学者。字は士衡。呉郡呉（江蘇省蘇州）の人。祖父の陸遜は呉の丞相、父の陸抗は呉の大司馬という名門に生まれたが、二十歳の時に呉が滅び、十年の蟄居ののちに洛陽に出た。たちまち評判を得て晋に登用され、太子洗馬・著作郎・中書郎などを歴任、平原内史にも任じられたことがあるので、後に陸平原とも称される。三〇三（太安二）年、後将軍河北大都督となって、長沙王を討ちに赴いたが、敗戦。庇護を受けていた成都王の嫌疑を招いて誅殺された。文学の活動は広いジャンルにあまねく及び、晋の太康の文学を代表する。『晋書』巻五十四に伝がある。

其二　　　　其の二

遠遊越二山川一　　　遠遊して山川を越え

山川倏且広
振レ策陟二崇丘一
案レ轡遵二平莽一
夕息抱レ影寐
朝徂銜レ思往
頓レ轡倚二嵩巌一
側レ聴悲二風響一
清露墜二素輝一
明月一何朗
撫レ几不レ能レ寐
振レ衣独長想

山川　倏く且つ広し
策を振るいて崇丘に陟り
轡を案えて平莽に遵う
夕べに息いては影を抱きて寐ね
朝に徂きては思いを銜みて往く
轡を頓どめて嵩き巌に倚り
聴を側てて風の響きを悲しむ
清露　素き輝きを墜とし
明月　一に何ぞ朗らかなる
几を撫でて寐ぬる能わず
衣を振るいて独り長く想う

○押韻は、上声二十二養の「広・莽・往・響・朗・想」。　○遠遊　『楚辞』の遠遊が想起される語。そこでは、屈原が俗世を疎み、仙界に遊ぶことがうたわれている。　○振レ策陟二崇丘一　策は、馬のむち。賈誼の「過秦論」（巻五十一）に、「長き策を振るいて宇内を御す」とある。崇丘は、高い山。　○案レ轡遵二平莽一　案は、按に同じで、手綱を引き締めて馬の速度を抑える。平莽は、平原。　○頓レ轡　頓は、止める。手綱のさばきをやめる、馬を停止させること。　○側レ聴　耳を澄まして聴く。　○撫レ几　几は、ひじかけ。　○振レ衣　衣服の塵を振るい落として身にまとう。

【現代語訳】　洛陽に赴く途次の作

その二

遠い旅に出て幾山川を越え、山も川も長くまた広く、どこまでも続く。

馬に鞭を振り上げて高い丘陵に登ることもあり、手綱を引き締めて草原にゆっくり歩を進めることもある。

晩に休む時は、自分の影を抱きかかえて孤独な眠りに就き、朝に立つ時は、満たされぬ思いを抱いたまま旅を続ける。

馬を止めて、切り立った岩陰に身を寄せ、耳を澄ませば風の響きにも胸が痛む。

清らかな露は白く輝きながらこぼれ落ち、明月はなんと明るくさえわたっていることだろう。

ひじかけをさするばかりで寝つくこともできず、服を払って身に着け、果てない思いに独りふける。

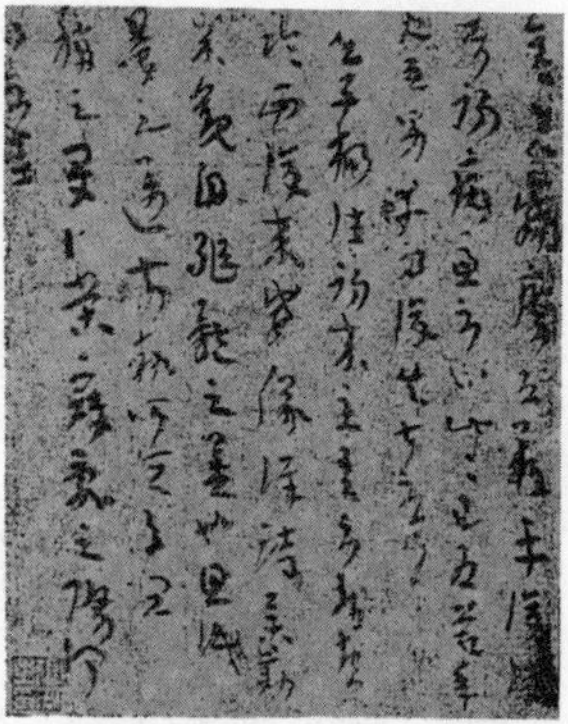

陸機筆・平復帖（故宮博物院蔵）

旅そのものがもつ憂い　詩の題から、都洛陽に向かう旅の道中をうたった作であることを知り、陸機の経歴から、その旅が祖国呉を滅ぼした敵国である晋に仕えるための、人生に新たな展開をもたらす、不安に満ちた門出であったことを知るけれども、詩の中ではそうした具体的な状況はいっさい記されていない。どこをどう通ったかも、まるで書き込まれていない。のちの謝霊運や謝眺の行旅の詩が、地名を事細かに記しているのと、好対照である。「いったいに陸機の詩は、観念的・形而上的で、具体的な事実に即した描写に乏しい」(興膳宏著『潘岳 陸機』)。その陸機の詩の中でも、紀行詩はかなり具体的に描写されていると、興膳氏は説かれているが、しかし行旅の詩というジャンルの中に陸機のこの詩をおいてみれば、やはり陸機の抽象化に驚かざるをえない。旅という実際の、個別的な体験、それの個別的な要素を捨象し、「崇丘」と「平莽」、「夕べに息う」と「朝に徂く」など、事態は対偶の中に規格化されてしまう。

かといって、それが詩としての価値を消してしまうというのではない。陸機はこの旅の説明をしようなどと、もともとしないだけのことであって、旅というものが本来もっている憂い、それだけをひたすら純粋に写し取ろうとしているかのようだ。個別的な旅にまつわるさまざまな出来事や見聞、それらはいっさいそぎおとして、旅愁そのものを純化して提示しているのである。

重い憂いに覆われているこの詩の中で、唯一の救いのように現れるのは、白く輝きながらこぼれおちる露と、その露に白い輝きを与えている月の明るさをうたった二句だが、その美しさもこの詩全体の中にあっては、冷たく透きとおるような悲しみを帯びているかに思われてくる。

雑詩十首(雑詩 十首)　　張協 景陽

雑詩　張協の詩業を知るにはこの一連の作以外ほとんどない。内容は多岐にわたり、望郷の情、人生の短促、隠棲の楽しみ、武功への意欲など、さまざまな思いをうたう。巻二十九、雑詩上。

張協　？―三〇七？。西晋の詩人。字は景陽。安平（河北省安平県）の人。秘書郎・中書侍郎・河間内史などを歴任したが、恵帝の時の世情の混乱を見て官を辞し、懐帝の永嘉の初めに黄門侍郎に召されたのも断って、隠棲したまま没した。西晋の文学を代表する「三張（張載・張協・張亢）、二陸（陸機・陸雲）、両潘（潘岳・潘尼）、一左（左思）」（鍾嶸『詩品』序）の一人に数えられ、張氏三兄弟の中では最も傑出するとされる。詩は『文選』に収められた「詠史」「雑詩十首」のほかに、二、三首残るにすぎず、文では「七命」が知られる（巻三十五）。『晋書』巻五十五張載伝の付伝。

其五

昔我資二章甫一
聊以適二諸越一
行行入二幽荒一
甌駱従二祝髪一
窮レ年非レ所レ用

其の五

昔　我　章甫を資とし
聊か以て諸越に適けり
行き行きて幽荒に入り
甌駱は祝髪に従えり
年を窮むるも用うる所に非ず

此貨将安設
瓴甋夸璵璠
魚目笑明月
不見郢中歌
能否居然別
陽春無和者
巴人皆下節
流俗多昏迷
此理誰能察

此の貨　将安くにか設さん
瓴甋は璵璠に夸り
魚目は明月を笑う
見ずや　郢中の歌の
能と否と居然として別るるを
陽春は和する者無く
巴人は皆下節す
流俗多く昏迷す
此の理　誰か能く察せん

○押韻は、入声六月の「越・髪・月」と、同九屑の「設・別・節」、同八黠の「察」の通押。○昔我資章甫（二句）　章甫は、殷代の冠の名。殷の後裔である春秋時代の宋の国でも用いられた。資は、もとでとする。諸越は、中国東南部一帯の越族。多くの部族に分かれていたので、諸越という。章甫は優れた徳を、諸越はそれを理解しえない世俗を比喩する。二句は、『荘子』逍遥遊篇のたとえ話に基づく。「宋人　章甫を資として諸越に適く。越人は断髪文身にして、之を用うる所無し」とあり、そこでは神人の世界のことが世俗では理解されないことをたとえる。○幽荒　遠い世界の果ての地。○甌駱従祝髪　甌駱は、諸越の集落の名。原文は「欧」に作るのを『考異』によって改める。祝髪は、断髪。『春秋穀梁伝』哀公十三年に、「呉は夷狄の国なり。髪を祝ち、身に文す」とみえる。○窮年　一年の終わりまで、一年中。○瓴甋夸璵璠　瓴甋は、しきがわら。璵璠は、宝玉の名。曹植の「徐幹に贈る」詩（巻二十四）に「亮に璵璠の美を懐き、積むこと久しくして徳は逾宣ぶ」と、美徳にたとえる。夸は、誇に同じ。○魚目笑㆓明月㆒　魚目は、文字どおり、魚の目玉。明月は、名宝として知られる明月珠。○不㆑見郢中歌（四句）郢は、春秋楚の都。能否は、歌えるか歌えないか。居然別は、はっきり区別があること。陽春は、「陽春白雪」という、高級な曲の名。巴人は、「下里巴人」という、通俗的な曲の名。下節は、手拍子を打つこと。四句は宋玉の「楚王の問いに対う」（巻四十五）に基づく。「客に郢中に歌う者有り。其の始めは下里巴人と曰う。国中の属して和する者数千人。其の陽阿薤露を為すや、国中の属して和する者数百人。其の陽春白雪を為すや、国中の属して和する者、数十人に過ぎず」とあり、上等の曲ほど唱和者が少ないことをいう。○流俗　世俗。○昏迷　愚かでぼんやりしている。

【現代語訳】

その五　雑詩

以前、私は楚の人のかぶる章甫の冠を仕入れて、まずは越の国々へ行ってみた。ずんずんと行き続けて、地の果てにまで分け入ったが、甌駱の集落では断髪をならわしとしているのだった。

いつまで待っても不用のものだ。この品物はいったいどこへ並べたらいいのか。敷きがわらのような手合いが、璵璠の宝玉に向かって鼻を高くしているし、魚の目玉の分際が、明月珠をあざわらっている。

知ってのとおり、かの郢の町の歌は、唱和できるかできないか、はっきり分かれていた。「陽春白雪」の高い調べには、声を合わせる人はなく、反対に「下里巴人」の歌には、みんなが手で拍子をとったのだった。

低俗な世間は、見る目がない者ばかり。このことわりを明察できる人はいないのか。

有能な人物の不遇に対する嘆き　初めの六句は『荘子』逍遥遊篇、「見ずや　郢中の歌の」からの四句は宋玉の「楚王の問いに対う」、それらにみえる、よく知られた出典を用いながら、たとえを連ねる。たとえている事柄は明らかで、徳や才を備えた人物が世に認められないこと、本来の力を発揮する機会に恵まれないことを嘆く。

初めの比喩では、せっかくの由緒ある冠も文化果つる地では無用のものとなってしまうというにとどまるが、「瓴甋は……」二句では、価値のあるものとないものとが逆転し、つまらないものがのさばっていることをたとえる。

そして優れた存在が優れているがゆえに理解されないというのは、普遍の法則であることを「郢中の歌」によって述べる。

不遇の士人にとって、自己の存在の意味を取り戻す唯一の方法は、己を理解しない世間を迷妄と決めつけることであったのか。意のごとくならない人生を余儀なくされた多くの人々が、こうした一種の解決法にひそかな慰撫を見いだしたことであろう。そこに芬々たる選良意識を嗅ぐ場合もあるだろうけれども、しかし中国の士大夫が途方もなく長い歴史の中で持ち続けた精神の矜持もまた、こうした意識の中でこそ保たれたものではなかろうか。

五君詠（五君詠）

顔延之　延年

五君詠　「五君」は、竹林の七賢のうちの、山濤・王戎を除いた阮籍・嵆康・劉伶・阮咸・向秀の五人。それぞれの生き方をうたいながら、そこに作者自身の思いを託する、全五首から成る詩。「嵆中散」は、その二首目で、詩題は、嵆康（四〇二ページを参照）が中散大夫であったことに基づく。巻二十一、詠史。

顔延之　三八四―四五六。字は延年。「顔謝」と並称された謝霊運（三〇六ページ）とともに、南朝宋の文帝の元嘉（四二四―四五三）の時期を代表する文人。謝霊運と比べてより技巧的であるが、しかし、当時の文壇では異質の存在であった陶淵明の、同時代における理解者としても知られる。『宋書』巻七十三、『南史』巻三十四に伝がある。

嵆中散

中散不レ偶レ世
本自餐霞人
形解験二黙仙一
吐レ論知レ凝レ神

嵆中散

中散は世に偶わず
本より餐霞の人
形解けて黙仙を験し
論を吐きて神を凝らすを知る

立レ俗迕二流議一
尋レ山洽二隠淪一
鸞翮有二時鎩一
竜性誰能馴

俗に立ちては流議に迕らい
山を尋ねては隠淪に洽う
鸞翮　時に鎩なわるる有り
竜性　誰か能く馴らさん

○押韻は、上平声十一真の「人・神・淪・馴」。○不レ偶レ世　偶は、一致する。孫盛の『晋陽秋』（李善注引）に「嵆康は性　俗に偶わず」とある。○本自　二字で、もともとの意味。○餐霞人　霞は、あさやけ、ゆうやけ。それが日の精と考えられ、「餐霞の法」は仙人が不老長生を求める方法であった。司馬相如の「大人の賦」に「沆瀣を呼吸し、朝霞を飡らう」とある。○形解験二黙仙一　形解は、いわゆる尸解のこと。道を会得した道士が肉体はこの世に残し、魂魄が抜け出して神仙としての永遠の命を得るのをいう。嵆康も尸解したという話が、李善注の引く顧凱之の「嵆康讃」にみえる。それによれば、徐寧と彼の道教の師鮑靚のいる精舎に、夜のしじまを通して琴の音が聞こえてきた。いぶかる徐寧に対して、鮑靚は嵆康の弾く琴だという。徐寧が、嵆康は刑場の露と消えたではありませんかと問い返すと、鮑靚は「叔夜（嵆康の字）は跡　終わりを示すも、実は尸解す」と答えたという。黙仙は、人知れず仙人となること。○吐レ論知レ凝レ神　吐レ論は、言語活動、ここでは「養生論」（巻五十三）を著したことをさす。孫綽の「嵆中散伝」（李善注引）に「嵆康　養生論を作り、洛に入る。京師之を神人と謂う」とある。凝レ神は、道家の精神集中法。『荘子』逍遥遊篇に、「藐姑射の山に神人の居る有り。……其の神凝れば、物をして疵癘わざらしめ、年穀をして熟せしむ」という。○立レ俗迕二流議一　立レ俗は、世俗の中に身を置く。流議は、流俗の議論。具体的には儒家否定であったとして、李善は「竹林七賢論」を引き、「嵆康は湯（王）・武（王）を非り、周（公）・孔（子）を薄んず。世に迕らう所以なり」とする。この一句、「立議迕流俗」として、「議を立て、流俗に近らう」と読んだ方が読みやすい。○尋レ山洽二隠淪一　洽は、うちとける。隠淪は、隠者。嵆康は、隠者の孫登や王烈とともに、採薬のために山を歩きまわった。○鸞翮有二時鎩一　鸞は、鳳凰の類の高貴な鳥。嵆康の美質をたとえる。翮は、鳥の羽。鎩は、傷つける。つばさが損なわれるのは、人が志を得ないことをいう習用の比喩。「嵆康別伝」（李善注引）に「康は音気美しく、容色好し。竜の章、鳳の姿、天質自然なり」とみえる。○竜性誰能馴　司馬昭（晋の文帝）は、嵆康を己の陣営に引き入れようとしたが、腹心の鍾会が「嵆康は臥竜なり。起こすべからず」と止めた（『晋書』嵆康伝）。

【現代語訳】　五人の君子のうた

嵆康

嵆中散は世俗の人種と折り合って生きてゆくことができないたち、もともとが霞を食らう仙人なのだ。

尸解したというのは、彼が人知れず神仙と化した証拠であるし、「養生論」を著したことで、彼が精神集中の法を会得していたことがわかる。

俗界に身を置いては世間一般の論調に逆行し、山中に分け入って隠遁者たちと意気投合したのだった。

鸞の翼が傷つけられることはあっても、その竜のような本性は、だれも手なずけられはしない。

嵆康に託された作者の憤懣　「五君詠」は「詠史」の分類に収められている。中国の「詠史」

詩は一般に、歴史上の人物・事跡を取り上げてうたいながらも、それにとどまるものではなく、そこに同時代に対する批判的意見、また作者自身の身世にまつわる感慨がこめられるものである。「五君詠」もその例外ではなく、『宋書』顔延之伝によれば、顔延之の傲慢を憎んだ劉湛が彭城王劉義康に言上して永嘉太守に左遷させた際、その処置に対する憤懣から作られたもので、七賢のうちの山濤と王戎は貴顕の身であったので除外されたのだという。

この「嵆中散」詩では、嵆康がもともと世俗とは異質の人間であり、それゆえに危害を被った宿命を述べる。末二句の「鸞翮　時に鎩なわるる有り、竜性　誰か能く馴らさん」は、顔延之自身のことを述べたものと、『宋書』本伝はいう。詳しくは、江淹の「恨みの賦」（一二七ページ）、嵆康の「山巨源に与えて交わりを絶つ書」（四〇二ページ）を参照されたい。

登池上楼（池上の楼に登る）　謝霊運

登池上楼　永嘉郡（浙江省温州市）の池のほとりの楼閣に登っての作。詩の内容から、永嘉太守に赴任した次の年の春、つまり四二三（景平元）年の作であることがわかる。巻二十二、遊覧。

謝霊運　三八五―四三三。字は知られていない。康楽公の爵位を継いだので謝康楽ともいう。南朝宋の元嘉時代を代表する文人。宋初の文学は「荘老退くを告げて、山水方に滋し」（『文心雕竜』明詩篇）といわれるように、老荘の哲学に基づく玄言詩から自然美を詠ずる山水詩へと大きく転換したが、その山水文学の開祖と目される。東晋の名将謝玄の孫に当たる名門に生まれたものの、劉裕（宋の武帝）ら新興勢力の擡頭によって、不如意を余儀なくされる。初め、劉裕の政敵劉毅に仕え、劉毅の殺されたあと劉裕に仕えたが、宋王朝樹立ののちは劉裕に反発して文学を愛好する廬陵王劉義真に接近した。権力闘争の渦中で劉義真が王位を奪われる（のちに殺害される）と、それに伴って謝霊運も永嘉太守に左遷された。政治上の挫折と永嘉の地を取り巻く自然は山水への沈潜を導き、多くの山水詩が書かれることになる。しかし翌年には辞任して始寧（浙江省上虞区の南西）で隠棲生活に入る。そののちも幾度か出仕するが、結局宋朝と相容れず、謀反の嫌疑をかぶせられて広州に流され、その地で処刑された。『宋書』巻六十七、『南史』巻十九に伝がある。

潜虬媚㆓幽姿㆒　　潜虬は幽姿媚しく
飛鴻響㆓遠音㆒　　飛鴻は遠音響く
薄㆑霄愧㆓雲浮㆒　　霄に薄りては雲に浮かぶに愧じ
棲㆑川作㆓淵沈㆒　　川に棲みては淵に沈むに怍ず
進㆑徳智所㆑拙　　徳を進むるも智の拙くする所となり
退㆑耕力不㆑任　　耕に退くも力任えず

徇レ禄反ニ窮海一
臥レ痾対ニ空林一
衾枕昧ニ節候一
褰開暫窺臨
傾レ耳聆ニ波瀾一
挙レ目眺ニ嶇嶔一
初景革ニ緒風一
新陽改ニ故陰一
池塘生ニ春草一
園柳変ニ鳴禽一
祁祁傷ニ豳歌一
萋萋感ニ楚吟一
索居易ニ永久一
離群難レ処レ心
持レ操豈独古
無レ悶徴在レ今

禄に徇いて窮海に反り
痾に臥して空林に対す
衾枕　節候昧く
褰げ開きて暫らく窺い臨む
耳を傾けて波瀾を聆き
目を挙げて嶇嶔を眺む
初景は緒りの風を革め
新陽は故き陰を改む
池塘　春草生じ
園柳　鳴禽変ず
祁祁として豳歌を傷み
萋萋として楚吟に感ず
索居は永く久しくなり易く
離群は心を処し難し
操を持するは豈独り古のみならんや
悶え無きは　徴　今に在り

○押韻は、下平声十二侵の「音・沈・任・林・臨・嶔・陰・禽・吟・心・今」。　○潜虬媚ニ幽姿一　虬は、みずち。『説文解字』に「竜の角有る者」とある。水中に身を隠しているのが、潜虯。『易経』乾の卦に「潜竜、用うる勿かれ」とみえる。隠者を象徴する。媚は、美しいことをいう形容詞だが、自らの美しさを慈しむ主体の動きをも含む。幽姿は、内面の深さをたたえた姿態。○飛鴻響二遠音一　鴻は、雁の類のおおとり。『易経』漸の卦に、「鴻　陸に漸む（陸は逵、雲の路と解される）。其の羽は用て儀と為すべし」とある。水底に潜んで身を守る潜虯と対照的に、高い地位にあって害を被らない存在を象徴する。空高くを飛ぶので、目に見えない遠くから鳴き声が聞こえてくるのが、「響二遠音一」。○薄レ霄愧二雲浮一　薄は、迫る。霄は、大空。天空に迫らんばかりに飛ぶ。ただし、李善注は「薄」を「泊」と同じとして、「泊は止まるなり」の訓を挙げる。それならば、雲間に停留する、の意味。いずれにしても「飛鴻」の句を受け、そのように空高く飛ぶことのできない自分を恥ずかしく思う。○棲レ川怍二淵沈一　怍は、恥じる。「潜虯」の句を受ける。謝霊運と同時代の陶淵明（両者は相会うことはなかったが）の「始めて鎮軍参軍と作り、曲阿を経て作る」詩（巻二十六）にも、「雲を望んでは高鳥に慚じ、水に臨んでは游魚に愧ず」と、三次元の空間を自在に活動する鳥や魚に対して、官に束縛された身のあこがれをうたう。○進レ徳智所レ拙　進レ徳は、自己の徳行を向上させること、出仕のための準備をいう。『易経』乾・文言伝に「君子の徳を進め業を修むるは、時に及ばんことを欲するなり」とみえる。しかし自分の知力の劣るために実現できない。「飛鴻」の句に連なる。○退レ耕力不レ任　退レ耕は、官界から身を引いて田を耕す隠遁生活。しかしその肉体労働には体力が耐えられない。「潜虯」の句に連なる。○徇レ禄反二窮海一　徇は、殉と同じく、何かのために自分の身を犠牲にすること。禄は、俸禄。永嘉太守に赴任したことを、食うための不本意な結果という。「反」は、『三謝詩』（謝霊運・謝恵連・謝朓の詩集）では「及」に作る。いずれかが魯魚の誤りなのだろうが、「及」の方が読みやすい。「反」ならば、謝霊運の生地、会稽郡の始寧県（浙江省上虞区の南西）も海に近いので、都から離れたことを「かえる」といったものか。窮海は、地の果てなる海浜地帯。漢語の「海」は、常に辺鄙な、荒涼としたイメージを伴う。ここでは、永嘉郡をさす。○臥レ痾対二空林一　痾は、病気。空林は、冬枯れの林。○衾枕昧二節候一（二句）この二句、胡刻本にはないが、六臣注本に従って補う。衾枕は、布団とまくら。病床をいう。昧は、はっきり識別できない。節候は、季節。褰は、搴と同じ。手でかかげる。窺臨は、窓に近づいて外を眺める。『礼記』孔子閑居に「耳を傾けて之を聴く」とある。○傾レ耳聆二波瀾一　傾レ耳は、耳をそばだてる。注意を聴力に集中することをいう。聆は、聴く。波瀾は、波を二字でいったもの。○挙レ目眺二嶇嶔一　前の句の聴覚に対して、この句は視覚による外界の感受。嶇嶔は、山のそばだったさまをいう双声の語。○初景革二緒風一　初景は、春の初めの陽光。革は、あらためる。緒風は、冬の名残の冷たい風をさす。『楚辞』九章に、「款 秋冬の緒風」とみえ、その王逸の注に「緒は余なり」という。○新陽改二故陰一　冬から春に変わったこと。冬至の日を境にして、陽気が陰気を逆転すると考えられた。○池塘生二春草一　池塘は、池の堤。この句は有名な逸話とともに、佳句として人口に膾炙している。鍾嶸の『詩品』の謝恵連（謝霊運の従弟）の条に、『謝氏家録』なる書物を引いていう、謝霊運は恵連と向かい合っていると、いつもよい句が生まれた。永嘉の西堂でなかなか詩ができない時、夢の中で恵連に会うや、すぐに「池塘 春草生ず」の句ができあがった。そこで彼は「此の語は神助有り。我が語に非ざるなり」と語っていたという。ただし、謝霊運が恵連と出会ってその文才を認めたのは、のちの始寧時代のことであるから、事実と齟齬する。○祁祁傷二豳歌一　『詩経』豳風・七月の「春日遅遅たり。蘩を采ること祁祁たり。女の心傷悲す。殆めて公子と同に帰らん」に基づく。祁祁は、毛伝に「衆多なり」とある。養蚕の蘩を摘みながら春愁を生じた娘が、殿方と一緒に家に帰りましょう、という歌。○萋萋感二楚吟一『楚辞』招隠士の「王孫遊びて帰らず。春草生じて萋萋たり」に基づく。萋萋は、草の茂るさま。前の句と並んで、春の景色を見て帰心を触発されたことを、古典を媒介にして述べる。○索居易二永久一（二句）索居・離群は、仲間からはずれて一人でいること。『礼記』檀弓上の子夏のことば、「吾群を離れて索居すること、亦已に久し」による。独居は時間を長く感じさせるというのが、「易二永久一」。処レ心は、心を落ち着かせる。○持レ操豈独古　持レ操は、節操をしっかり守る。自分本来の生き方を貫くことをさす。ただし、操を楽曲の意味にとって、古の「豳歌」「楚吟」の曲だけが帰りたいという思いをうたっているだけではない、と解する説もある。〇無レ悶徴在レ今　無レ悶は、『易経』乾・文言伝の「世を遁れて悶え無し」に基づく。

【現代語訳】池のほとりの楼に登って

水中に身を隠した虬は、うっとりする美しさをたたえ、空高く翔ける鴻は、はるか遠くまで鳴き声を響かせる。

天空に接近しようとしてみても、雲間に浮かぶ鴻に及ばない我が身が恥ずかしく、川に住みかを求めても深い淵に身を沈めている虬に及ばない自分が情けない。

徳を積み重ねて出仕するのは、拙劣な私の能力では無理であるし、隠棲して田を耕すことも体力がもたない。

給料のためにやむなくこの最果ての海辺まで帰って来たが、冬枯れの木立ちに向かい合った部屋で病に臥す身となった。

床に就いていたために時節の変化がわからず、カーテンを開けてしばし外の様子をうかがってみた。

耳を澄まして池の水面に立つ波の音に聞き入り、目を上げて厳しくそびえたつ山の姿を眺めやる。

初春の陽光が冬の残りの風に取って代わり、去年の陰の気から新しい陽の気に移っている。

池の堤には春の草が生え初め、庭園の柳に鳴く鳥も次々と種類が変わってゆく。

草摘みの人がたくさん繰り出している様子に、豳の歌にうたわれた女たちの感傷を覚え、一斉にはびこった春の草に、楚の歌にうたわれた貴公子の感慨を催す。

孤独な日々の中では時間が止まってしまったかのような錯覚に陥るし、友から離れた生活は感情の安定が難しい。

自分の生き方を貫くことは、古の人にしかできないわけではない。世を避けて心の煩悶を免れた人間、それが今でも存在することを私の身が証明しよう。

「帰隠」への志向　四二二（永初三）年五月の、宋の武帝（劉裕）崩御に前後して、朝廷内部の権力闘争が熾烈になる。中枢の地位に成り上がっていた徐羨之は、武帝の次子劉義真の一派を各地に分散して無力化することを謀る。義真は南予州刺史に飛ばされ（やがて広陵王の王位を剝奪され、二年後には殺害される）、謝霊運は永嘉郡に追放されたのである。

その年の秋、失意のうちに永嘉に赴任した謝霊運は、政治上の抱負を実現しようとする野心と、それとは逆に官界からいっさい身を引く願望との間で、気持ちが揺れ動く。この詩は着任の際の、仕進か帰隠かの迷いから、春の到来とともに帰隠に志が固まってゆくまでの心の過程を、冬から春への季節の推移と重ね合わせてうたう。

冒頭には、仕進と帰隠との二つの意味系列に属する句が交互に繰り広げられている。「潜虬は……」「川に棲みては……」「耕に退くも……」の句が帰隠を、「飛鴻は……」「霄に薄りては……」「徳を進むるも……」の句が仕進を表す。そしてそのどちらも、謝霊運にとっては実現不可能な希求でしかない。気に染まぬ赴任は病まで引き起こし、心も萎（な）えて冬を送る。

病床に臥（ふ）している間に、外は春の景色に一変していた。水の音、山のたたずまい、春の風、陽（よう）の気の満ちる大気、萌（も）え出した若草、小鳥たちの入れ替わり立ち替わりのさえずり——自然が新しい生命を回復したのを五体に感じ取った謝霊運は、迷いがふっきれて帰隠の意志が生き生きとよみがえってくる。春の景色は帰思をうたった古代の詩句を連想させ、更には帰隠を古人の規範と重ねることによってその正しさを確認する。

こうしたプロセスを読んでくると、謝霊運にとって帰隠の情とは決して退嬰（たいえい）的な、消極的な韜晦（とうかい）ではなくて、自分の生命力を燃えたたせる、これもまた一つの力強い生き方であったことが理解できる。

石壁精舎還㆓湖中㆒作（石壁（せきへき）の精舎（しょうじゃ）より湖中（こちゅう）に還（かえ）りて作（つく）る）

謝霊運（しゃれいうん）

石壁精舎還㆓湖中㆒作　始寧の巫（ふ）湖は三方山に囲まれ、その渓谷の一つに建てられた精舎から巫湖に面した住居に帰った時の作。巻二十二、遊覧。

謝霊運　三〇六ページを参照。

昏旦変㆓気候㆒
山水含㆓清暉㆒
清暉能娯㆑人
遊子憺忘㆑帰
出㆑谷日尚早
入㆑舟陽已微
林壑斂㆓瞑色㆒
雲霞収㆓夕霏㆒
芰荷迭映蔚
蒲稗相因依
披払趨㆓南逕㆒
愉悦偃㆓東扉㆒
慮澹物自軽
意愜理無㆑違
寄㆑言摂生客
試用㆓此道㆒推

昏旦に気候変じ
山水は清暉を含む
清暉能く人を娯しましめ
遊子　憺として帰るを忘る
谷を出ずれば日は尚お早く
舟に入れば陽は已に微かなり
林壑　瞑色を斂め
雲霞　夕霏を収む
芰荷迭いに映蔚し
蒲稗相因依す
披払して南逕に趨り
愉悦して東扉に偃す
慮い澹かにして物自ら軽く
意愜いて理違うこと無し
言を寄す　摂生の客
試みに此の道を用て推せ

○押韻は、上平声五微の「暉・帰・微・霏・依・扉・違」と、同四支の「推」の通押。○昏旦変二気候一　昏は夕暮れ、旦は朝。石壁精舎で一晩を過ごしたら、前の晩とすっかり天気が変わった驚きをいう。○遊子憺忘レ帰　憺は、気持ちが安らぐこと。『楚辞』九歌・東君の「羌声色　人を娯しましめ、観る者憺として帰るを忘る」に基づく。○出レ谷日尚早　出レ谷は、石壁精舎のある渓谷を出発した時をさす。日尚早は、太陽がまだ早朝の位置にある時刻。○入レ舟陽已微　入レ舟は、帰還すべく舟に乗り込むことをさす。陽已微は、日ざしがほのかになる夕暮れ時。○林壑斂二暝色一　林壑は、樹林に覆われた渓谷。斂は、一か所に集める。暝色は、暮色。まず谷が夕闇に沈んでゆき、辺りが暮れなずんでゆく光景。○雲霞収二夕霏一　霞は、夕焼け。収は、一か所に回収する。夕霏の霏は、本来は雪の降るさま。李善は、ここに「雲の飛ぶ貌」という訓を与えている。空に広がっていた夕焼け雲が次第に一か所に収斂されてゆく光景。○芰荷迭映蔚　芰荷は、ひしとはす。いずれも水面に浮かぶ植物。迭は、かわるがわる。映蔚は、菱・荷が繁茂して互いに見え隠れすることをさす双声の語。○蒲稗相因依　蒲稗の稗は、和訓ひえ。ここでは、がまと同じく水中から茎を伸ばした野草をいうのだろう。それらが互いに寄り添っているのが「相因依」。因依も、双声の語。阮籍の「詠懐詩」（巻二十三）の第十四首に、「寒鳥相因依す」とある。○披払趨二南逕一　披払は、手で（草木を）押し分ける。双声の語。趨は、速足で進む。○愉悦偃二東扉一　愉悦は、心の深い喜びをいう双声の語。偃は、横になる。東扉は、扉という一部によって、部屋ないし家全体を表したもの。本宅に帰ったくつろぎをいう。○慮澹物自軽　慮澹は、心の思いが安らかであること。『淮南子』原道訓に「大丈夫は恬然として思い無く、澹然として慮り無し」とある。物は、外物。自己を取り巻く世間。『荀子』修身に、「内に省みれば則ち外物は軽し」とみえる。○意愜理無レ違　意愜は、心が満足を覚える。理は、世界を構成している原理。○寄レ言摂生客　寄レ言は、ことばを伝える。摂生客は、養生の道に努めている人。『老子』第五十章に、「善く生を摂する者は、陸行して兕虎に遇わず。軍に入って甲兵を被らず」とあり、その河上公の注に、「摂は養なり」という。〇試用㆓此道㆒推　此道は、前の「慮い澹かにして……」「意愜いて……」の二句で述べた方法をさす。

【現代語訳】 石壁の精舎から湖中に帰って作る

朝と晩とではすっかり天気が変わってしまうこのあたり、山も水も澄みきった光を帯びている。

その透明な光にうっとり見とれているうちに、ここにやってきた者は安らぎを覚えて帰るのを忘れてしまう。

石壁の谷を発ったのは朝まだきのころだったのに、帰りの舟に乗ったのは陽光も陰る時になっていた。

木に覆われた谷は夕闇を深めてゆき、空一面に広がっていた夕映えも次第に小さくまとまってゆく。

湖の水面には菱や荷が互いに覆いかぶさるばかりに生い茂り、蒲や稗がもたれあうように立っている。

草をかきわけて南の小径を急ぎ、東の家に帰り着いて深い喜びに浸されて横になった。

胸中が安らかならばおのずと外の事物は苦にならなくなるものであるし、気持ちが満ち足りていれば世界の原理と一致することができるものだ。

養生の道に努めている方々にお伝えしよう、まずはこの方法で推し進めてみることを。

自己と自然との一体化

永嘉太守の任を辞した謝霊運は、始寧（今の浙江省上虞区の南西）に引きこもる。始寧には祖父謝玄以来の広大な荘園と邸宅があった（その住まいについては、謝霊運の「山居の賦」に詳しく描かれている）。巫湖を挟んで住居の対岸に位置した「石壁の精舎」は、謝霊運が仏教の思索にふけった場である。この詩は、その石壁の精舎から自宅へ戻る行程に即しながら、周囲の風景の美と充足した内面とが溶け合った境地が展開されている。

　山に囲繞された水辺の地であるために、天候は一晩のうちに一変してしまう。石壁の精舎で迎えた朝、周囲の様相に新鮮な驚きを覚えたところから、詩は歌い起こされる。清冽な輝きを内にたたえた自然は、彼に浄福感を与えてくれるのだ。朝の光だけではない。帰途の船の中では、暮れなずむ光景がまた彼を楽しませる。「林壑……」「雲霞……」の二句は、同一の描写が重複したものではなく、刻々と暮れてゆく光景を、山あいの谷間から闇が深まってゆく暗部の増大、夕映えが次第に収斂してゆく明部の減少というように、明暗両面から光の変化をとらえたものであろう。帰宅して疲れを癒やす彼は、自分が至福に包まれているのを覚える。

謝霊運（明・王圻撰『三才図会』）

　このように光の変化によって変貌する自然に触れた喜びを綴ったあと、思弁的なことばでその浄福の由来が整理される。無欲な、安らかな精神、満ち足りた心、それによって自己と外界とが一体化した境地が得られると説く。自分の到達したこの境地を、謝霊運は「摂生の客」に説きつけようとする。「摂生の客」とは、彼の信奉する仏教に対して、道家の養生法を実践する道教徒たちであった（衣川賢次「謝霊運山水詩論——山水のなかの体験と詩」『日本中国学会報』第三十六集）。衣川氏はその中で「慮澹」の語を、禅定のもう一つの訳語「静慮」に結びつけて説明している。『「慮澹」とは禅定によってもたらされた安らかに静まった諦念の境地を指す」と。

登㆓江中孤嶼㆒（江中の孤嶼に登る）

謝霊運

登㆓江中孤嶼㆒　「江」は甌江（永嘉江）。「嶼」は小さな島。永嘉太守の任にあった時、永嘉江の中州にぽつんと立つ小島に登っての作。巻二十六、行旅。

謝霊運　三〇六ページを参照。

江南倦㆓歴覧㆒　江南　歴覧に倦み
江北曠周旋　江北　曠かに周旋す
懐㆑新道転迴　新を懐いて道転た迴く
尋㆑異景不㆑延　異を尋ねて景延からず
乱㆑流趨㆓孤嶼㆒　流れを乱りて孤嶼に趨き

孤嶼媚二中川一
雲日相輝映
空水共澄鮮
表レ霊物莫レ賞
蘊レ真誰為レ伝
想像崑山姿
緬邈区中縁
始信安期術
得レ尽二養生年一

孤嶼　中川に媚ぶ
雲日は相輝映し
空水は共に澄鮮たり
霊を表して物賞する莫く
真を蘊みて誰か伝うるを為さん
想像す　崑山の姿
緬邈たり　区中の縁
始めて信ず　安期の術
養生の年を尽くすを得るを

〇押韻は、下平声一先の「旋・延・川・鮮・伝・縁・年」。〇江南倦二歴覧一（二句）　江南・江北は、ここでは永嘉江の南と北をいう。倦は、うんざりするほどたくさん。歴覧は、あちこち見物する。曠は、はるか遠く。周旋は、あまねく巡る。二句は、永嘉江の南側も北側も存分に遊覧したことをいう互文。〇懐レ新道転迥（二句）「懐新」を、底本では「懐雑」に作るが、六臣注本、謝霊運の別集などに従って改めた。懐レ新・尋レ異は、新奇な風景を求め探ること。迥は、とおい。景は、日ざし。延は、長い。景不レ延は、時間が短いこと。〇乱レ流趨二孤嶼一　乱は、流れを横ぎる。「孤嶼」は底本では「正絶」に作るが六臣注に従う。梁章鉅の『文選旁証』によれば、「乱」の字を説明するための注の中に「正絶」の二字があることから、「孤嶼」が次の句と重複するのを避けて本文が改められてしまったものという。語の重複は殊に歌謡ではよくある手法だが、謝霊運にも、たとえば「石壁の精舎より湖中に還りて作る」詩の「清暉」（三一四ページ）など、前の句の終わりの語を繰り返して次の句が始まる。李善の注は、『爾雅』釈水の「水の正に流れを絶つを乱と曰う」とする。〇孤嶼媚二中川一　媚は、美しい。謝霊運愛用の語。中川は、川中の意味。〇空水共澄鮮　空水は、天空とそれを映している川の水面。澄鮮は、明るく澄みわたる。〇表レ霊物莫レ賞　表は、目に見えるものとして外に現す。霊は、霊秀。孤嶼の神秘的な美しさの顕現。物は、人をいう。〇蘊レ真誰為レ伝　蘊は、内に蓄える。真は、神仙界の真理。〇想像崑山姿　想像は、そこに存在しない物の姿が浮かび上がる。崑山は、崑崙山。西王母はじめ仙人の住む道家の聖地。〇緬邈区中縁　緬邈は、はるか遠いさまをいう双声の語。区中縁は、人間世界のつながり。〇安期術　安期は、千年の長寿を生きた仙人安期生。〇得レ尽二養生年一　『荘子』養生主篇の「以て年を尽くすべし」、その郭璞の注に「生を養うは過分を求むるに非ず。蓋し理を全うし年を尽くすのみ」とあるのに基づく。

【現代語訳】　川中の孤島に登る

江の南は存分に見歩いたし、江の北も遠くまで歩きまわった。

見慣れない場所を求めていよいよ遠くまで足をのばし、珍しい風景を尋ねては時のたつのも忘れてしまう。

江水の流れを横ぎって孤島に向かえば、孤島は川の中ほどに美しくそびえる。

雲と日が互いに輝き合い、空と水はともに透明に光る。

神秘の顕現がここにありながらそれを嘆賞する人もなく、真理がここに含まれているのにそれを語る人もいない。

かの崑崙山の姿がここによみがえってくる。俗界の縁は遠くに退いてしまう。

なるほどこうした世界の中にあってこそ、安期生は永遠の生命を自分のものとしえたにちがいない。

孤島がもたらす神秘性　永嘉太守時代の山水探勝の作。永嘉江を挟んで、その南も北も、既にさんざん歩きまわった、と歌い起こす。なおも遊行をやめないのは、「新」や「異」、自然の尋常ならざる光景に出会いたいからだ。「江北曠周旋」の句を、「江北は周旋すること曠し」、北の地はまだまわっていない、と読む説もあるが、採らない。周囲の至る所をもう存分に見歩いたことを冒頭の二句で述べることによって、孤島の特殊さを強調するのである。孤島を際立たせるための前置きとして、二句は置かれている。そして川の真ん中にぽつんと突き立つこの島こそ、この詩の主題であり、光と水の戯れの中に異様な姿を呈するこの島の光景に、謝霊運は不思議な、宗教的な体験を味わうのである。

「媚」は美しいことにちがいないが、それだけではたぶん作者の意を汲むのに十分でない。謝霊運の心をひきつける、特別な光景を発見した時に、この語が使われるようだ。江中に屹立する孤島は、周囲を囲む水によって外の世界と隔離された場に位置している。「流れを乱」った、「中川」（川の中ほど）にあること、その隔絶は仙山の必要とする立地条件の一つである。

雲と太陽、空と水、それぞれが映じ合う清澄な光の中に、孤島は浮かび上がっている。それは現前する光景でありつつ、同時にそこに宗教的な啓示の顕現を、謝霊運は知覚する。彼が見たのは宗教的な世界、更にいえば、光に満ちた浄土の世界であったことを、小川環樹氏は指摘されている

（『六朝詩人の風景観』『集刊東洋学』五十号、一九八三年）。氏によれば、「崑山」や「安期の術」といった道教的なことばは表面のことにすぎず、実は仏教的な世界を意味しているのだという。この詩だけに限らない。「謝霊運の様々な山水詩、そこで彼が見た清らかな色、清らかな輝き、これらは実際に彼が目にした太陽の光ではあったけれども、実は、彼の心の中にあった、仏の世界の光明が、そこには重なり合っているわけです」。

氏の論文は更に、謝霊運の風景観が「仏教的世界観と表裏一体」のものであるにしても、彼の発見した風景の美は、その「主観とは関わりなく客観的な美として」、彼に続く詩人たちによって継承され、発展していったことをも述べておられる。

詠史（詠史）　鮑照　明遠

詠史　左思の「詠史」（二八二ページ）を参照。これも、過去の人物、厳君平を詠じつつ、そこに自己の感慨を託す。巻二十一、詠史。

鮑照　一一七ページを参照。

五都矜㆓財雄㆒　　五都　財雄を矜り

三川養㆓声利㆒
百金不㆓市死㆒
明経有㆓高位㆒
京城十二衢
飛甍各鱗次
仕子彯㆓華纓㆒
遊客竦㆓軽轡㆒
明星晨未㆑稀
軒蓋已雲至
賓御紛颯沓
鞍馬光照㆑地
寒暑在㆓一時㆒
繁華及㆑春媚
君平独寂漠
身世両相棄

三川　声利を養う
百金は市に死せず
明経は高位有り
京城の十二衢
飛甍　各　鱗次す
仕子は華纓彯たり
遊客は軽轡を竦ぐ
明星　晨に未だ稀ならざるに
軒蓋已に雲のごとく至る
賓御　紛として颯沓たり
鞍馬　光　地を照らす
寒暑は一時に在り
繁華は春に及んで媚し
君平　独り寂漠
身世　両つながら相棄つ

○押韻は、去声四寘の「利・位・次・轡・至・地・媚・棄」。　○五都　漢代の五大都市、洛陽・邯鄲・臨淄・宛・成都。王莽は長安とこの五都市に、市場を統制する五均官を設置した（『漢書』食貨志）。　○財雄財力によって豪雄たる者の意。班固の『漢書』叙伝に、先祖の班壹を述べて「財を以て辺に雄たり」という。○三川　黄河・洛水・伊水の交わる一帯を指し、戦国時代の経済の中心。『戦国策』秦第一に「名を争う者は朝においてし、利を争う者は市においてす。今、三川と周室は、天下の市朝なり」とある。秦には三川郡が置かれた。今の河南省北部。○百金不㆓市死㆒　『史記』貨殖列伝に、「諺に曰く、千金の子は、市に死せず、と」とあり、金持ちの子弟は、市場で晒し首にされることはない、という古い成語。○明経有㆓高位㆒　漢代、『尚書』の一つの学派として知られる夏侯勝は、講学のたびに学生にこう語った。「士は経術に明らかならざるを病む。経術苟くも明らかなれば、其れ青紫を取ること、俛して地の芥を拾うが如きのみ」（『漢書』夏侯勝伝）。経学を身に着けておきさえしたら、高官は保障されるというのである。○京城十二衢　都の十二の大通り。班固の「西都の賦」に「十二の通門を立つ」とあるように、都城には各方角に三つ、四方合わせて十二の城門があったが、そこから延びた街路。○飛甍各鱗次　甍は、いらか。高い所にあるので「飛」という。それが魚のうろこのように並ぶ。左思の「呉都の賦」（巻五）に「飛甍舛互す」とみえる。○仕子彯㆓華纓㆒　仕子は、官人。その象徴としての、彩り鮮やかな冠のひもが「華纓」。彯は、ひもがひらひらなびくさま。○遊客竦㆓軽轡㆒　遊客は、旅人。轡は、たづな。軽は、「軽軒」「軽蓋」のように、車馬に関する語に車の軽快感を添えてしばしば付加される。竦は、あげる。○明星晨未㆑稀　『詩経』鄭風・女曰雞鳴の「子興きて夜を視よ、明星爛たる有り」など、『詩経』の中の「明星」は、金星をさす。だとすれば、未㆑稀は、その輝きがまだ稀薄にならないこと。「明星」を夜空にまたたく多くの星と解すれば、「稀」は「月明らかにして星稀なり」（曹操「短歌行」）と同様、天空が明るくなって星がまばらになってゆくこと。いずれにしても、夜が明ける前の、星の光が残っている時刻をいう。○軒蓋已雲至　軒（貴人の乗る車）の蓋（車のかさ）という車の一部によって車そのものを表す。高級官僚の乗用車。雲は、『詩経』斉風・敝笱の「斉の子帰ぎ、其の従は雲の如し」のように、たくさんの集団をたとえる比喩。○賓御紛颯沓　賓御は、食客と御者、つまり供まわり。颯沓は、多くのものが入り混じるさまをいう畳韻の語。〇寒暑在㆓一時㆒　『易経』繋辞伝上に「日月運行して、一たびは寒く、一たびは暑し」とあるのに基づく。季節が絶え間なく移り変わることをいう。〇繁華及㆑春媚　繁華の原義は、花が咲き誇ること、転じて、活気に満ちたにぎわいをいう。ここではその両者を兼ねる。花が春に乗じて美しく咲き誇るように、時めく人々も今を時節と我が世の春を謳歌している。〇君平独寂漠　君平は、漢末の隠者厳君平。成都で占いを業とし、一日に数人を客として百銭を得ると、店を閉めて『老子』を講義したと、『漢書』王・貢・両龔・鮑伝の序にみえる。同じ蜀の人である揚雄が若いころ師事し、都で名を挙げてから厳君平の人格を唱道したが、最後まで仕官しなかった。寂漠は、『楚辞』遠遊の「野は寂漠として其れ人無し」のように、人気なくもの寂しいありさまだが、揚雄の孤立した生き方としばしば結びつけられる。揚雄の「解嘲」（巻四十五）に「惟れ寂惟れ漠にして、徳の宅を守る」とあり、揚雄が二階から飛び下りて自殺未遂をした時、巷間では「惟れ寂寞（寞と漠は通用）、自ら閣より投ず」とからかったという（『漢書』揚雄伝）。〇身世両相棄　この詩に基づいた李白の「古風」其の十二に、「君平は既に世を棄て、世も亦君平を棄つ」と敷衍しているように、自分と世間とが互いに互いを放棄したこと。

【現代語訳】　歴史を詠む

漢の五大都市には富豪たちが誇らかに集まり、秦の三川の地では名声・利益が追い求められている。

金持ちは晒し首にされた例はないし、経学を修めた者は出世が約束されている。

都の十二の大通り、そびえたつ屋根の甍が、うろこのように並ぶ。

官人たちは鮮やかな冠のひもをなびかせて往来し、各地から集まって来た人々は軽やかに手綱を上げて闊歩している。

空にはまだ星が残る早朝から、高級車が雲のように一団となって到着する。
お供の者がにぎやかに入り乱れ、飾り立てた馬は地をも照らすほどに鮮やか。
暑さ寒さもつかの間のもの、その推移の中にあって春の終わらぬうちに競い合って春を謳(おう)歌(か)している。
それに対して、厳君平(げんくんぺい)だけがひっそりと生きている。彼の方でも世間を捨て、世間の方でも彼を見捨てて。

世俗の中の孤独な生き方　「詠史」は、歴史上の人物・事件をうたいながらも、そこに自己の思いを託すること、既に左思の「詠史」、顔延之(がんえんし)の「五君詠」に見たとおりである。鮑照のこの「詠史」詩にも、彼自身の身に生起した体験、そこに発した憤懣(ふんまん)がこめられているにちがいない。まず鮑照の事歴をたどっておくことにしよう。

寒族の家に生まれた鮑照は、二十代の時、臨川王劉義慶(りゅうぎけい)に直接詩を献ずることによって、国侍郎に取り立てられた。数年後、義慶の死に伴って辞任し、次に衡陽(こうよう)王劉義季(りゅうぎき)に召し抱えられたが、義季も二年後に死に、始興(しこう)王劉濬(りゅうしゅん)のもとで国侍郎になった。劉濬は太子劉劭(りゅうしょう)の反乱に加わって、二人の父である文帝を倒したが、劉駿(りゅうしゅん)（孝武帝）が即位して、劉劭とともに誅(ちゅう)せられた。鮑照は反乱より前に任期満ちて辞任していたために難を免れたが、それでも一時期監禁されたようだ。

孝武帝の世になったのち、鮑照は宋(そう)王朝直属の官として、中書舎人や地方官を歴任したが、いずれも微官である。四六六（泰始二）年、劉子勛(りゅうしくん)が帝を僭称(せんしょう)し、劉子頊(りゅうしぎょく)もそれに応じてクーデターを決起したが、数か月後に鎮圧され、その際、荊州刺史劉子頊のもとに仕えていた鮑照も混乱の中で官軍の手によって殺された。

このように鮑照は門閥社会の中で終始低い官職を余儀なくされ、のみならず、相継ぐ皇族間の権力闘争の中で翻弄されつづけ、命までもそのために奪われてしまったのである。

この詩では、権力を握る統治階級に直接批判の刃を向けるのではなく、権勢の場とは無縁の、別の生き方を対置することによって自らを慰めようとしている。名声・利益を追求する世俗の人々、それに対立する孤独な知識人。その典型として取り上げられているのが、厳君平である。世俗の繁華―孤独な知識人という対比の構図は、中国士大夫層の精神の系譜に既に組み入れられているものである。この詩ときわめて近い作品は、左思の「詠史」詩第四首（巻二十一）が挙げられよう。そこでは前半八句で京城の繁栄のありさまが述べられ、後半八句はそれとは対照的な揚雄の孤独な思索と著述の生活が綴られている。揚雄は不遇の中で自己を貫いた思索者の典型として意識されていたようだ（ただし趙宋以後は王莽政権に仕えた「変節」のために評価が下落してゆく）。

鮑照の詩に登場するのは厳君平であるが、厳君平も蜀の人であり、しかも揚雄が師事した人物であって、二人は同類とみなしてよい。鮑照の「蜀四君詠」と題した詩では、司馬相如・厳君平・王褒・揚雄の四人が同列に詠じられている。

揚雄や厳君平の、世間とかかわりをもたない生き方を表しているのが「寂漠」の語である。李白の「古風」其の十二でも、厳君平について「寂寞として道論を綴る」とあり、左思の「詠史」第四首にも「寂寂たり揚子の宅」、「寥寥たり空宇の中」と、「寂寥」（寂漠と同じ）が述べられている。

左思の詩では、世間の繁栄と揚雄の「寂寥」とが、句の配分において等量に分けられているが、鮑照のこの詩では、厳君平は最後の二句に至ってやっと登場する。これは、繁華―寂漠という先行する構図を受け継ぎながら、しかもその対比をより強調するために工夫された技巧であろう。繁華が縷々綴られてきた末尾に至って、「どんでんがえし」の効果が発揮されるのである。また、左思の方は「悠悠たる百世の後、英名 八区を擅にす」と、揚雄の死後の名声をたたえて詩を結んでいるが、鮑照はそこまで説かない。世間から忘れられた存在になりながらも、自分の方でも世間の価値をいっさい無視する、それだけで十分なのだ。「寂漠」に甘んじ、あえて「寂漠」を選び取る生き方は、不遇な知識人の精神的な支えとして継承されてゆくのである。

東武吟（東武吟）

鮑照 明遠

東武吟 楽府題。李善注の引く左思の「斉都の賦」注によると、「東武・太山（泰山）は皆斉の土風、絃歌嘔吟の曲名なり」、すなわち、もともとは斉の国、今の山東省一帯の民歌であった。斉の歌謡として知られるものには、ほかに諸葛孔明で知られる「梁甫吟」がある。五臣注は、「東武」とは泰山の下の小山の名というが、漢には東武県があり、それは今の山東省諸城市のあたり。『楽府詩集』では相和歌辞の分類に収められ、「東武吟行」と題する。そこに『楽府解題』を引いて、「時の移り事の異なり、栄華徂謝するを傷む」楽府であるとする。鮑照の別集では「代東武吟」と題する。鮑照集では楽府題の詩にはみな「代」（…に代わる）が冠せられている。この詩は報われぬ老兵の身の上話としてうたわれる。巻二十八、楽府。

鮑照　一一七ページを参照。

主人且勿レ諠
賤子歌二一言一
僕本寒郷士
出身蒙二漢恩一
始随二張校尉一
占募到二河源一
後逐二李軽車一
追レ虜窮二塞垣一
密塗亘二万里一
寧歳猶七奔
肌力尽二鞍甲一
心思歴二涼温一
将軍既下世
部曲亦罕レ存

主人且らく諠しきこと勿かれ
賤子一言を歌わん
僕は本寒郷の士
出身して漢恩を蒙る
始めは張校尉に随い
占募して河源に到る
後には李軽車を逐い
虜を追いて塞垣を窮む
密塗も万里に亘り
寧歳も猶お七奔す
肌力は鞍甲に尽き
心思は涼温を歴
将軍既に下世し
部曲も亦存するもの罕なり

時事一朝異
孤績誰復論
少壮辞レ家去
窮老還入レ門
腰レ鎌刈二葵藿一
倚レ杖牧二鶏豘一
昔如二韝上鷹一
今似二檻中猨一
徒結二千載恨一
空負二百年怨一
棄席思二君幄一
疲馬恋二君軒一
願垂二晋主恵一
不レ愧二田子魂一

時事一朝に異なり
孤績 誰か復た論ぜん
少壮にして家を辞して去り
窮老にして還りて門に入る
鎌を腰にして葵藿を刈り
杖に倚りて鶏豘を牧す
昔は韝上の鷹の如く
今は檻中の猨に似たり
徒らに千載の恨みを結び
空しく百年の怨みを負う
棄席は君の幄を思い
疲馬は君の軒を恋う
願わくは晋主の恵みを垂れ
田子の魂に愧じざらんことを

○押韻は、上平声十三元の「言・恩・源・垣・奔・温・存・論・門・豘・猨・怨・軒・魂」。○主人且勿レ諠（二句）歌い手が聴衆の注意を喚起する歌い出しのことば。古詩（『玉台新詠』が「古詩」八首として載せる其の六）にも、冒頭に「四坐且らく諠しきこと莫かれ、願わくは聴け一言を歌うを」とみえる。賤子は、謙遜の一人称。○寒郷士　寒郷は、北方寒冷の地が原義。貧しい家の生まれを意味する。○出身蒙二漢恩一　出身は日本語の意味と異なり、仕官すること。君主に身を捧げ出すことから、こういう。詩的修辞として、時代は漢代に設定される。○張校尉　漢の武人、西域の探検家としても知られる張騫。大将軍衛青の遠征に校尉として従軍し、匈奴を撃破した。○占募到二河源一　占募は、兵の募集に応ずること。河源は、黄河の水源地。匈奴討伐と直接関係しないが、張騫の河源探索はよく知られている（『史記』大宛伝ほか）ので、その連想でいう。○李軽車　李蔡。大将軍衛青に従って軽車将軍として出征し、匈奴の右賢王を討った。飛将軍として名高い李広の従弟に当たる。○塞垣　国境のかきね、つまり長城をさす。○密塗　近道。○寧歳猶七奔　寧歳は、安らかな年。『国語』晋語四に、「晋に寧歳無く、民に成君無し」とある。七奔は、何度も奔走すること。『左伝』成公七年に「子重・子反是に於て一歳に七たび命に奔る」とあるのに基づく。「命に奔る」とは、王の命令を受けて救援に駆けつけること。○肌力尽二鞍甲一　肌は、筋肉。鞍甲は、鞍と甲。いくさをいう。○心思歴二涼温一　心思は、こころ。『孟子』離婁上に「既に心思を竭くす」とある。歴二涼温一は、幾春秋をも経ること。涼温を比喩にとって、さまざまな苦楽を体験したと解することもできる。前の句が肉体の疲弊をいうのに対して、この句は精神の消耗をいう。○下世　死の婉曲表現。○部曲　部も曲も、軍隊の編制単位。大将軍のもとに五つの部が属し、部の下に曲が属する。○時事一朝異　時事は、時代と出来事。東方朔の「客の難ずるに答う」（巻四十五）に「時異なれば事異なる」とある。○孤績　一人の功績。○少壮　若くて元気のよい時。「長歌行」（巻二十七）に「少壮にして努力せずんば、老大にして乃ち傷悲せん」、漢武帝の「秋風の辞」にも「少壮幾時ぞ老いを奈何せん」（一五四ページ）とある。○葵藿　粗末な野菜類。ひまわりと豆の葉とをいう。○鶏㹠　㹠は、豚に同じ。○韝上鷹　韝は、ゆごて。ひじに着けて鷹を止まらせる革製の道具。○今似二檻中猨一　『淮南子』俶真訓に「猨を檻中に置けば、則ち豚と同じ。功捷ならざるに非ざるなり。其の能を肆にする所無きなり」とあるのによる。○千載恨・百年怨　千載は、永遠に続く長い時間。百年は、人の一生、生きている限り続く時間。〇棄席思二君幄一 棄席は、打ち捨てられた敷物。下句の「疲馬」とともに、老兵士の身をたとえた語。『韓非子』外儲説にみえる話に基づく。晋の文公子（重耳）が長い亡命生活を終えて晋に帰る時のこと、「河に至り、籩豆は之を捐てよ、席蓐は之を捐てよ、手足に胼胝あり、面目の黧黒なる者は之を後にせよと令す。咎犯之を聞きて夜哭す」。やっと国に帰れるというのになぜ泣くのかと文公が問うと、「犯対えて曰く、籩豆は食う所以なり。席蓐は臥す所以なり。而るに君之を捐つ。手足胼胝あり、面目黎黒なるは、労して功有る者なり。而るに君之を後にす。……」。文公はそれを聞いて命令を取り消した。〇疲馬恋二君軒一『韓詩外伝』巻八にみえる話に基づく。「昔、田子方出でて、老馬を道に見る。喟然として志有り。以て御者に問いて曰く、此れ何の馬なるか、と。御曰く、故の公の家の畜なり。罷れて用を為さず。故に出だして之を放つなり、と。田子方曰く、少くして其の力を尽くし、老いて其の身を棄つるは、仁者は為さざるなり、と。束帛もて之を贖う。窮士之を聞き、心を帰する所を知れり」。

【現代語訳】 東武の吟

お殿様がた、まずはしばらくお静かに。私め、一曲歌い申しましょう。

てまえ、もともとしがない家の生まれでありましたが、漢朝の恩沢に浴して身を立てました。

初めは校尉張騫殿に従って、募兵に志願して西は黄河の源にまでたどりつきました。

のちには軽車将軍李蔡殿の後について、えびすどもを追撃して北は長城にまで赴きました。

近い道の場合でも一万里のかなたに至り、平穏な年でも七回も馳せ参ずる慌ただしさ。

体の力は兵馬の中で尽き果て、胸の思いも苦しい幾星霜を経巡りました。将軍は世を去ってしまうし、部隊の兵卒も生き残っている者はまれ。世の中にわかに一変してしまって、一人の兵の功績など、口に上せてくれる人もありません。

若々しい時分に家を後にしましたが、老いさらばえて敷居をまたぐのです。鎌を腰にして菜っぱを刈り取ったり、つえにすがりながら鶏や豚どもの世話をしている始末です。

昔はゆごての上に身構えた鷹のような自分でしたが、今は檻の中に閉じ込められた猿さながら。

らちもない憤懣がいつまでもわだかまり、空しい嘆きが生きている限り離れません。捨てられた席が殿様のおそばの幄をしのぶように、あるいはまたお払い箱になった馬が殿様の車を慕うように、御主人への思いは募ります。

どうか、かの晋の文公が使い古した席を大切にしたような情けをくださり、御用済みの馬を買い戻した田子方の精神に恥じないお執り成しのほどを。

使い捨てにされた老兵の嘆き　「漢恩」といい、また漢の武人張騫・李蔡の名を持ち出しているように、時代は漢に設定されているが、それは詩の常法であって、もちろん同時代の老兵の嗟嘆をうたったもの。具体的な人物・事件は明記されていないが、恐らく鮑照の生きた時代にはなまなましい現実として、人を特定するまでもなく、いくらでも転がっていた事実なのであろう。

そうした現実の中から、一生を従軍生活の中に送って報いられない老年を迎えた一人の兵を造型し、作者はそれに成り代わってうたうのである。このような無名の人間の怨み・悲しみを詩に詠ずることは、楽府の本来の役割であった。それによって為政者は民の声なき声を採集したといわれる。文人の詩にこうした内容が含まれていたことは、中国の文学のキャパシティの大きさ、健全さの表れでもある。このテーマは唐代にも踏襲されてゆき、王維の「老将行」、王昌齢の「扶風の主人に代わりて答う」などは、鮑照の「東武吟」にそのまま連なる作であるし、杜甫の三吏三別、白居易の「新豊の臂を折りし翁」などは、戦争のもたらした無名の個人の不幸を、さまざまなケースに即してよりヴィヴィッドにうたいあげている。

鮑照のこの詩は、いわば「使い捨て」にされた老兵の悲嘆なのだが、老兵はそうした不幸を生み出している制度・体制に対して批判の刃を向けているわけではない。末尾の四句にいうように、君主への思いはいまだにふつふつとして胸にあるのであり、彼の要求は自分の一生の功績を認めてそれにふさわしい待遇を与えてくれることなのだ。

類型化しやすいテーマでありながら、老兵の人物形象がおもしろい。恐らくはもう実戦の役には立たないであろうのに、本人は農作業に従う自分に納得していない――こんな自分ではなかったはずと、往年の気概を抱き続けているかのように描き出しているところが、鮑照の手並みといえようか。「檻中の猨」の比喩も、出典を厳密に襲えば（「語注」を参照）、能力は失せていないのにそれを発揮する手段が封じ込められているだけなのである。

老兵の不幸をもたらしたものは、老いたことだけではない。「時事　一朝に異なる」、彼のかかわらないところで時代が変わってしまったのだ。文帝の弟たち、次いでは文帝の実子に次々仕えながら、そのたびに主人を失った鮑照にとって、「時事　一朝に異なる」は苦い実感として何度も味わったにちがいない。

之㆓宣城㆒出㆓新林浦㆒向㆓版橋㆒（宣城に之かんとして新林浦を出で版橋に向かう）　謝朓　玄暉

之㆓宣城㆒出㆓新林浦㆒向㆓版橋㆒　宣城太守に赴任すべく、都（建康、今の南京）を出て、宣城（安徽省宣城市）に向かう途次の作。「新林浦」は、建康の西南、長江に面した地の名。「版橋（板橋とも）」は、それより更に長江を上った所の地名。巻二十七、行旅。

謝朓　四六四―四九九。南朝斉の詩人。字は玄暉。陳郡陽夏（河南省太康県）の人。宣城太守の任にあったことから、謝宣城とも称される。予章王太尉行参軍を振り出しに、隋王蕭子隆の鎮西功曹、明帝の時に中書郎・宣城太守などを歴任、岳父王敬則の謀反を告発した功績で、尚書吏部郎に取り立てられた。のちに江祐らが始安王蕭遥光を擁立しようと企てた際、それへの参加を拒絶したために逆に誣告を受けて刑死した。竟陵王蕭子良の八友の一人として、沈約・王融らとともに「永明体」文学の担い手。自然の景物をきめ細かくうたい、韻律の整備に対する貢献と相俟って、唐詩の先河とされる。『南斉書』巻四十七、『南史』巻十九に伝がある。

江路西南永
帰流東北騖
天際識二帰舟一
雲中辨二江樹一
旅思倦二揺揺一
孤遊昔已屢
既懽二懐レ禄情一
復協二滄州趣一
囂塵自レ茲隔
賞心於レ此遇
雖レ無二玄豹姿一
終隠二南山霧一

江路西南に永く
帰流東北に騖す
天際に帰舟を識り
雲中に江樹を弁かつ
旅思揺揺たるに倦み
孤遊昔より已に屢なり
既に禄を懐うの情を懽ばしめ
復た滄州の趣に協う
囂塵茲より隔たり
賞心此に於て遇わん
玄豹の姿無しと雖ども
終には南山の霧に隠れん

○押韻は、去声七遇の「騖・樹・屢・趣・遇・霧」。　○江路西南永　江路は、長江（揚子江）の水路。このあたりでは、長江は西南から東北の方向に流れている。　○帰流東北騖　帰流は、海に注ぐ流れ。帰は、帰着の意。李善の引く『尚書大伝』に「大水小水、東流して海に帰す」とある。騖は、勢いよく走る。　○

天際識二帰舟一　天際は、空の果て、水と接する所。揚雄の「交州箴」に「交州は荒裔にして、水は天と際わる」とある。　識は、識別する。　○揺揺　心が不安に揺れ動くさま。『詩経』王風・黍離に、「行邁靡靡たり、中心揺揺たり」とある。　○孤遊　一人旅。謝霊運の「南山より北山に往くに湖中を経て瞻眺す」詩（巻二十二）に、「孤遊は情の歎くところに非ざるも、賞廃るれば理　誰か通ぜん」とある。　○既懽二懐レ禄情一（二句）「既……復……」は、同じ方向にある二つのことを畳み重ねる表現。懐レ禄情は、禄位を求める気持ち。漢の楊惲の「孫会宗に報ずる書」（巻四十一）に「禄を懐い勢を貪りて、自ら退く能わず。遂に変故に遭い、横に口語を被る」とある。滄州は、あおい水辺。隠遁者の住む所。阮籍の「鄭沖の為に晋王に勧むる牋」（巻四十）に、「然る後に滄洲に臨んで支伯に謝し、箕山に登りて許由に揖せば、豈盛んならずや」とある。州は、洲に同じ。　○囂塵　騒がしく、薄汚れたちまた。『左伝』昭公三年に、景公が晏子に向かって言うことばに、「子の宅は市に近し。湫隘囂塵、以て居るべからず」とみえる。　○賞心　山水の美しさを味わい楽しむ心。謝霊運の「南亭に遊ぶ」詩（巻二十二）に、「我が志　誰と与にか亮らかにせん、賞心惟れ良知なり」など、謝霊運が愛用して以来、自然観賞を意味する重要なターム。　○雖レ無二玄豹姿一（二句）南山の黒豹が立派な毛並みの損なわれることを恐れて、餌も取らずにじっと霧の中に身を潜めていたという話に基づく。『列女伝』賢明伝に、陶答子の妻が、力も功績もない夫が大官となって私腹を肥やしているのを見て災いを恐れ、「妾聞く、南山に玄豹有り。霧雨七日なるも下りて食らわざるは何ぞや。以て其の毛を沢やかにし文章を成さんと欲すればなり。故に蔵れて害より遠ざかる。……」という。人格の高潔を守って、害の及ばない山中に身を隠すことをいう典故として、よく用いられる。

【現代語訳】　宣城に行くために新林浦を出発して版橋に向かう

長江を上る船の航路は、西南の方角に果てなく延び、海に注ぐ水の流れは、東北に向かってひたすら走る。

空の尽きる果てに、都に帰って来る船が姿を現し、雲の浮かぶ中に、川辺の木々がそびえているのが見分けられる。

旅の心細い思いも、もう嫌というほど味わったし、やるせない一人旅も、前から何度もしてきたことだ。

しかし今度の旅は、俸給への欲求を満たしてくれるうえに、青い水辺の隠棲へのあこがれもかなえてくれるものだ。

騒がしくほこりっぽい世間は、ここから遠く離れているし、自然の美しさをたっぷり味わうことも、ここでこそ恵まれよう。

黒豹のような立派な毛並みをもたない私ではあるが、その豹のように、この先ずっと南山の霧の中に身を潜めることにしよう。

未練と期待との交差する心情　謝朓が宣城太守に赴任したのは、四九五（建武二）年前後のこととされる。四九五年とすれば、その前年四九四年は、鬱林王蕭昭業の隆昌、海陵王蕭昭文の延興、そして明帝の建武と、めまぐるしく天子・年号の交代した年であり、南斉王朝の不安定さがうかがわれる。中書郎から宣城太守への移動は、朝廷から地方への転出であり、都に対する牽攣の情と、政争の渦中から身を遠ざける安堵という相反する感情が混じり合っていることは、叙景を主とした詩の前半にも読み取ることができる。

長江（江西省鄱陽県付近）

詩題に明示されているとおり、この詩は都建康を発ってほどない地点で作られたものである。長い詩題をつけて作詩の状況を説明するのは、陶淵明・謝霊運あたりから顕著になるようだ。陶淵明の詩には日付けを書き記した題が少なくないし、謝霊運はしばしば実際の地名を詩題に折り込んで作詩の場を明らかにしている。具体的な地名を書き込むことは、自然を観念的にとらえることから脱却して、その場独自の自然をつかもうとする美意識の変化とかかわりがあるだろう。

初めの二句は、自分の進んで行く方向である航路と、それとは逆方向に向かって流れる長江とを対比して述べる。行程はまだ始まったばかりでもあり、流れにさかのぼる動きでもあり、かつまた都への恋着の情にひかれてか、「江路」は無性に「永」く続くかにみえる。それとは逆に、帰着すべき海に向かって流れ下る長江は、めっぽう速く「騖」る。溯上する船と奔流して下る長江との対比は、彼のこれから向かう先への気の重さを反映するかのようだ。

「天際に……」二句は、船の上から見た長江の広々とした風景を述べる。「天際に……」の句が「江路……」の句に対応して上流の眺望をいうから、「雲中に……」の句は「帰流……」の句に対応して下流を眺めた景色であろう。いずれも「識」「弁」の動詞が用いられていることから、「帰舟」や「江樹」が視線を凝らしたうえで判別できたことを示す。すなわち、凝視することによって存在をあらしめたのであり、そこには都へ帰る船、都の近さを思わせる樹木の並びなど、都に未練を抱く主観的感情が凝視を強い、都に結びつく事物を出現せしめたものであろうか。少なくとも、これは目におのずと入ってくる景物ではなく、主体の凝視によって識別された自然であって、見えにくいものを見ようとする謝朓の叙景の方法をよく表す二句ではある。唐人にも愛好されたのか、たとえば陳子昂の「白帝城懐古」詩の「古木 雲際に生じ、孤帆 霧中より出ず」、また、孟浩然の「早寒江上 懐い有り」詩の「郷涙客中に尽き、孤帆天際に看る」などは、謝朓のこの句に触発されたものである。

「旅思……」二句は、わびしい遊官暮らしはもう存分に体験してきたと、その倦怠の情を述べる。旅愁や孤独の悲哀をそのままいうのでなく、悲しみにすら鈍感になってしまったような無気力・倦怠感として表出しているところに、感情のなまなましさが感じられる。この二句から、詩は叙情に転じているが、しかし、その情感は、その前まで述べてきた叙景が都に後ろ髪を引かれる思いを含んでいたのとまだ連続している。

せめぎあう官と隠との志向 「既に禄を……」二句から、一転して宣城への赴任を前向きにとらえなおす。それは官に身を置く欲求と隠棲への願望という、本来相容れない二つの志向をふたつながら実現することなのだ。地方官は官禄を食む身でありながら、同時に朝廷の政争から身を引いた安穏な場でもある。官と隠の対立は、中国の士大夫層にとって、根元的な問題の一つであった。士大夫たる者は当然出仕して政治の世界で力を発揮すべきであるのみならず、生計上の必要や名利への欲求からも、官を求めざるをえない。一方、官を退いた隠棲は、精神の純粋を保つ理想の生き方でもあるし、政界の汚濁から脱出したいという願いの実行でもあった。両者のはざまで士大夫は己の生き方を模索し、模索の中から多くの文学が生まれたのであった。謝朓が自分の気持ちを奮い起こそうと、あえてこう思い直した見方の転換は、唐代にもたとえば白居易のしばしば説く「中隠」——世俗に身を置きながらしかも塵外の生き方を実践する——のように、より意識的に展開されてゆくことになる。

「囂塵……」二句は、宣城でこそかなえられるであろう「滄州の趣」を述べる。喧騒と俗塵からの隔たり、代わりにそこで出会うのは「賞心」。「賞心」は謝霊運の山水詩の中で重要なタームとして登場したもので、山水の美を嘆賞する心の在り方、またそれを共にする友をもさす。ここでも「遇」（出会う）とあるから、味わい楽しむことのできる対象とも解しうるし、その楽しみを共有する友人とも解釈できる。「賞心」についての詳しい分析は、小尾郊一氏『中国文学に現われた自然と自然観』（昭和三十七年、岩波書店）、殊にその「南朝文学に現われた自然と自然観」の章にみえる。いずれにしろ、宣城の地に謝朓が期待したものは、自然の美しさに接し、それを享受することであった。

「玄豹の姿……」の末二句は、宣城に引きこもることが、政界の危害から免れる道であることを、故事に借りて述べる。隠棲はかねてからの希求の実現であったのみならず、生命の危機から身を守るための切実な願いでもあったことにもなる。

宣城太守の任を、官にありながら隠棲の願いを満たすものとしてとらえるのは、「始めて宣城郡に之く」詩にも、「江海未だ従わずと雖ども、山林此より始まる」と語られている。かくして宣城に到着したあと、四九六（建武三）年に都へ戻るまでのわずかな期間に、今残る二百余首の詩の四分の一が集中するという、最も豊饒な文学活動を謝朓は展開するのである。

雑体詩三十首（雑体詩 三十首）

江淹 文通

雑体詩　漢から宋に至る詩の中から三十家を選び、それぞれのスタイルに模擬した五言詩の連作。選ばれた三十家は、おおむね歴代の主要な詩人であり、また各詩人についても、その代表的な作品が模擬されている。模擬詩であることが詩題に明示されている作は、西晋のころから伝わっているが、それらが一般に先行作品をなぞりつつ模擬者自身の声も織り込まれるのに対し、江淹の「雑体詩」では作者は姿を隠し、ひたすら元の作になりきろうとする、あるいは各作者の典型となる一首を新たに作り出そうとするところに特徴がある。いわばそれは、批評や評価ではなしに、咀嚼と再現によって述べられた文学批評であり、論述ではなしに、典型の提示によって構成された文学史であるといえよう。巻三十一、雑擬下。

李都尉　従軍　陵　「都尉」は漢代の武人の官名。李陵は武帝の時、騎都尉に任じられた。李陵三十首はいずれもこのように模擬する詩の作者名と、字体を小さくした詩題が示される。の「蘇武に与う」詩三首（一五八ページ）に模擬したもの。

阮歩兵　詠懐　籍　阮籍の「詠懐詩」（二五一ページ）に模擬したもの。阮籍は司馬昭のもとで歩兵校尉に任ぜられたことがあるので、阮歩兵と称される。江淹にはこのほかに「阮公に効う」詩十五首（『江文通集』）が残る。

江淹　一二七ページを参照。

李都尉従軍陵

樽酒送二征人一
踟躕在二親宴一
日暮浮雲滋
握レ手涙如レ霰
悠悠清川水
嘉魴得レ所レ薦
而我在二万里一
結髪不二相見一
袖中有二短書一
願寄二双飛燕一

李都尉 従軍 陵

樽酒 征人を送り
踟躕して親宴に在り
日暮れて浮雲滋く
手を握りて涙は霰の如し
悠悠たり 清川の水
嘉魴は薦むる所を得たり
而して我は万里に在りて
結髪より相見ず
袖中に短書有り
願わくは双飛の燕に寄せん

〇押韻は、去声十七霰の「宴・霰・薦・見・燕」。　〇樽酒送二征人一　樽酒は、たるの酒。征人は、旅人。この句は、蘇武の「詩四首」第一首の「我に一樽の酒有り、以て遠人に贈らんと欲す」を踏まえる。　〇踟躕　たちもとおることをいう双声の語。李陵の「蘇武に与う」三首の第一首に、「衢路の側らに屏営し、手を執りて野に踟躕す」とある。　〇日暮浮雲滋　「蘇武に与う」第一首に「仰いで浮雲の馳するを視れば、奄忽として互いに相踰ゆ」、蘇武の「詩」第四首にも「俯して江漢の流るるを観、仰いで浮雲の翔けるを視る」とある。○握レ手涙如レ霰　底本は「握手」を「渥手」に作るが、集注本によって改めた。蘇武の「詩」第三首に「手を握りて一たび長歎す、涙は生別の為に滋し」、『楚辞』九章・哀郢に、「涙は淫淫として其れ霰の若し」とある。○悠悠　川の水がゆったり流れるさま。『詩経』衛風・竹竿に「淇水は滺滺たり」、その「滺滺」と音も意味も同じ。○嘉魴得レ所レ薦　魴は、こい科のとがりひらうおという魚。『詩経』によく登場する。それに嘉を冠して、上等な、美味な、の意味を添える。『詩経』小雅・南有嘉魚に、「南に嘉魚有りて、烝然として罩り罩る」とある。薦は、食膳に供すること。謝朓の「郡に在りて病に臥し、沈尚書に呈す」詩に、「嘉魴は聊か薦むべく、淥蟻は方に独り持す」とある。○而我在二万里一　而は、逆接を表す語。「古詩十九首」第一首に、「相去ること万余里、各天の一涯に在り」（一七八ページ）とある。○結髪不二相見一　結髪は本来、成人のしるしに髪を結うことだが、しばしば結婚と結びつけられる。蘇武の「詩」第三首の「結髪して夫妻と為り、恩愛両つながら疑わず」を踏まえる。○袖中有二短書一　袖の中に手紙を入れておくのは、「古詩十九首」第十七首にみえる。「書を懐袖の中に置き、三歳も字滅せず」。ただし、そこでは妻が旅の夫から届いた手紙を肌身離さず持ち続けることをいう。○願寄二双飛燕一　双飛燕は、つがいで飛ぶつばめ。「古詩十九首」第十二首に「思う　双飛の燕と為り、泥を銜みて君が屋に巣くわんと」、また、蘇武の「詩」第二首に「願わくは双黄鵠と為りて、子を送りて倶に遠く飛ばん」など、つがいの鳥は和合の象徴として頻見する。

【現代語訳】　雑体詩

李陵の「従軍」の詩に模して

一樽の酒を囲んで、遠く旅立つ人を見送るのだが、別れに踏みきれないまま、このうちとけた宴席に居続ける。

日は暮れようとして、空にはちぎれ雲がいっぱいに広がり、手を握り締めれば、涙は霰のように降り注ぐ。

ゆったりと流れる、清らかな川の水。そこには御馳走に供することのできる、めでたい魴魚がいる。

魴魚はいるのに、妻はといえば、万里のかなたに離れ離れ、夫婦となってからずっと会うこともできない。

そでの中のこの短い手紙を、空を仲よく飛んでゆくあのつばめに言づけよう。

雑体詩（『文選集注』）

漢代の別れの詩の典型　李陵の「蘇武に与う」三首は、匈奴の地に残る李陵が、漢の本土に帰る蘇武を送別した作として詠まれてきたものであるけれども、この詩もそれに即して読めば、異域の地にある詩人が友を見送り、遠くにいる妻を思う気持ちをうたっている、と解することができる。しかし内容の首尾一貫性を求めるより、漢代の古詩の中でうたわれてきた、別離の情のさまざまなシチュエーションを一首の中で繰り広げていると見ることもできよう。語彙や表現も、李陵の特定の詩に限定されず、李陵の三首、蘇武の四首（それらが截然と二人の作者に分かれる性質のものでないことは、李陵の詩を参照）、また「古詩十九首」などから採っている。

送別の宴から歌い起こし、別れがたい、留連の情を述べるところは、やはり李陵の詩に最も近い。李陵の詩では、それがくどいまでに、纏綿と綴られている。

その四句から「悠悠たり　清川の水」に転ずる句の展開には、蘇武の詩に「俯して江漢の流るるを観、仰いで浮雲の翔けるを視る」という対句があったように、「日暮れて浮雲滋し」が上方に見るものであったのを受けて、川に視線が移ったのであろう。それにまた李陵の第二首の「手を携えて河梁に上る」をはじめとして、送別の席はしばしば川のほとりで設けられるものでもある。

そして、川から、そこに産する魚に、句はつながる。「嘉魴は……」の句から「而して我は……」の句への転換を、李善注以来の普通の解釈は、「魚は水の中にいて、しかるべき所を得ている。それに対して私は故郷を遠く離れた地にあって、魚にも及ばない」という意味にとっている。その場合、「薦」は「藉く」と読むらしい。しかしこの解は正しくないと思う。『詩経』の中で「魴」の魚が帯びている含意を、『詩経』の詩句の全体から汲み取らねばならない。すなわち、斉風・敝笱では、「敝れたる笱は梁に在り、其の魚は魴と鰥。斉の子は帰ぎ、其の従は雲の如し」、また、陳風・衡門では、「豈其れ魚を食うに、必ずしも河の魴のみならんや。豈其れ妻を取るに、必ずしも斉の姜のみならんや」という。前の詩では、魚と婚姻の関係がとらえにくいが、魴鰥と斉の子とが何らかの共通性によって等価に置かれているようであるし、後の詩では、はっきり、魚の中でいちばん上等・美味なのが魴、女の中で妻とするのにいちばんよいのが斉の姜、という関係であることがわかる。つまり『詩経』のいわゆる「興」において、魴は女性、ないしは妻と結びつくもののようだ。それを踏まえてこの部分を読めば、川からそこで捕れる魴を連想し、魴から妻へと連想がつながることになる。魴のようなめでたい魚の御馳走(ごちそう)はあるのに、妻とは遠く離れている。謝(しゃ)朓(ちょう)の詩（「語注」を参照）でも、「嘉魴」が食べるものとして用いられていることも、李善が魚の川にすんでいる面をとらえる解釈を非とすることを助ける。

詩は妻への思いへと進み、その思いをつばめに託して届けたいと願って、閉じられる。

このように、漢代の詩がうたう別れの情、望郷の思いを、一首の中に取り込みながら、しかも詩句はいたってスムースに連続している。したがって、この詩は李陵の特定の一首を模擬したものというより、漢の別れの詩群を一つの典型にまとめあげたものというべきだろう。それを滑らかに仕立て上げたのが、江淹の手腕、ないしは当時の詩の成熟であるが、それはまた、漢の詩の古拙な味わいが薄れた印象を否めない。

阮歩兵　詠懐　籍

青鳥海上遊
鸒斯蒿下飛
沈浮不㆓相宜㆒
羽翼各有㆑帰
飄颻可㆑終㆑年

阮歩兵(げんほへい)　詠懐(えいかい)　籍(せき)

青鳥(せいちょう)　海上(かいじょう)に遊(あそ)び
鸒斯(よし)　蒿下(こうか)に飛(と)ぶ
沈浮(ちんぷ)　相宜(あいよろ)しからず
羽翼(うよく)　各(おのおの)　帰(き)する有(あ)り
飄颻(ひょうよう)するも年(とし)を終(お)うべく

沆瀁安是非
朝雲乗二変化一
光耀世所レ希
精衛銜二木石一
誰能測二幽微一

沆瀁するも安くんぞ是非あらん
朝雲は変化に乗じ
光耀は世の希なる所
精衛 木石を銜む
誰か能く幽微を測らん

○押韻は、上平声五微の「飛・帰・非・希・微」。 ○青鳥 西方の神山にすみ、西王母のもとに仕える鳥。『山海経』にみえる。『漢武故事』では、西王母の来訪の前触れとして漢の武帝の前に現れる。「詠懐詩」では第二十五首（『阮籍集』一九七八年、上海古籍出版社の編次による）に、「誰か言う 見るべからずと、青鳥 我が心に明らかなり」とある。青鳥といっても blue bird とは異なり、ここでの青は青牛・青馬の場合と同じく、黒っぽい色か。 ○鸒斯 はしぶとがらす。『詩経』小雅・小弁に、「弁たる彼の鸒、帰り飛ぶこと提提たり（弁彼鸒斯、帰飛提提）」とあり、その毛伝に「鸒は卑居なり。卑居は鴉烏なり」と、からすの一種であることを説明する。『詩経』の本文では「鸒」が鳥の名であって、「斯」は語助詞であるが、ここでは二字を鳥の名とする。「鸒斯」ということばの出処は『詩経』に求められるものの、直接の意味は『荘子』逍遥遊篇に由来する。「鵬の南冥に徙るや、水に撃すること三千里、扶揺を摶ちて上ること九万里、……」と鵬の大きさを述べるのに続けて、「蜩と鸒鳩 之を笑いて曰く、我決起して飛び、楡枋に搶たりて止どまるも、時に則いは至らずして地を控くのみ。……」と、小さな鳥が対比される。「鸒鳩」を今の『荘子』では「学鳩」に作るが、古いテキストや李善注では「鸒鳩」。阮籍の「詠懐詩」第二十六首に、「鸒鳩は桑楡に飛び、海鳥は天池を運る」と、「鸒鳩」の名で大きな鳥と対比されている。 ○蒿下 よもぎの下。低いことをいう。『荘子』逍遥遊篇にまた、鵬に対比された斥鴳という鳥が、「我騰躍して上るも、数仞に過ぎずして下ち、蓬蒿の間を翺翔す」とみえる。　〇沈浮不㆓相宜㆒（二句）　沈浮は、鸒斯のように低い所を飛ぶことと、青鳥のように広大な空間を飛ぶこと。曹植の「七哀詩」（巻二十三）第一首に、「浮沈各勢を異にす、会合　何の時にか諧わん」と、境遇の違いをいう。不㆓相宜㆒は、ふさわしくない。高く飛ぶか低く飛ぶかは、それぞれのもちまえであって、違う飛び方はつりあわないことをいう。「詠懐詩」第二十六首に「豈宏大を識らざらんや、羽翼相宜しからず」とある。各有㆑帰は、それぞれ帰着すべき所、本性にかなった飛び方があることをいう。　〇飄颻可㆑終㆑年（二句）　飄颻は、ひらひら飛ぶことをいう畳韻の語。小さな鳥の飛翔をいう。可㆑終㆑年は、寿命を全うできる。「詠懐詩」第二首に、「誰か言う　万事難しと、逍遥して生を終うべし」とある。沆瀁は、大きく、力強く飛ぶことをいう畳韻の語。大きな鳥の飛翔をさす。安是非は、よいわるいということではない、価値判断はできないことをいう。　〇朝雲乗㆓変化㆒　朝雲は、巫山の神女の化身。宋玉の「高唐の賦」（巻十九）に、楚の懐王と契りを結んだ神女が、「旦には朝雲と為り、暮れには行雨と為る。朝朝暮暮、陽台の下にあり」と、別れ際に述べる。そして、そのありさまを、「須臾の間に、変化して窮まり無し」という。阮籍の「詠懐詩」第十三首（『文選』所収の十七首では第十七首）に、「三楚には秀士多く、朝雲　荒淫を進む」とみえる。　〇光耀世所㆑希　陸雲の「顧彦先の為に婦に贈る」詩（巻二十五）第二首に、「知音は世の希なる所、君に非ずして誰か能く讃えん」とある。　〇精衛銜㆓木石㆒　精衛は、炎帝の娘の女娃が、溺死して生まれ変わったという伝説上の鳥。『山海経』北山経に、「女娃は東海に遊び、溺れて返らず。故に精衛と為り、常に西山の木石を銜みて、以て東海を堙む」とあり、阮籍の「清思の賦」に、「女娃は東海の浜に耀栄し、西山の旁らに翩翻す」とある。

【現代語訳】　阮籍の「詠懐」の詩に模して

青鳥は大海原に飛行し、からすはよもぎの陰で舞っている。

高い低いは、取り替えてみても、つりあわない。身に備わった羽根には、それぞれにもちまえがあるのだ。

ひらひら舞っているだけでも、寿命を全うできるものであるし、力強く羽ばたいたところで、優劣がつくものでもない。

神女の化した朝雲は自在に姿を変え、世にもまれなる輝きを放つ。

一方、木や石をくわえて飛ぶ精衛の鳥は、そのかそけき存在を知る人もない。

大きな鳥・小さな鳥の対比　阮籍の「詠懐詩」の中で、鳥は重要なモチーフとして、繰り返し現れる。そして、それは『荘子』逍遥遊篇の中の、二種類の鳥の対比を下敷きにしている。『荘子』では、鵬という、広大な空間を飛翔する大きな鳥と、それを理解しえない、日常の小さな場に飛び交う鷽鳩（鷽鳩）・斥鷃という小鳥が対峙されている。その寓意は、「小知は大知に及ばず」（逍遥遊篇）、卑小な現実から脱却して、現実を超越した大いなる世界の存在を説くものであった。

ところが阮籍は、大きな鳥―小さな鳥の対比はそのまま受け継ぎながらも、そのいずれに価値を認めるかには、詩によってさまざまに揺れをみせる。たとえば第二十四首では、大空を翔ける「玄鶴」が描かれ、庭の中で戯れる「鶉鷃」が否定される。第八十首では、世界をまたにかけて飛ぶ「鴻鵠」をうたって、「郷曲の士」（田舎紳士）とはつきあえないと述べる。反対に、第二十六首では、「鷽鳩」と「海鳥」の対比から始まって、大きな翼をもたぬ以上、小さな鳥の小さな世界に自足しようとする。第十首（『文選』所収の第十四首）でも「黄鵠」より「燕雀」の仲間に入ることを選ぶ。この倒錯は、張華の「鷦鷯の賦」（巻十三）や、『荘子』の郭象の注が小さな鳥の方に価値を置くように、魏晋という時代の産物でもあった。

このように篇ごとによって志向が揺れ動く迷い、矛盾錯綜、それこそが「詠懐詩」を特徴づけるものであって、大鳥―小鳥のモチーフに限らず、神仙の世界を取り上げた場合でも、それへの希求・願望をうたったかと思うと、また別の詩では神仙の実在に懐疑を抱いたり、自分が神仙になれないのではないかとあきらめたり、動揺を繰り返す。

一つの判断の主張ではなく、判断の揺れ動き、迷い悩むところに「詠懐詩」の魅力があり、かつ、それが大鳥―小鳥のコントラストに端的に表れているとすれば、江淹のこの詩はみごとにその核心をとらえたといえるだろう。だが、「詠懐詩」と模擬詩には大きな相違が一つ介在しているように思われる。それは、「詠懐詩」の場合、大きな鳥を肯定するか小さな鳥を肯定するかは、一篇の詩では必ずそのいずれかであって、その際決まって他方は否定されているのであり、一つの詩で両者を同時に肯定することはない。

肯定・否定のはざまで　ところが、江淹のこの詩では、両者は両方とも肯定されている、あるいは、小さな鳥の肯定の方に重心がかかっているようにもみえるが、少なくとも大きな鳥を否定してはいない。これはしかし当然のことであって、大きな鳥にあこがれたり、小さな鳥に自足したりする「詠懐詩」の全体を一首でくくろうとすれば、双方を肯定するほかにありえないことになる。このことはまた、「雑体詩」の特徴を示してもいる。すなわち、「雑体詩」は、先行する作者の特定の一つの詩を模擬するというよりも、その作者の全体を表すような、典型となる一首を再現しようとするのである。

「青鳥」「鸒斯」の対比は、明らかに「詠懐詩」の中の大きな鳥―小さな鳥の対比に対応するものであるけれども、ただ「詠懐詩」では、「青鳥」は大きな鳥としては登場していない。それが仙界の神秘な鳥であることから、日常的な空間を超えたところに飛翔する大きな鳥の仲間に入れたものであろう。二つの種類の鳥は、居住空間、飛翔のしかた、それぞれ違いがあるけれども、いずれもそのもって生まれた資質のしからしめるところであって、どちらがよいというものではない。

　後の四句は「詠懐詩」には直接対応するモチーフがないので、意味を汲みにくい。「朝雲」も「精衛」も、神話の中の女性が化身したもう一つの姿であるところが共通している。しかし「朝雲」の方は、その変化の本性のままにさまざまに姿を変えてこの世に顕現し、鮮やかな輝きは当然世の人々の注目を集める。それに対して「精衛」の方は、だれ知るともなく東海の海辺にせっせと木切れを運んで、自分の溺死した海をうずめようとしている。「朝雲」と「精衛」の対比はこのように、世にしるけきものと、かそけきものとを表しているようだ。

　阮籍の作品の中にそれに近いものを求めるならば、「朝雲」は「詠懐詩」第十五首につながるであろうか。「西方に佳人有り、皎として白日の光の若し」、こう歌い起こして、仙女の輝くばかりの美しさを描き、それに近づけないことを悲しむ。「精衛」は、語注に引いた「清思の賦」に触れられている。「余以為えらく、形の見るべきは、色の美しきに非ず。音の聞くべきは、声の善きに非ず」。そして女性、つまり精衛を挙げたあと、「是を以て微妙にして形無く、寂寞にして聴く無く、然る後に乃ち以て窈窕にして淑清なるを観るべし」。目立った姿形がなくても、そこに美しさが認められていることを言うかのようである。

　前半で大きな鳥―小さな鳥を対比したのを受けて、後半では人目を引くはでやかな美しさと、奥深く知りがたい美しさとを並べたものであろうか。対比された双方は、それぞれのもちまえによってそうなのであって、甲乙をつけようとする価値判断そのものを否定しているようにも思われるし、小さな鳥や人に知られない精衛を同等にもちあげたところに、そちらに比重が傾いているとも読める。

明刊の『阮嗣宗集』では、誤ってこの詩が「詠懐詩」の中に紛れ込んでいるということは、模擬詩としての巧みさを示していよう。

別二范安成一詩（范安成に別るる詩）　沈約　休文

別二范安成一詩　「范安成」とは、范岫（四四〇―五一四）、字は懋賓のこと。斉の時、安成郡（江西省安福県）の内史として赴任するのを見送った作。范岫については『梁書』巻二十六、『南史』巻六十に伝がある。巻二十、祖餞。

沈約　四四一―五一三。字は休文。呉興武康（浙江省徳清県）の人。父は宋の皇族間の争いに巻き込まれて殺されたが、苦しい少年時代の中で努力を重ね、のちに宋・斉・梁三朝に仕えた。斉の時、竟陵王蕭子良のもとの文学集団に加わり、謝朓・王融・范雲・任昉らとともに「竟陵の八友」に数えられた。やがて梁の武帝が斉に代わって即位した際、それを助けた功績によって建昌県侯に封ぜられた。尚書左僕射・侍中・丹陽尹・中書令などの要職を歴任し、政治上の地位の高さとともに、文壇の大御所的存在となった。学者としての業績には『宋書』をはじめとする史書があり、文学においては、謝朓とともに「永明体」の創始者として知られる。それは四声の配置を考慮することによって、詩に声律の美しさを新たに加えようとするものであった。彼の提起した四声八病の説は、過度な規則を課したもので、実際の試作には必ずしも十分に適応されなかったが、のちに唐代の近体詩が平仄の配置を備えて形成されるための重要なステップではあった。『宋書』巻百、『梁書』巻十三、『南史』巻五十七に伝がある。

生平少年日
分レ手易ニ前期一
及レ爾同衰暮
非ニ復別離時一
勿レ言一樽酒
明日難ニ重持一
夢中不レ識レ路
何以慰ニ相思一

生平　少年の日
手を分かつも前期を易しとす
爾と同に衰暮して
復た別離の時に非ず
言う勿れ　一樽の酒と
明日は重ねて持し難し
夢の中には路を識らず
何を以てか相思を慰めん

〇押韻は、上平声四支の「期・時・持・思」。〇生平　以前。平生と同じ。阮籍の「詠懐詩」第五首の冒頭「平生　少年の時、軽薄にして絃歌（げんか）を好む」とあるのを襲う。○少年　日本語では青年というに近い。○分レ手易ニ前期一　分レ手は、別れる。前期は、前もって再会を約束すること。それが「易（やさ）」しいというのは、年齢が若くて先に十分時間があるため。○及レ爾同衰暮（二句）　衰暮は、老い衰えること。もう再会する時間は残されていないので、気安く別れられない時になったことをいう。○勿レ言一樽酒（二句）　一樽酒は、送別の場で手向ける酒。蘇武（そぶ）の「詩」第一首（巻二十九）に「我に一樽の酒有り、以て遠人に贈らんと欲す」とあるのに基づく。それはつまらないものであるけれども、明日になればもう一度手にしようとしてもできないことをいう。持は、手に取る。○夢中不レ識レ路　戦国時代、張敏は仲のよい友人の高恵に会おうとして、夢の中で何度も尋ねて行ったが、そのたびに道に迷って引き返したという話（李善（りぜん）所引『韓非子（かんびし）』。今の本にはみえない）を踏まえる。○相思　人を恋い慕う気持ち。日本語の「恋う」と同様、異性にも同性にも用いられる。

【現代語訳】　范安成と別れる詩

その昔、若かったころには、別れにあたっても気軽に再会の約束を交わしたものだった。私も君もともに人生のたそがれに至った今となっては、もう今更別れる時ではない。君に手向けるこの酒を、わずか一樽（ひとたる）などと言ってくださるな。これですら、明日になったらもう一度手にすることは難しいのだから。

夢の中で尋ねて行っても、道に迷ってしまうことだろう。君を思う気持ちは、どうしたら慰められるものなのか。

再会を望めない別離の感懐　友人を思う気持ちがよく表れた、さわやかな作品。措辞はいたって平明で、一見すると素朴な印象があるが、さすがに斉梁の文学の領袖であった沈約にふさわしく洗練されているというべきだろう。「復た別離の時に非ず」――まさに別離の時にあたって、別離の時でないと言うところに、別れの苦渋がこめられる。この意表をつく言辞を導く論理、以前ならば次の約束をいくらでもしておけたけれども、この年になってはもう二度と会えるかわからない、と述べる前半の句には、論理の展開だけでなく、ここに至るまでの二人の長い交遊を思い起こし、懐かしみ、それの集約するものとして今の別れの場に臨んでいる感慨もこめられていることだろう。「手を分かつも前期を易しとす」の句も「復た別離の時に非ず」の句も、それだけを取り出せば逆説的な響きを含むけれども、この四句の滑らかな流れの中では唐突でない。紋切り型に堕しやすい送別の詩として、奇異な発想と率直な心情とが巧みに融合しているところに、沈約の手腕を認めなければならない。

　過去から今日まで続いてきた二人の友情、それの極まるところとしての現在を一点に絞り込むのが、「一樽の酒」である。今二人で酌み交わしているこの酒は、明日もう一度手にしようとしてもできない。「一樽の酒」の喪失を機に、詩は未来の友情の途絶を嘆いて結ばれる。

　形式に目を転ずると、平仄の配置は適合しないものの、平声の押韻による五言八句のかたちは、近体詩に近い。詩の律詩化の傾向は、この詩のように、まず五言古詩が五言律詩に整えられてゆくところから始まったのであった。律詩ならば要求される中間の四句の対句構成を、この詩はもたないが、それはあえて避けたものである。『文鏡秘府論』東巻の「二十九種対」の第二十九は「総不対対」、すなわちいっさい対句を用いない技法が挙げられ、その例として引かれているのが、この詩である。そして「此くの如きの作は、最も佳妙と為す」と述べられている（興膳宏訳注『文鏡秘府論』昭和六十一年、筑摩書房）。

文章

出師表（出師の表）

諸葛亮　孔明

出師表　軍隊を出動させるに際しての上表。「表」は、臣下が君主にたてまつる文書。三国・蜀の建興五（二二七）年春、諸葛亮は軍を漢中（陝西省）に進めて魏を討とうとするにあたり、後主劉禅にこの表をたてまつって、天子としての心得を諭し、自分の心情を述べた。巻三十七、表。『三国志』蜀書諸葛亮伝にも収められるが、字句に少しく異同があり、「出師表」の題はつけられていない。翌二二八年の上表を「後出師の表」と称するのに対して、「前出師の表」と呼んで区別することもある。

諸葛亮　一八一―二三四。字は孔明。琅邪郡陽都県（山東省沂水県の南）の人。漢末の戦乱を避けて、南陽で農耕生活を送っているところを、劉備に見いだされ、軍師として迎えられた。天下三分の計を基本戦術としつつ、劉備を助けて活躍し、劉備が帝位につくと、丞相となった。備の死後、更に後主劉禅を補佐し、中原を回復して天下を統一することを理想としていたが、司馬懿の率いる魏軍と渭水のほとりの五丈原で戦闘中、病死した。『三国志』蜀書巻五に伝がある。

臣亮言。先帝創レ業未レ半、而中道崩徂。今天下三分、益州罷弊、此誠危急存亡之秋也。然侍衛之臣、不レ懈二於内一、忠志之士、亡二身於外一者、蓋追二先帝之遇一、欲レ報二之於陛下一也。誠宜下開二張聖聴一、以光二先帝遺徳一、恢中志士之気上。不レ宜三妄自菲薄、引レ喩失レ義、以塞二忠諫之路一也。宮中府中、倶為二一体一、陟二罰臧否一、不レ宜二異同一。若有下作レ姦犯レ科、及為二忠善一者上、宜下付二有司一、論二其刑賞一、以昭中陛下平明之理上。不レ宜三偏私、使二内外異一レ法也。

臣亮言す。先帝は業を創むること未だ半ばならずして、中道に崩徂す。今天下三分して、益州罷弊す、此れ誠に危急存亡の秋なり。然れども侍衛の臣、内に懈らず、忠志の士、身を外に亡るるは、蓋し先帝の遇を追い、之を陛下に報いんと欲すればなり。誠に宜しく聖聴を開張して、以て先帝の遺徳を光らし、志士の気を恢いにすべし。宜しく妄りに自ら菲薄にして、喩えを引き義を失いて、以て忠諫の路を塞ぐべからざるなり。宮中府中は、倶に一体たり、臧否を陟罰するに、宜しく異同あるべからず。若し姦を作し科を犯し、及び忠善を為す者有らば、宜しく有司に付して、其の刑賞を論じ、以て陛下平明の理を昭らかにすべし。宜しく偏私して、内外をして法を異にせしむべからざるなり。

○先帝　蜀の先主劉備（一六一―二二三）をいう。字は玄徳。前漢の景帝の子中山王劉勝の子孫といわれる。曹丕が禅譲により魏の帝位につくと、自ら漢を継いで国を興し、皇帝となったが、わずか二年後に亡くなった。『三国志』蜀書巻二に伝がある。　○天下三分　当時の中国が、北方の魏、東南の呉、西南の蜀に分裂していたことをいう。○益州　広義には、当時の十二州の一つで、蜀の領域。現在の四川・雲南両省と貴州・陝西の一部分に相当する。狭義には、同州の中心部をなす郡の名。○危急存亡之秋　秋は、大切な時期の意。秋は実りの季節であるところからいう。○亡二身於外一者　亡は、忘に同じ。○開二張聖聴一　臣下の意見に耳を傾けることをいう。聖は、天子の言語動作を尊んでいう語。○菲薄　軽視する。○宮中府中　宮廷と丞相府。○陟罰　官位を昇進させることと落とすこと。○臧否　善悪。○有司　担当の役人。○偏私　えこひいきする。

【現代語訳】　出陣に臨んでの表

諸葛亮こと申し上げます。先帝は国を興す事業がいまだ半ばにも達せぬうち、途中でおかくれになりました。今、天下は三つに分裂して、我が益州は疲弊しきっており、これはまことに国の存亡をかけた緊急の時期であります。しかしながら、近侍の臣が宮廷にあってその務めを怠らず、忠義の士が国の外にあって我が身を忘れて戦っていますのは、先帝の御恩を追慕して、陛下にお報い申そうとしているからでありましょう。陛下もどうか彼らの声に耳を傾けられて、先帝の遺徳を輝かせ、志士たちの意気を盛り上げてくださいますように。ゆめゆめご自分を軽く見て、道理に合わぬたとえを引き、臣下の真心をこめた諫言の道を閉ざされるようなことをなさってはなりません。宮廷と政府とは、一体の関係にありますから、善悪の賞罰を行うに際して、両者の間に差異があってはなりません。もし悪事をはたらき法を犯す者や、忠実な善行を行う者があれば、所轄の役人にゆだねて、その賞罰を論じさせ、陛下の公明正大なお考えを明らかにすべきであります。えこひいきによって、宮廷の内と外で法を異にすべきではありません。

危急存亡の秋

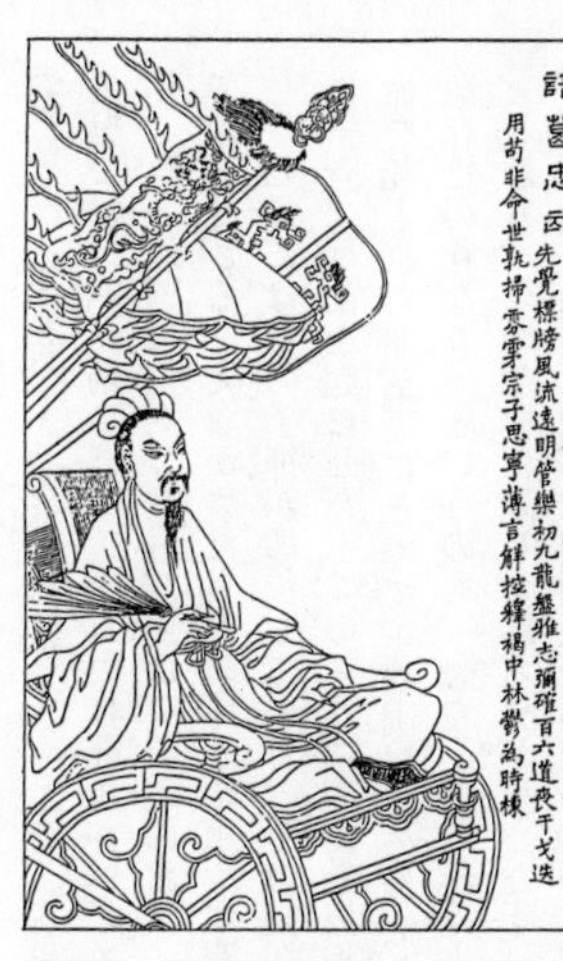

諸葛亮（『晩笑堂画伝』）

「出師の表」は、当時四十七歳の諸葛亮が二十一歳の後主劉禅（りゅうぜん）のために書き残した文章である。この親子ほども年齢の隔たった若い皇帝に向かって、諸葛亮は蜀（しょく）の現況に即しつつ、諄々（じゅんじゅん）として君主たるものの道を説き、併せて先主劉備以来の変わらぬ自分の忠誠心を披瀝（ひれき）している。ここには単なる君臣の関係を越えた、親が子を思うような切実な心情が、飾りけのない素朴な文体に包まれて表出されており、読む者の心をすなおに感動させる。溢（あふ）れる才気を駆使して縦横無尽に活躍する、神格化された諸葛孔明のイメージとは全く無縁の印象だが、この文章から強く感じられる人間的な誠実さが、また彼の人気の一因をなしているのである。宋（そう）の蘇軾（そしょく）が「出師の表」について、「簡にして尽くし、直にして肆（ほしいまま）ならず」と、その文章を評価しつつ、「秦漢（しんかん）以来、君に事（つか）うるを以（もっ）て悦（よろこ）びと為（な）す者の能（よ）く至る所に非（あら）ざるなり」（「楽全（らくぜん）先生文集の序」）と最大限の賛辞を呈するのも、決して過褒ではないであろう。

諸葛亮が漢中遠征を前にしてこの上表を書いた時、中国全体の状況はどうなっていたか。北方の魏（ぎ）では、前年の二二六

(黄初七)年五月、文帝曹丕が死んで、二十三歳の太子叡が帝位に昇った。魏の明帝である。東南の呉では、四年前の二二二年九月に孫権がはじめて独立した国を建て、黄武と年号を定めた。同じ年、呉の建国に先立つ六月、蜀は夷陵道における呉との合戦に大敗を喫し、劉備は一時白帝城にまで撤退せざるをえなかった。その痛手を癒やす間もなく、翌二二三(章武三)年三月に劉備は病死し、五月にはその子禅が即位している。その動揺を見透かすかのように、南方の諸郡が先帝の喪中に一斉に反乱を起こした。このように内憂外患相俟ったこの年は、蜀にとって、そしてこの国の運命を託された諸葛亮にとって、建国以来の最大の危機となった。彼が上表の冒頭で、「此れ誠に危急存亡の秋なり」というのも、恐らくこの年以来の偽らざる実感だったにちがいない。

しかし、この危機に際して諸葛亮が打った手は、さすがに冷静であった。彼は直ちに使者を派遣して、呉と和議を結び、当面の憂いを除くや、翌二二五(建興三)年春には南方の反乱を鎮圧すべく、自ら南征の軍の指揮を執った。朱熹が言ったように、南を治めぬうちに北に向かうのでは、後方をかきみだされる恐れがあるが、南方を平定しておけば、後方の憂いがなくなるだけでなく、またその兵力を動員できる有利ささえ加わってくるのである(『朱子語類』歴代三)。その秋には南方の地域をすべて平定し、多くの軍需物資を獲得して、国力は大いに潤ったという。まさに災いを福に転ずる結果となったわけである。

かくて二年後の二二七(建興五)年春、漢中遠征の断が下された。魏との前線に足がかりを確保して、即位したばかりの若い明帝のもとにあるこの敵国を攻略しようというのである。諸葛亮のかねて描いていた「天下三分の計」とは、荊州(湖南・湖北一帯)と益州の両地区を領有して、呉と同盟関係を結びつつ、局面を見極めて北方に攻め上るという構想であるが、この戦術の重要な部分を占める荊州の地は、先の夷陵の敗北によって、ついに蜀の手に届かぬところとなってしまった。だから本来の構想からすれば、諸葛亮の今度の北征はかなり不本意なものだったはずである。加えて、司馬懿の麾下に圧倒的な数を擁する魏の兵力を考えれば、北征のなりゆきには初めからかなり厳しいものがあった。

だが、対外的な面に関する諸葛亮の不安は、この上表からはほとんど何も知ることができない。不安はひたすら留守中の後主劉禅の上にある。劉禅は後世しばしば暗愚の君主とされ、その評判はまことに芳しくない（ただ、亡国の君主といえば、みなそんなものだが）。けれども、『三国志』の著者陳寿の批評によると、「後主は賢明な宰相を任用している間はまともな君主だったが、宦官に惑わされるようになると愚かな君主になった」（「後主伝」）といわれる。「賢明な宰相」はもちろん諸葛亮のことだが、「宦官」とは、蜀の末年、宮廷で我がもの顔に振る舞った黄皓をさすものと思われ、「後主伝」景耀元年（二五八年）の条には、「宦人黄皓始めて政を専らにす」の記述がみえている。つまり善にも悪にも染まりやすい平均的な人間だったということなのだろう。それだけに諸葛亮としては心配だったのである。次段で後漢滅亡の遠因となった宦官の害を戒めているが、彼の心を離れなかった悪い予感が不幸にも的中したことになる。

このように見てくると、「出師の表」の内容が誠実であればあるだけ、諸葛亮の置かれた事態は悲劇的である。以後、二三四（建興十二）年秋八月、渭水河畔の五丈原で、司馬懿との戦いのさなかに病死するまでの八年間、諸葛亮が蜀に帰還する機会はついに一度もなかった。

侍中・侍郎郭攸之・費褘・董允等、此皆良実、志慮忠純。是以先帝簡抜、以遺二陛下一。愚以為、宮中之事、事無二大小一、悉以咨レ之、然後施行、必能裨二補闕漏一、有レ所二広益一也。将軍向寵、性行淑均、暁二暢軍事一。試二用於昔日一、先帝称レ之曰レ能。是以衆議挙レ寵為レ督。愚以為、営中之事、悉以諮レ之、必能使二行陣和穆、優劣得一レ所也。

親二賢臣一、遠二小人一、此先漢所二以興隆一也。親二小人一、遠二賢士一、此後漢所二以傾頽一也。先帝在時、毎与レ臣論二此事一、未五嘗不四嘆三息痛二恨於桓・霊一也。侍中・尚書、長史・参軍、此悉貞亮死レ節之臣也。願陛下親レ之信レ之。則漢室之隆、可二計レ日而待一也。

侍中・侍郎郭攸之・費禕・董允等は、此れ皆良実にして、志慮忠純なり。是を以て先帝は簡抜して、以て陛下に遺る。愚以為えらく、宮中の事は、事大小と無く、悉く以て之に咨り、然る後に施行せば、必ず能く闕漏を裨補して、広益する所有らん。将軍向寵は、性行淑均にして、軍事に暁暢す。昔日に試用せられ、先帝之を称して能と曰う。是を以て衆議寵を挙げて督と為す。愚以為えらく、営中の事は、悉く以て之に諮らば、必ず能く行陣をして和穆せしめ、優劣をして所を得せしむるなり。賢臣に親しみ、小人を遠ざくるは、此れ先漢の興隆せし所以なり。小人に親しみ、賢士を遠ざくるは、此れ後漢の傾頽せし所以なり。先帝在せし時、毎に臣と此の事を論ずるに、未だ嘗て桓・霊に嘆息痛恨せずんばあらざるなり。侍中・尚書、長史・参軍は、此れ悉く貞亮にして節に死するの臣なり。願わくは陛下 之に親しみ之を信ぜよ。則ち漢室の隆は、日を計りて待つべきなり。

○侍中・侍郎　侍中は、天子の顧問役。侍郎は、黄門侍郎で、やはり天子に近侍する官。　○郭攸之　生没年未詳。『三国志』に伝はないが、李善注に引く『楚国先賢伝』によれば、南陽（河南省）の人。　○費禕　?—二五三。字は文偉。江夏郡鄳県の人。禕は、褘とも書く。後主の即位後、黄門侍郎となり、外交交渉の手腕を認められて侍中に昇進した。諸葛亮の漢中遠征には、参軍として同行した。『三国志』蜀書巻十四に伝がある。　○董允　?—二四六。字は休昭。後主の即位に伴って、黄門侍郎となり、更に諸葛亮の推挙により侍中となった。蜀書巻九に伝がある。　○簡抜　選抜。　○裨補　おぎなう。　○向寵　?—二四〇。襄陽郡宜城県（湖北省）の人。二二三（建興元）年に都亭侯に封ぜられ、のち中部督となって、宿衛兵を指揮した。諸葛亮の推挙により、中領軍に昇進した。蜀書巻十一に伝がある。　○淑均　善良で公正なこと。　○暁暢　よく知っている。　○和穆　なごむ。　○先漢　前漢。　○桓・霊　後漢の桓帝（在位、一四六—一六七）と霊帝（在位、一六七—一八九）。宦官を重用して政治を乱し、後漢の滅亡を招いた。　○侍中　前出の郭攸之・費禕・董允らをさす。　○尚書　天子に近侍して文書をつかさどる官。李善注によれば、陳震（?—二三五）をいう。　○長史　丞相や三公の府などの属僚長。李善によれば、張裔をさす。当時、射声校尉の任にあって、留府長史を兼ねていた。　○参軍　軍務に携わる幕僚。李善によれば、蔣琬（?—二四六）をさす。諸葛亮の漢中遠征中、張裔とともに丞相府の諸事を取り仕切った。　○貞亮　操正しく誠実なこと。

【現代語訳】侍中や侍郎の郭攸之・費禕・董允らは、みな誠実な人々で、その考えは真心があって純粋です。だから先帝は彼らを抜擢されて、陛下に贈りたもうたのです。おもんみまするに、宮中のことについては、大小を問わず、すべて彼らに諮り、しかるのちに施行されますなら、必ずや欠けたところを補って、広く益するところがありましょう。将軍向寵は、人がらや行いが善良公正で、軍事に通暁しています。以前試しに用いられたところ、先帝は有能と評価なさいました。そこで衆議によって向寵を司令官に推挙したのです。おもんみまするに、軍中のことについては、すべて彼に諮られますなら、必ずや陣営の空気を和やかにし、優劣に応じた人材配置がなされるでありましょう。

優れた臣下に親しみ、つまらぬ人間を遠ざけたことが、前漢の興隆した原因であり、つまらぬ人間に親しみ、優れた人物を遠ざけたことが、後漢の衰退した原因であります。先帝御在世のみぎり、私とこのことをよく議論されましたが、その都度、後漢の桓帝・霊帝について嘆息し、ひどく残念がられたものです。侍中・尚書、長史・参軍の任にあるのは、すべて忠実で節義のために命を投げ出す臣下ばかりです。どうか陛下、彼らに親しみ彼らを信頼してください。そうすれば漢王室の興隆は日を数えて期待することができるでしょう。

後漢王朝衰退の経緯　後漢の中期以後、宦官の勢力が急速に成長し、政治腐敗の大きな原因となったが、そのもとをたどれば、光武帝劉秀（在位、二五―五七）以来強大な権力を養って実質的に国政を支配してきた外戚一族の専横に手を焼いて、皇帝が自らの手に実権を回復するために宦官の力を借りようとしたことにある。いわば悪をもって悪を駆逐する政略だったのであり、そのもくろみは一面で確かに効果を挙げたのだが、今度は宦官の力が大きくなりすぎて、彼らを利用するつもりだった皇帝の手に負えなくなってしまったのである。このゆがんだ政治を正す反宦官運動が知識人の間で盛り上がり、それを弾圧しようとする宦官勢力との間に熾烈（しれつ）な闘争が繰り広げられた。桓（かん）帝・霊帝の時代に天下を揺るがした党錮（とうこ）の事件である。かかる一連の政治抗争を経て、後漢王朝の衰退はもはや動かしがたいものになっていった。劉備在世の日、諸葛亮が二人で議論を重ねたのは、これらの史実からいかに教訓を学び取るかということであっただろう。

臣本布衣、躬耕二於南陽一、苟全二性命於乱世一、不レ求二聞達於諸侯一。先帝不レ以二臣卑鄙一、猥自枉屈、三顧二臣於草廬之中一、諮レ臣以二当世之事一。由レ是感激、遂許二先帝一以二駆馳一。後値二傾覆一、受二任於敗軍之際一、奉二命於危難之間一、爾来二十有一年矣。

先帝知二臣謹慎一、故臨レ崩寄レ臣以二大事一也。受レ命以来、夙夜憂嘆、恐三託付不レ効、以傷二先帝之明一。故五月度レ瀘、深入二不毛一。今南方已定、兵甲已足、当下奨二帥三軍一、北定中中原上。庶竭二駑鈍一、攘二除姦凶一、興二復漢室一、還二于旧都一。此臣之所下以報二先帝一、而忠中陛下上之職分也。

至下於斟二酌損益一、進中尽忠言上、則攸之・禕・允之任也。願陛下託レ臣以二討賊興復之効一。不レ効則治二臣之罪一、以告二先帝之霊一。若無二興レ徳之言一、責二攸之・禕・允等咎一、以章二其慢一。陛下亦宜下自課、以咨二諏善道一、察二納雅言一、深追中先帝遺詔上。

臣不レ勝二受レ恩感激一。今当二遠離一、臨レ表涕泣、不レ知レ所レ云。

臣は本布衣にして、躬ずから南陽に耕し、苟くも性命を乱世に全うして、聞達を諸侯に求めず。先帝は臣の卑鄙なるを以てせず、猥りに自ら枉屈し、三たび臣を草廬の中に顧み、臣に諮るに当世の事を以てす。是に由りて感激し、遂に先帝に許すに駆馳を以てす。後に傾覆に値い、任を敗軍の際に受け、命を危難の間に奉じて、爾来二十有一年なり。

先帝は臣の謹慎なるを知る、故に崩ずるに臨み臣に寄するに大事を以てするなり。命を受けて以来、夙夜憂嘆し、託付の効あらずして、以て先帝の明を傷つけんことを恐る。故に五月瀘を度り、深く不毛に入る。今南方已に定まり、兵甲已に足れば、当に三軍を奨帥して、北のかた中原を定むべし。庶わくは駑鈍を竭くして、姦凶を攘除し、漢室を興復して、旧都に還らんことを。此れ臣の先帝に報いて、陛下に忠なる所以の職分なり。

損益を斟酌し、忠言を進め尽くすに至りては、則ち攸之・褘・允の任なり。願わくは陛下　臣に託するに討賊興復の効を以てせんことを。効あらずんば則ち臣の罪を治めて、以て先帝の霊に告げよ。若し徳を興すの言無くんば、攸之・褘・允等の咎を責めて、以て其の慢を章らかにせよ。陛下亦宜しく自ら課して、以て善道を咨諏し、雅言を察納し、深く先帝の遺詔を追うべし。臣は恩を受くるの感激に勝えず。今遠く離るるに当たり、表に臨みて涕泣し、云う所を知らず。

○布衣　麻布の着物。庶民の衣服であったところから、また、無位無官の人をいう。　○南陽　『三国志』の裴松之注によれば、諸葛亮が住んでいたのは南陽郡の鄧県で、襄陽（湖北省）の西二十里にあった。隆中ともいわれる。　○聞達　名が知られて出世する。　○枉屈　貴人がわざわざ訪れること。　○傾覆　くつがえる。二〇八（建安十三）年、劉備が当陽県の長坂（湖北省）で曹操に敗れたことをさす。　○爾来二十有一年矣　『三国志』の裴松之注によれば、二〇八年の敗戦から二二七（建興五）年の諸葛亮の北伐までちょうど二十年になるから、劉備がはじめて孔明に出会ったのは、敗戦の前年、すなわち二〇七（建安十二）年になる。　○臨レ崩　劉備は二二三（章武三）年四月に、永安宮で没した。　○故五月度レ瀘、……　劉備の喪中に南方の諸郡が一斉に反乱を起こしたので、諸葛亮はまず呉と和議を結んだのち、二二五（建興三）年春、南征を挙行し、その秋にはすべて乱を平定した。瀘は、瀘水。四川省と雲南省の境を流れる金沙江のこと。この流域は高温多湿で、夏には瘴気（山や川から発する毒気）がたちこめ、川を渡るには生命の危険を伴うといわれる。　○駑鈍　愚鈍。　○姦凶　わるもの。魏をさす。　○若無ニ興レ徳之言一　この句、底本にはなく、李善注が蜀志によって補うべきであるとするのに従う。ただし、諸葛亮伝所収の本文にもこの句を欠き、董允伝に引用されるもののみにみえる。　○咨諏　問いただす。　○雅言　正しいことば。

【現代語訳】私は元来無位無官の身であり、南陽の地で百姓仕事に携わりつつ、この乱世をどうにか生き延びようと思っていたまでで、名を諸侯に知られて出世しようなどとは考えもしませんでした。先帝は私の卑しさを気にも留めず、わざわざ膝を屈して、三度も私をあばら家に訪ねて来られ、現在の諸問題についてお尋ねになりました。それに感激した私は、先

諸葛亮殿（四川省成都市）

帝のために奔走することを承知したのです。そののち国の命運が傾くことが起こり、私は敗軍の際に任務を受けて、危難のさなかに御命令をかしこんできましたが、それから二十一年になります。

先帝は私の慎み深さを認められ、崩御にあたって私に大事を託されました。御命令を受けて以来、私は日夜心を悩ませつつ、せっかくの御付託を生かせず、先帝の御英明さを損ないはしないかと恐れておりました。そこで五月には瀘水を渡って、深く不毛の地に分け入ったのです。南方が既に平定され、武器も既に充足された今こそ、三軍を鼓舞し率いて、北のかた中原を定めるべきであります。願わくは愚鈍の才のすべてを尽くして、悪逆なる敵を打ち払い、漢王室を復興して、旧都洛陽に凱旋いたしたく存じます。これは私が先帝の御恩に報い、陛下に忠誠を尽くすための職分なのです。

損益をはかり考えて、忠言を進めまいらすのは、郭攸之・費褘・董允の任務です。どうか陛下、私には賊を討伐して漢を復興する手柄をお任せくださいますように。もし手柄を立てられない場合は、私を処罰して、先帝の御霊に報告なさってください。また、もし徳を振興する忠言が得られない場合は、郭攸之・費褘・董允らのとがを責めて、その怠慢を明らかになさってください。陛下もまた自ら心がけて、善き道を問いただされ、正しいことばを見究められて、深く先帝の御遺訓の意に沿ってください。私は御恩を受けて感激にたえません。今、遠くお別れするにあたり、この表を前にして涙があふれ、申し上げることばを知りません。

天下三分の計　この段は、初めて劉備と邂逅した時の回想から始まる。既に注で触れたように、劉備と諸葛亮の出会いが二〇七（建安十二）年であったとすれば、この年、劉備は四十七歳、諸葛亮は二十七歳になっていた。諸葛亮伝によれば、当時新野に駐屯していた劉備に、「臥竜」と称された諸葛孔明のうわさを吹き込んだのは、徐庶という人物である。徐庶は言った。「これは来いと言って呼び寄せられるような人物ではありません。どうか枉げて将軍自ら訪ねられますように」。

そこで劉備は関羽・張飛ともども諸葛亮の住む草屋を訪ね、三度目の訪問でようやく目ざす主人に会うことができた。漢王室の末裔を名のり、経世の抱負を抱きつつ、辞を低くして教えを請う来訪者の誠意を、諸葛亮はいちはやく感じ取ったのであろう。彼は人払いをした部屋で劉備と対座しながら、北方に天子をわきばさんで立つ曹操、江東に三代にわたる堅固な基盤をもつ孫権に対抗して、第三の勢力を存立させて漢室再興の道を追求する、いわゆる「天下三分の計」を、熱意をこめて説き聞かせた。意気投合した二人は、ここに「水魚の交わり」を結ぶことになる。その日の感激が、一方の当事者によって今、文章に再現されているわけだ。

諸葛亮は更に続けて、劉備から後事を託された時のことを回想している。伝によれば、劉備は病床に諸葛亮を呼び寄せて、次のように言った。「君の才能は曹丕（魏の文帝）の十倍もあるから、きっと国を安定させ、大事を成し遂げるだろう。もし息子が補佐してものになるなら、補佐してほしい。もし才能がないのなら、君が自ら取って代わってくれるように」。諸葛亮は涙を流しながら答えた。「私は陛下の手足としての力を尽くし、真心をささげ、更には死によってお答えしましょう」と。

「先帝は臣の謹慎なるを知る」がゆえに、いまわのきわに後事を自分にゆだねられたのだ、と諸葛亮は言う。「謹慎」とは、どこまでも主君に忠誠を尽くさずにはいられぬ性情である。後主の凡庸さは、彼に「謹慎」の度合いを強めさせこそすれ、自ら取って代わる野心とはついに無縁のものだったのであろう。

明治の啓蒙思想家中江兆民は、このくだりを読んだ感激が、自分の年輪とともに変わってきたことを述懐して、次のように記している（もっとも、兆民が読んだのは、『文章軌範』や『古文真宝』に収められる「出師の表」だったろうが）。

吾人幼時諸葛武侯の出師の表を読みて、「今南方既定、兵甲既足、当丙奨率二三軍一、北定乙中原甲」の一句に至り、躬自ら豪傑と為りたるが如く、武侯其人と為りたるが如く、神旺し、気揚り、脊骨熱汁を淋だり。幾度び読むも紙墨の新鮮なる様に覚へたり。箇は是れ二三十年前の昔なり。今や読みて「先帝知二臣謹慎一、故臨レ崩託レ臣以二大事一」の句中の「謹慎」の二字を見て、武侯一生の大本領正に此に在ることを知れり。魏に後れ、呉に後れ、僅に蜀の僻地に流れ込みたる劉備をして皇帝の位を践ましめ、司馬懿と号する陰険其物黠猾其物をして巾幗の女性と迄に屈下せしめたる武侯の大手腕は、唯此「謹慎」の二字に在ることを発明したり。

（「立憲自由党の急務」明治二十四（一八九一）年、『中江兆民全集』第十二巻所収。用字と返り点は原文のまま。句読点・ルビは筆者による）

少年の日に兆民を感激させたのは、三軍の先頭に立って中原に攻め入る諸葛亮の雄姿だった。だが、今、四十代半ばに至って、華々しさに隠れた「謹慎」の生き方こそが、実は孔明を孔明たらしめている本質だったことを彼は発見している。功名心にはやって政党としての団結を忘れた同志たちを、彼は孔明の「謹慎」を借りて諭したのである。

与㆓呉質㆒書（呉質に与うる書）

魏文帝　曹丕

与㆓呉質㆒書　呉質（一七七—二三〇）は、魏の文帝側近の文人の一人。字は季重。曹丕の信任厚く、魏建国後は列侯に封ぜられた。権勢を恃んでの身勝手な振る舞いが多く、死後「醜侯」と諡されたほどである。この手紙の書かれた二一八（建安二十三）年には、朝歌県（河南省）の令に在任中だった。巻四十二、書。呉質の返書「魏の太子に答うる牋」は巻四十に収められる。

曹丕　二二六ページを参照。この当時は魏の太子であった。

二月三日、丕白。歳月易レ得、別来行二復四年一。三年不レ見、東山猶嘆二其遠一、況乃過レ之、思何可レ支。雖二書疏往返一、未レ足レ解二其労結一。

昔年疾疫、親故多離二其災一、徐・陳・応・劉、一時倶逝。痛可レ言邪。昔日遊処、行則連レ輿、止則接レ席、何曾須臾相失。毎レ至二觴酌流行、糸竹並奏一、酒酣耳熱、仰而賦レ詩。当二此之時一、忽然不二自知一レ楽也。謂百年己分、可二長共相保一。何図数年之間、零落略尽。言レ之傷レ心。

頃撰二其遺文一、都為二一集一。観二其姓名一、已為二鬼録一。追二思昔遊一、猶在二心目一、而此諸子化為二糞壌一、可二復道一哉。


二月三日、丕白す。歳月は得易く、別れて来復た四年に行んとす。三年見ざれば、東山も猶お其の遠きを嘆ずるに、況んや乃ち之に過ぐれば、思い何ぞ支うべけん。書疏往返すと雖ども、未だ其の労結を解くに足らず。

昔年疾疫ありて、親故多く其の災いに離り、徐・陳・応・劉、一時に倶に逝く。痛み言うべけんや。昔日遊び処るに、行けば則ち輿を連ね、止どまれば則ち席を接して、何ぞ曾て須臾も相失わん。觴酌の流行し、糸竹の並び奏するに至る毎に、酒酣にして耳熱く、仰いで詩を賦す。此の時に当たり、忽然として自ら楽しむを知らざるなり。謂えらく百年は己が分にして、長く共に相保つべしと。何ぞ図らん数年の間に、零落して略尽きんとは。之を言えば心を傷ましむ。

頃其の遺文を撰び、都べて一集と為す。其の姓名を観るに、已に鬼録と為る。昔遊を追思すれば、猶お心目に在るに、此の諸子は化して糞壌と為る、復た道うべけんや。

○三年不レ見、……　『詩経』豳風・東山の詩は、出征兵士の労苦をうたったもので、「我の見ざるより、今に于て三年」とある。　○書疏　てがみ。　○労結　結ぼれた気持ち。　○昔年疾疫　二一七（建安二十二）年の悪疫流行をいう。　○徐・陳・応・劉　徐幹（字は偉長、一七〇—二一七）・陳琳（字は孔璋、？—二一七）・応瑒（字は徳璉、？—二一七）・劉楨（字は公幹、？—二一七）の四人の文人。ともに「建安七子」（三九二ページ）のうちに数えられる。「典論論文」（三八八ページ）を参照。　○觴酌　杯と銚子。　○百年　人間が生きることのできる限度。そこから人生そのものをも意味する。　○鬼録　死者の名や死亡の日付を記した名簿。鬼籍というに同じ。　○心目　心と目。更に広く、心のうちをいう。　○糞壌　腐った土。

【現代語訳】　呉質への手紙

二月三日。拝啓。歳月の過ぎるのは早いもので、我々が別れてからもうかれこれ四年になろうとしています。三年間会わなくてさえ、「東山」の詩はその長さを嘆いているのに、ましてそれ以上となれば、とうてい堪えきれぬ思いです。手紙のやりとりがあるとはいえ、それでは私の結ぼれた心を癒やすべくもありません。

先年のはやり病で、親戚・故旧の多くが災厄に遭い、徐幹・陳琳・応瑒・劉楨らは、みな一度に死んでしまいました。この悲痛はどう言えばよいのか。昔、我々の交わりにおいては、行くときには車を連ね、じっとしているときには座席を寄せ合って、片時も離れることはなかった。杯が行き交い、管弦が奏されるころには、いつも酒がまわって耳がほてり、空を仰いで詩を口ずさんだものです。その当時には、ついうかうかとして楽しさに気づきませんでした。人間百年の寿命は我がもので、みないつまでも保つことができるとばかり信じ込んでおりました。数年の間に、ほとんどの人々が死んでしまおうとは、だれが予想しましょう。口に出すだに心が痛みます。

最近、彼らの遺文を選んで、一つの文集にまとめました。その姓名を眺めると、それはもはや過去帳なのです。昔の遊びを思いやれば、今でもありありとそのさまが浮かびますが、これらの諸君は、土くれと化してしまいました。もはや何と言えばよいのか。

在りし日の創作の場

この書簡の書かれる前年の二一七（建安二十二）年十月、三十一歳の曹丕は魏の太子に立てられた。これから三年のち、父の曹操が病没すると、彼は後漢の献帝に迫って、史上はじめて禅譲の形式により帝位につくことになる。その意味で、この年は曹丕にとっても、魏にとっても重要な一年になるのだが、実はもう一つ忘れられてならない事件が相前後して発生した。この年に流行した疫病のために、時代を代表する文人、いわゆる「建安七子」（三九二ページを参照）のうち、徐幹・陳琳・応瑒・劉楨の四人が一時に亡くなってしまったのである。「七子」の中でも、阮瑀は二一二（建安十七）年に既に世を去り、王粲は二一七年、呉征討の途中で病死している。残る一人孔融（一五三―二〇八）は、もともと曹氏父子の文人グループに加わって活動していたわけではなく、また他の六人よりもかなり前に死んでいるから、ひとまず考慮の外に置いてよい。すると、だれの目にも明らかなように、「建安七子」という存在は、二一七年をもってすべて地上から消失したことになる。すなわち、建安文学は事実上この年に終わりを告げたのである。

今は亡き文人たちと過ごした日々を回想する曹丕の筆は、愛惜の情に満ちている。彼の思い出は、何よりもまず在りし日に文人たちと共有した創作の場を呼び起こす。彼らはしばしばこのように宴席をともにしながら、詩賦を競作しあったのだった。『文選』巻二十に収められる曹植・王粲・劉楨の「公讌」詩は、まさしくかかる遊宴の場を主題とした作品である。

筆者の曹丕と、恐らく手紙の相手呉質をも含むこれら文人たちとは、いうまでもなく主従の関係にあったのだが、曹丕の筆致にはほとんどそうした身分上の隔たりを感じさせない。創作の場にある限り、彼らはとにかく文学上の同志にほかならなかった。実は、これに先だつ三年前の二一五（建安二十）年ごろにも、曹丕は同じ呉質に手紙を書いて、かつて南皮（河北省東南部の町）で催された遊宴を、懐かしさをこめて回顧している。『文選』では同じ巻四十二に、「朝歌令呉質に与うる書」の題で収められるが、その一節にいう。

既に六経を妙思し、百氏（諸子百家）に逍遥し、弾碁間設け、終うるに六博を以てす。高談もて心を娯しましめ、哀箏 耳に順う。北場に馳騁し、南館に旅食す。甘き瓜を清泉に浮かべ、朱き李を寒水に沈む。白日既に匿れ、継ぐに朗月を以てす。同じく乗り並び載りて、以て後園に遊ぶ。輿輪徐ろに動き、参従 声無し。清風 夜に起こり、悲笳微かに吟あり。楽しみ往きて哀しみ来たり、愴然として懐いを傷ましむ。余顧みて言えらく、斯の楽しみ常にし難しと。足下の徒、咸以為えらく然りと。今果たして分かれ別れて、各一方に在り。元瑜（阮瑀）は長逝し、化して異物と為る。一念の至る毎に、何れの時か言うべき。

末尾の一節が示すように、阮瑀はこの時既に世を去っていた。彼の死を直接の契機として、時間の流れに対する人間の無力が慨嘆されており、同じペシミズムが今取り上げる三年後の書簡にも連続してゆく。人は時間の支配から自由でありえないという意識が、前後して書かれた二つの書簡の情緒的な基調をなしているわけだが、「古詩十九首」をはじめとして、従来から繰り返されてきたこの詠嘆を陳腐な感傷に終わらせなかったのは、文学創作を媒介にした友情の価値の発見である。旧時代つまり漢代において、文学の創作者と享受者は基本的に分離していた。文人たちは自分の仕える君主の心を慰めるために作品を書き、君主はそれを娯楽として受け入れる——これが漢代における文学創作の一般的な在り方だった。その点で、この書簡にうかがわれる創作状況には大きな変化がある。すなわち君主も臣下も、互いに文学の創作者として、一つの共通の場の中で連帯しあっている姿がうかがえるのである。曹丕の弟曹植は、文学創作における相互批判の重要さを強調してさえいる（「楊徳祖に与うる書」、巻四十二）。この時代に文学の営みが自立した存在として独り歩きを始めること、そして建安文学の主要なモチーフが「友情」であることは、上記のような創作の場の問題と大きなかかわりをもっている。

観二古今文人一、類不レ護二細行一、鮮下能以二名節一自立上。而偉長独懐レ文抱レ質、恬淡寡欲、有二箕山之志一、可レ謂二彬彬君子一者矣。著二中論二十餘篇一、成二一家之言一。辞義典雅、足レ伝二于後一、此子為二不朽一矣。徳璉常斐然有二述作之意一。其才学足二以著一レ書、美志不レ遂、良可二痛惜一。間者歴二覧諸子之文一、対レ之抆レ涙。既痛二逝者一、行自念也。孔璋章表殊健、微為二繁富一。公幹有二逸気一、但未レ遒耳。其五言詩之善者、妙二絶時人一。元瑜書記翩翩、致足レ楽也。仲宣独自善二於辞賦一、惜其体弱、不レ足レ起二其文一。至二於所一レ善、古人無二以遠過一。

昔伯牙絶二絃於鍾期一、仲尼覆二醢於子路一、痛二知音之難一レ遇、傷二門人之莫一レ逮。諸子但為レ未レ及二古人一、自一時之儁也。今之存者、已不レ逮矣。後生可レ畏、来者難レ誣、然恐吾与二足下一不レ及レ見也。

古今の文人を観るに、類ね細行を護らず、能く名節を以て自ら立つこと鮮なし。而るに偉長は独り文を懐き質を抱き、恬淡寡欲にして、箕山の志有り、彬彬たる君子と謂うべき者なり。中論二十余篇を著し、一家の言を成す。辞義典雅にして、後に伝うるに足り、此の子を不朽と為す。徳璉は常に斐然として述作の意有り。其の才学は以て書を著すに足るも、美志遂げず、良に痛惜すべし。間者 諸子の文を歴覧し、之に対して涙を抆う。既に逝者を痛み、行 自ら念うなり。孔璋は章表殊に健なるも、微しく繁富を為す。公幹は逸気有るも、但だ未だ遒からざるのみ。其の五言詩の善き者は、時人に妙絶す。元瑜は書記翩翩として、致楽しむに足るなり。仲宣は独自り辞賦を善くするも、惜しむらくは其の体弱くして、其の文を起こすに足らず。善くする所に至りては、古人も以て遠く過ぐる無し。昔 伯牙は絃を鍾期に絶ち、仲尼は醢を子路に覆して、知音の遇い難きを痛み、門人の逮ぶ莫きを傷む。諸子は但だ未だ古人に及ばずと為すも、自ら一時の儁なり。今の存する者は、已に逮ばず。後生畏るべく、来者は誣い難きも、然れども恐らくは吾と足下と見るに及ばざらん。

○懐レ文抱レ質　文は、外面的な美。質は、その内に包まれてあるもの、内容。○箕山之志　俗世を離れ、隠棲したいと願う志。箕山は、古代の隠者許由が、尭から天下を譲られるのを避けて隠れた山。○彬彬君子　文と質の調和がよくとれている人。『論語』雍也編に、「文質彬彬として、然る後に君子」とある。○中論二十餘篇　この著作は現存する。子部儒家類に分類され、今のテキストは二巻二十編。○成二一家之言一　司馬遷の「任少卿に報ずる書」（巻四十一）に、「古今の変に通じ、一家の言を成す」とある。独自の見識を備えた書を成すこと。○斐然　輝かしいさま。○述作　述は、先人の考えを祖述し伝えること。作は、新しい考えを作り出すこと。合わせて、著作の意となる。○章表　章・表とも、天子に対する上奏の文体。○繁富　ごたごたしていること。○書記　書・記とも、書簡体の一種。○翩翩　軽快で粋なさま。○独自善ニ於辞賦一　「独」を底本は「続」に作るが、六臣注本などにより改めた。辞賦は、単に賦ともいう。「総説」二九ページを参照。○昔伯牙絶ニ絃於鍾期一　伯牙は、古代の琴の名人。彼の奏する琴の音をよく聞き分けることのできた親友鍾子期が死ぬと、琴の糸を絶って、二度と琴を弾こうとしなかった。『呂氏春秋』本味編にみえる故事。○仲尼覆ニ醢於子路一　孔子は門弟の子路が殺されて醢にされた知らせを受けると、家中の醢を捨てさせた。『礼記』檀弓上にみえる故事。○雋　俊に同じ。○後生可レ畏　『論語』子罕編に、「後世畏るべし。焉くんぞ来者の今に如かざるを知らんや」とある。

【現代語訳】　古今の文人を眺め渡してみるに、彼らはおおむね細々とした礼法にとらわれず、名誉と節義によって身を立てた人は稀です。しかし、徐幹（偉長）だけは外見の美と内面の実を併せ備え、心安らかで欲望少なく、隠遁の志を抱いており、「文質彬彬の君子」というにふさわしい人物です。彼は『中論』二十余編を著して、独自の思想を体系づけました。その文辞と内容は典雅で、後世に伝えるに十分であり、不朽の存在になる人だと思います。応瑒（徳璉）はいつも輝かしい個性を示して書物を著す意図をもっていました。その才能と学識は書を著すに足るものだったのに、みごとな志が遂げられなかったのは、まことに残念極まりないことです。

ちかごろ、亡き諸君の文を一つ一つ見ながら、作品を前に涙をぬぐっています。死者を悼みつつ、また自らのことに思いがめぐるのです。陳琳（孔璋）は、上奏の文章に手腕を発揮したが、いささかくどくなるところがあります。劉楨（公幹）は優れた個性の持ち主ですが、まだ十分に成熟しきれていません。その五言詩の秀作は、同時代人の中にあって傑出しています。阮瑀（元瑜）の書簡類はあか抜けがしていて、人を堪能させてくれます。王粲（仲宣）はただ独り辞賦に秀でているが、惜しいことにその持ちまえに弱いところがあって、自らの文風を確立するには力不足です。出来のよい作品になると、古人もたじたじのありさまですが。

昔、伯牙は鍾子期が死ぬと琴の弦を絶ち、孔子（仲尼）は子路が殺されると塩辛を捨ててしまったが、それは得がたい自分の理解者を悼み、取り返しのつかぬ門人の死を悲しむがためでした。上記の諸君は古人には及ばないものの、もちろん一時代の俊才でありました。今生き残っている者は、とうに彼らに及びません。これからの人々は畏敬すべきで、未来の世代は侮りがたいけれども、恐らく私やあなたは目にするに至らぬことでしょう。

「建安七子」の批評　この段は孔融を除く「建安七子」の文学の評論に充てられており、その内容は「典論論文」とかかわりあうところが多い。いわばグループの内部から見た同人批評なのだが、おのずから中国における文学批評の開幕を告げる作品になっている。そして批評という営みが一定の精神的自由なくしては生まれえないことを思うならば、既に触れた同人たちの「遊び」の雰囲気が、ここでもやはり大きな作用を果たしていることが知られるであろう。これら親しい文学上の友人を失った悲しみを、筆者は「伯牙絶絃」の故事を借りてたとえているが、彼らの友情が文学創作の推進力となっていた事実からすれば、決して誇大な言辞ではないのである。

創作を事とする人々にとって、自己独自の見解を集成した著書をものして、後世に永く名を伝えることは、最も切実な願いである。「一家の言を成す」とは、もと司馬遷が彼の著した『史記』について言ったことばだが、『史記』のごとき永遠の書を残してこそ、文人たる者の生涯は有意義であったといえる。曹植も為政者として功業を建てることがかなわぬなら、せめて「一家の言を成す」ような著述を完成したい（「楊徳祖に与うる書」）と述べている。グループの文人たちの中で、その願いをよく成就したのは、『中論』を著した徐幹一人にすぎなかった。それだけに、志を遂げえず早逝した友人たちの生涯は、筆者にとっても悔やまれるものであった。

年行已長大、所レ懐万端、時有レ所レ慮、至二通夜不一レ瞑。志意何時復類二昔日一。已成二老翁一、但未二白頭一耳。光武言、「年三十餘、在二兵中一十歳、所レ更非レ一。」吾徳不レ及レ之、年与レ之斉矣。以二犬羊之質一、服二虎豹之文一、無二衆星之明一、仮二日月之光一。動見二瞻観一、何時易乎。恐永不二復得一レ為二昔日遊一也。少壮真当二努力一、年一過往、何可二攀援一。古人思二炳レ燭夜遊一、良有レ以也。頃何以自娯。頗復有レ所二述造一不。東望於邑、裁レ書叙レ心。丕白。

年行已に長大にして、懐う所万端、時に慮る所有れば、通夜瞑らざるに至る。志意何れの時か復た昔日に類せん。已に老翁と成り、但だ未だ白頭ならざるのみ。光武言えらく、「年三十余、兵中に在ること十歳、更る所は一に非ず」と。吾は徳之に及ばざるも、年は之と斉し。犬羊の質を以て、虎豹の文を服し、衆星の明無くして、日月の光を仮る。動に瞻観せられ、何れの時か易からんや。恐らくは永く復た昔日の遊びを為すを得ざらん。少壮真に当に努力すべし、年一たび過ぎ往けば、何ぞ攀援すべき。古人の燭を炳かせて夜遊ぶを思いしは、良に以有るなり。

頃　何を以てか自ら娯しむ。頗る復た述造する所有りや不や。東を望みて於邑し、書を裁して心を叙ぶ。丕白す。

○年行　年齢。○光武言、……　李善注の引く『東観漢記』に、「光武の隗囂に賜わる書に曰く、吾は年已に三十余、兵中に在ること十歳、更る所は一に非ず、浮語虚辞を厭うのみ」とある。○以㆓犬羊之質㆒（二句）揚雄の『法言』吾子編に、「羊の質にして虎の皮なるは、草を見て悦び、豺を見て戦く」とある。○無㆓衆星之明㆒（二句）衆星は臣下を、日月は君主をたとえる。○少壮真当㆓努力㆒　古楽府「長歌行」（巻二十七）に、「少壮　努力せずんば、老大乃ち傷悲せん」とあるのに基づく。○攀援　引き戻す。○古人思㆓炳㆑燭夜遊㆒「古詩十九首」第十五首に、「昼は短くして夜の長きに苦しまば、何ぞ燭を秉りて遊ばざる」（一九八ページ）とある。○述造　創作する。○於邑　悲しみに胸ふさがること。

【現代語訳】 私は年をとってしまって、あれやこれやともの思いの種は尽きず、時として考え込むことがあると、夜通し眠れぬこともあります。いつになったら昔のような意気が戻ってくるやら。はや老翁の身で、ただ白髪頭でないというだけのことです。

後漢の光武帝は言っている、「私は今年で三十余になり、兵中に在ること十年、実にさまざまな経験をしてきた」と。私は徳は光武に及ばぬものの、年齢は彼と同じになりました。いわば犬や羊の資質でありながら、虎や豹の立派な皮をかぶり、星々の明るさもないくせに、日月の威光を借りているようなものです。常に人々から仰ぎ見られる立場にあり、心の休まる暇とてありません。恐らく二度と昔のような遊びをすることはできますまい。若い時にこそ懸命に生きるべきで、いったん過ぎ去ってしまった年月は、もう引き戻すわけにはゆきません。古人が灯火をつけて夜も遊びたいと願ったのも、げにもっともなことではあります。

最近は何をして楽しんでいますか。少しは詩文を作ることもあるのかしら。(そなたのいる)東のかたを望んで胸ふたぎ、書をしたためて心のうちを述べた次第。曹丕敬白。

つつましやかな自己評価　最後に自分の近況を述べて結びとする。太子が臣下に与えた書簡という場を前提とすれば、我々はむしろ意外なほど謙虚な曹丕の像に触れた思いがする。彼はこの年三十二歳になったところだったのだから、「已に老翁と成り、但だ未だ白頭ならざるのみ」などという述懐に接すると、過剰な感傷とさえ感じられるほどだ。自分の能力に関しても、同年齢だったころの後漢の光武帝を引き合いに出しながら、「犬羊の質を以て、虎豹の文を服す」といったまことにつつましやかな自己評価をしている。そうした述懐がどこまで本心だったかを穿鑿する前に、常に人から仰ぎ見られる立場にある人物の孤独を我々は思うべきであろう。「動に瞻観せられ、何れの時か易からんや」――このことばが彼の心の奥底にあった気持ちを正直に伝えている。ひとり衆人の上にあることを運命づけられた人物にとって、自己の不才を臣下に告白することが尋常の行為とは思えない。書簡の相手の呉質は、ちょうど十年上の四十二歳である。曹丕はこの臣下というよりはむしろ友人として信頼する年長の人物に、あえて弱気な自分をさらけ出して甘えてみたかったのではないか。この書に対する呉質の返書（「魏の太子に答うる牋」巻四十）では、太子の心を慰める次のようなことばが見いだされる。

伏して惟うに天とする所（太子）は、典籍の場に優游し、篇章の囿に休息す。言を発し論を抗ぐれば、理を窮め微を尽くし、藻を摛き筆を下せば、鸞竜のごとき文奮えり。年は蕭王（光武帝）に斉しと雖ども、才は実に之に百ばいす。此れ衆議の高きに帰する所以、遠近の声を同じくする所以なり。

曹丕は友人のことばで慰められることを期待したが、呉質は臣下のことばで彼を慰めようとしている。我々は再び太子の孤独を思わずにはいられない。

典論論文（典論論文）　魏文帝　曹丕

典論論文　『典論』は、曹丕の著書。もと五巻あったが、本来の形体はかなり早くから失われ、諸書に引かれる佚文が伝わるにすぎない。「論文」は、その中の一編で、文字どおり「文を論じ」たもの。最も早い文学理論の著作として貴重である。巻五十二、論。

曹丕　二二六ページを参照。

文人相軽、自古而然。傅毅之於班固、伯仲之間耳。而固小之、与弟超書曰、「武仲以能属文、為蘭臺令史、下筆不能自休。」夫人善於自見、而文非一体、鮮能備善。是以各以所長、相軽所短。里語曰、「家有弊帚、享之千金。」斯不自見之患也。

文人の相軽んずること、古より然り。傅毅の班固に於けるは、伯仲の間なるのみ。而るに固は之を小とし、弟超に与うる書に曰く、「武仲は能く文を属るを以て、蘭台令史と為るも、筆を下すこと自ら休む能わず」と。夫れ人は自ら見るに善きも、文は一体に非ず、能く善を備うること鮮なし。是を以て各長ずる所を以て、短ずる所を相軽んず。里語に曰く、「家に弊れたる帚有り、之を千金に享つ」と。斯れ自ら見ざるの患なり。

○傅毅　後漢の文人。？—八九。字は武仲。茂陵（陝西省）の人。章帝の時代に蘭台令史となって、班固らとともに王室の蔵書を校定した。のち外戚竇憲のもとで司馬となった。『後漢書』文苑伝に伝がある。○

文苑図（唐・韓滉筆）

班固　三二―九二。後漢の文人・歴史家。字は孟堅。安陵（陝西省）の人。明帝に認められて、校書郎・蘭台令史などを歴任した。のち竇憲に仕えたが、竇の失脚とともに逮捕されて、獄中で死んだ。『漢書』の著者として知られるとともに、賦の作家としても名高い。『後漢書』巻四十に伝がある。　〇伯仲之間　優劣の差がほとんどないこと。伯仲は、兄弟の順序で、長を伯、次を仲という。〇弟超　班超（三二―一〇二）、字は仲升。後漢の将軍で、西域を平定し、その経営に多大の功績を残した。『後漢書』巻四十七に伝がある。　〇蘭臺令史　蘭臺は、後漢時代の宮室図書館。令史は、図書の管理や文書のことをつかさどった。　〇里語曰、……　李善注によれば、このことばはもと『東観漢記』にみえる。

【現代語訳】　『典論』文学理論編

文人が互いに軽蔑しあうのは、古くから見られることだ。傅毅と班固とは、文学の力量にほとんど差はなかった。ところが、班固は傅毅を侮って、弟班超への手紙の中で言うには、「傅毅（武仲）は文章がうまいところから、蘭台令史（文書を担当する官）になったが、筆を執るとだらだらと締まりがなくなってしまう」。いったい人は自分の見識の範囲内のことはうまくこなすが、文章の在り方は一様でないから、何もかもよくする人は珍しい。だから各自の長所を拠りどころとして、他人の欠点をばかにするのである。下世話にも言うように、「自分の家のぼろ帚なら、千金の値をつける」ものだ。これは自分のことがよくわからない難点を言っている。

文人相軽んず　三世紀から六世紀末に至る六朝時代（魏晋南北朝時代）は、文学理論という新しい分野が文学史の上に登場する重要な時期だが、「典論論文」はその端緒となった記念すべき作品である。この編はわずか五百九十六字の短い文章だが、作家論・ジャンル論、文学の意義など、理論的な未成熟さ・不十分さは多分にあるにせよ、後世の文学理論の柱となるべきいくつかの問題を既に提起している点、十分注目されてよい。

最初の段は、「文人相軽んずる」風潮について。魯迅も「文人相軽」の題名で文壇批評を行っているように（『且介亭雑文』二集）、これは時代や地域を問わずとかく起こりがちな現象なのだが、曹丕はその原因を文人が自分のことをよくわかっていないところにあると言っている。これは次の建安七子に対する個別批評の伏線になる考え方であり、興味深い。

今之文人、魯国孔融文挙、広陵陳琳孔璋、山陽王粲仲宣、北海徐幹偉長、陳留阮瑀元瑜、汝南応瑒徳璉、東平劉楨公幹、斯七子者、於レ学無レ所レ遺、於レ辞無レ所レ仮。咸以自騁二驥騄於千里一、仰斉レ足而並馳。以レ此相服、亦良難矣。蓋君子審レ己以度レ人、故能免二於斯累一、而作二論文一。

王粲長二於辞賦一。徐幹時有二斉気一、然粲之匹也。如二粲之初征・登楼・槐賦・征

思、幹之玄猿・漏卮・円扇・橘賦一、雖二張・蔡一不レ過也。然於二他文一、未レ能レ称レ是。琳・瑀之章・表・書・記、今之雋也。応瑒和而不レ壮、劉楨壮而不レ密。孔融体気高妙、有二過レ人者一。然不レ能レ持レ論、理不レ勝レ詞、以至三乎雑以二嘲戯一。及二其所一レ善、揚・班儔也。

今の文人は、魯国の孔融文挙、広陵の陳琳孔璋、山陽の王粲仲宣、北海の徐幹偉長、陳留の阮瑀元瑜、汝南の応瑒徳璉、東平の劉楨公幹、斯の七子は、学に於て遺す所無く、辞に於て仮る所無し。咸以えらく、自ら騏騄を千里に騁せ、仰ぎて足を斉しくして並び馳すと。此を以て相服せしむるは、亦良に難し。蓋し君子は己を審らかにして以て人を度る、故に能く斯の累を免れて、論文を作る。王粲は辞賦に長ず。徐幹は時に斉の気有り、然れども粲の匹なり。粲の初征・登楼・槐賦・征思、幹の玄猿・漏卮・円扇・橘賦の如きは、張・蔡と雖ども過ぎざるなり。然れども他文に於ては、未だ是に称う能わず。琳・瑀の章・表・書・記は、今の雋なり。応瑒は和して壮ならず、劉楨は壮にして密ならず。孔融は体気高妙にして、人に過ぐる者有り。然れども論を持する能わず、理は詞に勝らず、以て雑うるに嘲戯を以てするに至る。其の善くする所に及んでは、揚・班の儔なり。

○斯七子者　いわゆる「建安七子」の称呼は、ここに起源を有する。孔融を除く六人の名は「呉質に与うる書」（三七五ページ）に既出。　○驥騄　駿馬。　○辞賦　単に、賦ともいう。「総説」二九ページを参照。
○斉気　李善注に、「言うこころは斉の俗は文体舒緩やかにして、徐幹も亦斯の累い有り」とあるのに従う。『三国志』魏書王粲伝注の引用では、「幹時有逸気、然非粲匹也」（幹は時に逸気有り、然れども粲の匹に非ざるなり）とあって、文意大いに異なる。　○粲之初征・登楼・槐賦・征思　これら四編の賦のうち、完全に伝わるのは「登楼の賦」（八六ページ）のみで、「初征の賦」「槐樹の賦」は断片が存し、「征思の賦」は全く残っていない。　○幹之玄猿・漏巵・円扇・橘賦　これら四編のうち、「団扇の賦」（団は円と同義）の佚句四句が存するほかは、すべて伝わらない。漏巵は、穴のあいた杯の意。　○張・蔡　張衡（七八―一三九）と蔡邕（一三三―一九二）。いずれも後漢の辞賦の大家。　○揚・班　揚雄（前五三―後一八）と班固（三二―九二）。揚雄に「解嘲」（巻四十五）、班固に「賓戯に答う」（同上）のような諧謔的な文章のあることを踏まえている。底本は「揚」を「楊」に作るが、改めた。

【現代語訳】　現代の文人では、魯国（山東省曲阜市）の孔融あざなは文挙、広陵（江蘇省江都区）の陳琳あざなは孔璋、山陽（山東省鄒城市）の王粲あざなは仲宣、北海（山東省寿光県）の徐幹あざなは偉長、陳留（河南省陳留県）の阮瑀あざなは元瑜、汝南（河南省汝南県）の応瑒あざなは徳璉、東平（山東省東平県）の劉楨あざなは公幹、この七人の者は、あまねく学問を修め、借りものでない独自の文章を身に着けている。彼らはいずれも自らが千里を馳せまわる駿馬で、昂然と他と張り合いつつ疾走していると自認している。かかる状態で相手に譲るなどということは、きわめて困難である。思うに君子たる者は己自身を知り抜いたうえで他人を評価するから、こうした欠陥を免れて、公平な眼で文学論を著すことができるのである。

王粲は辞賦に優れている。徐幹の作品には時として斉の地方の弛緩した調子の交じることはあるが、王粲の好敵手である。王粲の「初征の賦」「登楼の賦」「槐の賦」「征思の賦」、徐幹の「玄猿の賦」「漏卮の賦」「円扇の賦」「橘の賦」などは、張衡や蔡邕でさえ及ばぬほどの出来栄えだ。しかし他の様式においては、それほどよいとはいえない。陳琳と阮瑀の章・表（上奏文）や書・記（書簡文）は、当代にぬきんでた存在である。応瑒の作品は調和はとれているが力強さがなく、劉楨の場合は力強さはあるが緻密さに欠ける。孔融は個性の際立ったすばらしさで、人をしのぐものがある。しかし、彼は理論を立てるのが苦手で、論理が表現についてゆけず、諧謔の気味を交えることさえある。その中で出来のよい作品は、揚雄や班固に匹敵する。

「建安七子」の個別の批評　ここでは、この時代の文学の担い手であり推進者であった「建安七子」の紹介と、彼ら一人一人に対する個別の批評が行われる。曹丕はそれぞれの文人に、各自の能力を最もよく発揮できるジャンルがあるという考え方を示している。すなわち、王粲・徐幹には辞賦が、陳琳・阮瑀には章・表・書・記がいずれも得意の領域として推賞される。これは次段で述べられる「諸ジャンルはそれぞれ性格を異にするから、各人の得意とするものに偏りが生ずる」という見解の裏返しであるとともに、前段からの基調となっている、人には長所もあれば欠点もあり、決して完全無欠な存在ではありえないという見方を、現在の文学の状況に即して具体化したものでもある。応場以下の文人評が、長所と欠点を併記する方法をとっているのも、そのことを裏づける。この段の内容は、「呉質に与うる書」と映発しあう部分が殊に多い。併せて参照されたい。

常人貴レ遠賤レ近、向レ声背レ実。又患レ闇二於自見一、謂レ己為レ賢。夫文本同而末異。蓋奏・議宜レ雅、書・論宜レ理、銘・誄尚レ実、詩・賦欲レ麗。此四科不レ同、故能レ之者偏也。唯通才能備二其体一。

文以レ気為レ主、気之清濁有レ体、不レ可二力強而致一。譬二諸音楽一、曲度雖レ均、節奏同レ検、至二於引気不レ斉、巧拙有レ素、雖レ在二父兄一、不レ能三以移二子弟一。

常人は遠きを貴び近きを賤しみ、声に向かい実に背く。又自ら見るに闇きを患え、己を謂いて賢と為す。夫れ文は本同じくして末異なる。蓋し奏・議は宜しく雅なるべく、書・論は宜しく理なるべく、銘・誄は実を尚び、詩・賦は麗しからんことを欲す。此の四科は同じからず、故に之を能くする者は偏るなり。唯だ通才のみ能く其の体を備う。

文は気を以て主と為し、気の清濁に体有り、力め強いて致すべからず。諸を音楽に譬うれば、曲度均しと雖ども、節奏検を同じくするも、引気の斉しからず、巧拙に素有るに至りては、父兄に在りと雖ども、以て子弟に移す能わず。

○貴レ遠賤レ近　遠・近は、時間的・空間的の両様の意味を含みうるが、ここでは前者の意に重点があるとみるべきだろう。○銘・誄　銘は、器物や石碑に刻む銘文。誄は、死者の生前の徳行を褒めたたえる文章。下の詩・賦とともに韻文に属する。○通才　あらゆることに通ずる才能。○文以レ気為レ主　気は、才気・個性・精気などの概念を包括する。○曲度　曲調。○節奏　リズム。○引気　管楽器における息の吹き込み方をいうと思われる。

【現代語訳】　世間一般の人は遠いものをありがたがって身近なものをないがしろにし、評判に気を取られて実質から眼(め)を背けてしまう。それに自分自身のことをよく知らず、我こそは賢者だと思い込む弊がある。いったい、文学は根本的には一つだが、形の上では種々に異なった表れ方を示す。思うに、奏（上奏文）や議（議論文）は典雅でありたいし、書（書簡文）や論（論文）は論理的でありたいし、銘（銘文）や誄(るい)（追悼文）は事実に即することが大切だし、詩や賦は華麗さが望まれる。これら四種の様式はそれぞれ性格を異にするから、各人の得意とするものに偏りが生ずる。ただ総合的な才能を擁する人のみが、あまねく諸様式をよくしうるのである。

文学は「気」を基本として成り立つが、「気」の清濁には人それぞれの持ちまえがあり、努力によって得られるというものではない。音楽の比喩(ひゆ)を借りていえば、曲調も同じ、節奏(リズム)も同じであっても、呼吸のしかたが一様でなく、持って生まれた巧拙の差があるとなれば、たとえ父兄であろうと、その秘訣(ひけつ)を子弟に伝授することは至難の業である。

ジャンル論と「気」の概念　この段前半の内容はジャンル論。仮にいま「文学」と訳していることばは、本文では「文」あるいは「文章」に相当するのだが、その意味するところは、もちろん現在の「文学」の概念とはかなり違っている。ここに列挙されている八種の文体、奏・議・書・論・銘・誄・詩・賦は、前の四種が無韻の文（「筆」と称する）、後の四種が有韻の文（「文」と称する）に属する。これらを含む有韻・無韻の文体すべてを合わせて「文章」と称するのだが、その中には現代の我々の観念からすれば必ずしも文学の範疇には入らないような、かなり公的・実用的な文体を含んでおり、その割合は殊に無韻の文（筆）において大きい。有韻の文（文）の領域においては、詩・賦を最もいみじき存在として、より感覚的で個人的な度合いが増してくる。

　中国人の発想の常として、ものごとを並列する場合になにがしか価値の序列を意識する傾向があることからすれば、曹丕はより公的・実用的な奏・議などの文体を、より感覚的・個人的な詩・賦などの文体の上位に置くことによって、一つの価値観を示していることになろう。それは次段で述べられる「文章は経国の大業にして、不朽の盛事」といった、一種の功利的文学観の反映ともいえる。ちなみに曹丕の時代から約七十年を経て著された陸機の「文の賦」（巻十七）では、文を詩・賦・碑・誄・銘・箴・頌・論・奏・説の十類に分かって、各文体についての創作法を簡潔に述べている。「典論論文」とは逆に、詩・賦をはじめとする最初の七種が有韻の文であり、後の三種が無韻の文である。三世紀末の晋は、文学の修辞主義的傾向が高揚する一つの転換点であるが、その旗手ともいうべき陸機の文学観は、この点だけでも明らかに曹丕のそれとは異なった在り方を見せている。また、曹丕は上記八種の文体について、二種を一組みとしながら、雅・理・実・麗という創作上のあるべき方向を指示しているのだが、こうした創作理論は、陸機の「文の賦」を経て、六世紀初めの劉勰の『文心雕竜』により集大成されるという展開をたどることになる。

後半では、文学創作の根源を「気」という人間の持って生まれた先天的要因に求める考えを提示している。周知のように、「気」は中国思想における主要な概念の一つであるが、その意味は時代による変遷を含めて、きわめて重層的であり、容易にそのさすところを具体的に説明しがたいうらみがある。曹丕はその性質を逆に利用して、文学創作の文字による説明を超えた神秘性を論ずる。父や兄といえども創作の秘訣を子や弟に伝えられないとする論旨の原拠として、李善注は桓譚の『新論』の「惟れ人心の独り暁る所は、父も以て子に禅る能わず、兄も以て弟に教うる能わざるなり」を挙げる。字句の上では確かにそうであるにしても、発想の上ではむしろ『荘子』天道編が載せる有名な説話——車大工の名人輪扁が車輪作りの秘訣を斉の桓公に問われて、ただ自分の手と心が知るのみで、自分の子供にさえも教えることができないと言った話を想起させる。文学理論は、ことばによって創作の原理を解明するという役割をもつが、他面においてことばの限界を暗示するこのような主張が見られるのは注目してよい。こうした考えは、以後の文学理論（たとえば「文の賦」や『文心雕竜』神思編）にも多かれ少なかれ受け継がれてゆくのである。

蓋文章経国之大業、不朽之盛事。年寿有レ時而尽、栄楽止二乎其身一。二者必至之常期、未レ若二文章之無一レ窮。是以古之作者、寄二身於翰墨一、見二意於篇籍一、不レ仮二良史之辞一、不レ託二飛馳之勢一、而声名自伝二於後一。故西伯幽而演レ易、周旦顕而制レ礼、不下以二隠約一而弗上レ務、不下以二康楽一而加上レ思。

夫然則古人賤二尺璧一而重二寸陰一、懼二乎時之過一已。而人多不二強力一、貧賤則懾二於飢寒一、富貴則流二於逸楽一、遂営二目前之務一、而遺二千載之功一。日月逝二於上一、体貌衰二於下一、忽然与二万物一遷化、斯志士之大痛也。融等已逝、唯幹著レ論、成二一家言一。

蓋し文章は経国の大業にして、不朽の盛事なり。年寿は時有りて尽き、栄楽は其の身に止どまる。二者は必至の常期にして、未だ文章の窮まり無きに若かず。是を以て古の作者は、身を翰墨に寄せ、意を篇籍に見し、良史の辞を仮らず、飛馳の勢に託せずして、声名自ら後に伝わる。故に西伯は幽られて易を演べ、周旦は顕れて礼を制し、隠約を以て務めずんばあらず、康楽を以て思いを加さず。夫れ然らば則ち古人の尺璧を賤しみて寸陰を重んぜしは、時の過ぐるを懼るるのみ。而るに人は多く強め力めず、貧賤なれば則ち飢寒を懾れ、富貴なれば則ち逸楽に流れ、遂に目前の務めを営んで、千載の功を遺る。日月は上に逝き、体貌は下に衰え、忽然として万物と遷化す、斯れ志士の大痛なり。融等は已に逝き、唯だ幹のみ論を著して、一家の言を成す。

○翰墨　筆と墨。　○篇籍　一般に書籍を意味するが、ここでは広く著作の意に解した。　○飛馳之勢　世に時めく人の権勢。　○西伯幽而演レ易　西伯は、周の文王姫昌のこと。殷代に西方諸侯の長であったところからいう。彼は殷の紂王によって羑里の獄中に捕らわれたが、その間に『易経』の理論を発展させたといわれる。『史記』太史公自序に、「西伯は羑里に拘らわれて易を演ぶ」とあるのに基づく。○周旦顕而制レ礼　周旦は、周の文王の子で、武王の弟の周公姫旦。武王の死後、その子成王の摂政となった。顕は、高い地位にあること。○隠約　困窮すること。○康楽　安楽。○古人賤二尺璧一而重二寸陰一　『淮南子』原道訓に、「故に聖人は尺の璧を貴ばずして、寸の陰を重んず。時の得難くして失い易ければなり」とある。○遷化　死をいう。○唯幹著レ論、……　徐幹の著書『中論』のことは、「呉質に与うる書」の「語注」（三八二ページ）を参照。

【現代語訳】　思うに文学は国を治めるための大事業であり、永久に朽ちることのない優れた営みである。人の寿命はいつか尽き果てるし、栄華や快楽も結局は我が身限りのことである。これら二つの事柄はある時期がくれば必ず終わってしまうのであり、文学が永遠に不滅であるのに及ばない。だからこそ古の作者は身を筆墨に託して、思いを作品に表出し、優れた史家のことばを借りもせず、有力者の権勢に頼りもせずに、その名声はおのずと後世に伝わっていったのである。かくて周の文王は幽閉の境涯にあって『易経』の原理を発展させ、周公旦は貴顕の地位にあって礼を制定しており、彼らは困難な状況にあっても著述に努め、安楽な境遇にあっても創作のことを思い続けたのだった。

そんなわけで、古人は一尺の宝玉をさげすんでも、一寸の時間を大切にしたが、それは時間が過ぎゆくのを惜しんだからにほかならない。それなのに人々はたいてい努力を怠って、貧賤の時は飢えや寒さを恐れ、富貴の時は逸楽にふけり、けっきょく目先のことにあくせくするばかりで、千年の大事業をなおざりにしている。日月が天上を過ぎゆく間に、肉体は下界にあって衰えてゆき、たちまち万物とともに姿を消してしまう——これは志ある者にとって大きな痛苦である。孔融らは既に亡くなって、ただ徐幹だけが論（『中論』）を著し、独自の思想を体系づけている。

文学の価値の宣言　「文章は経国の大業にして、不朽の盛事」、これは文学の価値を高らかに宣言したことばとして、古来あまりにも有名である。良岑安世らが編んだ我が平安朝の漢詩文集『経国集』の名も、ここに基づいている。当時の「文章」の概念は既に前段で見たとおりだが、その社会的効用をこれほど明確な形で述べたのは、もちろん中国の文学史始まって以来のことである。これを、たとえば前漢七代宣帝（在位、前七四—前四九）が辞賦を評して、博・弈などの遊戯や、鄭・衛の国のみだらな音楽や、道化芝居よりはずっとましだと言ったことば（『漢書』王褒伝）などと対照してみると、その文学に対する認識の新鮮さがおのずと明らかになってこよう。

もっとも、曹丕の弟曹植は兄のこうした考えに反発するところがあったのか、「辞賦は小道にして、固より未だ大義を揄揚し、彰らかに来世に示すに足らざるなり」（「楊徳祖に与うる書」巻四十二）と、いささかシニカルな文学観を披瀝している。しかし、これとても自らの処遇に対する鬱屈した憤懣が関連していることを思えば、そのまま曹植の本心と受け取るのは危険であろう。手紙の相手楊脩は曹植への返書の中で、次のように述べて彼の考えをたしなめている。

若し乃ち経国の大美を忘れず、千載の英声を流し、功を景鍾に銘し、名を竹帛に書するは、斯れ自ら雅量の素より畜うる所にして、豈文章と相妨害せんや。

（「臨淄侯に答うる牋」巻四十）

この発言は、既に曹丕のことばを前提としているように思われる。曹丕の宣言は、それだけ同時代の文人の間に重みをもって受け止められていたのである。

与㆓山巨源㆒絶㆑交書（山巨源に与えて交わりを絶つ書）　嵆康　叔夜

与㆓山巨源㆒絶㆑交書　「山巨源」は、山濤（二〇五—二八三）のこと。巨源は、その字。嵆康の友人で、「竹林の七賢」の一人にも数えられる。のち晋王朝のもとで高官となり、殊に人事をつかさどって定評があった。『晋書』巻四十三に伝がある。魏末の二六一（景元二）年ごろ、吏部郎（選曹郎）だった山濤は、自分の後任に嵆康を推薦しようとした。この手紙は自分の心情を述べて、山濤の申し出を拒み、併せて彼との絶交を宣言したもの。巻四十三、書。

嵆康　二二三—二六二。字は叔夜。譙国銍県（安徽省宿州市）の人。魏の中散大夫となったことがある。魏王朝と姻戚関係にあり、司馬氏の簒奪のもくろみには徹底して批判的だったため、この手紙が書かれた翌々年、司馬昭により刑死させられた。「竹林の七賢」中にあって、阮籍と並んで名を知られるとともに、道家思想に基づく独創的な哲学者として少なからぬ著作を残し、また詩人としても一流。『嵆中散集』十巻が伝わる。『三国志』魏書巻二十一、『晋書』巻四十九に伝がある。

康白。足下昔称二吾於潁川一、吾常謂二之知言一。然経怪、此意尚未レ熟三悉於足下一、何従便得レ之也。前年従二河東一還、顕宗・阿都、説三足下議二以レ吾自代一。事雖レ不レ行、知二足下故不一レ知レ之。足下傍通、多レ可而少レ怪。吾直性狭中、多レ所レ不レ堪、偶与二足下一相知耳。間聞二足下遷一、惕然不レ喜。恐足下羞二庖人之独割一、引二尸祝一以自助、手薦二鸞刀一、漫二之羶腥一。故具為二足下一陳二其可否一。

康白す。足下は昔吾を潁川に称し、吾常に之を知言と謂う。然れども経に怪しむらく、此の意尚お未だ足下に熟悉せられざるに、何に従りてか便ち之を得るやと。前年河東より還るに、顕宗・阿都、足下の吾を以て自ら代えんことを議すと説く。事行われずと雖ども、足下の故より之を知らざるを知る。足下は傍く通じ、可とするところ多くして怪しむところ少なし。吾は直性狭中にして、堪えざる所多く、偶足下と相知るのみ。間足下の遷るを聞き、惕然として喜ばず。恐らくは足下庖人の独り割くを羞じ、尸祝を引きて以て自ら助け、手に鸞刀を薦めて、之を羶腥に漫さん。故に具さに足下の為に其の可否を陳べん。

○潁川　山濤の族父山嶔。かつて潁川郡（河南省）の太守であった。一説に、潁川を山嶔の字とする。○知言　人のことをよく理解したことば。○熟悉　十分に知り尽くす。○河東　山西省の西の地。嵇康は一時ここで世を避けていた。○顕宗・阿都　顕宗は、公孫崇の字。阿都は、呂安の幼名。ともに嵇康の友人。○傍通　いろいろなことによく通じる。傍は、旁と同義。○狭中　狭い心。○遷　官職が変わること。しばしば昇任の意に用いられる。山濤は、吏部郎から大将軍従事中郎、あるいは散騎常侍に遷った。○惕然　恐れるさま。○羞二庖人之独割一、……　『荘子』逍遥遊編の故事に基づく。尭が許由に天下を譲ろうとしたのに対して、許由は答えて言った。「庖人は庖を治めずと雖ども、尸祝は樽俎を越えて之に代わらず」。みだりに他人の職分を侵さないことをたとえたもの。庖人は、料理人。尸祝は、神主。○鸞刀　鸞の形の鈴をつけた刀。祭祀の犠牲を割くのに用いられた。○羶腥　生臭いもの。

【現代語訳】　山濤への絶交宣言書

拝啓。あなたは昔、潁川太守の山嶔殿に、私（が出仕を願わぬこと）を褒めたたえられ、私は常々それをよき理解者のことばとばかり思い込んでおりました。けれどもこの気持ちはまだあなたによく知られていたわけでもないのに、どうしてそれがおわかりになったのかと、いつも不思議でなりませんでした。先年、河東から帰ってまいりますと、公孫崇や呂安が申しますには、あなたは私を自分の後がまに据えようとお考えの由。そのことは実行されなかったものの、あなたが元来私の理解者でなかったことがよくわかりました。あなたはものごとの理に広く通じておられ、多くのことに寛容で、あまり人をとがめたりはなさいません。私はといえば一本気で度量が狭く、我慢しきれぬことが山とありますが、偶然のことからあなたと知り合いになりました。最近、あなたが（吏部郎から）昇任なされたと聞き及び、不安で心楽しみません。というのも、あなたが、いわば料理人が自分一人で肉を割くのを恥ずかしがるあまり、神主を呼んで来て手伝わせ、鈴つきの肉切り包丁（ぼうちょう）を押しつけて、彼の手をなまぐささで汚させようとするようなことを、私になさるのではないかと恐れたからです。そこで、以下あなたに向かってそのことの可否を詳しく述べ立ててみたいと思います。

作品の書かれた背景　これはまことに悲壮かつ痛快な文章である。悲壮というのは、これが自分の背後に迫った不幸な死の予感のもとに書かれているからであり、痛快というのは、その危機的状況に開き直ったうえで、自分という存在の内面を洗いざらいぶちまけているからである。そこにいささか自虐味を帯びた作者の精神史が描かれると同時に、その向こうには作者が憎んでやまなかった権力の偽善性と俗物性が痛烈にカリカチュアされている。そうした意味で長い中国の散文史上でも特異な位置を占める作品といってよかろう。

この手紙の書かれた直接の動機は、もちろん山濤が嵇康を吏部郎という人事の選考をつかさどる地位に推薦したことにある。山濤が自分という人間の本質を全く理解していないといって、嵇康はこの友人との絶交を申し渡した。だが、「絶交書」という過激なタイトルにもかかわらず、この手紙をよく読むと、作者が山濤の行動を心から憤っていたとは考えにくい。それどころか、友人と自分の置かれた状況をよく考えたうえでの、慎重な配慮さえ文面にうかがえるのである。

嵆康が生きた時代は三国魏の後半期に当たるが、この時期は魏室曹氏と権臣司馬氏の間の確執が次第に顕在化して、王室の弱体化を伴いつつ、司馬氏への権力移行が着実に既成事実として進行していた時代である。この手紙の書かれたとおぼしい二六〇（景元元）年の五月にも、二十歳の青年皇帝（高貴郷公）曹髦が武力によって司馬氏の排除を敢行しようとして失敗し、無残な最期を遂げている。嵆康の妻は魏の沛穆王曹林の孫娘だったから、人脈としては明らかに曹氏につながっており、司馬氏側からすればきわめてうさんくさい人物に見えたことだろう。その上、嵆康はこの手紙の中でも述べているように、「湯・武を非りて周・孔を薄んず」（四一九ページ）といった、あからさまな態度で体制側の拠って立つイデオロギーそのものを批判したから、彼が危険人物視されていたのも不思議ではない。嵆康ほどの名士ともなれば、権力の側がその言動にかなり神経をとがらせていたことも事実だろう。

一方の手紙の相手山濤はといえば、彼の母は司馬氏方と縁続きになる人だったから、彼自身も司馬氏と縁が深く、事実この縁が彼の出処進退にもかなり関係している。嵆康とはかなり懇意な仲だったようだが、政治的な立場からすれば、嵆康と対照的に、司馬氏政権の将来における地位を予約されたような人物だったといってよい。嵆康が山濤との絶交を公にするについては、友情だけではどうしようもないこうした政治的背景があったのである。嵆康はこの手紙で更に司馬昭の心証を損ない、友人呂安の事件に連座して刑死することになるのだが、死を前に、十歳になった息子の紹に向かい、「巨源（山濤）がいるからには、おまえはみなしごではないぞ」と言って慰めたといわれる（『晋書』山濤伝）。そして、そのことばどおり、後年、父の罪により謹慎中の嵆紹は、山濤の進言により、はじめて秘書丞の地位を得て、日の当たる場所に登場してきたのだった。かく見てくれば、暗い時代の中で、嵆康は「絶交」という形式を取る以外に、友情を語るすべがなかったとこそいうべきではあるまいか。

吾昔読レ書、得二幷介之人一。或謂無レ之、今乃信二其真有一耳。性有レ所レ不レ堪、真不レ可レ強。今空語同知、有二達人無一レ所レ不レ堪、外不レ殊レ俗、而内不レ失レ正、与二一世一同二其波流一、而悔吝不レ生耳。

老子・荘周、吾之師也、親居二賤職一。柳下恵・東方朔、達人也、安二乎卑位一。吾豈敢短レ之哉。又仲尼兼愛、不レ羞二執鞭一、子文無レ欲二卿相一、而三登二令尹一。是乃君子思レ済レ物之意也。所謂達能兼善而不レ渝、窮則自得而無レ悶。以レ此観レ之、故尭・舜之君レ世、許由之巌棲、子房之佐レ漢、接輿之行歌、其揆一也。仰二瞻数君一、可レ謂下能遂二其志一者上也。故君子百行、殊レ塗而同レ致、循レ性而動、各附レ所レ安。故有下処二朝廷一而不レ出、入二山林一而不レ反之論上。且延陵高二子臧之風一、長卿慕二相如之節一、志気所レ託、不レ可レ奪也。

吾昔書を読みて、幷介の人を得たり。或いは謂えらく之無しと、今乃ち其の真に有るを信ずるのみ。性に堪えざる所有り、真に強うべからず。今空語にして同じく知るらくは、達人の堪えざる所無きもの有りて、外は俗に殊ならずして、内は正を失わず、一世と其の波流を同じくして、悔吝生ぜざるのみなるを。

老子・荘周は、吾の師なるも、親しく賤職に居る。柳下恵・東方朔は、達人なるも、卑位に安んず。吾豈敢えて之を短らんや。又仲尼は兼愛して、執鞭を羞じず、子文は卿相を欲する無きも、三たび令尹に登れり。是れ乃ち君子の物を済わんことを思うの意なり。所謂 達すれば能く兼ねて善くして渝わらず、窮すれば則ち自ら得て悶え無し。

此を以て之を観るに、故より尭・舜の世に君たる、許由の巌に棲める、子房の漢を佐くる、接輿の 行 歌える、其の揆は一なり。数君を仰ぎ瞻るに、能く其の 志 を遂ぐる者と謂うべきなり。故に君子の百行は、塗を殊にして致を同じくし、性に循いて動き、各 安んずる所に附く。故に朝廷に処りて出でず、山林に入りて反らざるの論有り。且つ延陵は子臧の風を高しとし、長卿は相如の節を慕う、志気の託する所、奪うべからざるなり。

○并介之人　嵆康の造語。天下の済度に努めつつ、一方では世俗から独立している人。　○空語同知　抽象的なことばとして理解する。自分とは縁のない存在として、頭の中で理解する。　○悔吝　悔やむ。　○老子・荘周　老子は周の柱下の史あるいは守蔵室の史、荘周は宋国蒙県の漆園の吏で、ともに下吏だった。○柳下恵・東方朔　柳下恵は、本名展禽、春秋魯の賢者。魯の士師（司法官）となった。東方朔は、漢の武帝時代のユモリストで文人。地位は郎官（宮中警護の役）にとどまった。　○仲尼兼愛　仲尼は、孔子の字。兼愛は、広く平等に人を愛することで、道家の立場から孔子の思想を評したことば。　○不㆑羞㆓執鞭㆒　執鞭は、御者。『論語』述而編に、「富にして求むべくんば、執鞭の士と雖ども、吾亦之を為さん」とある。

○子文　春秋楚の人。　○三登令尹　『論語』公冶長編に、「令尹子文は、三たび仕えて令尹と為るも、喜ぶ色無し。三たび之を已むるも、慍れる色無し」とある。令尹は、楚の官名で、他国の宰相に相当する。○達能兼善而不渝、……『孟子』尽心編上の、「古の人は、窮すれば則ち独り其の身を善くし、達すれば則ち兼ねて天下を善くす」に基づく。　○許由　太古の伝説的な隠者。　○子房　漢の張良の字。張良は漢の高祖を助けて、天下を平定するのに功労があった。　○接輿之行歌　接輿は、春秋楚の隠者。『論語』微子編に、接輿が孔子のそばを通りながら、「鳳や鳳や、何ぞ徳の衰えたる」と、孔子の行動を諷刺する歌をうたったという話がみえる。　○殊塗而同致　『易経』繋辞伝下に、「天下　帰を同じくして塗を殊にし、致を一にして慮を百にす」とある。　○処朝廷而不出、……『韓詩外伝』巻五に、「朝廷の士は禄の為にす、故に入りて出でず、山林の士は名の為にす、故に往きて反らず」とある。ほぼ同じことばが、『漢書』巻七十二、王貢両龔鮑伝の賛にもみえる。　○延陵高子臧之風　延陵は、春秋呉の公子季札。子臧は、春秋曹の公子。子臧は曹の君主に立てられようとしたが、固辞して受けなかった。のちに季札が呉君に立てられようとした時、子臧の例を引き合いに出して、それを拒んだ。『左伝』襄公十四年にみえる故事。　○長卿慕相如之節　長卿は、漢の文人司馬相如の字。彼はもと名を犬子といったが、戦国趙の将軍藺相如の人となりを慕って、相如と改名した。『史記』司馬相如列伝にみえる。

【現代語訳】　私は昔、書物の中で、天下を善くすると同時に世俗から超然としている人に出会いました。そんな人がいるものかと思ったこともありますが、今では確かにかかる人物の存在を信じております。ただ私は生まれつき我慢が苦手で、その生き方にはどうしても自分を強制することができません。ですから、今は頭の中だけの知識として、あらゆることに耐えられる「達人」という存在があり、その人は表向きには世俗の人と同様の生き方をしなが

嵆康（南朝・画像磚）

ら、心の中では正しいと信ずるところを失わず、世間と調子を合わせつつも、やましい思いはこれっぱかりもないということを知っているわけです。

老子と荘周とは、私の師と仰ぐ人ですが、彼らは下っぱ役人の地位に親しみなじんでいました。柳下恵と東方朔は、達人でしたが、低い官位に安んじていました。私がどうして彼らのことを悪く言ったりいたしましょう。また孔子（仲尼）は人を平等に愛して、御者になることを恥ずかしいと思いませんでしたし、子文は大臣になる気はなかったのに、三度も宰相の位に昇りました。これらは君子たるものが民ぐさの救済にこそ心を寄せていることの表れです。いわゆる世に時めけば天下を善くすることに努めて自分を失わず、行き詰まった時には独り心に悟って、思い悩むことがないという生き方であります。

かく見てまいりますと、もともと堯・舜が天子の位に昇ったのも、許由が岩穴に隠棲したのも、張良（子房）が漢の政治を補佐したのも、接輿が鼻歌をうたいながら歩いていたのも、その行き方は究極的には一つということになります。仰ぎ見るこれらの人々は、それぞれの抱く志をよく成し遂げたと申せましょう。ですから君子のさまざまな行いは、別の道を通りながら同じ目的に到達し、各人の持ちまえのままに振る舞いながら、おのおの落ち着くべきところに落ち着くことになるのです。かくて、朝廷に身を置いたまま俗世の外へ出ようとしない人と、山林に入り込んだまま俗世へ帰ろうとしない人とが、議論の対象にもされます。それに延陵の季札が曹の子臧の人がらを敬い、司馬相如（長卿）が藺相如の節義を慕ったように、心意気による投合は、引き離すことができません。

「幷介」の解釈をめぐって　「幷介」の語は、李善注が「幷は、兼ねて天下を善くするを謂うなり。介は、自ら得て悶え無きを謂うなり」というのにひとまず従う。しかし、近人戴明揚氏は、「介」を「狷介」の意に、「幷」を「偏る」あるいは「専ら」の意に解し、「幷介」とは「狷介に偏る」、あるいは「狷介を専らにす」であろうという別の解釈を与えている。その解に従えば、冒頭の文は「昔、書物の中で狷介一方の人に出会った時は、そんな人がいるかと思いましたが……」ということになる。いずれにしても、下の「空語同知」などとともに嵆康独特の措辞であることはまちがいない。

吾毎レ読二尚子平・臺孝威伝一、慨然慕レ之、想二其為一レ人。加少孤露、母兄見レ驕、不レ渉二経学一。性復疏嬾、筋駑肉緩、頭面常一月十五日不レ洗、不二大悶癢一、不レ能レ沐也。毎二常小便一、而忍不レ起、令二胞中略転一、乃起耳。

又縦逸来久、情意傲散。簡与レ礼相背、嬾与レ慢相成、而為二儕類一見レ寛、不レ攻二

其過。又読荘・老、重増其放、故使栄進之心日頽、任実之情転篤。此由禽鹿少見馴育、則服従教制、長而見羈、則狂顧頓纓、赴蹈湯火。雖飾以金鑣、饗以嘉肴、逾思長林、而志在豊草也。

阮嗣宗口不論人過、吾毎師之、而未能及。至性過人、与物無傷、唯飲酒過差耳。至為礼法之士所縄、疾之如讎、幸頼大将軍保持之耳。吾不如嗣宗之賢、而有慢弛之闕。又不識人情、闇於機宜、無万石之慎、而有好尽之累。久与事接、疵釁日興。雖欲無患、其可得乎。

吾尚子平・台孝威の伝を読む毎に、慨然として之を慕い、其の人と為りを想う。加うるに少くして孤露、母兄に驕らせられ、経学に渉らず。性復た疏嬾にして、筋駑く肉緩く、頭面は常に一月に十五日は洗わず、大いに悶癢せざれば、沐する能わざるなり。常に小便する毎に、忍びて起たず、胞中をして略転せしめて、乃ち起つのみ。又縦逸し来たること久しく、情意傲散す。簡なること礼と相背き、嬾なること慢と相成れども、儕類の為に寛くせられ、其の過ちを攻められず。又荘・老を読みて、重ねて其の放を増し、故に栄進の心をして日に頽れ、任実の情をして転た篤からしむ。此れ由お禽鹿の少くして馴育せらるれば、則ち教制に服従するも、長じて羈がるれば、則ち狂顧して纓を頓り、赴きて湯火を踏むがごとし。飾るに金鑣を以てし、饗すに嘉肴を以てすと雖ども、逾長林を思いて、志は豊草に在るなり。

阮嗣宗は口に人の過ちを論ぜず、吾は毎に之を師とするも、未だ及ぶ能わず。至性人に過ぎ、物と傷なう無く、唯だ飲酒の過差あるのみ。礼法の士の縄す所と為りて、之を疾むこと讎の如くなるに至るも、幸いに大将軍に頼りて之を保持するのみ。吾は嗣宗の賢に如かずして、慢弛の闕有り。又人情を識らず、機宜に闇く、万石の慎無くして、好尽の累い有り。久しく事と接すれば、疵釁日に興る。患い無からんと欲すと雖ども、其れ得べけんや。

〇尚子平・臺孝威　尚長（字は子平）と台佟（字は孝威）は、ともに後漢の隠者で、官に仕えず生涯を終えた。『後漢書』逸民列伝に伝がある。『後漢書』では「尚」を「向」に作る。〇加少孤露　「加少」は、もと「少加」に作るが、『晋書』嵆康伝に従って改めた。孤露は、父を失うこと。〇母兄　同じ母から生まれた兄。〇驕恣　わがまま。〇縦逸　思いのままにすること。〇胞中　腹の中。〇縦逸　思いのままにすること。〇疏嬾　ものぐさ。〇任実之情　心のままに生きたいと願う気持ち。〇金鑣　金のくつわ。〇嘉肴　ごちそう。〇儕類　なかま。〇阮嗣宗　阮籍（字は嗣宗）については、二五二ページを参照。〇至性　優れた性質。〇過差　度が過ぎること。酒の上の過失ととる説もある。〇大将軍　司馬昭（二一一―二六五）をいう。晋の武帝の父で、当時既に皇帝以上の権力を握っていた。〇慢弛　自分勝手で締まりのないこと。〇機宜　その場に応じて適切に対処すること。〇万石之慎　万石は、漢の石奮のこと。四人の子ども二千石ずつの俸禄を得ていたところから、万石君と称された。親子ともきわめて慎重な性格だったことで知られる。〇好尽之累　思ったことをはばかりなく言ってしまう悪癖。〇疵釁　人から受ける非難。

【現代語訳】 私は（隠者）尚子平や台孝威の伝を読むたびに、深く心を動かされて彼らの生き方を慕い、その人となりを目の前に思い浮かべます。それにまた私は幼くして父を失い、母と兄に甘やかされて育ち、経書の勉学に励むこともなく過ごしました。生まれついての怠け者で、動作はのろく、頭や顔は月のうち十五日も洗わず、むずがゆくてたまらなくならぬうちは、洗髪もいたしません。小便がしたくなるたびに、じっと我慢して起ち上がらず、腹の中がひっくり返るようになって、やっと腰を上げるありさまです。

また、これまでずっと気ままに暮らしてきましたので、心はわがままで締まりをなくしています。大まかなやりかたは世の礼法に背き、怠け癖とわがままが相乗しあう始末ですが、友人たちの寛大さのおかげで、欠点を非難されることもありませんでした。また『荘子』や『老子』を読んだために、放埒さは増す一方で、栄達にあこがれる心は日に日に減退し、心の赴くままに生きたいと願う気持ちがいっそう強固になってきました。たとえて申せば、鳥や獣は小さいころから飼育されてこそ、飼い主の言いつけによく従いますものの、大きくなってから捕らわれれば、狂おしく目を馳せて縄を引きちぎり、熱湯や猛火の中にだって飛び込むようなものです。たとえ金のくつわで飾り立て、おいしい御馳走でもてなしてみても、林の中を恋うる心はいっそう募るばかりで、ひたすら豊かな草むらを思い続けるのです。

阮嗣宗（籍）は人の過ちをとやかくあげつらったりすることはなく、私はいつも彼を手本にしながら、いまだに追いつけません。彼は人並み優れた立派な人格者で、他人を傷つけたりせず、ただ酒を飲み過ぎるのが欠陥というくらいです。その彼が礼法にうるさい人々の指弾を受けて、仇敵のように憎まれる事態に立ち至り、大将軍（司馬昭）のおかげで辛うじて身を護っています。私は嗣宗の賢明さに及ばないうえに、わがままでだらしないという欠点があります。また、人の心情を解せず、臨機応変の対処が苦手で、かの万石君（石奮）のような慎重さを欠き、言いたいことを言ってしまう悪癖があります。長く世間の事にかかわっていれば、人から罪を受けることが毎日のように起こりましょう。そうなってから災難のないように願ってみても、かなえられる見込みがあるでしょうか。

作者の生いたち　この段の前半では、自分の生いたちが語られる。母と兄に甘やかされて育てられた結果、怠惰で放縦な生き方を願う自己の性質の素地が固まった、と嵆康は言う。ほぼ同趣旨の回顧が、この二年後、獄中にあって迫り来る死を覚悟した時の作「幽憤の詩」（巻二十三）の冒頭にも見られる。「嗟　余は祜薄く、少くして不造（父の死）に遭う。哀煢　識無く、越に繦緥に在り。母兄の鞠育は、慈有るも威無し。愛を恃みて姐りを肆にし、訓えあらず師あらず」。「母兄」は、ひとまず母と兄の意に解しておいた。嵆康の母の姓は孫氏であることがわかっている。兄は嵆喜、字を公穆といった。嵆康がこの兄に深い愛情を寄せていたことは、「兄秀才公穆の軍に入るに贈る詩」という十九首連作の四・五言詩の存することによっても知られる。もっとも、嵆康の友人阮籍は嵆喜を俗物として、常に「白眼」をもって遇したというけれども。

ただし、この「母兄」を同母兄の意に解することも可能である。そうすれば、嵆康は生まれて間もなく父と母を失って、文字どおりの孤児となり、かなり年長の兄に養育されたということになる。その兄が上記の嵆喜と同一人物かどうかについても、問題がないわけではない。後段に「吾新たに母兄の歓を失う」とあるように、この兄は「絶交書」の書かれる少し前に亡くなっていたはずだが、嵆喜は生没未詳ながら、弟康に遅れて死んだとも考えられるからである。あるいは喜とは別のもう一人の兄があったのかもしれない。

阮籍についての人物評　後段には阮籍の人物評がみえる。阮籍と嵆康といえば、「竹林の七賢」中の双璧としてつとに名が高いが、この段の後半は嵆康が直接この友人の人となりを描いた文章として興味深い。ここに描かれた阮籍の像は、酒を飲み過ぎるのを除けば、いたって慎重な人物ということだが、これは『晋書』阮籍伝の「性に任せて不羈なるも、喜怒は色に形れず」や、「籍は礼教に拘わらずと雖ども、然れども発言は玄遠にして、口に人物を臧否せず」という評価とも近似する。さまざまな逸話が物語るように、酒を飲めば奔放で常識破りの行いを演じて人を驚かせた阮籍だが、その行為も実は司馬氏の権力の擡頭する中で、本心を人に明かさぬための韜晦の姿勢という側面をもっていた。

阮籍が礼法の士から糾弾されたという指摘を例証する逸話としては、『世説新語』任誕編が載せる次の話がよく知られる。

阮籍は母の喪中に司馬昭の宴席で酒を飲み肉を食らっていた。司隷校尉（官吏の不正を取り締まる官）の何曾が見とがめて、

――閣下はいま孝によって天下を治めておられるというのに、阮籍は親の喪中もはばからず、堂々と公の宴席で酒を飲み肉を食らっております。かかる輩は遠流に処して、風紀を正さ

れるべきでありましょう。

司馬昭が答えて言うには、

——嗣宗がこんなにやつれはてているというのに、君はなぜその憂いを分かち合えないのか。それに病気の時に酒を飲み肉を食らうのは、喪礼の決まりであろうが。

阮籍はその間も飲み続け、平然としていた。

又人倫有レ礼、朝廷有レ法。自惟至熟、有二必不レ堪者七、甚不可者二一。臥喜二晩起一、而当関呼レ之不レ置、一不レ堪也。抱レ琴行吟、弋二釣草野一、而吏卒守レ之、不レ得二妄動一、二不レ堪也。危坐一時、痺不レ得レ揺、性復多レ蝨、把搔無レ已、而当下裹以二章服一、揖中拝上官上、三不レ堪也。素不レ便レ書、又不レ喜レ作レ書、而人間多レ事、堆レ案盈レ机。不二相酬答一、則犯レ教傷レ義、欲二自勉強一、則不レ能レ久、四不レ堪也。不レ喜二弔喪一、而人道以レ此為レ重。已為二未レ見レ恕者所一レ怨、至レ欲レ見二中傷者一。雖二瞿然自責一、然性不レ可レ化。欲二降レ心順一レ俗、則詭レ故不レ情、亦終不レ能レ獲二無レ咎無一レ誉、如レ此、五不レ堪也。不レ喜二俗人一、而当二与レ之共一レ事、或賓客盈レ坐、鳴声聒レ耳、囂塵臭処、千変百伎、在二人目前一、六不レ堪也。心不レ耐レ煩、而官事鞅掌、機務纏二其心一、世故繁二其慮一、七不レ堪也。

又毎非二湯・武一而薄二周・孔一。在二人間一不レ止二此事一、会顕世教所レ不レ容。此甚不可一也。剛腸疾レ悪、軽肆直言、遇レ事便発。此甚不可二也。

以二促中小心之性一、統二此九患一。不レ有二外難一、当レ有二内病一、寧可三久処二人間一邪。又聞二道士遺言一、餌二朮黄精一、令二人久寿一、意甚信レ之。遊二山沢一、観二魚鳥一、心甚楽レ之。一行作レ吏、此事便廃。安能舎二其所レ楽、而従二其所レ懼哉。

又人倫に礼有り、朝廷に法有り。自ら惟いて至って熟するに、必ず堪えざる者七つ、甚だ不可なる者二つ有り。臥して晩く起くるを喜むも、当関之を呼びて置かず、一に堪えざるなり。琴を抱きて行吟じ、草野に弋釣するも、吏卒之を守りて、妄りに動くを得ず、二に堪えざるなり。危坐すること一時にして、痺れて揺くを得ず、性復た蝨多く、把搔して已むこと無きに、当に裹むに章服を以てし、上官を揖拝すべし、三に堪えざるなり。素より書に便ならず、又書を作すを喜まざるに、人間事多くして、案に堆く机に盈つ。相酬答せざれば、則ち教えを犯し義を傷り、自ら勉強せんと欲すれば、則ち久しくする能わず、四に堪えざるなり。弔喪を喜まざるに、人道は此を以て重しと為す。已に未だ恕されざる者の怨む所と為り、中傷せられんと欲するに至る。瞿然として自ら責むと雖ども、然れども性は化すべからず。心を降して俗に順わんと欲すれば、則ち故に詭いて情あらず、亦終に咎め無く誉れ無きを獲る能わず、此くの如きは、五に堪えざるなり。俗人を喜まざるに、当に之と事を共にすべく、或いは賓客坐に盈ちて、鳴声耳に聒しく、囂塵臭処、千変百伎、人の目前に在り、六に堪えざるなり。心は煩に耐えざるに、官事鞅掌して、機務其の心に纏い、世故其の慮いを繁くす、七に堪えざるなり。

又毎に湯・武を非りて周・孔を薄んず。人間に在りて此の事を止めずんば、会ず顕らかに世教の容れざる所とならん。此れ甚だ不可なるの一なり。剛腸にして悪を疾み、軽肆にして直言し、事に遇えば便ち発す。此れ甚だ不可なるの二なり。

促中小心の性を以て、此の九患を統ぶ。外難有らずんば、当に内病有るべく、寧ぞ久しく人間に処るべけんや。

又道士の遺言を聞くに、朮と黄精を餌らわば、人をして久寿ならしむと、意甚だ之を信ず。山沢に遊び、魚鳥を観るに、心甚だ之を楽しむ。一たび行きて吏と作らば、此の事便ち廃せん。安くんぞ能く其の楽しむ所を舎てて、其の懼るる所に従わんや。

○当関　門番。○弋釣　弋は、糸をつないだ矢（いぐるみ）で鳥を射ること。○危坐　正座する。○章服　役人の正服。○堆レ案　机にうずたかく積もる。案は、つくえ。○勉強　無理に努める。○弔喪　葬式に赴いて死者を弔う。○瞿然　恐れおののくさま。○降レ心　本心をなだめる。○詭レ故　本心にたがう。○無レ咎無レ誉　『易経』坤卦六四の爻辞の文。目立たぬようにすることをいう。○囂塵　騒がしくごみごみしたさま。○世故　世間の事ども。○千変百伎　もろもろの策略。○機務　機密の務め。○湯・武　殷の湯王と周の武王。理想的な聖王とされるが、嵆康は彼らが武力革命で前王朝を倒したことを含みとして、魏の簒奪をもくろむ司馬氏を暗に諷刺しているのであろう。○周・孔　周公旦と孔子。儒教倫理の創設者。○世教　儒教道徳をいう。○剛腸　気が強い。

○軽肆直言　軽はずみに本心をそのまま言う。　○促中小心　心が狭く気が小さい。　○朮黄精　朮は、おけら、うけら。きく科の植物。黄精は、ゆり科の植物。ともに薬用に供される。

【現代語訳】　また、人の道には礼というものが、朝廷には法というものがあります。自分自身についてつらつら考えてみますと、（礼や法に縛られる役人生活に）どうしても我慢できないことが七つ、甚だ不適格なことが二つあります。

私は朝寝が好きですが、（宮仕えをするとなれば）門番が起こしに来てほうっておいてもらえません。これが第一に我慢できないことです。私は琴を抱えて歩きながら歌ったり、田舎で鳥を射たり魚を釣ったりして暮らしていますが、（宮仕えをすれば）下役人の看視を受けて、勝手に動きまわれなくなります。これが第二に我慢できないことです。私はしばらく正座していると、しびれがきれて動けなくなりますし、また生来虱が多くて、いつも身体を搔いておりますのに、（宮仕えをすれば）礼服に身を包んで、上役に礼を尽くさねばなりません。これが第三に我慢できないことです。私は平素から手紙を書くのに不慣れで、また手紙を書くのが嫌いなのに、俗世間には事が多くて、机の上に書類が山と積もってしまいます。返事を出さなければ、道義にもとりますし、無理に努めようとしても、とても長続きしません。これが第四に我慢できないことです。私は弔い事が嫌いですが、人の道では非常に重要なこととされています。私に好意的でない人からはそのためとっくに恨まれていて、中傷されかかってさえいます。恐れ慎んで自分を責めてみても、生まれつきの気性はなかなか治らず、本心をなだめて世間に調子を合わせても、本当の気持ちと食い違っているのでぎこちなくなり、結局は「咎もなく誉れもなし」といった境地を得ることができません。これが第五に我慢できないことです。私は俗人が嫌いですが、（宮仕えをすれば）彼らとともに仕事をせねばならず、時にはお客が座に満ちて、話し声が耳にかまびすしく、騒々しくごみごみして鼻持ちならぬ空気の中で、ありとあらゆる手練手管が、目の前に繰り広げられます。これが第六に我慢できないことです。私は煩わしいことに耐えられないのに、（宮仕えをすれば）公務が繁忙を極めて、機密事項は心にまといつき、俗事で頭はこんがらがってしまいます。これが第七に我慢できないことです。

　また私は常日ごろ殷の湯王や周の武王をそしり、周公や孔子を軽んじております。俗世間でこうしたことをやめなければ、必ずはっきりと世間の道徳律に排斥されてしまうでしょう。これが甚だ不適格なことの第一です。私は情が強くて不正を憎む心が強く、ついうっかり本心むきだしの発言が、何かにつけて口から出てしまいます。これが甚だ不適格なことの第二です。

　心狭く気弱な生まれつきでありながら、同時にこの九つの欠陥を抱えております。外から災難が降りかからなければ、内から病気になってしまうはずで、どうして長く世間にとどまっていることができましょうか。

　また私は道士が「朮（おけら）と黄精を食べれば、長く生きられる」と言い残しているのを聞いて、すっかりそれを信じています。山や沢に遊んで、魚や鳥を眺めるのも、非常に楽しいことです。一たび宮仕えして役人になれば、こうしたことはもうおしまいです。どうして楽しいことを捨てて、恐れていることに携われましょうか。

「九患」の告白　この段で自分が役人として不似合いな九つの理由――「九患」――を列挙するに及び、嵆康の面目は一段と躍如としてくる。朝寝が好きだの、正座すればしびれがきれるだの、手紙を書くのは嫌いだの、人づきあいはごめんだのと、通常だれもが本心ではそう思いながら、世間体をはばかって言い出しかねていることが、何のためらいもなく次々と連ねられてゆく。それは自分のもつマイナス面を臆面（おくめん）もなくさらけだすことになるのだが、同時に常識の矯正を被ることなく、本性のままに生きたいと願う意志の表白でもある。そしてそれは最後の二つの「不可」を述べるに至って極まった感がある。これらは彼自身がもつ負の側面を述べたというよりは、彼が現在の社会に適応できない二つの理由、更につきつめれば、簒奪（さんだつ）をもくろむ司馬氏に対するあからさまな反抗の宣言である。身に危険の及ぶことを承知しつつも、そこまで述べきってしまわぬことには、自分の偽らぬ心情を相手に伝える目的を達しかねたのである。

　このような形で自己を告白してみせるのは、キリスト教的な神の存在しない中国では確かに珍しいといえるが、それは死の予感が彼を衝（つ）き動かしたというだけでなく、彼がかねて心に抱く哲学が死を前にしての自己告白という形で開示されたという側面をもつ。

　嵆康に「釈私論」という論文がある。「釈私」とは、私心を釈（す）てさることの意であり、あらゆる行為において、是非の分別という「私」から解放され、大いなる道と一つになるべきことを説くのがこの論文の趣意である。嵆康によれば、命を投げ出さなければならぬような人生の危機に臨んだ時、よい方向を求めてたばかることは、実は何の役にもたたない。「唯だ病を病とす、是を以て病あらず。病みて能く療やすは、亦病むに賢れり」――つまり、わが欠点を欠点として自覚すること、そこにおいて初めて道が開けるというのである。彼の主張は、『老子』第七十一章のことばを原拠として立てられているが、その際、欠点を自覚しつつ、あえてそれを人前に告白することは重要な要因となる。「心識を表露すれば、独り以て安全なり」なのである。

嵇康は絶対者である神の前に告白するのではなく、他者の前に心を開くことによって、自力による救済の道を求めようとしたのだった。これは中国思想史上でもきわめて異色ある「告白の思想」である。「九患」の表白こそ、その主張の積極的な実践にほかならなかったのである。告白による魂の浄化を信ずればこそ、彼は自己の偽らぬ姿を山濤の前にさらけだすことができたのである。

この段の最後の一節では、趣を一転して、自分がいま最も心ひかれる楽しみを語る。そのうち、自然の楽しみに関するくだりは、兼好法師の『徒然草』第二十一段で、「嵇康も、『山沢に遊びて、魚鳥を見れば心楽しぶ』といへり」と引用されたうえ、「人遠く、水草清き所にさまよひありきたるばかり、心慰む事はあらじ」と、共感のことばが述べられている。

夫人之相知、貴下識二其天性一、因而済上レ之。禹不レ偪二伯成子高一、全二其節一也。仲尼不レ仮二蓋於子夏一、護二其短一也。近諸葛孔明不下偪二元直一以上入レ蜀、華子魚不下強二幼安一以中卿相上、此可レ謂二能相終始、真相知者一也。

足下見下直木必不レ可二以為一レ輪、曲者不上レ可二以為一レ桷。蓋不レ欲三以枉二其天才一、令レ得二其所一也。故四民有レ業、各以レ得レ志為レ楽、唯達者為二能通一レ之、此足下度内

耳。不レ可下自見レ好二章甫一、強二越人一以二文冕一也、己嗜二臭腐一、養二鴛雛一以中死鼠上也。吾頃学二養生之術一、方外二栄華一、去二滋味一、游二心於寂寞一、以二無為一為レ貴。縦無二九患一、尚不レ顧二足下所レ好者一。又有二心悶疾一、頃転増篤、私意自試、不レ能レ堪二其所レ不レ楽。自卜已審、若道尽塗窮則已耳。足下無レ事下冤レ之、令上レ転二於溝壑一也。吾新失二母兄之歓一、意常悽切。女年十三、男年八歳、未レ及二成人一、況復多病。顧レ此悢悢、如何可レ言。今但願守二陋巷一、教二養子孫一、時与二親旧一叙レ闊、陳二説平生一。濁酒一杯、弾琴一曲、志願畢矣。


夫れ人の相知るや、其の天性を識り、因りて之を済すを貴ぶ。禹の伯成子高に偪らざるは、其の節を全うせしむればなり。仲尼の蓋を子夏に仮らざるは、其の短を護ればなり。近ごろ諸葛孔明の元直に偪るに蜀に入るを以てせず、華子魚の幼安に強うるに卿相を以てせざるは、此れ能く相終始して、真に相知る者と謂うべきなり。

足下は直木の必ず以て輪と為すべからず、曲がれる者の以て桷と為すべからざるを見ん。蓋し以て其の天才を枉ぐるを欲せずして、其の所を得しめんとすればなり。故に四民に業有りて、各志を得るを以て楽しみと為すは、唯だ達者のみ能く之に通ずと為す、此れ足下の度内なるのみ。自ら章甫を好むを見て、越人に強うるに文冕を以てし、己の臭腐を嗜むこともて、鴛雛を養うに死鼠を以てすべからざるなり。

吾頃養生の術を学びて、方に栄華を外にし、滋味を去り、心を寂寞に游ばしめ、無為を以て貴しと為す。縦い九患無きも、尚お足下の好む所の者を顧みず。又心悶の疾有りて、頃より転た増篤く、私意もて自ら試むるに、其の楽しまざる所に堪うる能わず。自ら卜すること已に審らかなり、若し道尽き塗窮まらば則ち已まんのみ。足下 之を冤げて、溝壑に転ぜしむるを事とする無かれ。

吾新たに母兄の歓を失い、意常に悽切たり。女は年十三、男は年八歳にして、未だ成人に及ばず、況んや復た多病なるをや。此を顧みれば悢悢たり、如何ぞ言うべけんや。今は但だ願わくは陋巷を守り、子孫を教養し、時に親旧と闊を叙し、平生を陳説せん。濁酒一杯、弾琴一曲、志願畢われり。

○禹不レ偪二伯成子高一　『荘子』天地編にみえる説話。伯成子高は尭の時代に諸侯だったが、尭から舜、舜から禹と時代が移ると、野に下って、農耕に精を出した。禹がそのわけを尋ねると、伯成子高は賞罰を用いる禹の政治は世を不道徳にするだけだと言って、耕す手を休めなかった。　○仲尼不レ仮二蓋於子夏一　『孔子家語』致思編にみえる話。孔子（字は仲尼）が外出しようとすると、雨が降り出したが、あいにく傘がない。門人は子夏にお借りなさいと勧めたが、子夏がけちであることを知っていた孔子は、人づきあいには相手の長所を推し、短所を避けるのが長続きのこつだと言って、取り合わなかった。　○近諸葛孔明不下偪二元直一以上入レ蜀　徐庶（字は元直）は、諸葛孔明の友人で、はじめ蜀に仕えていたが、彼の母が曹操に捕らわれたため、蜀を去って魏に与した。『三国志』蜀書巻五諸葛亮伝にみえる。　○華子魚不下強二幼安一以中卿相上　魏の文帝のもとで宰相だった華歆（字は子魚）は、年少のころからの友人管寧（字は幼安）を推挙したが、管寧は固辞して受けなかった。『三国志』魏書巻十一管寧伝、巻十三華歆伝にみえる。　○四民　士・農・

工・商の四階級。○度内　考えのうち。○不レ可下自見レ好二章甫一、……　章甫は、殷時代の古い冠。『荘子』逍遥遊編に、宋の人が章甫の冠を携えて、越の地に商いに行ったが、断髪・文身（いれずみ）の越の人々には全く用をなさなかったという話がある。　○已嗜二臭腐一……　『荘子』秋水編の説話に基づく。梁国の宰相となった恵施は、友人の荘周が自分に会いに来ると聞いて、我が地位を奪われはしないかと大いに恐れた。荘子は彼に一つのたとえ話をして聞かせた。「南方に住む鵷鶵（鵷雛）という鳥は、竹の実しか食べず、甘露の水しか飲まない霊鳥だ。ある時、一羽の鴟が腐った鼠を捕まえたところへ、鵷鶵が通りかかった。餌を取られることを恐れた鴟は、空を仰いで威嚇した。『君も梁国のことでこの僕を威すつもりかね』」。○養生之術　生命を養い、長生を図る術。○寂寞　静かな境地。下の「無為」とともに、道家の思想において特に貴ばれる。○心悶疾　心のふさぐ病。○溝壑　みぞ、あるいは、どぶ。そこに転ずるとは、野垂れ死にすること。○男年八歳　この息子は嵆紹（二五三―三〇四）のこと。『晋書』忠義伝に伝がある。李善注の引く王隠『晋書』によると、彼は十歳で父を失った。○悢悢　悲しみ痛むさま。○叙レ闊　闊は、久しく会わないこと。

【現代語訳】 いったい人が人を理解するには、相手のもって生まれた性質をよく見究め、それをそのまま遂げさせてやることが大切です。夏の禹王が伯成子高に諸侯となることを強制しなかったのは、その節義を全うさせるためでした。孔子（仲尼）が子夏から傘を借りなかったのは、その短所をかばうためでした。最近では、諸葛亮（孔明）が徐庶（元直）に対して蜀への出仕を強制せず、華歆（子魚）が管寧（幼安）に向かって大臣になるのを強要しなかったような例がありますが、彼らは終始変わらぬ友情を持ち続け、相手の心を本当に理解していた人々といえましょう。

あなたもよくご存じのように、まっすぐな木は決して車輪にはせず、曲がった木は垂木(たるき)にはしません。それは木のもって生まれた性質をたわめず、それぞれにふさわしいところを得させんがためです。それは士・農・工・商四民のなりわいは、それぞれの志を得るところに楽しみがあるわけで、ただ達人のみがその理に通じていますが、それはあなたのよく承知しておられるとおりです。自分が章甫(しょうほ)の冠が好きだからといって、(冠をかぶらない)越(えつ)の人に美しい冠を無理強いに着けさせたり、自分が臭い腐った食物を好物とするからといって、(清浄なものしか食べない)霊鳥に死んだ鼠(ねずみ)を食べさせたりすべきではないのです。

私は最近、養生(ようせい)の術を学んでいまして、今では栄華を疎んじ、美味を遠ざけて、心を静寂の境地に遊ばせ、無為を理想として生きております。たとえ例の九つの欠陥がなかったとしても、あなたのお好きなものには全く関心がありません。また、私には心がふさぐ病があって、近来ますます高ずる傾向にあり、ひそかに自分自身にたずねてみても、楽しくない仕事にはとても堪えられそうにありません。自己診断はもはや明らかでして、もし自分の道が行き詰まれば、それも致しかたないこと。どうか私の生き方を曲げて、野垂れ死にの憂き目を見せることだけはなさらないでください。

私はこのほど愛する母と兄を亡くして、心はいつも大きな悲しみに閉ざされています。娘は十三歳、息子は八歳で、まだ一人前に至らず、おまけに病気がちときています。子供のことを思うとたいへんつらく、何とも言いようがありません。現在の願いといえば、陋巷(ろうこう)に住み続けて、子供たちを養い育て、時々は親戚(しんせき)や旧友と無沙汰(ぶさた)をわびつつ、昔話に時を過ごすこと。そして、一杯の濁り酒を飲み、琴で一曲を奏でること、願いはこれに尽きます。

養生の術の積極的な実践　ここに述べられる「養生の術」、すなわち不老長生の術は、嵆康が生涯にわたって追求しつづけた一つの「道」であった。不老長生にあこがれ、それを詩文の中で述べた人は、嵆康の前後にも少なからず存したが、多くの場合は単なる憧憬の段階にとどまって、自らその実践を試みるという例には乏しかった。嵆康における「養生」が他者の場合と大きく異なる理由がそこにある。

嵆康の養生の理論は、「養生論」（巻五十三）および、それに対する友人向秀の批判に答えた「答難養生論」（「養生を難ずるに答うる論」）に展開されている。彼によれば、神仙という存在は特別の気を生まれながらにして受けていて、努力すればだれでも至れるような境地ではない。しかし、常人でも正しい理論に従って生命の涵養に努めれば、数百年から千年に至る長寿を得ることは可能である。養生の術には、精神を養う「養神」と、肉体を養う「養形」の二つの道があり、この双方を並行して修めていかねばならない。一つは喜怒哀楽の情に心を乱されない精神修養法であり、一つは丹薬を服し飲食を節することによって生命を外から養い育ててゆく方法である。

現在の時点において、嵆康の説く養生の理論の不合理を批判することは易しい。だが、我々はこの手紙に見られるような生命の危機感にさいなまれる一方で、人間の生命の限界を乗り越えるべく、強固な意志をもって長生への試みに挑戦した嵆康の態度そのものにこそ、積極的な意味を見いだすべきではあるまいか。

足下若嬲之不置、不過欲為官得人、以益時用耳。足下旧知吾潦倒麤疎、不切事情。自惟亦皆不如今日之賢能也。若以、俗人皆喜栄華、独能離之、以此為快、此最近之、可得言耳。然使長才広度、無所不淹、而能不営、乃可貴耳。若吾多病困、欲離事自全、以保餘年、此真所乏耳。豈可見黄門而称貞哉。若趣欲共登王塗、期於相致、時為懽益、一旦迫之、必発其狂疾。自非重怨、不至於此也。

野人有快炙背而美芹子者、欲献之至尊。雖有区区之意、亦已疏矣。願足下勿似之。其意如此。既以解足下、并以為別。嵆康白。

足下若し之を嬲りて置かざれば、官の為に人を得て、以て時用に益せんと欲するに過ぎざるのみ。足下旧吾の潦倒麤疎にして、事情に切ならざるを知る。自ら惟うに亦皆今日の賢能に如かざるなり。若し以えらく、俗人は皆栄華を喜むも、独り能く之を離ると、此を以て快と為さば、此れ最も之に近く、言うを得べきのみ。然れども長才広度の、淹わざる所無きをして、而も能く営まざらしめば、乃ち貴ぶべきのみ。吾の病困多く、事を離れて自ら全うし、以て余年を保たんと欲するが若きは、此れ真に乏しき所のみ。豈黄門を見て貞と称すべけんや。若し趣かに共に王塗に登りて、相致すを期し、時に懽益を為さんと欲して、一旦之に迫らば、必ず其の狂疾を発せん。重怨に非ざるよりは、此に至らざるなり。

野人に背を炙るを快しとして芹子を美しとする者有りて、之を至尊に献ぜんと欲す。区区の意有りと雖ども、亦已に疏し。願わくは足下之に似る勿かれ。其の意此くの如し。既に以て足下に解し、幷せて以て別れを為さん。嵇康白す。

○潦倒麤疎　とりとめなく締まりのないさま。○長才広度　優れた才能と広い度量。○黄門　宦官。○王塗　仕官の道。○懽益　よろこび。懽は、歓に同じ。○野人有下快レ炙レ背而美二芹子一者上……『列子』楊朱編の説話に基づく。宋のある百姓が、ひなたぼっこほど体の暖まるものはないと信じ、この楽しみを我が君に献上すれば、すばらしい褒美がもらえるだろうと考えた。それを聞いた村の金持ちが言うには、「昔、芹などの野草を好む者がいて、村の長者に吹聴した。長者が早速食べてみると、口を痛めるやら、腹痛を起こすやら、ひどいめに遭った。おまえの言うこともこのたぐいだよ」。○至尊　天子。○区区之意　小さな善意。

【現代語訳】あなたがもし私にしつこくつきまとってほうっておいてくださらないなら、それはお上のために人を得て、時世に役立てようとなさるからにほかなりますまい。あなたはもともと私がへまで不器用で、世事に疎いことをよくご存じです。私自身も、自分が官途にある立派な方々に及びもつかぬことをよく承知しております。もしも、俗人がみな栄華を愛するのに、私一人がそれから遠ざかっていることができるとお考えになり、その点でおもしろい奴と認められるのでしたら、最も私の心情に近く、言うに足る見解と申せましょう。しかしながら、高い才能と広い度量を備え、万事に通達している人が、仕進の道を求めないというのでしたら、それは貴重なことです。私のように病気がちの身で、世事から遠ざかって身を全うし、残された人生をどうにか生きようとしているのは、ほんとうに才能が乏しいからなのです。（情欲を失った）宦官（かんがん）を見て、貞節な人だと褒めることができるでしょうか。もし、あなたが軽はずみに私とともに官途に登ろうという気を起こして、私の招致を図り、時には喜びを分かち合おうとして、にわかに出仕を強要なさるなら、私は必ずや発狂してしまうでしょう。私に深い恨みを抱いておられるのでなければ、そこまでひどいことはなさりますまい。

ある田舎者が、ひなたぼっこが好きで、芹（せり）が好物だったところから、それらを天子に献上しようとしました。小さな善意の表現ではあるにせよ、事理に疎い行為にはちがいありません。どうかそんなことはなさらぬようお願いします。私の思うところを以上申し述べました。これをもってあなたへの釈明とし、併せて決別の辞といたします。嵆康敬白。

山濤（南朝・画像磚（せん））

作者嵆康の別の側面　これまで見てきたように、わが心のうちを洗いざらいぶちまけてきた嵆康だが、彼の日常的言動がすべてそのような在り方を示していたわけではない。彼が恐らくはその最晩年に息子嵆紹のために書き残した遺訓「家誡」には、「絶交書」とはおよそ対照的に、醜い策略に満ちた人間社会を生き抜いてゆくためのこまごまとした処世の知恵が書き込まれている。そこには、「絶交書」の作者と同一人物とは思えないような、もう一つの嵆康の側面がうかがえる。

「自分の上役に対しては、ただ敬うだけにするがよろしく、あまり親密につきあわぬこと。頻繁に上役の家を訪問するのはよろしからず、行く場合にはしかるべき時を選ぶこと。その家にもし人多く在るときは、宿泊せざるべきこと。なぜならば、上役はよそのことを知りたがるもので、もしもそれが外部に知れ渡るときは、そなたが口外したものと恨まれて、免れるすべがないからだ」。

「人々の間に口論が起こって、いずれが正しいとも知れぬときは、ゆめゆめかかわりをもたぬように。しばらく黙ってうかがううちに、是非の所在はおのずと現れてくるものだ。是は是でも取るに足りぬ是とか、非は非でも取るに足りぬ非であれば、やはり何も言わずにおくこと。もし人に尋ねられたら、わかりませんと言って返答を避けなさい」。

嵆康の個性と思想に傾倒し、十年以上の歳月をかけて『嵆康集』の定本を作成した近代の文学者魯迅は、「絶交書」と「家誡」との間に横たわる嵆康の精神の断層に目を向けた、恐らく最初の人である。彼は言っている。

ところで、その嵆康が自分の子に書きのこした「家誡」——嵆康が殺されたとき、その子はちょうど十歳でしたから、してみますと、かれがこの文を書いたときは、息子はまだ十歳にならなかったわけです——を見まするに、まるで別人のような感じがするのであります。かれは「家誡」のなかで、自分の息子に、用心深く生きるようにと、一条、一条、噛んでふくめるように諭しております。（中略）こうして見ますと、じつにどうも不思議な気がいたします。あれほど傲慢な嵆康が、子に向っては、こんな平凡な人間になるように諭しているのです。それによって、嵆康自身が、自分の行動にたいして満足してはいなかった、ということがわかるわけであります。でありますから、ある人間の言行を批判するということは、じつにむつかしいことであります。

（「魏晋の気風および文章と薬および酒の関係」竹内好訳）

しかし、これとは逆の解釈をすることも可能だろう。もし「絶交書」のように行動するようにと息子に教えたとしたら、どのような結果が期待できただろうか。恐らく嵆紹も父と同様に、権力からの断罪を被る結末を迎えざるをえなかったにちがいない。子供の安身を願う父親としては、いかに嵆康といえども、世俗に波長を合わせて生きる常識の知恵を授けぬわけにはいかなかったのである。その事実はまた同時に、「家誡」のように生きれば生命を全うできることを知りながら、彼自身があえてそれを裏切る道を選んだことを意味してもいる。身の危険を知り抜きながら、彼は自らの本性と信条に殉じたのだった。言い換えれば、自らが社会的な負け犬であることを知り抜いていた嵆康は、世俗との妥協を図るよりも、告白による自己救済の道を求めて、山濤への「絶交書」を著したのである。

陳㆓情事㆒表（情事（じょうじ）を陳（の）ぶる表（ひょう））

李密（りみつ）　令伯（れいはく）

陳㆓情事㆒表　「情事」は、事実・情況の意。詔（みことのり）により官に任ぜられた作者が、それに応じられない身辺の情況を皇帝に釈明した文章。古来、達意の名文として名高い。「情を陳ぶる表」とも称される。「表」は、文体の一種で、臣下が君主に奏上する書をいう。「出師（すいし）の表」（三六〇ページ）を参照。巻三十七、表。

李密　二二四―二八七。字（あざな）は令伯。犍為（けんい）郡武陽（ぶよう）県（四川（しせん）省）の人。初め蜀（しょく）に仕えて郎となり、蜀の滅亡後、晋（しん）の武帝の泰始年間（二六五―二七四）の初めに、太子洗馬として召し出されたが、養育の恩を受けた祖母が病床にあったため、この「情事を陳ぶる表」をたてまつって、任官を辞退した。祖母の死を看取（みと）ってのち、上京して太子洗馬に就任し、のち温県の令、漢中太守を歴任した。伝は『華陽国志』巻十一後賢志、『三国志』蜀書巻十五楊戯（ようぎ）伝注、『晋（しん）書（じょ）』巻八十八孝友伝にあり、三伝とも「情事を陳ぶる表」を全文引用する。『華陽国志』は名の「密」を「宓（みつ）」に作る。他に作品は伝わらず、李密の名はもっぱらこの表によってのみ知られる。

臣密言。臣以㆓険釁㆒、夙遭㆓閔凶㆒。生孩六月、慈父見㆑背、行年四歳、舅奪㆓母志㆒。
祖母劉、愍㆓臣孤弱㆒、躬親撫養。臣少多㆓疾病㆒、九歳不㆑行、零丁孤苦、至㆓于成立。既無㆓伯叔㆒、終鮮㆓兄弟㆒。門衰祚薄、晩有㆓児息㆒。外無㆓期功強近之親㆒、内無㆓応門五尺之僮㆒。煢煢独立、形影相弔。而劉夙嬰㆓疾病㆒、常在㆓牀蓐㆒、臣侍㆓湯薬㆒、未㆓曾廃離㆒。
逮㆘奉㆓聖朝㆒、沐㆗浴清化㆖、前太守臣逵、察㆓臣孝廉㆒、後刺史臣栄、挙㆓臣秀才㆒。臣以㆓供養無㆑主、辞不㆑赴㆑命。詔書特下、拝㆓臣郎中㆒、尋蒙㆓国恩㆒、除㆓臣洗馬㆒。猥以㆓微賤㆒、当㆑侍㆓東宮㆒、非㆔臣隕㆑首所㆓能上報㆒。臣具以㆑表聞、辞不㆑就㆑職。詔書切峻、責㆓臣逋慢㆒。郡県逼迫、催㆓臣上道㆒、州司臨㆑門、急㆓於星火㆒。臣欲㆓奉㆑詔奔馳㆒、則劉病日篤、欲㆔苟順㆓私情㆒、則告訴不㆑許。臣之進退、実為㆓狼狽㆒。

臣密言す。臣は険釁を以て、夙に閔凶に遭う。生孩六月にして、慈父に背かれ、行年四歳にして、舅 母の志を奪う。祖母の劉、臣の孤弱なるを愍れみ、躬ずから親しく撫養す。臣は少くして疾病多く、九歳にして行かず、零丁孤苦にして、成立に至る。既に伯叔無く、終に兄弟鮮なし。門は衰えて祚い薄く、晩に児息有り。外に期功強近の親無く、内に応門五尺の僮無し。煢煢として独立し、形影相弔う。而うして劉は夙に疾病に嬰りて、常に牀蓐に在り、臣は湯薬に侍して、未だ曾て廃離せず。聖朝を奉じて、清化に沐浴するに逮び、前には太守なる臣逵、臣を孝廉に察し、後には刺史なる臣栄、臣を秀才に挙ぐ。臣は供養に主無きを以て、辞して命に赴かず。詔書特に下りて、臣を郎中に拝し、尋いで国恩を蒙りて、臣を洗馬に除す。猥りに微賤を以て、東宮に侍するに当たるは、臣　首を隕とすとも能く上報する所に非ず。臣具さに表を以て聞し、辞して職に就かざるに、詔書切峻にして、臣の逋慢を責む。郡県は逼迫して、臣に上道を催し、州司は門に臨みて、星火よりも急なり。臣　詔を奉じて奔馳せんと欲すれば、則ち劉の病日に篤く、苟くも私情に順わんと欲すれば、則ち告訴許されず。臣の進退、実に狼狽を為す。

○険釁　文字どおりには、険しい兆し。不幸な運命。　○閔凶　親に死別すること。　○生孩　ちのみご。○舅奪ニ母志一　舅は、母方のおじ。母の姓は何氏。その志を奪うとは、母を無理に再婚させること。『晋書』によれば、母の再婚後、幼い李密は母を恋い慕うあまり、病気になった。　○零丁　独りぼっちのさま。　○成立　成人となること。　○伯叔　父の兄弟。父方のおじ。　○終鮮ニ兄弟一　『詩経』鄭風・揚之水の「終に兄弟鮮なく、維れ予と女とのみ」を用いる。　○期功　期は、一年の喪。祖父母、父方のおじ、兄弟姉妹、妻の死に際して服する。功は、大功（九か月の喪）と小功（五か月の喪）。　○五尺之僮　五尺は、子供の身長を概括していう。僮は、ボーイ。　○煢煢　孤独なありさま。　○湯薬　せんじ薬。　○太守臣逵　太守は、郡の長官。逵は名。この人物の姓は不詳。　○孝廉　漢代に始まった官吏任用の制度で、各郡および諸王の国から親孝行で廉潔な人物一人を推薦させ、官吏に登用した。　○刺史臣栄　刺史は、州の長官。栄は名。この人物の姓も不詳。　○秀才　漢代以来、各州から毎年優れた人材一人を推挙させて、中央で登用した。　○郎中　尚書郎をいう。　○洗馬　正確には、太子洗馬。皇太子に近侍する官。　○東宮　皇太子の住む宮殿。また、皇太子自身。　○隕レ首　首を落とす。『史記』孟嘗君列伝にみえる故事に基づく。孟嘗君が反乱の嫌疑をかけられて危機に陥った時、かつて彼の恩義を被った人物が、宮門に赴いて自分の首をはね、恩人の無実を訴えた。　○切峻　厳しい。　○逋慢　命令の遂行を怠ること。　○上道　出発する。　○星火　流れ星の光。差し迫った状態をたとえる。

【現代語訳】　実情釈明の表

李密こと申し上げます。私は不運な星のもとに生まれ合わせ、早く父母に死別いたしました。生後六か月にして、父は亡くなり、四歳の時には、母方のおじが無理やり母を他家に嫁がせました。祖母の劉氏は、みなしごになった私を不憫に思い、自分の手で養い育ててくれました。私は小さいころから病弱で、九歳になっても独り歩きができず、独りぼっちの苦しみにさいなまれつつ、成人に達しました。父方にはおじもいないうえに、兄弟も少ないのです。家門は衰えて幸薄く、年をとってから男の子を授かりました。外には喪に服するほどの身近で有力な親戚もなく、内には玄関番をするような童僕もいません。寄るべない独り身の境涯で、我が身の形と影とが互いに慰め合うありさまです。おまけに祖母の劉氏は以前から病を得、ずっと床に就いたままで、私はその看病のため枕もとにつききりになり、少しの間も側を離れたことがありません。

我が晋の御代となり、清らかな教化に恵まれるようになりますと、前には太守の逵が、私を孝廉に推薦し、のちには刺史の栄が、私を秀才に推挙しました。私は祖母の世話をする人がいないという理由で、辞退して命に応じませんでした。すると今度は詔書が特別に下って、郎中に任ぜられることになり、次いで国恩を被って、太子洗馬に任用されました。私のような微賤の身でありながら、皇太子のお側にお仕え申すなど、たとえ私の首と引き換えても、この御恩に報えるものではありません。私が事情を詳しく上表にしたためて申し述べ、辞退して職に就かずにおりますと、詔書は厳しい調子で、私の怠慢を責め立てられます。郡や県の方でも私をせきたてて、早く任官の途に就くように催促しますし、州の役人は直々に家までやってきて、流れ星の光よりもせわしなく促すありさまです。詔書をかしこんで馳せ参じようといたしますと、祖母劉氏の病は日に日に重くなりますし、またかりそめに私情に従おうとしましても、そうした訴えは許していただけません。私の身の処し方について、ただもううろたえるばかりでございます。

「忠」を捨てて「孝」を選ぶ　作者の李密は、祖母に対する孝行でつとに評判の高い人物だった。その孝養ぶりは、『晋書』本伝によると、「劉氏に病有れば、則ち涕泣して息を側め、未だ嘗て衣を解かず、飲膳湯薬は、必ず先ず嘗めて後に進む」というありさまだった。この文章の書かれたのは、本文中に記されるように、作者四十四歳の時である。彼はそれ以前にも蜀に仕えて、従事・尚書郎・大将軍主簿・太子洗馬を歴任したが、このたびの晋の中央政府からの任命を受けるためには、九十六歳という高齢で病身の祖母劉氏を一人残して、遠く都洛陽に旅立って行かねばならない。人情としてとうてい忍びがたい李密は、この表をしたためて自己の置かれた状況と自分の心情を披瀝し、任官を辞退したのである。

『晋書』孝友伝の序には、孝という徳目をたたえて次のようにいう。「大いなるかな、孝の徳たるや。……これを国に用うれば、天地を動かして休き徴を降し、これを家に行えば、鬼神を感ぜしめて景いなる福を昭らかにす」。ここにも示唆されるように、親に対する孝は、本来その延長線上で自然に主君に対する忠に合致しうるはずのものであった。中国でも日本でも、旧社会において孝が大いに奨励された理由はそこにある。しかし、時として孝と忠との間に矛盾が生じて、子たる者を悩ませる。たとえば逆臣の子。「孝ならんと欲すれば忠ならず、忠ならんと欲すれば孝ならず」という懊悩に、彼は心を苦しめられるだろう。

李密の場合も、孝と忠との矛盾の一つの表れ方を示す例である。彼が祖母劉氏に孝養を尽くそうとすればするほど、主君である晋の武帝が彼に示してくれた好意に背かねばならなくなる。その心の葛藤を訴えて、結局は孝に殉ずる道を選んだのがこの表の内容であり、祖母の身を案ずる率直な気持ちが、飾らぬ表現を通してよくうかがえる。孝行を宣揚する作品といえば、とかくことごとしさが勝って、かえって真情から遠ざかることも少なくないが、この文章はよくその弊から免れているといえるだろう。北宋の李格非が評して、「沛然として肺腑の中より流出し、殊に斧鑿の痕を見ず」（『冷斎夜話』）というのも、もっともである。上表を一読した武帝は、「李密の名声はいたずらではないな」と感嘆して、彼の任命を断念したという。

伏惟聖朝以レ孝治二天下一。凡在二故老一、猶蒙二矜育一。況臣孤苦、特為二尤甚一。且臣少仕二偽朝一、歴二職郎署一。本図二宦達一、不レ矜二名節一。今臣亡国賤俘、至微至陋、過蒙二抜擢一、寵命優渥。豈敢盤桓、有レ所二希冀一。但以劉日薄二西山一、気息奄奄。人命危浅、朝不レ慮レ夕。臣無二祖母一、無三以至二今日一、祖母無レ臣、無三以終二餘年一。母孫二人、更相為レ命。是以区区不レ能二廃遠一。臣密今年四十有四、祖母劉今年九十有六。是臣尽二節於陛下一之日長、報二養劉一之日短也。烏鳥私情、願乞レ終レ養。
臣之辛苦、非下独蜀之人士及二州牧伯所上見二明知一、皇天后土、実所二共鑑一。
願陛下矜二愍愚誠一、聴二臣微志一。庶劉僥倖、保レ卒二餘年一。臣生当レ隕レ首、死当レ結レ草。臣不レ勝二犬馬怖懼之情一。謹拝表以聞。

伏して惟るに聖朝は孝を以て天下を治む。凡そ故老に在りてすら、猶お矜育を蒙る。況んや臣の孤苦なること、特に尤も甚しと為すをや。且つ臣は少くして偽朝に仕え、職を郎署に歴たり。本宦達を図りて、名節に矜らず。今臣は亡国の賤俘にして、至微至陋なるに、過って抜擢を蒙り、寵命優渥なり。豈敢えて盤桓して、希冀する所有らんや。但だ以えらく劉は日西山に薄りて、気息奄奄たり。人命は危浅にして、朝に夕べを慮らず。臣に祖母無くんば、以て今日に至る無く、祖母に臣無くんば、以て余年を終うる無し。母孫二人、更相命を為す。是を以て区区として廃てて遠ざかる能わず。臣密は今年四十有四、祖母劉は今年九十有六なり。是れ臣の節を陛下に尽くすの日は長く、劉を報養するの日は短し。烏鳥の私情、願わくは養を終えんことを乞う。

臣の辛苦は、独り蜀の人士及び二州の牧伯の明知せらるる所のみに非ず、皇天后土も、実に共に鑑る所なり。願わくは陛下愚誠を矜愍し、臣が微志を聴されんことを。庶わくは劉の僥倖にして、余年を卒うるを保たんことを。臣は生きては当に首を隕とすべく、死しては当に草を結ぶべし。臣は犬馬怖懼の情に勝えず。謹んで拝表して以て聞す。

○矜育　憐れみ養う。　○偽朝　正統と認められない王朝。ここでは、三国の一つ、蜀のこと。　○郎署　宮中の役人の詰め所。　○宦達　官途での栄達。　○亡国　蜀をさす。蜀の滅亡は、二六三（景元四）年。　○優渥　天子の恵みが手厚いこと。　○盤桓　ぐずぐずするさま。　○希冀　ねがう。のぞむ。　○日薄㆓西山㆒　太陽が西の山に沈もうとしていること。余命いくばくもない状態の比喩。　○奄奄　息も絶え絶えなさま。　○区区　あれこれと心を悩ませるさま。　○烏鳥私情　烏の子は、自分を育ててくれた親の恩に報いるために、成長ののち、食物を口移しにして親を養うといわれる。　○乞㆑終㆑養　終㆑養は、親の最期を看取ること。　○二州　梁州と益州。ともに蜀に属する二つの州。　○牧伯　地方長官。　○皇天后土　天の神と地の神。　○矜愍　あわれむ。　○僥倖　思いがけない幸い。　○隕㆑首　四三六ページを参照。　○当㆑結㆑草　結㆑草は、『左伝』宣公十五年の故事による成語。死んでのち、恩返しをすること。春秋晋の魏顆は、父の愛妾の命を救って、人に嫁がせた。のち、秦との戦いの時、彼女の父が亡霊となって現れ、草を結んで敵将をつまずかせ、魏顆は彼を生け捕りにすることができた。　○犬馬怖懼之情　犬や馬が主人に尽くすような主君に対する忠誠心。怖懼は、恐れおののくこと。　○拝表　拝は、謙遜の意を表す語。

【現代語訳】　考えてみまするに、我が御代は孝を基本に据えて天下を統治しておられます。広く老人に対して、憐れみを垂れたまうことはもとより、まして私のように親を失った幸薄い者には、特に深い御理解をたまわっております。それに私は若いころ偽朝の蜀に仕えて、役所勤めをいたしました。もともと役人としての出世がねらいで、名誉と節義を誇るなどという気はありませんでした。今日、私は亡国の下賤（げせん）な捕虜の身、全く取るに足らないつまらぬ存在でありながら、過分の抜擢（ばってき）をいただき、ねんごろな恩寵（おんちょう）をかたじけなくすることとなりました。どうしてぐずぐずためらって、高望みをしたりするつもりがありましょう。ただ心にかかるのは祖母劉氏の命が終わりにさしかかって、息も絶え絶えな状態にあることです。人の命のはかなさは、朝（あした）に夕べのことを予測できかねるほどであります。私にもし祖母がなかったとしたら、とうてい今日の私はありませんし、祖母に私がいないとしたら、とてもその余生を終えることはかなわないでしょう。かく祖母と孫の二人が、お互いの命となりあっているのです。そんなわけでくよくよと思い煩いつつ、孝養を捨てて遠くへ旅立つ決断がつきません。私はいま四十四歳、祖母劉氏は九十六歳になります。私が陛下に忠節を尽くす日はこの先長くありますが、劉氏に孝養を果たせる日はいくらもありません。烏（からす）の親孝行のような私情からではありますが、この孝養を最後まで果たさせていただくようお願いします。

私の苦しみは、ひとり蜀の人々や梁（りょう）州・益州の長官によく知られているだけでなく、天地の神々もまことに御照覧なされているところであります。陛下、どうかこの愚かなまごころを哀れとおぼしめして、私のささやかな志を遂げさせてくださいますよう。そして、祖母劉氏が幸いに恵まれて、余生を終えることができますよう。この御恩に報いるべく、私はこの世にあっては命をなげうって陛下にお仕え申し、あの世にあっては草を結んで恩返しをしたという昔の話のように陛下の身をお護り申し上げるでしょう。陛下の犬馬としてお仕え申すべき身はいま恐れおののかずにはいられません。謹んで上表をたてまつって申し上げる次第です。

四字から成る慣用句 「情事を陳ぶる表」は五百字にも満たぬ短い文章だが、その中には現代の中国語でもなお一般に用いられる慣用的な表現がいくつか見られる。まず前段の「零丁孤苦」。寄るべのない独り身のさまをいう成句で、「孤苦伶仃」とも書くが、意は同じ。次いで「形影相弔」。これは李善注が、曹植の「躬を責むる表」(巻二十)を典拠として引くように、用例としては曹植の方が先だが、前句の「煢煢孑立」(「孑」は、独りぼっちのさま。『文選』は「独」に作るが、『華陽国志』による)と連用して、孤独なさまを表す成句に用いられるから、後世、李密の用例の方がより強く意識されていたことは疑いない。更に後段の「日 西山に薄りて、気息奄奄たり」も、ものごとの勢いが衰えていまにも消え果てようとする状態の形容に頻用される。「気息奄奄」が日本語にもなっていることは周知のとおり。それに続く「朝に夕べを慮らず」も、明日をも知れぬ危急の状態を示す成句になっている。「朝不謀夕」(朝に夕べを謀らず)、「朝不保夕」(朝に夕べを保たず)となることもある。これら成句化している表現がいずれも四字から成る点に注意されたい。それは四字句のリズムが伝統的に中国語の文章の基調をなしているからであり、また、李密のこうした表現がそのリズムの特徴をよく生かした適切で親しみやすい形象性を備えていることを物語るものでもある。全体が四字句の対句表現を基調として構成されており、駢文の基本的な特徴を早くも備えている点に注目すべきであろう。このように、表現形式の上でも整っていて、しかも、殊更に装飾を凝らさず、だれにも親しまれる文章ということでは、『文選』の数ある文章の中でも、李密のこの作品は筆頭格といえるかもしれない。

北山移文（北山移文）

孔稚珪　徳璋

北山移文　「北山」は、鍾山をいう。南朝歴代の首都建康（南京）の北に位置するところから、北山の名がある。現在の名は紫金山。標高四四八メートル。東西七キロにわたるなだらかなスロープの美しい山容をもつ。この山の西に、この文章が批判の対象とする、名士周顒（?—四八五）の山荘があった。「移文」は、移書ともいい、公開の性質を有する書簡の一種。

この文章は、隠遁の志の厚かった周顒が官途に就いたことを、変節として、鍾山の霊の口を借りて非難し、この裏切り者に二度と鍾山の地を踏ませまいぞ、と同志たちに呼びかけている。移文は筆（無韻の文）の一種だから、元来押韻する必要はないが、この文章では通例を破って、随所に押韻している。こうした過剰ともいえる技巧を駆使した、南朝美文の一典型をなす作品である。巻四十三、書。

孔稚珪　四四八—五〇二。字は徳璋。会稽郡山陰（浙江省紹興市）の人。若くして学識をうたわれ、会稽郡太守王僧虔に認められてその主簿となった。宋の安成王の車騎法曹行参軍を最初として官途に就き、以後、中書郎・御史中丞・南郡太守などを歴任して、南斉末には都官尚書・太子詹事となり、死後、金紫光禄大夫を追贈された。彼自身、隠遁への志向をもち、居宅に山水を取り入れるなど自然の趣を愛するとともに、何点・何胤兄弟（『南斉書』高逸伝）など著名な隠者とも親交があった。『隋書』経籍志によれば、もと文集十巻が存したが、現在では「北山移文」のほか、ごくわずかな作品が伝わるにすぎない。『詩品』では下品に名がみえるから、ひとかどの詩人として知られていたのだろうが、今では五言詩四首を存するのみ。『南斉書』巻四十八、『南史』巻四十九に伝がある。

鍾山之英、草堂之霊、馳煙駅路、勒移山庭。夫以耿介抜俗之標、蕭灑出塵之想、度白雪以方絜、干青雲而直上、吾方知之矣。若其亭亭物表、皎皎霞外、芥千金而不盼、屣万乗其如脱、聞鳳吹於洛浦、値薪歌於延瀬、固亦有焉。豈期終始参差、蒼黄翻覆、涙翟子之悲、慟朱公之哭。乍迴跡以心染、或先貞而後黷、何其謬哉。嗚呼、尚生不存、仲氏既往、山阿寂寥、千載誰賞。

鍾山の英、草堂の霊、煙を駅路に馳せ、移を山庭に勒す。夫れ以んみるに、耿介抜俗の標、蕭灑出塵の想いは、白雪を度りて以て絜きを方べ、青雲を干して直ちに上ること、吾方に之を知れり。若し其れ物表に亭亭として、霞外に皎皎とし、千金を芥として眄みず、万乗を屣として其れ脱ぐが如く、鳳吹を洛浦に聞き、薪歌に延瀨に値うは、固より亦焉有り。

豈終始参差として、蒼黄翻覆し、翟子の悲しみに涙し、朱公の哭に慟むを期せんや。乍ち跡を廻らして以て心染み、或いは先に貞しくして後に黷る、何ぞ其れ謬りなるや。嗚呼、尚生は存せず、仲氏は既に往きて、山阿は寂寥たり、千載 誰か賞せん。

○押韻は、⑴下平声八庚の「英」と、同九青の「霊・庭」の通押。⑵上声二十二養の「想・上」。⑶入声一屋の「覆・哭・黷」。⑷上声二十二養の「往・賞」。○草堂　周顒がかって鍾山の山中に建てた草堂。「鑑賞」を参照。○耿介　操の堅いこと。語頭の子音を同じくする双声の語。○蕭灑　さっぱりとすがすがしいさま。やはり、双声の語。○芥二千金一而不レ眄　戦国斉の魯仲連は、彼の軍事的な才能を見込んだ趙の平原君から、千金を積んで召し抱えたいと申し出られたが、一笑に付して断った。『史記』魯仲連列伝にみえる。○屣二万乗一其如レ脱　『淮南子』主術訓に、堯が年老いて帝位を舜に譲る時のさまを叙して、「猶お却行して屣を脱ぐがごときなり」という。○聞二鳳吹於洛浦一　『列仙伝』に、「王子喬は、周の霊王の太子晋なり。好んで笙を吹き、鳳鳴を作して、伊洛の間に遊ぶ」とある。○値二薪歌於延瀨一　五臣・呂向注によれば、蘇門先生（晋の隠者孫登）が延瀨に遊んだ時、一人の薪者と出会い、「子は此に以て終うるか」と尋ねると、「聖人は懐い無し、道徳を以て心と為す」と言い残し、歌二章を作って去ったという。○涙二翟子之悲一（二句）　翟子・朱公は、それぞれ戦国の思想家墨翟と楊朱。『淮南子』説林訓に、「楊子　逵路を見て之に哭す。其の以て南すべく、以て北すべきが為なり。墨子　練糸を見て之に泣く。其の以て黄にすべく、以て黒にすべきが為なり」とある。○尚生　後漢の隠者、尚子平。四一三ページを参照。○仲氏　後漢の思想家の仲長統。官界からの誘いを謝絶して、生涯野に在った。

紫金山遠景（南京市北郊）

【現代語訳】 北山からのまわし文

鍾山ならびに草堂の英霊は、ここに煙霧を使者として街道に馳せ、まわし文を山中の広場に刻みます。いったい俗にぬきんでた貞節の人格、塵土を離れた超脱の想いは、白雪をも欺く清らかさを保ち、大空を突き抜ける高さを持ちまえとすること、私のよく承知するところであります。俗世の外はるかに身を置き、あかね雲のかなたに光り輝いて、千金の富も塵芥同然にうちすてるし、天子の地位もさながら古ぐつを脱ぎ捨てるほどにしか思わず、（仙人にあこがれて）鳳凰そっくりの笛の音を洛水のほとりで聞いたり、歌うたう木こりに延水のみぎわで教えを受けたりという人の例は、確かに事実としてあったことです。

あにはからんや、ここに行動は首尾一貫せず、どんな色にもよく染まる人物が現れて、（糸と同様に人の心の染まりやすさをいたんだ）墨翟の悲しみに涙し、（分かれ道を前にして可能性の分裂を嘆いた）楊朱の慟哭をともにする事態になりましょうとは。にわかにそれまでの歩みを方向転換して俗塵に染まったり、最初は貞潔でありながらのちに汚濁にまみれたりするなんて、とんでもない心得違いではありませぬか。ああ、かの尚子平や仲長統のごとき真の隠者は既に過去の存在となって、山中は住む人もなくひっそりと静まり、隠遁生活の嘆賞は千載ののちまでなくなってしまったのです。

最高の教養人、周顒　「北山移文」は、鍾山の霊を語り手に設定する形で書き進められているが、主人公は被告発者の周顒である。周顒は、晋の左光禄大夫周顗（二六九―三二二）の七世の孫で、南朝名門貴族の一角を占める家柄の出であった。半世紀前の宋の文帝時代以来、知識人に必須の教養とされてきた玄学（道家の哲学）・儒学・文学・史学のすべてに通達していたうえに、当時の文化に大きな比重を占めた仏教の学にも詳しく、多くの高僧たちと深い友誼を結んでいた。彼の著した仏教教理論『三宗論』は、遠く隔たった西涼の高僧智林道人の目にも触れ、彼はわざわざ周顒に手紙を寄せて、これこそ「真実行道第一功徳」と、絶賛の辞を惜しまなかったといわれる。また、音韻の学にも通じていたといわれ、唐の律詩形成以前の過渡期の詩学として重きをなした「四声八病」の理論は、一説によれば、彼周顒を鼻祖とするとされる。

――宋末以来、始めて四声の目あり。沈氏（沈約）其の譜（『四声譜』）を著し、論じて云えらく、起こるに周顒よりすと（隋・劉善経「四声論」、『文鏡秘府論』天巻所収）。

『南史』周顒伝にみえる『四声切韻』なる書が、彼の声律論を伝えるものであったと推測され、沈約を筆頭とする「四声八病」詩学の推進者たちに、かなりの影響力をもったはずである。更に、晋の書家衛恒の書法を伝える能書家でもあった。そして、南斉文化の大パトロンともいうべき竟陵王蕭子良（斉の武帝の子）の西邸サロンの有力メンバーとしても知られた。

このように、周顒はいわば五世紀末における最高の教養人だったのであり、その人物のえせ隠者ぶり、偽善者ぶりを告発するというのが「北山移文」の趣意だったから、書かれた当時いかにもセンセーショナルな話題性をもったであろうこと、想像に難くない。卑俗な言い方をすれば、けんかは相手が大物であるほど、傍目にはおもしろいのである。

さて、周顒の鍾山の山荘については、ごく簡単にではあるが、『南斉書』本伝に記事がみえる。

——顒は鍾山の西に隠舎を立て、休沐（休暇）には則ち之に帰る。

——清貧寡欲にして、終日長に蔬食す。妻子有りと雖ども、独り山舎に処る。

この短い記述が示唆するように、周顒の日常生活は、官途にありながらも、敬虔な仏教信仰に基礎を置く、半ば隠者的で質素なものだったらしい。当時の知識人たちには、隠遁生活へのあこがれが一般的にあり、現実の政治にかかわりをもつ一方で、その対極であるはずの隠逸を、見果てぬ夢のように詩文の中で追い求めた。沈約・謝朓ら、その例は乏しくない。周顒の場合もかかる風潮ともちろん無縁ではなかったはずだが、その実践は単なる隠者への憧憬の念を越えた、かなり徹底したものだったように見受けられる。

徹底した菜食主義者　先の『南斉書』の記事にもあったように、周顒はその食生活から肉をすべて遠ざけ、ただ野菜しか口に入れなかった。当時の居士の中には、表向き肉を断つとは言いながらも、魚介類は禁断の対象から除外できると考える人もいたが、彼は文字どおり一切の動物質の食物を断った。一つの逸話がある。友人の何胤も敬虔な仏教信者として知られたが、彼には妻も妾もなかった。ある時、やはり仏教に信仰厚い斉の文恵太子が周顒に尋ねた。

——そちの精進ぶりは、何胤と比べてどうだな。

——三途八難は、我々がともに免れぬところでございますが、二人にはそれぞれ身の煩いとなるものがありまして。

——はて、身の煩いとは何のこと。

——周顒の妻と何胤の肉食にございます。

もし妻さえなければ、彼の精進ぶりはほとんど僧の域に達していたといえるかもしれない。『文選』五臣注の一つである呂向の説によると、周顒は海塩県の令に就任したため、この鍾山の山荘を去ることになった。しかし、『南斉書』や『南史』の本伝にはそのような記事はなく、斉の建元(四七九—四八二)の初め、山陰県の令となったことが記されるにとどまる。山陰は会稽郡(浙江省)に、海塩は呉郡(江蘇省)に属していた(『南斉書』州郡志上)から、まったく別の土地であり、呂向の説は恐らく事実誤認によるものと考えられる。

それはともかく、筆者の孔稚珪自身にも強い隠遁志向があったことは、十分に留意しておく必要がある。だからこそ、彼は周顒の「変節」を許せなかったのである。

世有周子、雋俗之士、既文既博、亦玄亦史。然而学遁東魯、習隠南郭、偶吹草堂、濫巾北岳。誘我松桂、欺我雲壑、雖仮容於江皐、乃纓情於好爵。其始至也、将欲排巣父、拉許由、傲百氏、蔑王侯。風情張日、霜気横秋。或歎幽人長往、或怨王孫不遊、談空空於釈部、覈玄玄於道流。務光何足比、涓子不能儔。

世に周子というもの有り、雋俗の士にして、既に文にして既に博、亦玄にして亦史なり。然り而うして遁を東魯に学び、隠を南郭に習い、草堂に偶吹し、北岳に濫巾す。我が松桂を誘わし、我が雲壑を欺き、容を江皐に仮ると雖ども、乃ち情を好爵に纓らす。

其の始めて至るや、将に巣父を排い、許由を拉き、百氏に傲り、王侯を蔑にせんと欲す。風情　日に張り、霜気　秋に横たわる。或いは幽人の長く往くを歎じ、或いは王孫の遊ばざるを怨み、空空を釈部に談じ、玄玄を道流に覈らかにす。務光も何ぞ比ぶるに足らん、涓子も儔する能わず。

○押韻は、⑴上声四紙の「子・士・史」。⑵入声十薬の「郭・壑・爵」と、同三覚の「岳」の通押。⑶下平声十一尤の「由・侯・秋・遊・流・儔」。○雋俗　雋は、俊と同義。○亦玄亦史　玄は、玄学、つまり道家の哲学。宋の文帝の時代に、玄・儒・文・史の四学科が国立大学の正式課目に立てられ、知識人に必須の教養として重んぜられた。○東魯　古代の魯の隠者、顔闔のこと。『荘子』譲王編にみえる。○南郭　やはり『荘子』の斉物論編にみえる隠者、南郭子綦。○偶吹　文字どおりには、（大勢の）人とともに笛を吹くこと。笛を吹けもしない男が楽隊の中に交じって、さもその能力があるかのように見せかけていたという故事（『韓非子』内儲説上）による。ここでは、隠者のふりをすること。○濫巾　隠者を偽ること。巾は、隠者のかぶる頭巾。○巣父・許由　ともに尭の時代の伝説的な隠者。○幽人　隠者をいう。『易経』履卦九二の爻辞に、「道を履むこと坦坦たり。幽人は貞にして吉」とある。○王孫不レ遊　『楚辞』招隠士に、「王孫　遊びて帰らず、春草　生じて萋萋たり」とあるのに基づく。○談二空空於釈部一　釈部は、仏教の教典。周顒が仏教の理論に精通していたことは、『南斉書』本伝にみえる。「汎く百家に渉り、仏理に長ず。三宗論を著す。空仮名を立て、不空仮名を立つ。不空仮名を設けて空仮名を難じ、空仮名を設けて不空仮名を難ず。仮名空もて二宗を難じ、又仮名空を立つ」。○覈二玄玄於道流一　玄玄は、『老子』第一章に、「玄の又玄、衆妙の門」とあるのによる。○務光・涓子　務光は、夏の時代の隠者。涓子は、古代斉の仙人。ともに『列仙伝』にみえる。

【現代語訳】世に周顒なる者がおりまして、俗中の傑物、文才があるうえになかなかの博学で、老荘の哲学にも通ずれば史学にも詳しいという人物であります。ところが隠遁の道を魯の顔闔だの、南郭子綦だのに学んで、いかにも隠者めかして草堂に住み、鍾山に紛れ込んでおりました。我が松や桂を惑わし、雲や谷を欺いて、なりはなるほど川の辺の隠者らしく見えますが、本心はどうして高い爵位のとりこになっていたのです。

彼がはじめてこの山にやってきた時は、かのいにしえの隠者巣父をひしぎ、許由を砕き、諸子百家をものともせず、王侯も眼中にないというありさまでした。その心ばせは太陽を相手どり、凜烈の意気は秋の霜を思わせました。隠者がとこしえに俗世を捨てることに感慨を発するかと思えば、風流の貴公子が山中を訪れぬことを残念がり、仏教の教えによって一切すべて空と説く一方で、道家の教義に基づく玄妙の理を明らかにしたのです。著名な古代の隠者務光や、仙人涓子でさえ、彼と比べれば月とすっぽんの差がありました。

周顒に対する糾弾　この段に至って、はじめて周顒その人が紹介され、かつての隠遁生活とそれが実は名利を得るための手段にほかならなかったことが糾弾される。しかし、とにかく周顒が人並み優れた才学を備えていたことは事実だから、それはそれとして賛嘆するにやぶさかではない。「既に文にして既に博、亦玄にして亦史なり」とは、『南斉書』周顒伝に、「顒は音辞弁麗にして、言を出だして窮まらず、宮商朱紫は、口を発すれば句を成す。汎く百家に渉り、仏理に長ず」という記述や、著作郎となって「起居注（皇帝の言行の記録）を撰し」たり、「兼ねて老（老子）・易を良く」したりしたという指摘によって、ちゃんとした事実の裏づけをもっている。読みようによっては、筆者のコンプレックスの表現といえなくもあるまい。「我が松桂を誘わし、我が雲壑を欺く」の「我」は、鍾山の霊の自称。第四段にもその例がある。

「文」に対する「筆」　ここで文体に関して多少説明を補っておく。詩・賦などの有韻の文章を「文」というのに対し、移文のごとく本来無韻の文章に属する文体を「筆」と総称する。

「文は両句を以て会し、筆は四句を以て成る」（撰者不明『文筆式』、『文鏡秘府論』西巻所収）といわれるように、「文」が二句をもって一聯を構成するのに対して、「筆」の場合は四句をもって一つの単位を成すのが原則である。そして四句の中は、常に二組みの対句によって構成される。隣り合う二句ずつで対句を成す場合もあれば、句を隔てて対句表現が構成される隔句対の場合もある。また、一句の中は、四字あるいは六字から成るのが原則で、一見すると四字句・六字句でないように見える場合でも、句端や句末の助字をはずせば、やはりその例外ではないことが多い。つまり、押韻の規制からはずれている「筆」といえども、字数や句数の上では強い規制を受けているわけであり、その意味で通常の散文とはかなり違った、きわめて技巧的な文体である。対句を中心に構成されるところから、後世これを駢文あるいは駢儷文といい、四字句・六字句を基礎とするところから、四六と称されることもある。

文章のこうした定型化は、後漢のころから次第に著しくなり、三世紀末の西晋時代以後、急ピッチで推進されてきた。六朝末ごろになると、詩の韻律において重んぜられた四声の交替が駢文にも適用されるようになり、四句一単位のうち、第二句と第四句の最後には必ず相互に異なった声調の字を用いなければならぬとか、隣り合った二句の要所要所では必ず平声と仄声の字を対応させるといった、いっそう煩瑣な技巧が工夫された。「北山移文」には、まだ声律への配慮はさほど明瞭な形で表れていないが、その代わり偶数句の末で詩・賦と同じように韻を踏むという技巧を用いている。文章の定型化を強めるための一つの試みと考えてよいであろう。

駢文では、句の定型化や対偶表現の頻用などとともに、典拠のあることばを用いることが要請される。当時の人々は典故のことを、「用事」とか「事類」という名で呼んだ。梁の劉勰の文学理論書『文心雕竜』では、その概念を次のように説明している。「事類とは、蓋し文章の外に、事に拠りて以て義を類し、古を援りて以て今を証する者なり」(事類編)。つまり、作品を書くにあたり、外面からある事柄をもちきたって、その概念を類型化し、いにしえを借りて今を説き明かす技法だというのである。古典に根ざす典故を用いることによって、文章に奥行きと含蓄をもたらす工夫といってもよいであろう。「北山移文」にも当然多くの典故が用いられており、そのいちいちについては語注を参照されたいが、個々の典故を対偶表現の中でバランスよく用いることが肝心である。たとえば先の段の「芥千金而不眄、屣万乗其如脱」「聞鳳吹於洛浦、値薪歌於延瀬」(四四五ページ)という二種の対句は、前者が魯仲連と尭、後者が王子喬と蘇門先生の故事をそれぞれ対応させている。二つの故事があまりに似すぎていては対句の効果が薄れるし、またあまりに不均衡ではバランスがとれなくなってしまう。その呼吸のとりかたも、作者の腕の見せどころの一つだったのである。

及二其鳴騶入レ谷、鶴書赴レ隴、形馳魄散、志変神動。爾乃眉軒二席次一、袂聳二筵上一、焚二芰製一而裂二荷衣一、抗二塵容一而走二俗状一。風雲悽其帯レ憤、石泉咽而下愴、望二林巒一而有レ失、顧二草木一而如レ喪。

至下其紐二金章一、綰二墨綬一、跨二属城之雄一、冠二百里之首一、張二英風於海甸一、馳中妙誉於浙右上、道帙長殯、法筵久埋、敲扑諠囂犯二其慮一、牒訴倥偬装二其懐一。琴歌既断、酒賦無レ続、常綢二繆於結課一、毎紛二綸於折獄一。籠二張・趙於往図一、架二卓・魯於前籙一、希二蹤三輔豪一、馳二声九州牧一。

其の鳴騶谷に入り、鶴書隴に赴くに及び、形馳せ魄散じ、志変じ神動く。爾うして乃ち眉は席次に軒がり、袂は筵上に聳え、芰製を焚いて荷衣を裂き、塵容を抗げて俗状を走らす。風雲は悽として其れ憤りを帯び、石泉は咽んで下に愴む、林巒を望みて失える有り、草木を顧みて喪えるが如し。

其の金章を紐び、墨綬を綰け、属城の雄に跨がり、百里の首に冠し、英風を海甸に張り、妙誉を浙右に馳するに至りては、道帙長く殯し、法筵久しく埋もれ、敲扑は諠囂にして其の慮を犯し、牒訴は倥偬として其の懐いを装む。琴歌既に断えて、酒賦は続くる無く、常に結課に綢繆し、毎に折獄に紛綸たり。張・趙を往図に籠め、卓・魯を前籙に架け、蹤を三輔の豪に希い、声を九州の牧に馳す。

○押韻は、(1)上声二腫の「隴」と、同一董の「動」の通押。(2)去声二十三漾の「上・状・愴・喪」。(3)上声二十五有の「綬・首・右」。(4)上平声九佳の「埋・懐」。(5)入声二沃の「続・獄・籙」と、同一屋の「牧」の通押。○鶴書　鶴頭書ともいう。朝廷が賢者を招く詔書の書体に用いられた。また、詔書そのものをさすこともある。○芰製・荷衣　芰の葉や荷の葉の衣。隠者の着る服をいう。○林巒　林や山。○金章・墨綬　県令がその地位のしるしとして帯びる銅印と、それをつなぐ黒いひも。○属城　属県。○百里　百里四方。県の面積。○海甸　海岸地帯。○浙右　江東から会稽・山陰（紹興市）一帯の地方。○殯　埋め葬られること。あるいは「擯」（しりぞける）に作る。○敲扑諠囂　敲扑は、罪人を打つ鞭。諠囂は、騒がしいこと。○牒訴倥偬　牒訴は、訴訟の書類。倥偬は、忙しいさま。○綢繆　もつれまつわるさま。○結課　役人の勤務成績を諮ること。○紛綸　乱れるさま。○折獄　裁判。○張・趙　張敞と趙広漢。ともに前漢後期の能吏として知られる。○卓・魯　卓茂（?—二八）と、魯恭（三二—一一二）。いずれも後漢の人。前者は密県の令として、後者は中牟県の令として治績をあげ、人民に慕われた。○三輔　長安をわきばさむ三つの地域、京兆・馮翊・扶風をいう。○九州牧　九州は、古代に中国全土を九つの州に区分したところからいう。全国。牧は、各州の長官。

【現代語訳】 朝廷の使者の馬のいななきが谷に響き、お召しの詔書が丘に届けられると、彼は腰は落ち着かず気もそぞろで、それまでの考えがすっかり変わってしまいました。そして晴れがましい座席で得意げに眉を上げ、たもとを高く翻し、隠者の着る芰や蓮の葉の衣は焼き捨て破り捨てて、塵まみれの顔も昂然と俗っぽいさまをこれ見よがしにしています。風や雲は情けない思いで腹をたて、岩間をほとばしる水はむせび泣くように谷底に哀しんで、魂を失ったように林や山を眺めやり、気抜けしたように草や木を見渡しています。

周　顒が県令のしるしの銅印を結び、黒い印綬をかけ、属県中の首座として羽振りをきかせ、県令の中の第一人者たる地位を占めて、優れた教化を海岸地方に敷き、立派な名声が浙右の地に広まってくると、道家の書物はずっとしまいこまれたままとなり、仏法の講筵も久しく畳まれてしまって、罪人にくれる鞭のかまびすしい音が彼の思慮をかきみだし、ひっきりなしの訴訟案件の輻輳がその心中を覆い尽くしました。琴の音に和す歌声も途絶え、酒の賦も書き継がれることなく、心はいつも下僚の勤務評定にまといつかれ、うちつづく裁判に神経をすりへらしています。漢の能吏だった張　敞や趙広漢のやりかたを取り入れ、卓茂や魯恭の例を古い記録から持ち出して、いでや首都圏の知事たらん、九州の長官として名を馳せんと意気込んでいるのです。

官僚としての功績を認めない筆者　この段では、朝廷からの召し出しに応じて節を変え、官途に入って俗務に励む周　顒の姿が描かれる。ここに見る周顒は、いったん召し出しを受けるや、ころりと節を変えて、いそいそと俗事に精励するオポチュニストである。だが、立場が異なれば別の評価もできる。それより先、剡県（浙江省）の令となった時には、慈しみのある施政で民に慕われた（『南斉書』本伝）というし、山陰県の令に在任中には、零細な民衆を雑役に駆り立てることをやめさせるよう、時の会稽郡太守蕭子良に意見を具申してもいる。周顒はそうした誠実な官僚でもあったはずである。この文の筆者は、「英風を海甸に張り、妙誉を浙右に馳する」周顒の側面を、どうしても認めることができないのだった。

使二我高霞孤映、明月独挙一、青松落レ蔭、白雲誰侶。磵戸摧絶無二与帰一、石逕荒涼徒延佇。至二於還飆入レ幕、写霧出レ楹、蕙帳空兮夜鵠怨、山人去兮暁猨驚。昔聞投レ簪逸二海岸一、今見解レ蘭縛二塵纓一。於レ是南岳献レ嘲、北壟騰レ笑、列壑争譏、攢峰竦誚。慨二遊子之我欺一、悲レ無二人以赴弔一。故其林慙無レ尽、磵愧不レ歇、秋桂遣レ風、春蘿罷レ月、騁二西山之逸議一、馳二東皐之素謁一。

我が高霞をして孤り映じ、明月をして独り挙がらしめ、青松は蔭を落とし、白雲は誰をか侶とせん。磵戸は摧絶して与に帰る無く、石逕は荒涼として徒らに延佇す。還飆幕に入り、写霧楹を出ずるに至りては、蕙帳空しくして夜鵠怨み、山人去りて暁猨驚く。昔聞く簪を投じて海岸に逸せしを、今見る蘭を解いて塵纓に縛らるるを。是に於て南岳は嘲りを献じ、北壟は笑いを騰げ、列壑は争い譏り、攢峰は竦ち誚る。遊子の我を欺けるを慨み、人の以て赴弔する無きを悲しむ。故に其の林は慙じて尽くる無く、磵は愧じて歇まず、秋桂は風を遣り、春蘿は月を罷け、西山の逸議を騁せ、東皐の素謁を馳す。

○押韻は、(1)上声六語の「挙・侶・佇」。(2)下平声八庚の「楹・驚・纓」。(3)去声十八嘯の「笑・誚・弔」。(4)入声六月の「歇・月・謁」。○磵戸　谷あいの家。底本は「戸」を「石」に作るが、足利本に従って改めた。○摧絶　砕け崩れる。○延佇　長くたたずんで待ち望む。○還飈　つむじ風。還は、旋に同じ。○写霧　わきたつ霧。写は、瀉に同じ。○蕙帳　香り草で織ったとばり。○投レ簪逸ニ海岸一　簪は、冠を留めるかんざし。それを投げ捨てるとは、官吏の地位を去ることをいう。前漢の疏広とその甥の疏受は、高官の地位に昇りながら、それをあっさりとなげうって、故郷の東海郡に隠棲した。○解レ蘭　蘭は、高潔さの象徴。○塵纓　塵にまみれた冠のひも。役人となることをたとえる。○北壟　壟は、隴に同じで、丘をいう。○西山之逸議　西山は、前の「南岳」「北壟」、後の「東皐」に対応する。伯夷・叔斉が隠れた首陽山を、また西山とも称する。逸議は、隠逸についての議論。○東皐之素謁　東皐は、東の丘。魏の阮籍は世を避けて、東皐を耕した。素謁は、清貧の語らい、あるいは、呼びかけ。

【現代語訳】我が山のあかね雲はひとり空しく照り映え、明月は寂しく中空に浮かんで、青松の陰いたずらに、白雲には友とてありません。谷のとぼそは崩れて帰る人もなく、石の小道は荒れ果てていたずらに主人の帰りを待ちわびています。つむじ風がとばりの内に吹き入り、わきおこる霧が柱のあたりに現れるころともなれば、香草の垂れぎぬの中はがらんとして夜の鵠が不安げに鳴き、山中の隠者が姿を消して夜明けの猿の声も心細そうです。昔、官吏の簪を投げ捨てて海岸に身を隠した人があると聞き及びましたが、今や高潔な蘭を解き放って俗塵にまみれた冠をかぶる人を見る仕儀と相成ったのです。

かくて南の山はあざけりをよこすし、北の丘は大笑いするし、連なる谷からは争ってそしられるし、重なる峰からは競ってけなされるという始末です。あの旅人（周顒）にだまされたことが情けなく、慰めに訪れる人もいないのは悲しいことです。そのために林はすっかり面目をなくし、谷は身の置き所もなく、秋の桂は風をやりすごし、春の蘿は月光を拒否して、西の山が提起した隠遁の議論を広め、東の丘が主張した清貧の語らいを馳せ伝えているところです。

「青松」「白雲」のもつ象徴性　周顒に捨てられた鍾山の霊の憤りを記す。「我が高霞をして孤り映じ……」、「遊子の我を欺けるを慨む」と、「我」の一人称を用いて鍾山の霊の口吻を明瞭にしていることに注意。冒頭で、まず「高霞」「明月」「青松」「白雲」と、鍾山を取り巻く美しい自然を点綴して、それらを愛でるべき主人公のいない寂しさを暗示的に描く。「松」は、『論語』子罕編に、「歳寒くして、然る後に松柏の彫むに後るるを知るなり」とあるように、節操の厳しさを象徴する樹木であり、詩文でもそうした寓意性をもつ用例が珍しくない。また「白雲」は、『荘子』天地編に、「千歳　世を厭えば、去りて上僊し、彼の白雲に乗じて、帝郷に至らん」と用いられて以来、何ものにも拘束されない自由へのあこがれ、あるいはかかる自由を実現すべき手段としての隠遁・求仙のシンボルとして、しばしば詩人たちに愛用されてきた。陶淵明の「擬古」詩其の五に、一人の隠士を描いて、「青松道を夾んで生じ、白雲簷端に宿る」というのは、単に隠士の住む環境の描写たるにとどまらず、彼の精神の在り方を象徴する情景として読むべきである。銭鍾書氏が「青松は蔭を落とし、白雲は誰をか侶とせん」二句の理解にあたって、南斉の王融の「竟陵王の為に隠士劉虯に与うる書」の「素志は白雲と同じく悠かにして、高情は青松と共に爽やかなり」を引き、知己を失った風物が孤独さを嘆く情景と述べるのは（『管錐篇』第四冊）、上記のような意味で適切な指摘といえる。

今又促二装下邑一、浪二拽上京一、雖三情投二於魏闕一、或仮二歩於山扃一。豈可レ使下芳杜厚レ顔、薜茘無レ恥、碧嶺再辱、丹崖重滓、塵二游躅於蕙路一、汙二渌池一以洗上レ耳。宜下扃二岫幌一、掩二雲関一、斂二軽霧一、蔵二鳴湍一、截二来轅於谷口一、杜中妄轡於郊端上。於レ是叢条瞋レ胆、畳穎怒レ魄、或飛レ柯以折レ輪、乍低レ枝而掃レ跡。請迴二俗士駕一、為レ君謝二逋客一。

今又装を下邑に促し、上京に浪拽し、情を魏闕に投ずと雖ども、或いは歩を山扃に仮る。豈芳杜をして顔を厚くし、薜茘をして恥ずる無く、碧嶺再び辱められ、丹崖重ねて滓され、游躅を蕙路に塵し、渌池を汙して以て耳を洗わしむべけんや。宜しく岫幌を扃ざし、雲関を掩い、軽霧を斂め、鳴湍を蔵めて、来轅を谷口に截ち、妄轡を郊端に杜ぐべし。

是に於て叢条は胆を瞋らし、畳穎は魄を怒らし、或いは柯を飛ばして以て輪を折り、乍ち枝を低れて跡を掃う。請う 俗士の駕を迴らし、君が為に逋客を謝せんことを。

○押韻は、⑴下平声八庚の「京」と、同九青の「扃」の通押。⑵上声四紙の「恥・滓・耳」。⑶上平声十五刪の「関」と、同十四寒の「湍・端」の通押。⑷入声十一陌の「魄・跡・客」。○促レ装　旅支度を急ぎ調える。○下邑　下の「上京」に対して、地方の町。周顒の任地の県をいう。○浪拽　船出する。○魏闕　宮城の門。また、朝廷をいう。『荘子』譲王編や『呂氏春秋』審為の、「身は江海の上に在るも、心は魏闕の下に居る」を意識していよう。○山扃　山の庵の扉。鍾山にある周顒の旧居をさす。○芳杜・薜茘　杜若や薜茘は、ともに香り高い草で、隠者の高潔さを象徴する。○游躅　足あと。○蕙路　香草の道。○汙二滌池一以洗レ耳　皇甫謐の『高士伝』にみえる古代の隠者、許由の話を踏まえる。古代の帝王尭は許由に天下を譲ろうとしたが、許由はその話を汚らわしく思い、川の水で耳を洗った。一説に、許由から譲位の話を伝え聞いた友人の隠者巣父が耳を洗ったともいう。滌池は、清らかな池。○岫幌　文字どおりには、山のとばり。○鳴湍　音をたてて流れる早瀬。○妄轡　筋の通らない来訪。轡は、たづな。○叢条　群がり茂る木の枝。○畳穎　重なる草の穂。○逋客　逃亡者。

【現代語訳】　周顒は今また任地で慌ただしく旅装を調え、都へ向かって舟をこぎだそうとしており、心はしょせん朝廷にあるとはいうものの、あるいはこの山居の扉に足を向けるやもしれません。あのかぐわしい杜若や薜茘に、（のめのめと彼と対面させるような）恥知らずなまねをさせ、緑の峰を再び辱め、赤い崖を重ねてけがし、彼の足跡で香草の道を踏みにじらせ、清らかな池の水を耳のけがれで汚染させるようなことがあってはなりません。いでや峰のとばりを閉め、雲の関門を閉ざし、霧を収め、早瀬を隠して、周顒の車のながえを谷の入り口で遮断し、いわれなき来訪を郊外で阻止しようではありませんか。

　かくて群がる木の枝も、たたなわる草の穂も怒気をみなぎらせ、大枝を振るって車輪をへし折り、小枝を垂れてわだちの跡を掃き清めます。さあ、俗物は出て行け、逃亡者を謝絶しよう。

隠逸に対する考え方の相違　周顒（しゅうぎょう）が帰京の際に再びこの地に立ち寄るようなことがあれば、断固としてそれを阻止しようと呼びかける。「移文」の性格がここでよく発揮されている。

　作者孔稚珪は、周顒が隠逸の志を曲げて変節したと非難するが、事実は本当にそうだったのだろうか。正史の記述による限り、周顒は初めて海陵国侍郎となって官途に就いてよりこのかた、役人生活を完全に捨て去って、すっかり隠者になりきろうとしたことは一度もなかった。『南斉書』でいえば高逸伝、『南史』でいえば隠逸伝は、俗世と縁を断って隠遁（いんとん）生活に徹しきった人物の、いわばプロの隠者の伝記を集めているが、周顒が彼らの生き方をそのまま自己に課そうとしていたとは、その伝記からは考えにくい。周顒は確かに人間的な欲望を抑制した、つつましい居士（こじ）の生活を送ったが、その人生はあくまでも中国の伝統的な士大夫の生活の枠内にあった。

　思うに、周顒と孔稚珪の隠逸に対する考えには、根本的なところで大きな違いがあったのではないだろうか。周顒が奉仏の人であったのに対して、孔稚珪の家は代々道教の信者であった。稚珪の父霊産は隠遁の素志を遂げるために、禹井山に道館（観）を建ててこもり、「道に事うること精篤なり」（『南斉書』孔稚珪伝）と称された人である。孔稚珪自身も、「世務を楽しまず、居宅に盛んに山水を営む。机に憑りて独酌し、傍らに雑事無し。門庭の内は、草萊剪らず、中に蛙の鳴く有り」（同上）といった、隠者的な生活を深く愛した。彼の理想とした隠逸には、山水に隠れて世を遁れる道士の生き方のような、古典的なイメージが多少ともあったのではないか。それに対して、周顒の方では、寡欲な居士の生活が、そのまま世に出て仕官の道を求める生き方と矛盾なく両立しうるものと考えていたように思われる。

周顒の同時代人だった沈約は、その著書『宋書』に設けた隠逸伝の序文の中で、隠者という存在を「隠者の隠」と「賢人の隠」の二つの範疇に分かつ考えを示している。「隠者の隠」とは、世俗を避けて身を隠す、従来の通念的な意味での隠者であるが、「賢人の隠」とは、「義は惟れ道を晦ます、身を蔵すを曰うに非ず」、すなわち思想を韜晦させるのであって、肉体を世間の眼からくらますことを要しない、というのである（吉川忠夫「六朝士大夫の精神生活」『六朝精神史研究』所収）。これは俗と隠との間の通念的な障壁を取り去った、「隠」の新しい概念規定であるが、周顒の処世態度は、この「賢人の隠」の一つの在り方を示しているのではなかろうか。

擬人化によるユーモア　常に山中にこもり、厳しく菜食を貫く周顒の生き方を見て、孔稚珪はこれこそ本物の隠者と期待を寄せていたのであろうが、その周顒が県令の位を拝した時、期待は裏切られ、彼の行為は大きな思想上の転向として映った。鍾山の霊の口吻に借りた激しい告発は、事実としての周顒の転向よりも、作者の幻滅の大きさをこそ物語っているように、私には思える。しかし、同時に忘れられてならないのは、この文章が一方において確かに激越な批判を内容としていながら、それを生のままじかにぶつけるのではなく、鍾山の霊の擬人化という趣向を通して述べられていることである。これは一種の高度の俳諧味であり、あるいはユーモアの精神といってもよい。それあるがゆえに、深刻な批判が当事者への悪罵に終わらず、第三者にとっても立派に読むに堪える文学作品になっている。当の周顒はこの文章を読んで、「あっ、これは一本取られた」と額を打ったかもしれない。

本書の原本『鑑賞　中国の古典　第12巻　文選』は、
一九八八年に角川書店から刊行されました。

興膳　宏（こうぜん　ひろし）
1936年生まれ。京都大学名誉教授。京都大学大学院博士課程修了。文学博士。文化功労者。著書に，『中国の文学理論』『中国名文選』『漢語日暦』など，訳書に，『荘子』など多数。

川合康三（かわい　こうぞう）
1948年生まれ。京都大学名誉教授。京都大学大学院博士課程中退。文学博士。著書に，『曹操　矛を横たえて詩を賦す』『桃源郷』など，訳書に，『李商隠詩選』『白楽天詩選』など多数。

定価はカバーに表示してあります。

精選訳注(せいせんやくちゅう)　文選(もんぜん)

興膳(こうぜん)　宏(ひろし)
川合康三(かわいこうぞう)

2023年10月10日　第1刷発行

発行者　髙橋明男
発行所　株式会社講談社
東京都文京区音羽 2-12-21 〒112-8001
電話　編集（03）5395-3512
販売（03）5395-5817
業務（03）5395-3615
装　幀　蟹江征治
印　刷　株式会社広済堂ネクスト
製　本　株式会社国宝社
本文データ制作　講談社デジタル製作

ISBN978-4-06-533231-3

「講談社学術文庫」の刊行に当たって

これは、学術をポケットに入れることをモットーとして生まれた文庫である。学術は少年の心を養い、成年の心を満たす。その学術がポケットにはいる形で、万人のものになることは、生涯教育をうたう現代の理想である。

こうした考え方は、学術を巨大な城のように見る世間の常識に反するかもしれない。また、一部の人たちからは、学術の権威をおとすものと非難されるかもしれない。しかし、それはいずれも学術の新しい在り方を解しないものといわざるをえない。

学術は、まず魔術への挑戦から始まった。やがて、いわゆる常識をつぎつぎに改めていった。学術の権威は、幾百年、幾千年にわたる、苦しい戦いの成果である。こうしてきずきあげられた城が、一見して近づきがたいものにうつるのは、そのためである。しかし、学術の権威を、その形の上だけで判断してはならない。その生成のあとをかえりみれば、その根は常に人々の生活の中にあった。学術が大きな力たりうるのはそのためであって、生活をはなれた学術は、どこにもない。

開かれた社会といわれる現代にとって、これはまったく自明である。生活と学術との間に、もし距離があるとすれば、何をおいてもこれを埋めねばならない。もしこの距離が形の上の迷信からきているとすれば、その迷信をうち破らねばならぬ。

学術文庫は、内外の迷信を打破し、学術のために新しい天地をひらく意図をもって生まれた。文庫という小さい形と、学術という壮大な城とが、完全に両立するためには、なおいくらかの時を必要とするであろう。しかし、学術をポケットにした社会が、人間の生活にとってより豊かな社会であることは、たしかである。そうした社会の実現のために、文庫の世界に新しいジャンルを加えることができれば幸いである。

一九七六年六月　　　　野間省一

中国の古典

451
論語新釈
宇野哲人著（序文・宇野精一）

「宇宙第一の書」といわれる『論語』は、人生の知恵を滋味深く語ったイデオロギーに左右されない不滅の古典として、今なお光芒を放つ。本書は、中国哲学の権威が詳述した、近代注釈の先駆書である。

594
大学
宇野哲人全訳注（解説・宇野精一）

修己治人、すなわち自己を修練してはじめてよく人を治め得る、とする儒教の政治目的を最もよく組織的に論述した経典。修身・斉家・治国・平天下は真の学問の修得を志す者の熟読玩味すべき哲理である。

595
中庸
宇野哲人全訳注（解説・宇野精一）

人間の本性は天が授けたもので、それを〝誠〟で表し、「誠とは天の道なり、これを誠にするのは人の道なり」という倫理道徳の主眼を、首尾一貫、渾然たる哲学体系にまで高め得た、儒教第一の経典の注釈書。

742
菜根譚
洪自誠著／中村璋八・石川力山訳注

儒仏道の三教を修めた洪自誠の人生指南の書。菜根とは粗末な食事のこと。そういう逆境に耐えてこそこの世を生きぬく真の意味がある。人生の円熟した境地、老獪極まりない処世の極意などを縦横に説く。

1283
孫子
浅野裕一著

人間界の洞察の書『孫子』を最古史料で精読。春秋時代末期に書かれ、兵法の書、人間への鋭い洞察の書として名高い『孫子』を新発見の前漢末の竹簡文をもとに解読。組織の統率法や人間心理の綾など詳細に説く。 電P

1319
墨子
浅野裕一著

博愛・非戦を唱え勢力を誇った墨子を読む。中国春秋末、墨子が創始した墨家は、戦国末まで儒家と思想界を二分する。兼愛説を掲げ独自の武装集団も抱えたが秦漢期に絶学、二千年後に脚光を浴びた思想の全容。

中国の古典

1692
呂氏春秋
町田三郎著

秦の宰相、呂不韋が作らせた人事教訓の書。始皇帝の宰相、呂不韋と賓客三千人が編集した『呂氏春秋』は天地万物古今の事を備えた大作。天道と自然に従い人間行動を指示した内容は中国の英知を今日に伝える。電P

1824
孝経
加地伸行全訳注

大文字版

この小篇は単に親孝行を説く道徳書ではない。中国人の死生観・世界観が凝縮されている。『女孝経』「法然上人母へのことば」など中国と日本の資料も併せ、精神的紐帯としての家族を重視する人間観を分析する。

1899
十八史略
竹内弘行著

神話伝説の時代から南宋滅亡までの中国の歴史を一冊に集約。韓信、諸葛孔明、関羽ら多彩な人物が躍動し、権謀術数が飛び交い、織りなされる悲喜劇——。簡潔な記述で面白さ抜群、中国理解のための必読書。電P

1962
論語 増補版
加地伸行全訳注

人間とは何か。溟濛の時代にあって、人はいかに生くべきか。儒教学の第一人者が『論語』の本質を読み切り、独自の解釈、達意の現代語訳を施す。漢字一字から検索できる「手がかり索引」を増補した決定新版!

2010
倭国伝 中国正史に描かれた日本 全訳注
藤堂明保・竹田 晃・影山輝國訳注

古来、日本は中国からどう見られてきたか。漢委奴国王金印受賜から遣唐使、蒙古襲来、勘合貿易、倭寇、秀吉の朝鮮出兵まで。中国歴代正史に描かれた千五百年余の日本の姿を完訳する、中国から見た日本通史。電P

2058
荘子 内篇
福永光司著

中国が生んだ鬼才・荘子が遺した、無為自然を基とし人為を拒絶する思想とはなにか? 荘子自身の手によるとされる「内篇」を、老荘思想研究の泰斗が実存主義的に解釈。荘子の思想の精髄に迫った古典的名著。電P